El exorcismo de mi mejor amiga

Terror

Grady Hendrix

El exorcismo de mi mejor amiga

Traducción de Joan Josep Mussarra

minotauro

Obra editada en colaboración con Editorial Planeta –España

Publicado en inglés por Quirk Books, Philadelphia, Pennsylvania.
Este libro has sido negociado mediante Ute Körner Literary Agent, S.L.U., Barcelona – www.uklitag.com

Publicado originalmente como *My Best Friend's Exorcism*
Traducción: © Joan Josep Mussarra Roca

Adaptación de la portada: Booket / Área Editorial Grupo Planeta a partir de la idea original de Doogie Horner
Ilustración de portada: © Hugh Fleming

Bajo el sello editorial BOOKET M.R.
Avenida Presidente Masarik núm. 111,
Piso 2, Polanco V Sección, Miguel Hidalgo
C.P. 11560, Ciudad de México
www.planetadelibros.com.mx

Primera edición impresa en España en Colección Booket: octubre de 2023
ISBN: 978-84-450-1629-9

Primera edición impresa en México en Booket: agosto de 2025
ISBN: 978-607-39-3287-5

Impreso en los talleres de Impregráfica Digital , S.A. de C.V.
Av. Coyoacán 100-D, Valle Norte, Benito Juárez
Ciudad de México, C.P. 03103
Impreso en México – *Printed in Mexico*

Biografía

Grady Hendrix es novelista y guionista y actualmente vive en Nueva York. Ganador del premio Bram Stoker por su ensayo *Paperbacks from Hell*, ha sido nominado al premio Shirley Jackson y al Locus por *Horrorstör*, *El exorcismo de mi mejor amiga* y *We Sold Our Souls*. Sus novelas *Guía del club de lectura para matar vampiros* y *Grupo de apoyo para Final Girls* han aparecido en las listas de los más vendidos del *New York Times*; la última de ellas se alzó con el premio Goodreads 2021 a la mejor novela de terror. Además, ha recibido el elogio unánime de la crítica en reseñas de la *NPR*, el *Washington Post*, el *Wall Street Journal*, *Los Angeles Times*, *A. V. Club*, Paste, Buzzfeed y muchas más. Asimismo ha colaborado con *Playboy*, *The Village Boy* y *Variety*.

 gradyhendrix.com

 @grady_hendrix

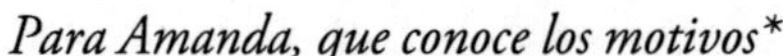
*Para Amanda, que conoce los motivos**

* Pero si no los conoce, le aconsejo que envíe a su abogado a consultar las dos medidas cautelares adoptadas en su contra, la denuncia penal que expone con gran detalle dichos motivos y quizá también su propia conciencia, porque si se conociese el paradero de los cuerpos, mi familia podría en cierto modo dejar atrás esta cuestión.

DON'T YOU FORGET ABOUT ME[1]

El exorcista ha muerto.

Abby está en el despacho y consulta el correo electrónico y, entonces, hace clic sobre el enlace azul. Este la lleva a la página de un periódico que para ella aún se llama *News and Courier*, aunque cambiara de nombre hace quince años. El exorcista aparece en el centro de la pantalla, calvo y con coleta, y sonríe a la cámara desde una foto borrosa solo de la cabeza, pequeña como un sello de correos. Abby siente dolor en la mandíbula y se le encoge la garganta. No se da cuenta de que se le ha cortado la respiración.

El exorcista transportaba unos maderos a Lakewood y paró en la I-95 para ayudar a un turista a cambiar un neumático. Estaba apretando las tuercas cuando una Dodge Caravan se desvió hacia el arcén y lo golpeó de lleno. Murió antes de que llegara la ambulancia. La mujer que iba al volante del monovolumen llevaba tres analgésicos distintos en el cuerpo... cuatro, si también contamos la cerveza Bud Light. La acusaron de conducir bajo los efectos del alcohol.

«Si bebes —piensa Abby—, no conduzcas.»

Le viene a la cabeza esa frase, una frase que ni siquiera recordaba que recordara, pero en ese instante no entiende cómo

1. No me olvides.

había podido olvidarla. Aquellos carteles de la campaña de concienciación que se veían por toda Carolina del Sur en los tiempos en que estudiaba secundaria. Y en ese mismo instante, su despacho, la conferencia telefónica de las siete, su apartamento, su hipoteca, su divorcio, su hija... ya no le importan.

Es hace veinte años y va disparada por el puente antiguo en un Volkswagen Rabbit hecho polvo, con las ventanas bajadas, UB40 a toda marcha en la radio, el aire dulce y salobre en el rostro. Vuelve la cabeza a la derecha y mira a Gretchen, que va de copiloto, con los cabellos rubios al viento, los pies desnudos, las piernas cruzadas sobre el asiento, y ambas cantan siguiendo la canción que suena por la radio, forzando al máximo sus cuerdas vocales que no saben afinar. Es abril de 1988 y van a comerse el mundo.

Para Abby, «amiga» es una palabra a la que se le han gastado las aristas por usarla demasiado. Podría decir frases como «me he hecho amiga de los tíos de TI», o «voy a encontrarme con unas amigas después de trabajar».

Pero recuerda otros tiempos en los que la palabra «amiga» hacía correr la sangre. Abby y Gretchen se pasaban horas puntuando a sus amigas y discutían cuáles entraban en la categoría de mejores amigas y cuáles se quedaban en las de amiga corriente, debatían si era posible tener dos mejores amigas a la vez, escribían cada una el nombre de la otra, una y otra vez, con tinta morada. Se entusiasmaban con el subidón de dopamina que les provocaba el pertenecer a otra persona, saber que una persona a la que no conocías te había elegido, que había querido conocerte. Que existía alguien a quien no le daba igual si estabas viva o muerta.

Abby y Gretchen eran las mejores amigas del mundo entero y entonces llegó aquel otoño en el que todo se vino abajo. Y se vinieron abajo ellas mismas.

Y el exorcista les salvó la vida.

Abby aún recuerda la secundaria, pero solo imágenes, no acontecimientos. Recuerda efectos, pero las causas se han desdibujado. Ahora todo resurge como una riada que no puede contener. El sonido de los gritos en el Césped. Los búhos. El hedor en la habitación de Margaret. Max, el perrito bueno. Aquello tan terrible de Glee. Pero por encima de todo recuerda lo que le sucedió a Gretchen y cómo todo se fue a la mierda en 1988, el año en el que el diablo poseyó a su mejor amiga.

WE GOT THE BEAT[1]

1982. Ronald Reagan lanzaba la guerra contra las drogas. Nancy Reagan le decía a todo el mundo: «Simplemente di no». EPCOT Center abría por fin, Midway distribuía Ms. Pac-Man en las salas de juego y Abby Rivers certificó que había llegado a la edad adulta, porque por fin se echó a llorar en una película. Fue en *E.T. el extraterrestre* y volvió a verla una y otra vez, fascinada por su propia e involuntaria reacción, incapaz de contener el torrente de lágrimas que le resbalaba por las mejillas cuando E.T. y Elliott se abrazaban.

Fue el año en el que cumplió los diez.

Fue el año de la «fiesta».

Fue el año en el que todo cambió.

Una semana antes del día de Acción de Gracias, Abby entró con veintiuna invitaciones recortadas en forma de patín en el aula de cuarto curso, a cargo de la profesora Link, e invitó a todos los niños a la fiesta de su décimo cumpleaños. Iba a celebrarse el sábado 4 de diciembre a las 15.30 en la pista de patinaje sobre ruedas Redwing Rollerway. Iba a ser su gran día. Había visto *Roller Boogie* con Linda Blair, a Olivia Newton-John en *Xanadu*, a Patrick Swayze sin camiseta en *La fiebre del patín*. Al cabo de varios meses de práctica lo hacía mejor que

1. Hemos pillado el ritmo.

los tres juntos. Se había acabado lo de ser la chica sosa de la escuela. Se transformaría ante los ojos de la clase entera en Abby Rivers, la princesa del patín.

La fiesta de Acción de Gracias terminó y, el mismo día en el que los niños volvieron a la escuela, Margaret Middleton se dirigió al centro de la clase e invitó a todo el mundo a montar a caballo en su campo de polo el sábado 4 de diciembre.

—¿Señora Link? ¿Señora Link? ¿Señora Link? —Abby movía el brazo en alto—. Es el mismo día de mi fiesta de cumpleaños.

—Ah, sí —respondió la señora Link. No parecía acordarse de que Abby había clavado un cartel de su fiesta de cumpleaños en forma de patín extragrande en el tablón de anuncios de la clase—. Pero podrías dejarla para otro día.

—Pero... —Abby no había dicho nunca «no» a un maestro, por lo que respondió lo mejor que pudo—. Pero es que es mi cumpleaños.

La señora Link suspiró y le hizo un gesto a Margaret Middleton como para decirle que no se preocupara.

—Tu fiesta no empieza hasta las tres y media —le dijo a Abby—. Estoy segura de que todo el mundo podrá ir después de montar a caballo en casa de Margaret.

—Por supuesto que podrán, señora Link —añadió Margaret Middleton, con una sonrisa afectada—. Les sobrará mucho tiempo.

El último jueves antes del día de su cumpleaños, Abby llevó a clase veintiuna magdalenas de E.T. para que sirvieran como recordatorio. Todo el mundo se las comió y la niña pensó que aquello era buena señal. Al llegar el sábado, obligó a sus padres a llevarla a Redwing Rollerway con una hora de antelación para prepararlo todo. A las 15.15 parecía como si un ejército de E.T. hubiera invadido la sala de fiestas privadas. Había globos de E.T., manteles de E.T., sombreros de fiesta de E.T., dulces de la marca Reese's Pieces como los que aparecían en *E.T.*, bandejas de cartón de E.T., un helado de chocolate y mantequilla de cacahuete con la cara de E.T., y en la pared, detrás del sitio donde Abby se sentaría, la posesión más preciada de la muchacha, que en ningún caso se podía ensuciar, manchar, romper ni rasgar: un póster auténtico de la película de *E.T.* que su padre había conseguido en el cine y traído a casa; se lo había dado como regalo de cumpleaños.

Por fin, dieron las 15.30.

No había venido nadie.

A las 15.35 la sala seguía vacía.

A las 15.40 Abby estaba a punto de llorar.

Afuera sonaba *Open Arms*, de Journey, y los mayores pasaban patinando frente a la ventana de plexiglás de la sala para fiestas privadas, y Abby sabía que se burlaban de ella porque veían que estaba sola en el día de su cumpleaños. Para no ponerse a llorar, se clavaba las uñas en la piel lechosa de debajo de la muñeca y se concentraba en ese dolor. Por fin, a las 15.50, cuando toda la muñeca estaba cubierta de marcas rojizas y relucientes en forma de media luna, Gretchen Lang, la niña nueva y rara que procedía de la exclusiva escuela privada femenina de Ashley Hall, entró en la sala de la mano de su madre.

—Hola, hola —dijo la señora Lang con voz cantarina. Los brazaletes tintineaban en sus muñecas—. Siento que hayamos llegado tan... ¿Dónde están los demás?

Abby no fue capaz de responder. Su madre acudió al rescate.

—Debe de haber un atasco en el puente —respondió.

El rostro de la señora Lang se relajó.

—Gretchen, ¿por qué no le das el regalo a tu amiguita? —dijo. Puso entre los brazos de Gretchen lo que parecía un ladrillo envuelto en papel brillante y la obligó a avanzar. Gretchen combaba el cuerpo hacia atrás y clavaba los talones en el suelo. La señora Lang probó con otra táctica—: Nosotros no sabemos quién es este personaje, ¿verdad, Gretchen? —preguntó, al tiempo que miraba a E.T.

Abby pensó que aquello debía ser una broma. ¿Cómo era posible que no conocieran al personaje más popular de todo el planeta?

—Yo sí sé quién es —protestó Gretchen—. Es E.T., el... ¿extraterrible?

Abby no se lo podía creer. ¿Qué era lo que decían aquellas zumbadas?

—El *extraterrestre* —corrigió Abby, que por fin había conseguido hablar—. Es una palabra que quiere decir que viene de otro planeta.

—Qué bonito, ¿verdad? —dijo la señora Lang. Entonces se excusó y se marchó como alma que lleva el diablo.

Un silencio venenoso emponzoñaba el aire. Todo el mundo andaba con la cabeza gacha. Para Abby, aquello era todavía peor que haberse quedado sola. A aquellas alturas estaba muy claro que nadie iría a su fiesta de cumpleaños y que su padre y su madre tendrían que hacer frente al hecho de que su hija no tenía amigos. Aún peor, una niña rara que no sabía nada sobre extraterrestres estaba presenciando su humillación. Gretchen cruzó los brazos sobre el pecho y el papel que envolvía el regalo crujió.

—Qué amable has sido al traer un regalo —dijo la madre de Abby—. No era necesario.

Pues claro que era necesario, pensó Abby. Es mi cumpleaños.

—Feliz cumpleaños —murmuró Gretchen y le ofreció el regalo a Abby.

Abby no quería el regalo. Quería a sus amigos. ¿Por qué no habían venido? Pero Gretchen estaba allí como una imbécil ofreciéndole el regalo. Todos los ojos estaban puestos en Abby. La niña lo cogió, pero con un gesto rápido, para que nadie se confundiera y pudiera imaginarse que le gustaba la manera como iban las cosas. En el mismo instante se dio cuenta de que era un libro. ¿Cómo podía ser tan estúpida aquella niña? Abby quería cosas de E.T., no un libro. Aunque quizá fuera un libro de E.T.

Pero incluso aquel vestigio de esperanza murió en cuanto lo desenvolvió con todo cuidado y descubrió que se trataba de una Biblia infantil. Abby le dio la vuelta, porque aún pensaba que podía formar parte de un regalo más grande en el que hubiera algo relacionado con E.T. En la contracubierta no había nada. Abrió el libro. Nada. Sí, era un Nuevo Testamento infantil. Abby levantó los ojos para ver si el mundo entero se había vuelto loco, pero tan solo vio los ojos de Gretchen que la miraban.

Abby conocía las normas: tenía que darle las gracias y fingir que le gustaba mucho para no herir sus sentimientos. Pero ¿qué pasaba con los sentimientos de la propia Abby? Era su cumpleaños y nadie había pensado en ella. No había ningún atasco en el puente. Todos estaban montando a caballo en casa de Margaret y dándole a Margaret todos los regalos que habrían tenido que ser para Abby.

—¿Qué se dice, Abby? —apremió su madre.

No. No lo diría. Si lo decía, sería como reconocer que aquello estaba bien, que estaba bien que una niña rara a la que no conocía de nada le regalara una Biblia. Si lo decía, sus padres pensarían que era amiga de aquella tarada y procurarían que viniera a todas las fiestas de cumpleaños de Abby y los únicos regalos que le darían a Abby serían Biblias infantiles.

—¿Abby? —dijo la madre.

No.

—Abby —añadió el padre—. No seas así.

—Tienes que darle las gracias ahora mismo a esta niñita —insistió la madre.

En un momento de inspiración, Abby se dio cuenta de que tenía una salida: podía echar a correr. ¿Qué le harían? ¿Tirarla por el suelo? Así que echó a correr. Se volvió un momento para mirar a Gretchen y luego huyó hacia el estrépito y la oscuridad de la pista de patinaje.

—¡Abby! —gritó la madre, y entonces Journey ahogó su voz.

El supersincero Steve Perry elevaba su voz por encima del estrépito de los platillos y de las guitarras que acompañaban las baladas, que golpeaban las paredes de la pista como olas rompientes mientras las parejas de enamorados patinaban agarradas.

Abby se abrió paso entre chicos mayores cargados de pizzas y de jarras de cerveza, que patinaban sobre la alfombra pegando gritos a sus amigos, y terminó en el lavabo de señoras, cerró de golpe la puerta anaranjada a su espalda, se derrumbó sobre la taza del váter y lloró.

Todo el mundo había preferido ir al campo de polo de Margaret Middleton porque Margaret Middleton tenía caballos y Abby había sido imbécil al pensar que alguien iría a verla patinar a ella. Los demás querían montar a caballo y ella había sido estúpida, estúpida y estúpida al pensar que no sería así.

Open Arms se oyó más fuerte que antes, porque alguien había abierto la puerta de afuera.

—¿Abby? —dijo una voz.

Era la chica aquella de la que no recordaba ni el nombre. Al instante, Abby receló. Probablemente sus padres la habían mandado a espiarla. Abby subió las piernas encima de la taza.

Gretchen dio unos golpes en la puerta del váter.

—¿Abby? ¿Estás ahí dentro?

Abby se quedó sentada, muy muy callada, y logró reprimir el llanto hasta transformarlo en débil gimoteo.

—Yo no quería regalarte una Biblia infantil —decía Gretchen al otro lado de la puerta del váter—. Lo decidió mi madre. Yo le dije que no. Yo quería comprarte algo donde saliera E.T. Tenían un muñeco que se le iluminaba el corazón.

A Abby le daba igual. Aquella niña era horrible. Abby oyó movimiento afuera y entonces Gretchen asomó la cara por debajo de la puerta. Abby estaba aterrorizada. ¿Qué hacía? ¡Se estaba colando por debajo! Al cabo de un momento, Gretchen se hallaba ya frente a la taza de váter, aunque la puerta estuviera cerrada, lo que significaba que la persona que estaba dentro quería privacidad. Abby estaba desconcertada. Miró a aquella niña chiflada, a la espera de ver lo que hacía. Gretchen parpadeaba lentamente con sus enormes ojos azules.

—No me gustan los caballos —decía—. Huelen mal. Y pienso que Margaret Middleton no es simpática.

Eso, al menos, Abby podía entenderlo.

—Los caballos son estúpidos —continuó diciendo Gretchen—. Todo el mundo piensa que son chulos pero tienen cerebro de hámster y si haces un ruido fuerte se asustan, aunque sean más grandes que nosotros.

Abby no supo qué responderle.

—Yo no sé patinar—dijo Gretchen—. Pero pienso que la gente que le gustan los caballos tendría que comprar perros. Los perros son simpáticos y son más pequeños que los caballos y son listos. Pero no todos los perros. Nosotros tenemos un perro que se llama Max, pero es idiota. Si ladra mientras corre, se cae.

Abby empezaba a sentirse incómoda. ¿Y si entraba alguien y veía a aquella persona tan extraña de pie frente a la taza del váter con ella? Sabía que tenía que decir algo, pero se le ocurrió una sola cosa, y esto fue lo que dijo:

—Preferiría que no estuvieras aquí.

—Lo sé —respondió Gretchen, y asintió—. Mi madre quería que fuera a casa de Margaret Middleton.

—¿Y por qué no has ido? —preguntó Abby.

—Tú me invitaste primero —respondió Gretchen.

Un rayo partió el cráneo de Abby en dos. ¡Exacto! Era lo mismo que ella había estado diciendo. ¡Su invitación había sido la primera! Todo el mundo habría tenido que estar ALLÍ con ELLA porque ella los había invitado PRIMERO y Margaret Middleton la había COPIADO. Aquella niña lo había entendido bien.

Quizá no estuviera todo perdido. Quizás Abby podría enseñarle a aquel bicho raro lo buena que era con el patín y ella se lo contaría a todo el mundo en la escuela. Todos querrían verla, pero Abby no volvería a celebrar ninguna otra fiesta de cumpleaños y no la verían patinar jamás, a menos que le rogaran que lo hiciese ante la escuela entera, y entonces lo haría y dejaría a todo el mundo pasmado, pero solo si se lo rogaban mucho. Tenía que empezar por impresionar a aquella niña y no sería difícil. Aquella niña ni siquiera sabía patinar.

—Si quieres, te enseño a patinar —dijo Abby—. Soy muy buena.

—¿De verdad? —preguntó Gretchen.

Abby asintió. Por fin, alguien la tomaba en serio.

—Soy buenísima —afirmó.

El padre de Abby alquiló unos patines y la propia Abby enseñó a Gretchen a atarse las correas muy fuerte y la ayudó a atravesar la alfombra, mostrándole cómo levantar los pies para no tropezar. Abby llevó a Gretchen a la zona de patinaje para niños y le enseñó algunos movimientos básicos, pero al cabo de unos minutos se moría de ganas por exhibir sus habilidades.

—¿Quieres que vayamos a la pista grande? —preguntó Abby.

Gretchen negó con la cabeza.

—Si vienes conmigo, no correrás ningún peligro —insistió Abby—. No permitiré que te ocurra nada malo.

Gretchen tardó un minuto en decidirse.

—¿Me agarrarás por las manos?

Abby sujetó las manos de Gretchen y la hizo bajar a la pista en el mismo instante en que la megafonía anunciaba Patín Libre, y de pronto la pista se llenó de adolescentes que pasaban por su lado a una velocidad tremenda. Un chico agarró a una chica por la cintura y la levantó en el aire en medio de la pista, y empezaron a girar sobre sí mismos y el DJ encendió la lámpara de espejos, y brillaron estrellas por todas partes y el mundo entero se puso a girar. Gretchen se encogía cuando los bólidos humanos pasaban por su lado, así que Abby se volvió y patinó de espaldas frente a ella, agarró sus manos blandas y sudadas, y se dejaron llevar por la corriente. Empezaron a patinar a mayor velocidad, tomaron la primera curva, luego aceleraron, y Gretchen levantó una pierna del suelo y se dio impulso, y luego la otra, y entonces patinaron de verdad, y en ese momento se oyó la batería y a Abby se le aceleró el corazón, y el piano y la guitarra empezaron a tocar a todo trapo y *We Got the Beat*, «Hemos pillado el ritmo», rugió en la megafonía. Las luces de la lámpara de espejos vibraban y giraban con la multitud, en órbita alrededor de la pareja que se hallaba en el centro de la pista, y todo el mundo pilló el ritmo.

Freedom people marching on their feet
Stallone time just walking in the street
They won't go where they don't know
But they're walking in line
We got the beat!
We got the beat![2]

Abby se equivocaba con todas y cada una de las palabras de la canción, pero no le importaba. Sabía, con una seguridad que no había sentido en toda su vida, que las Go-Go's cantaban sobre ella y Gretchen. ¡Habían pillado el ritmo! Cualquiera que pasara por allí habría visto a dos niñas que patinaban en círculos lentos por una pista, que se apartaban a las esquinas mientras el resto de patinadores pasaba por su lado. Pero no era eso lo que ocurría en realidad. Para Abby, el mundo entero era un País de las Maravillas de fulgores fluorescentes repleto de cálidas luces rosadas y de luces verdes neón y de luces turquesa y de luces magenta, y se encendían y apagaban al ritmo de la música y todo el mundo danzaba, y ellas mismas iban tan rápido que sus patines apenas rozaban el suelo, se deslizaban por las esquinas, cobraban velocidad, y sus corazones latían al ritmo de la batería, y Gretchen había venido a la fiesta de cumpleaños de Abby porque Abby la había invitado primero y Abby tenía un cartel de *E.T.* de verdad y podrían comerse todos los pasteles ellas dos.

Y de algún modo Gretchen sabía con exactitud lo que Abby pensaba. Le devolvía la sonrisa, y en aquel momento Abby no quería que nadie más viniera a la fiesta de cumpleaños, porque su corazón latía al ritmo de la música y daban vueltas y Gretchen gritaba con fuerza:

—¡Esto... es... genial!

Entonces Abby se la pegó contra Tommy Cox, se enredó

2. «Gentes libres andan por la calle / y Stallone se apunta a su baile. / No irán donde no conocen, / pero en hilera van. / ¡Hemos pillado el ritmo! / ¡Hemos pillado el ritmo!»

entre sus piernas y se cayó de bruces, y el diente de arriba se le clavó en el labio de abajo y se manchó de sangre la camiseta de E.T. Sus padres tuvieron que llevarla a la enfermería, donde le dieron tres puntos. En algún momento los padres de Gretchen sacaron a su hija de la pista de patinaje y Abby no la vio de nuevo hasta que el lunes volvió a la escuela.

Aquella mañana iba con la cara más tensa que un globo a punto de estallar. Abby llegó temprano a la clase, esforzándose por no mover sus labios hinchados, y lo primero que oyó fue la voz de Margaret Middleton.

—No entiendo por qué no viniste —le espetó Margaret, y Abby la vio de pie frente al pupitre de Gretchen—. Vino todo el mundo. Todos se quedaron hasta tarde. ¿Te dan miedo los caballos?

Gretchen estaba mansamente sentada en su silla, con la cabeza gacha. Los cabellos le rozaban el pupitre. Lanie Ott estaba de pie al lado de Margaret y la ayudaba a recriminar a Gretchen.

—Yo monté a caballo y le hice dar dos saltos —decía Lanie Ott.

Entonces las dos vieron a Abby en la puerta.

—Buf —dijo Margaret—, ¿qué te ha pasado en la cara? Estás que dan ganas de vomitar.

Abby se quedó paralizada a causa de la justa ira que hervía en su interior. ¡Había tenido que ir a la enfermería! ¿Y se burlaban de ella? Como no se le ocurrió qué podía hacer, trató de contarles la verdad.

—Mientras patinaba me la pegué contra Tommy Cox y tuvieron que darme puntos.

Solo con oír el nombre de Tommy Cox, Lanie Ott abrió y cerró la boca sin decir nada. Pero Margaret estaba hecha de otro fuste.

—Eso no es verdad —respondió. Y Abby se dio cuenta de que, ¡oh Dios mío!, Margaret podía afirmar que Abby mentía y todo el mundo le daría la razón. Margaret continuó—: Mentir está feo, y rechazar una invitación es de mala educación. Eres maleducada. Las dos sois unas maleducadas.

Fue entonces cuando Gretchen levantó la cabeza.

—La invitación de Abby fue primero —respondió, echando fuego por los ojos—. Así que la maleducada eres tú. Y ella no miente. Yo lo vi.

—Entonces es que las dos mentís —replicó Margaret.

Alguien tendió el brazo sobre el hombro de Abby y dio un golpe en la puerta abierta.

—Eh, pequeñas, ¿alguna de vosotras sabe dónde...? ¡Ah, hola, bonita!

Tommy Cox estaba de pie a unos diez centímetros detrás de Abby. Sus cabellos rizados y rubios le caían en torno al rostro. Llevaba desabrochado el botón de arriba de la camisa para que se le viera un reluciente collar de conchas de puka y sonreía con la imposible blancura de sus dientes. Una poderosa energía brotaba en oleadas de su cuerpo y envolvía a Abby.

El corazón de la niña dejó de latir. Todos los corazones dejaron de latir.

—Vaya... —dijo, al tiempo que arrugaba la frente y contemplaba el labio inferior de Abby—. ¿Eso es lo que te hice?

Nunca nadie había mirado tan de cerca el rostro de Abby, y todavía menos el más guapo de los mayores de la Academia Albermale. La niña logró asentir.

—¡Cómo te ha quedado! —añadió el chico—. ¿Te duele mucho?

—Un poquito... —consiguió decir Abby.

El muchacho puso cara triste y la niña cambió de opinión.

—No es nada —dijo con voz desafinada.

Tommy Cox sonrió y Abby estuvo a punto de desplomarse. Había dicho algo que había hecho sonreír a Tommy Cox. Era como tener un superpoder.

—Te vendrá bien el frío... —respondió él. Entonces le ofreció una lata de Coca-Cola. En su superficie había gotitas de agua condensada—. Está fría. Te irá bien para la cara, ¿no?

Abby dudó un instante y tomó el refresco. Los alumnos no podían utilizar las máquinas expendedoras hasta que se hallaban en el séptimo curso, cuando ya tenían doce años, y Tommy

Cox había ido a las máquinas expendedoras por Abby y le había traído una Coca-Cola.

—Te vendrá bien el frío... —repitió.

—Disculpa, Tommy —dijo la señora Link, que en aquel momento entraba por la puerta—. Tendrías que ir al edificio de secundaria antes de que te pongan una sanción.

La señora Link se dirigió a su escritorio dando fuertes pisotones y dejó caer el bolso encima de la mesa. Todo el mundo miraba todavía a Tommy Cox.

—Por supuesto, señora Link —respondió este. Entonces tendió la mano—. Choca esos cinco, chica dura.

Abby, a cámara lenta, dio con su mano contra la del muchacho. Tommy tenía la mano fresca, fuerte, cálida y firme, pero suave. Entonces el chico se volvió, dio un paso, giró un momento la cabeza para mirar atrás y le guiñó el ojo.

—Que te vaya bien, pequeñaja —dijo.

Todo el mundo lo oyó.

Abby se volvió hacia Gretchen y sonrió, y se le abrieron los puntos y la boca se le llenó de sal. Pero había merecido la pena, tan solo por volverse y ver a Margaret Middleton con cara de imbécil, sin saber qué hacer ni qué decir. Entonces no lo sabían, pero fue allí donde empezó todo, en el aula donde la profesora Link impartía la clase mientras Abby sonreía a Gretchen con sus dientes grandes y llenos de sangre, y Gretchen le devolvía la sonrisa con timidez.

THAT'S WHAT FRIENDS ARE FOR[1]

Abby se llevó a casa la lata de Coca-Cola y la guardó sin abrirla. El labio se le curó y al cabo de una semana le quitaron los puntos. Le quedó una fea costra de color de confitura de fruta. Hunter Prioleaux dijo que era de origen venéreo, pero Gretchen no habló del tema.

Mientras la costra se le curaba, Abby llegó a la conclusión de que no podía ser que su nueva amiga no hubiera visto *E.T.* Todo el mundo había visto *E.T.* Y así, un día, se encaró con Gretchen en la cafetería de la escuela.

—No he visto *E.T.* —repitió Gretchen.

—Eso es imposible —respondió Abby—. En *Sesenta minutos* dijeron que hasta los rusos habían visto *E.T.*

Gretchen revolvió las judías en el plato y tomó una decisión.

—¿Me prometes que no le dirás a nadie lo que voy a contarte? —preguntó.

—Claro —le contestó Abby.

Gretchen acercó la cara y las puntas de sus largos cabellos rubios se posaron sobre el filete ruso que estaba comiendo.

—Mis padres están en el Programa de Protección de Testigos —susurró—. Si fuera al cine, podrían raptarme.

Abby se quedó fascinada. ¡Gretchen podría ser su amiga pe-

1. Para eso están los amigos.

ligrosa! Por fin, su vida se volvía emocionante. Solo había un problema:

—Pero, entonces, ¿cómo es que te dejaron venir a mi fiesta de cumpleaños? —preguntó.

—Mi madre pensó que no pasaría nada —respondió Gretchen—. No quieren que su pasado como delincuentes me impida llevar una vida normal.

—Pues entonces pregúntales si puedes ver *E.T.* —dijo Abby volviendo al tema importante—. Si quieres llevar una vida normal, tienes que ver *E.T.* Si no, todo el mundo pensará que eres rara.

Gretchen chupó la salsa que le había quedado en las puntas de los cabellos y asintió.

—Está bien —respondió—. Pero tendrán que ser tus padres quienes me lleven. Si nos vieran juntos en público a mis padres y a mí, un delincuente podría reconocerlos.

Abby dio la tabarra a sus padres hasta que logró convencerlos, aunque su madre pensara que ver dos veces la misma película era una pérdida de tiempo, dinero y neuronas. El fin de semana siguiente, el señor y la señora Rivers dejaron a Abby y Gretchen en el Citadel Mall para que vieran el pase de *E.T. el extraterrestre* de las 14.20, mientras ellos hacían las compras de Navidad. Como el Programa de Protección de Testigos la obligaba a pasarse el día encerrada, Gretchen no tenía ni idea de cómo comprar entradas, ni palomitas de maíz. Resultó que nunca había ido sola al cine, lo que le parecía extraño a Abby, que podía ir en bicicleta hasta Mt. Pleasant 1-2-3 y ver las sesiones matinales por tan solo un dólar. Abby pensó que estaba mucho más informada que Gretchen sobre el funcionamiento del mundo, aunque su amiga fuera hija de delincuentes.

Las luces se apagaron y en un primer momento Abby tuvo miedo de que *E.T.* no le gustara tanto como todas las otras veces que la había visto, pero entonces Elliott le decía a Michael que su aliento olía a pene y la niña se reía, y llegaban los agentes del gobierno y Elliott le tendía la mano a E.T. a través del plástico y Abby lloró, y se dijo a sí misma una vez más que aquella era la película más impresionante en el mundo entero. Pero cuando Elliott y Michael robaban la camioneta antes de la gran persecución del final, Abby tuvo un espantoso pensamiento: ¿Y si Gretchen no había llorado? ¿Y si se encendían las luces y Gretchen estaba allí al lado chupándose las trenzas como si aquello hubiera sido una película ordinaria? ¿Y si le había parecido horrible?

Aquellos pensamientos la estresaron tanto que no disfrutó del final. Mientras pasaban los créditos, se quedó sentada en la penumbra, sintiéndose desgraciada, con los ojos vueltos hacia el frente, sin atreverse a mirar a Gretchen. Finalmente, no pudo resistirlo más y, mientras en los créditos le daban las gracias al condado de Marin por su colaboración, volvió la cabeza y vio a Gretchen mirando fijamente a la pantalla con el rostro totalmente inexpresivo. Abby sintió que se le encogía el corazón y, entonces, antes de que hubiera dicho nada, vio como la luz de la pantalla se reflejaba en las mejillas húmedas de Gretchen, y el corazón de Abby se desencogió y Gretchen volvió la cabeza hacia ella y le dijo:

—¿Podríamos volver a verla?

Sí pudieron. Luego comieron en Chi-Chi's y el padre de Abby fingió que era su cumpleaños, y los camareros vinieron y le pusieron un sombrero mexicano gigantesco sobre la cabeza y le cantaron una canción de cumpleaños, y trajeron helado frito para todos.

Aquel día fue el mejor en toda la vida de Abby.

—Tengo que contarte algo importante —dijo Gretchen.

Era la segunda vez que dormía en su casa. Los padres de Abby habían ido a una fiesta y las dos niñas habían comido pizzas congeladas mientras veían *Los poderes de Matthew Star* y luego *Falcon Crest*. Hacía un momento que había terminado. *Falcon Crest* no era tan buena como *Dinastía*, pero *Dinastía* la daban los miércoles por la noche y al día siguiente tenían que ir a la escuela, y Abby no podía verla porque sus padres no la dejaban. A Gretchen no le dejaban ver nada. Sus padres eran estrictos con la televisión y ni siquiera tenían televisión por cable, porque habría sido peligroso que sus nombres figuraran en la factura.

Habían pasado tres semanas desde que eran amigas y Abby ya se había acostumbrado a todas las extrañas normas del Programa de Protección de Testigos. Ni películas, ni cable, ni apenas televisión, ni música rock, ni bikinis, ni cereales azucarados para desayunar. Pero Abby sabía algo sobre el Programa de Protección de Testigos que había visto en las películas y que la asustaba: a veces las personas que se hallaban bajo protección desaparecían de un día para otro sin aviso previo.

Y en cuanto Gretchen le anunció que tenía algo importante que decirle, Abby tuvo muy claro lo que sería.

—Te vas a marchar —dijo.

—¿Por qué? —preguntó Gretchen.

—Por tus padres —respondió Abby.

Gretchen negó con la cabeza.

—No me marcho —dijo—. No quiero que me odies. Tienes que prometerme que no me vas a odiar.

—No te odio —le respondió Abby—. Eres guay.

Gretchen pellizcaba sin cesar el sofá forrado con tela de cuadros y evitaba mirar a Abby, y Abby empezaba a preocuparse. No tenía muchos amigos, y Gretchen era, sin duda alguna, lo más guay que había conocido después de Tommy Cox.

—No es verdad que mis padres estén en el Programa de Protección de Testigos —dijo Gretchen y cerró los puños sobre el regazo—. Me lo inventé. No me dejan ver películas en las que se recomienda que los niños vayan acompañados por adultos. Mientras no cumpla los trece años, solo me dejarán ver películas para todos los públicos. No les dije que iba a ver *E.T.* Les dije que iba a ver *La canción de Heidi*.

Se hizo un largo silencio. Las lágrimas le resbalaban por la nariz y goteaban sobre el sofá.

—Ya sé que ahora me odias —dijo Gretchen y asintió para sí misma.

En realidad, Abby estaba emocionada. De todos modos, nunca se había creído del todo aquella historia del Programa de

Protección de Testigos, porque —como solía decir su madre—, cuando algo parece demasiado bueno como para ser verdad, probablemente será mentira. Y si los padres de Gretchen la trataban como un bebé, la más guay de las dos sería Abby. Gretchen la necesitaría para ir a ver películas que no estuvieran clasificadas para todos los públicos, o para estar al corriente de *Falcon Crest*, así que iban a ser siempre amigas. Pero Abby también sabía que Gretchen podía dejar de ser amiga suya si Abby sabía un secreto sobre ella, así que se decidió a explicarle a cambio otro secreto.

—¿Quieres ver una cosa asquerosa? —preguntó.

Gretchen negó con la cabeza y sus lágrimas salpicaron el sofá.

—Asquerosa de verdad —insistió Abby.

Gretchen no paraba de llorar y apretó los puños hasta que los nudillos se le quedaron blancos. Así, Abby sacó una linterna del cajón de la cocina, le dio un tirón a Gretchen para que se levantara del sofá y la obligó a subir por las escaleras hasta el dormitorio de sus padres. Estuvo atenta en todo momento por si oía que el coche llegaba.

—No deberíamos estar aquí —dijo Gretchen en la oscuridad.

—Chssst —respondió Abby.

La guio para que no tropezara con el baúl que estaba al pie de la cama y se metieron en el armario de su padre. Allí, detrás de los pantalones, había una maleta. Dentro de la maleta había una bolsa negra de plástico, y dentro de esta, una caja grande de cartón en la que había una cinta de vídeo. Abby encendió la linterna e iluminó la funda del VHS.

—*Bad Mama Jama* —dijo—. Mi madre no sabe que lo tiene.

Gretchen se secó la nariz con la manga y tomó la funda con ambas manos. En la cubierta aparecía una mujer negra muy grande con el culo en pompa, vestida tan solo con un tanga, enseñando el coño. Tenía la cabeza vuelta hacia atrás y se había pintado con lápiz de labios naranja, del mismo color que sus uñas, y sonreía como si la divirtiera que dos niñas pequeñas le miraran el trasero. El texto que había debajo de la foto decía: «¡Mamá tiene el horno a punto para meter la cena!».

—¡Ay! —chilló Gretchen y le arrojó la cinta a Abby.

—¡Yo no la quiero! —gritó Abby y se la rebotó.

—¡Me ha tocado! —dijo Gretchen.

Abby forcejeó con Gretchen, la derribó sobre la cama y se puso a horcajadas sobre su amiga, que se retorcía sin cesar, y le frotó la cinta sobre los cabellos.

—¡Ay! ¡Ay! ¡Ay! —chillaba Gretchen—. ¡Me voy a morir!

—¡Te vas a quedar embarazada! —le dijo Abby.

A partir de entonces todo cambió. Cuando Gretchen dejó de mentir sobre el Programa de Protección de Testigos, cuando Abby le enseñó a Gretchen que su padre se excitaba sexualmente con las mujeres negras corpulentas, cuando Abby forcejeó con Gretchen sobre la cama de sus padres. A partir de aquella noche fueron las mejores amigas.

Durante los seis años siguientes ocurrió todo. Durante los seis años siguientes no ocurrió nada. En el quinto curso no fueron a la misma clase, pero a la hora de comer Abby le contaba a Gretchen todo lo que había pasado en *Remington Steele* y *Los hechos de la vida*. Gretchen habría querido tener por madre a la señora Garrett, Abby pensaba que Blair solía tener razón en todas las cosas, y ambas habrían querido hacerse mayores y abrir su propia agencia de detectives, y que Pierce Brosnan hiciera todo lo que le ordenaran.

A la madre de Gretchen le pusieron una multa por exceso de velocidad cuando iba con las niñas en el coche y dijo «hostia puta» en voz alta. Quiso sobornarlas para que no se lo contaran al señor Lang y las llevó a la tienda de Swatch, en el centro, y les compró relojes Swatch nuevos. A Abby le compró un Jelly y la niña se gastó su propio dinero para comprarse una protección de pantalla verde Swatch y otra rosada, que logró entrelazar y poner en el reloj. Gretchen se llevó un Tennis Stripe y protectores Swatch verde y rosa a juego. Después de divertirse afuera, se dedicaron a husmear cada una las correas del reloj de la otra y trataron de averiguar a qué olían. Abby decía que la suya olía a madreselva y canela, y que la de Gretchen olía a hibisco y a rosa, pero Gretchen pensaba que ambas olían tan solo a sudor.

Gretchen se quedó a dormir seis veces en casa de Abby, en Creekside, antes de que Abby recibiera por fin autorización para pasar la noche en la de Gretchen, en el Old Village, la parte más pija de Mt. Pleasant, donde todas las casas eran suntuosas y tenían vistas al agua, o jardines enormes, y si alguien veía por la calle a una persona negra que no fuera el señor Little se le acercaban con el Volvo y le preguntaban si se había perdido.

Abby se lo pasó muy bien en casa de Gretchen. El hogar de los Lang se hallaba en Pierates Cruze, un camino de tierra en forma de herradura donde los números de las casas iban al revés y el nombre de la calle estaba mal escrito, porque los ricos podían hacer lo que les pareciera. Su casa tenía el número ocho y daba al puerto de Charleston. Era una mole grisácea que reproducía la figura geométrica de un cubo, con una ventana de dos pisos hecha con una única luna de cristal. El interior estaba esterilizado como un quirófano. Se componía en su totalidad de ángulos rectos, superficies lisas, acero reluciente y cristal que se limpiaba dos veces al día. Era la única casa del Old Village que parecía edificada en el siglo XX.

Los Lang tenían un embarcadero a donde Abby y Gretchen iban a nadar (pero siempre con zapatillas de tenis, para que no se cortaran los pies con las ostras). La señora Lang limpiaba la habitación de Gretchen cada dos semanas y tiraba todo lo que le parecía que su hija no iba a necesitar. Una de sus normas era que Gretchen no podía guardar más de seis revistas y cinco libros a la vez. Su divisa era: «Si ya lo has leído, no lo necesitas más».

Así, Abby terminaba por quedarse todos los libros que Gretchen compraba en una librería de la cadena B. Dalton con la paga aparentemente inagotable que le pasaban sus padres. *Forever...* de Judy Blume. Sabían que aquella novela hablaba sobre ellas mismas (salvo por las obscenidades que salían al final). *Amé a Jacob* (Abby pensaba en secreto que Gretchen era

Caroline y ella misma Louise). *Z de Zacarías* (que hizo que Gretchen sufriera pesadillas sobre una guerra nuclear). Y los que tenían que esconder en el fondo de la mochila de Abby para meterlos en la casa de los Lang, todos ellos por V. C. Andrews: *Flores en el ático*, *Pétalos al viento*, *Si hubiera espinas*, y el más escandaloso de todos ellos, *Mi dulce Audrina*, con su inacabable exhibición de perversión sexual.

Pero lo más habitual, durante esos seis años, era que se encerraran en la habitación de Gretchen. Escribían listas interminables: sus mejores amigas, sus amigas regulares, sus peores enemigas, sus mejores profesores y también los más imbéciles, qué profesores habrían tenido que casarse con quiénes, cuál era el baño que más les gustaba en la escuela, dónde iban a vivir seis años más tarde, seis meses más tarde, seis semanas más tarde, dónde vivirían cuando se casaran, cuántas crías iban a tener sus gatos, con qué colores se casarían, si Adaire Griffin era una puta o simplemente una incomprendida, si los padres de Hunter Prioleaux sabían que su hijo era un engendro de Satán o si también los engañaba a ellos...

Aquello era un interminable cuestionario como los que salían en la revista para adolescentes *Seventeen*, un proceso eterno de autoclasificación. Intercambiaban gomas para el pelo, se atiborraban con revistas como *YM*, *Teen* y *European Travel and Life*. Entretenían la fantasía con condes italianos y duquesas alemanas y Diana de Gales y veranos en Capri y esquí en los Alpes. En sus fantasías compartidas, europeos de piel oscura subían con ellas a un helicóptero y las llevaban a mansiones ocultas donde domaban caballos salvajes.

Tras colarse en *Flashdance*, Abby y Gretchen se descalzaban mientras estaban en la mesa e iban cada una por la entrepierna de la otra con calcetines en los pies. Abby esperaba a que Gretchen levantara el tenedor cargado de guisantes y entonces le metía el pie en la entrepierna y hacía que la comida se le cayera por todas partes y su padre le echara una bronca.

—¡Lo de tirar comida no es ninguna broma! —gritaba—. ¡Así fue como murió Karen Carpenter!

Los padres de Gretchen eran republicanos reaganistas de lo más estricto que acudían todos los domingos al centro de St. Michael para rendir culto a Dios y al ascenso social. Cuando salió *El pájaro espino*, Abby y Gretchen se morían de ganas por verlo en el televisor grande, pero el señor Lang no lo tenía claro. Había oído que aquella serie no era nada recomendable.

—Papá —dijo Gretchen—, es igual que *Los vientos de la guerra*. Viene a ser una continuación.

El señor Lang consideraba que la árida miniserie de catorce horas sobre la Segunda Guerra Mundial filmada por Herman Wouk era lo mejor que se hubiera hecho jamás en televisión, por lo que bastó con citarla para que diera su bendición. Mientras veían el primer episodio de *El pájaro espino*, volvió a casa y se quedó en la puerta de la sala donde se hallaba el televisor. Estuvo allí el tiempo suficiente para darse cuenta de que aquello no tenía nada que ver con *Los vientos de la guerra*. Su rostro se puso morado. Abby y Gretchen estaban demasiado fascinadas por el erotismo de las escenas de amor en las regiones interiores de Australia como para darse cuenta de su presencia, pero sesenta segundos después de que el hombre saliera de la sala, la señora Lang entró y apagó el televisor. Luego se las llevó a la sala de estar para soltarles un sermón.

—Que la Iglesia católica se vanaglorie con el lenguaje obsceno y sacerdotes semidesnudos que andan en celo como animales —les dijo la muy protestante señora Lang—. Pero no en nuestro hogar. La televisión se ha terminado por esta noche, niñas, y ahora iréis al piso de arriba y os lavaréis las manos. La madre de esta casa tiene el horno a punto para meter la cena.

Cuando estaban a la mitad de la escalera, no pudieron contenerse más, y Abby se rio con tales carcajadas que se meó encima.

El sexto curso fue el año malo. El padre de Abby había hecho huelga en 1981 y había perdido su trabajo como controlador aéreo; después había encontrado un puesto como ayudante de gerencia en una empresa de limpieza de alfombras. También terminaron por padecer recortes. La familia Rivers tuvo que vender la vivienda de Creekside y mudarse a una casucha de Rifle Range Road. Cuatro pinos gigantescos se cernían sobre aquella caja de zapatos hecha de ladrillo y la bombardeaban con telarañas y resina, aparte de ocultarles por completo el sol.

Fue entonces cuando Abby dejó de invitar a Gretchen a quedarse en su casa por la noche y empezó a invitarse a sí misma todos los fines de semana a la casa de los Lang. Después empezó a aparecer también entre semana.

—Siempre serás bienvenida —le decía el señor Lang—. Te consideramos una segunda hija.

Abby no se había sentido nunca tan segura. Empezó a dejar el pijama y el cepillo de dientes en la habitación de Gretchen. Se habría ido a vivir allí si se lo hubieran permitido. Su casa olía siempre a aire acondicionado y a champú para moquetas. La humedad había entrado hacía tiempo y no había vuelto a desaparecer. En invierno y en verano, siempre olía a moho.

En 1984, Gretchen tuvo que ponerse un aparato dental en la boca, y Abby se inició en la política cuando Walter Mondale eligió a Geraldine Ferraro como compañera de candidatura. No se le había ocurrido a Abby que nadie pudiera tener nada contra la elección de la primera vicepresidenta de Estados Unidos y sus padres estaban demasiado absorbidos en sus estrecheces económicas como para darse cuenta de que había pegado un adhesivo de Mondale/Ferraro en el coche. Luego pegó otro en el Volvo del señor Lang.

Abby y Gretchen estaban en la sala del televisor viendo *Cuna de oro* cuando el señor Lang volvió del trabajo estremeciéndose de rabia. Aferraba con una mano los jirones del adhesivo. Trató de arrojarlos al suelo, pero se le quedaron pegados en los dedos.

—¿Quién ha sido? —preguntó con voz tensa y su rostro barbudo enrojecido—. ¿Quién? ¿Quién?

Fue entonces cuando Abby se dio cuenta de que iban a expulsarla para siempre de la casa de los Lang. Sin ser consciente siquiera, había cometido el mayor de los pecados y había hecho que otras personas pudieran pensar que el señor Lang era del Partido Demócrata. Pero antes de que Abby pudiera confesar y aceptar la condena al exilio, Gretchen se volvió sobre el sofá y se irguió sobre sus rodillas.

—Será la primera mujer en toda la historia que llegue a vicepresidenta —dijo Gretchen, agarrándose al respaldo del sofá con ambas manos—. ¿Tú no quieres que me sienta orgullosa de ser mujer?

—Esta familia es leal al presidente —respondió el señor Lang—. Más te vale que nadie haya visto esa... *cosa* en el coche de tu madre. Eres demasiado joven para la política.

Ordenó a Gretchen que agarrara una cuchilla de afeitar y arrancara el resto del adhesivo, mientras Abby miraba, aterrorizada, porque creía que se iba a meter en un gran lío. Pero Gretchen no dijo nunca nada. Fue la primera vez que Abby la vio reñir con sus padres.

Entonces tuvo lugar el Incidente Madonna.

En la casa de los Lang, Madonna estaba total y absolutamente prohibida. Pero un día en que el padre de Gretchen estaba en el trabajo y su madre asistía a una de sus nueve millones de clases (aeróbic, marcha rápida, club de lectura, club de cata de vinos, club de costura, grupo femenino de plegaria), Gretchen y Abby se disfrazaron al estilo de *Material Girl* y se pusieron a cantar frente al espejo. La madre de Gretchen tenía un joyero consagrado en exclusiva a las cruces, así que podríamos decir que prácticamente las estaba invitando a hacerlo.

Con docenas de cruces colgando del cuello, se pusieron frente al espejo de baño de Gretchen y se peinaron a lo grande, se hicieron moños enormes y sueltos, se cortaron las mangas de las camisetas, se pintaron los labios de brillante coral, se adornaron los ojos con sombra reluciente azul, se les cayó maquillaje sobre la alfombra blanca que cubría todo el suelo y lo pisaron por accidente, agarraron un cepillo de pelo y un rizador y los usaron como micrófonos, y se pusieron a cantar al unísono con la cinta de *Like a Virgin* en el radiocasete color melocotón de Gretchen.

Se le había ocurrido a Abby dibujarse un lunar y se puso a buscar un lápiz de ojos entre el revoltijo de instrumentos de maquillaje que había sobre el tocador mientras Gretchen cantaba «Like a vir-ir-ir-ir-ir-gin / With your heartbeat / Next to mine…».[2] Entonces, de pronto, alguien agarró a Gretchen por la cabeza y le dio un tirón, y se encontraron con que la señora Lang se hallaba entre ambas y se había puesto a deshacer el moño de su hija. La música estaba tan alta que no la habían oído entrar en la casa.

—¡Y yo que te compro cosas bonitas! —chillaba—. ¿Y esto es lo que haces tú?

Abby se quedó inmóvil, como una estúpida, mientras la cinta volvía a sonar, y la madre de Gretchen perseguía a su hija entre las dos camas idénticas y la golpeaba con el cepillo para el pelo. Abby sentía terror con solo pensar que la señora Lang se diera cuenta de su presencia, y una parte de su cerebro sabía que se tenía que esconder, pero se quedó en el mismo lugar donde estaba, como si fuera idiota, mientras la señora Lang perseguía a Gretchen por el suelo, entre las dos camas. Gretchen se enroscó sobre la alfombra y soltó un chillido agudo, y Madonna cantaba: «You're so fine, and you're mine / I'll be yours / Till the end of time…»,[3] y el brazo de la señora Lang subía y bajaba, y arreaba golpes sobre las piernas y los hombros de Gretchen.

«Make me strong / Yeah, you make me bold…»,[4] cantaba Madonna.

La madre de Gretchen fue al radiocasete y apretó varios botones a la vez, abrió la portezuela y arrancó la cinta mientras aún sonaba, y dejó largas tiras de cinta magnética colgando por todas partes. En el repentino silencio, Abby oyó que el aparato gimoteaba, porque sus engranajes se habían atascado. Aparte de eso, lo único que se oía era la dificultosa respiración de la señora Lang.

2. «Como una viiiirgeeeen / tu latido / junto al mío...»
3. «Cuánto me gustas y eres mío / y seré tuya / hasta el fin del mundo…»
4. «Hazme fuerte. / Sí, hazme valiente...»

—Limpia toda esta porquería —dijo—. Tu padre está a punto de llegar.

Luego salió de golpe y dio un portazo.

Abby anduvo a gatas sobre la cama y miró a Gretchen, que seguía en el suelo. La muchacha ni siquiera lloraba.

—¿Te encuentras bien? —preguntó Abby.

Gretchen levantó la cabeza y miró hacia la puerta de la habitación.

—Voy a matarla —susurró. Entonces se limpió la nariz y volvió los ojos hacia Abby—. No le digas a nadie lo que acabo de decir.

Abby recordó un día del verano anterior en el que Gretchen y ella misma habían entrado a hurtadillas en la habitación de los padres de su amiga y habían abierto el cajón de la mesilla de noche del padre. Dentro, escondido bajo un número antiguo de *Reader's Digest*, había un revólver negro, grueso, de cañón corto. Gretchen lo había sacado y había apuntado a Abby, y luego a las almohadas de la cama, primero a una, después a la otra.

—Pum… —había susurrado—. Pum.

Abby recordaba cómo habían sonado aquellos «pums», y en aquel instante miró a los ojos secos de Gretchen y se dio cuenta de que ocurría algo que era peligroso de verdad. Pero jamás dijo nada. En cambio, ayudó a Gretchen a limpiarlo todo, luego llamó a su madre y le pidió que pasara a recogerla. ¿Qué ocurrió aquella noche después de que el padre de Gretchen llegara a la casa? Gretchen no se lo contó.

Unas semanas más tarde, todo aquello quedaba ya lejos, y los Lang se llevaron a Abby a Jamaica para unas vacaciones de diez días. Abby y Gretchen se hicieron unas trenzas africanas cosidas que repiqueteaban al caminar. Abby se quemó con el sol. Jugaron a Uno casi todas las noches y Abby ganó en casi todas las partidas.

Eres una tahúr —dijo el padre de Gretchen—. No puedo creerme que mi hija haya metido una tahúr en la familia.

Abby comió tiburón por primera vez en su vida. Sabía como un filete, pero de pescado. Tuvieron su primera pelea importante, porque Abby puso sin cesar *Eat It* de Weird Al en el casete de la habitación, y dos días antes de regresar encontró esmalte de uñas de color rosa por toda la cinta.

—Lo siento —dijo Gretchen, pronunciando cada una de las palabras como si hubiera sido miembro de la Casa Real—. Ha sido un accidente.

—No ha sido un accidente —replicó Abby—. Eres egoísta. Yo soy la divertida y tú la mala.

Estaban siempre tratando de descubrir qué era cada una de las dos. Hacía poco habían llegado a la conclusión de que Abby era la divertida y Gretchen la guapa. Ninguna de las dos había sido nunca la mala.

—Vienes siempre con mi familia porque eres pobre —le espetó Gretchen—. Por Dios, estoy harta de ti. —A Gretchen le dolían los hierros en la boca y Abby llevaba las trenzas demasiado apretadas y le daban dolor de cabeza—. ¿Sabes cuál eres tú? —preguntó Gretchen—. Eres la tonta. Pones una y otra vez esa canción patética porque te parece que está guay, pero en realidad es para niños pequeños. Es de inmaduros y no quiero oírla más. Es patética. Te hace parecer patética a ti.

Abby se encerró en el baño, y la madre de Gretchen tuvo que decirle cosas bonitas para conseguir que saliera a cenar. La niña comió a solas en el balcón mientras los bichos la devoraban. Aquella misma noche, después de que se apagaran las luces, se dio cuenta de que alguien se estaba metiendo en su cama. Gretchen apareció a su lado.

—Lo siento —susurró mientras llenaba el oído de Abby con su aliento cálido—. La patética soy yo. Tú eres la guay. Por favor, no te enfades conmigo, Abby. Eres mi mejor amiga.

Durante el séptimo curso acudieron por primera vez a una fiesta con baile lento y romántico, y Abby besó con lengua a Hunter Prioleaux mientras se mecían al ritmo de *Time after Time*. La enorme barriga del muchacho estaba más dura de lo que la chica había pensado y su lengua sabía a chicle Big League y a Coca-Cola, pero además estaba muy sudado y olía a eructos. Siguió a Abby durante el resto de la noche por si conseguía que le hiciera una mamada, pero la chica terminó por encerrarse en el baño y Gretchen ahuyentó a Hunter.

Entonces llegó un día que cambió para siempre la vida de Abby. Ella y Gretchen habían ido a devolver las bandejas del almuerzo y comentaban que no podía ser que les dieran comida caliente como a los niños pequeños, y que tenían que empezar a llevar alimentos sanos a la escuela para comer fuera con todos los demás. Entonces vieron a Glee Wanamaker de pie junto a la ventana donde se devolvían las bandejas. Retorcía las manos y se tiraba de los dedos, con los ojos clavados en el gran cubo de basura. Había dejado el aparato dental sobre la bandeja, lo había tirado con los desperdicios y ahora no sabía en qué bolsa estaba.

—Tendré que mirar en todas —decía, sollozando—. Este era mi tercer aparato dental. Mi padre me va a matar.

Abby quería marcharse, pero Gretchen insistió en que tenían que ayudarla, y William, el encargado del comedor, se las llevó afuera y les enseñó las ocho enormes bolsas de plástico negro llenas de leche caliente, porciones de pizza a medio comer, macedonia, helado derretido, patatas fritas empapadas y kétchup cuajado. Era abril y el sol había transformado las bolsas en un estofado maloliente. Era lo peor que Abby hubiera olido en toda su vida.

No sabía por qué tenían que ayudar a Glee. Abby no llevaba ningún aparato de ortodoncia. Ni siquiera hierros de los sencillos. Todos los demás llevaban, pero sus padres no tenían dinero para pagarlos. No podían pagarle casi nada, y la muchacha tenía que ponerse la misma falda de pana azul marino dos veces por semana, y las dos blusas blancas iban a quedarse transparentes de tanto lavarlas. Abby se encargaba de su propia colada, porque su madre trabajaba como cuidadora en domicilios privados.

—Yo ya me paso el día haciendo la colada para otros —le decía su madre—. No veo que tengas los brazos rotos. Haz las tareas que te corresponden.

Su padre había estado trabajando como encargado del departamento de Productos Lácteos de un establecimiento de la cadena Family Dollar, pero lo habían despedido después de que guardara en el almacén un lote de leche caducada por equivocación. Había puesto un anuncio en la tienda de maquetas de Randy para hacer pequeñas reparaciones en los motores de las miniaturas de aviones que volaban por control remoto, pero los clientes se quejaron de que era demasiado lento y Randy le obligó a retirar el cartel. En aquel momento tenía un anuncio en la gasolinera de Oasis, en Coleman Boulevard, en el que se ofrecía para reparar cortacéspedes por veinte dólares. Casi no hablaba y había llenado el jardín de la casa con cortacéspedes averiados.

Abby empezaba a tener la sensación de que todo aquello la superaba. Empezaba a pensar que no importaba lo que hiciera, porque no servía para nada. Empezaba a presentir que su familia se deslizaba cuesta abajo y que la arrastrarían tras de sí, y que al final de la pendiente encontrarían un barranco. Empezaba a ver los exámenes como desafíos a vida o muerte, porque si suspendía aunque solo fuera uno le quitarían la beca, la echarían de Albemarle y no volvería a ver a Gretchen.

Y en aquellos momentos estaba detrás de la cafetería, frente a ocho bolsas hediondas repletas de basura reciente, y quería llorar. ¿Por qué tenía que ser ella quien ayudara a Glee? El padre de Glee era agente de bolsa. ¿Por qué nadie la ayudaba a ella? La propia Abby no llegó a saber nunca qué le había ocurrido, pero en aquel instante se transformó. Hubo algo dentro de su cabeza que hizo «clic» y empezó a pensar de otro modo.

No tenía por qué ser pobre. Podía buscar un trabajo. No tenía por qué ayudar a Glee. Pero sí podía. Podía decidir por sí misma lo que tuviera que ser. Podía elegir. La vida podía consistir en una sucesión interminable de tareas llenas de amargura, y también podía encararla con entusiasmo y llenarla de diversión. Había cosas malas y también buenas, pero tenía que ser ella misma quien eligiera cuáles tendrían más importancia. Su madre se concentraba tan solo en las malas. Abby no tenía por qué seguir el mismo camino.

Allí, detrás de la cafetería, inmersa en el hedor de la basura podrida de toda una escuela, Abby sintió que estaba cambiando de canal, que el mundo se iluminaba, porque se le acababan de abrir los ojos. Se volvió hacia Gretchen y le dijo:

—¡Mamá tiene el horno a punto para meter la cena!

Entonces abrió la bolsa que tenía más cerca, sacó un trozo de pizza a medio masticar y la arrojó al tejado como si fuera un *frisbee*, y luego hundió ambos brazos hasta el codo en un océano de comida grasienta, viscosa, rancia. Para cuando encontraron el aparato de ortodoncia de Glee, las dos niñas tenían trozos de mozzarella en el cabello y restos de macedonia en las blusas, y se reían como si hubieran enloquecido, se arrojaban puñados de lechuga mustia la una a la otra y hacían puntería con las patatas fritas contra la pared.

El octavo curso fue el año de Max Headroom y Spuds Mackenzie. El año en el que el padre de Abby empezó a pasarse horas viendo los dibujos animados del sábado por la mañana y durmiendo en un catre en el cobertizo del jardín de atrás. Fue el año en el que Abby logró que Gretchen se escapara de su casa para ir con ella en bicicleta por el puente de Ben Sawyer hasta Sullivan's Island. Había llegado el cometa Halley y todo el mundo iba a la playa en plena noche para verlo pasar. Encontraron un lugar desierto, se tumbaron de espaldas sobre la arena fría y contemplaron millones de estrellas.

—A ver si lo he entendido bien —dijo Gretchen en la oscuridad—. Es una bola de nieve sucia en forma de cacahuete que flota por el espacio. ¿Y todo el mundo se ha puesto así tan solo por eso?

Gretchen no tenía una visión muy romántica de la ciencia.

—Solo pasa una vez cada setenta y cinco años —respondió Abby, mientras se esforzaba por discernir si la mancha de luz que estaba viendo se movía o si tan solo se lo había parecido—. Quizá no volvamos a verlo jamás.

—Por mí, bien —respondió Gretchen—. Porque me estoy helando y se me ha metido arena en las bragas.

—¿A ti te parece que aún seremos amigas cuando vuelva a pasar? —preguntó Abby.

—Yo pienso que nos habremos muerto —respondió Gretchen.

Abby calculó mentalmente y se dio cuenta de que para entonces ya tendrían ochenta y ocho años.

—En el futuro la gente vivirá más años —respondió—. Puede que entonces aún vivamos.

—Pero ya no sabremos programar el vídeo para grabar películas y seremos viejas, y odiaremos a los jóvenes y votaremos a los republicanos, como mis padres —dijo Gretchen.

Acababan de alquilar *El Club de los Cinco* y les parecía que volverse adultas era lo peor que podía ocurrirles.

—No nos volveremos como ellos —respondió Abby—. No tenemos por qué volvernos aburridas.

—Si algún día dejo de estar alegre, ¿me matarás? —preguntó Gretchen.

—Pues claro que sí —le contestó Abby.

—Te lo digo en serio —insistió Gretchen—. Si aún no me he vuelto loca es por ti.

Se quedaron calladas durante unos instantes.

—¿Y a ti quién te ha dicho que no estás loca? —preguntó Abby.

Gretchen le arreó un puñetazo.

—Prométeme que siempre serás mi amiga—dijo.

—TASL.

Era una abreviatura que habían inventado para decirse «te quiero»: «Todo Amor Sin Lesbianismo».

Y se quedaron tumbadas sobre la arena helada y sintieron que la tierra giraba bajo sus espaldas y temblaron a la vez cuando el viento sopló desde el mar, y una bola de hielo pasó cerca de su planeta, a cinco millones de kilómetros, en la fría y lejana negrura del espacio profundo.

PARTY ALL THE TIME[1]

—¿Queréis flipar que vais a cagaros? —preguntó Margaret Middleton.

El agua, cálida como la sangre, chapoteaba contra el casco del Boston Whaler. Había reinado el silencio durante casi una hora, el tiempo que llevaban las cuatro muchachas sin apenas moverse en el arroyo, con Bob Marley a bajo volumen en el radiocasete, los ojos cerrados, las piernas en alto, el sol cálido, las cabezas meciéndose. Habían estado practicando esquí acuático en Wadmalaw, pero Gretchen se había pegado un buen planchazo y entonces Margaret las había llevado a una cala, había apagado el motor, echado el ancla y dejado que la embarcación flotara. Durante una hora, los sonidos más fuertes habían sido el ocasional chasquido de un mechero cuando alguna de las chicas encendía un cigarrillo Merit Menthol, o el desagradable ruido cuando abrían una cerveza Busch tibia. Por debajo de todo ello se oía el inacabable susurro de las cañas al viento.

Abby salió de su sopor y vio que Glee sacaba una cerveza de la nevera portátil. Glee le puso cara de «¿Quieres una?» y Abby le tendió el brazo. La sal seca le crujió en la piel y tomó un trago de la cálida, aguada y estupenda Busch. Era su bebida favorita,

1. Siempre de fiesta.

sobre todo porque la mujer mayor del Mitchell's les vendía una caja por cuarenta dólares sin pedirles la documentación.

Abby estaba pletórica. Sentía que se hallaba en su lugar. Allí no tenía nada de lo que preocuparse. No tenían por qué hablar. No tenían por qué impresionar a nadie. Podían quedarse dormidas una frente a la otra. El mundo real se hallaba muy lejos.

Las cuatro se consideraban las mejores amigas, y aunque algunos las llamaran fulanas o ratas de centro comercial o niñatas, a ellas les sudaba. Gretchen era la número dos de su clase y las otras tres estaban entre las diez primeras. Distinciones académicas, el club de estudiantes de élite National Honor Society, voleibol, voluntariado, notas inmejorables, y, tal como una vez había dicho Hugh Horton con gran devoción, su mierda sabía a caramelo.

No les había resultado fácil. Tenían que estar muy pendientes de todo. De la ropa, del cabello, del maquillaje (Abby era la que más cuidaba el maquillaje) y de sus notas. Abby, Gretchen, Glee y Margaret iban a llegar lejos.

Margaret estaba en el asiento del piloto, con las piernas apoyadas en la tabla de esquí acuático, y exhalaba grandes volutas de humo mentolado, asquerosamente rica, cargada de dinero de una de las viejas fortunas de Charleston, estadounidense de nacimiento, sureña por la gracia de Dios. Era Margaret la Máxima, una enorme rubia que ocupaba la mitad de la lancha con los brazos y las piernas cuando se tumbaba. Todo lo que tenía que ver con ella era excesivo: sus labios, demasiado rojos; sus cabellos, demasiado rubios; su nariz, demasiado torcida; su voz, demasiado fuerte.

Glee bostezó y se desperezó. Se hallaba en el extremo opuesto a Margaret. Era un Michael J. Fox en versión femenina, pequeñita, bronceada, que aún se compraba los zapatos en el departamento de ropa infantil. En verano la piel se le oscurecía y el ombligo se le ponía negro. En su cabello convivían siete tonalidades diferentes de castaño, y aunque tuviera nariz de koala y unos ojos tristes de perrito, los hombres siempre le prestaban más atención de la que deseaba, porque se había desarrollado pronto y sin guardar proporciones con su estatura. Además, Glee era tan avispada que daba miedo, una niña yuppie hasta la médula de los huesos. No era su padre quien le había comprado su pequeño Saab rojo. Había hecho el pago inicial con dinero que había ganado en bolsa. Lo único que había hecho su padre había sido encargarse de los trámites.

Gretchen, en la proa, tumbada boca abajo sobre una toalla, levantó la cabeza y bebió un sorbo de su Busch. Gretchen: tesorera del servicio de asistencia religiosa a los estudiantes, miembro fundador del Club de Reciclaje, miembro fundador de la sección de Amnistía Internacional de la escuela, y, si las paredes del baño podían considerarse una fuente digna de confianza, la que estaba más buena entre las muchachas de dieciséis años del décimo curso (que en Estados Unidos es al mismo tiempo el segundo de secundaria). Alta, delgada, desgarbada y rubia, parecía un anuncio de las tiendas de ropa Laura Ashley, con vestidos de estampado floral y tops de Esprit, en neto contraste con Abby, que apenas le llegaba a los hombros, y que con tanto cabello y maquillaje parecía la camarera de una cantina para camioneros. Abby se esforzaba mucho por no pensar en su aspecto, y la mayoría de los días, sobre todo en días como aquel, lo conseguía.

Mientras encendían los cigarrillos, mientras abrían las cervezas, mientras regresaban parpadeando a este planeta, Margaret sacó del bolso un botecito de un carrete fotográfico de color negro, se lo enseñó y les preguntó:

—¿Queréis flipar que vais a cagaros?

—¿Qué es? —preguntó Abby.

—Ácido —respondió Margaret.

De pronto, la voz de Bob Marley sonaba muy suave.

Gretchen se volvió sin levantarse de la toalla.

—¿De dónde lo has sacado?

—Se lo ha robado a Riley —mintió Glee.

Margaret era la única chica de su numerosa familia, y el segundo de los hermanos, Riley, era un conocido drogata que alternaba los semestres en la Universidad de Charleston con períodos de rehabilitación en Fenwick Hall, donde se tomaban sus descansos los alcohólicos más ricos de la ciudad. Todo el mundo sabía que metía drogas en la bebida de las chicas en el Windjammer, y después, en cuanto se desmayaban, se las tiraba en el asiento trasero del coche. La cosa terminó porque una de las muchachas se despertó, le rompió la nariz y luego echó a correr por en medio de Ocean Boulevard con los pechos al aire y chillando como una posesa. El juez convenció a los padres de la chica para que no presentaran una denuncia, porque Riley era de buena familia y tenía todo el futuro por delante. Al fin, lo único que le ocurrió fue que lo obligaron a vivir en el hogar familiar durante un año. Así, se iba mudando a cada una de las casas propiedad de los Middleton —Wadmalaw, Seabrook, Sullivan's Island, el centro de Charleston...— para que su padre no lo viera. En teoría, estaba asistiendo a las reuniones de Alcohólicos Anónimos, pero se dedicaba sobre todo a vender drogas.

Pero, en definitiva, Riley era fiable. Si Margaret y Glee le hubieran contado a Gretchen dónde habían conseguido en realidad el ácido, esta última se habría negado a tomarlo. Y si aquellas chicas iban a pegarse un colocón de ácido, tendrían que ser todas a la vez, o ninguna. Así era como hacían las cosas.

—No sé —dijo Gretchen—. No quiero terminar como Syd Barrett.

Syd Barrett, el cantante original de Pink Floyd, había tomado tanto ácido durante los años sesenta que se le había derretido el cerebro, y en aquel momento, veinte años más tarde, vivía en el sótano de la casa de su madre y en los días buenos lograba llegar a la oficina de correos con la bici. Coleccionaba sellos. Gretchen pensaba que si tomaba ácido había una probabilidad del cien por cien de que le diera un Syd Barrett y no volviera a ser normal.

—Mi hermano dice que Syd sacó un álbum el año pasado, pero todas las canciones eran sobre coleccionar sellos —dijo Glee.

—¿Y si me ocurre lo mismo a mí? —preguntó Gretchen.

Margaret echó por la boca una espectacular nube de humo.

—Y además, tú no coleccionas sellos —dijo—. ¿Sobre qué coño vas a cantar?

—Lo haré si me prometes que llevarás con el coche todas las latas del Club de Reciclaje hasta el centro de reciclaje —le dijo Gretchen a Margaret.

Margaret arrojó la colilla al arroyo.

—Recíclame esto, so hippie.

—¿Tú aceptas el trato, Glee? —preguntó Gretchen.

—Es que las bolsas pierden líquido —respondió Glee—. Luego se me meten avispas en el coche.

Gretchen se puso en pie, levantó ambos brazos y las yemas de sus dedos rozaron el cielo.

—Gracias por vuestro apoyo —dijo—, como siempre.

Luego estiró una de sus largas piernas, saltó desde proa y se hundió en el agua sin chapotear. Tardó en salir. Aquello no era nada nuevo. Gretchen habría podido contener el aliento toda una eternidad y le gustaba revolverse en las gélidas aguas de la cala. Eso era lo bueno de Gretchen. Por mucho que se empeñara en salvar el planeta, conservaba siempre aquel desenfado.

—Como le digas de dónde lo hemos sacado, te parto la cara —le dijo Margaret a Abby.

El verano de 1988 había sido el mejor de toda la historia. Había sido el verano de *Pour Some Sugar on Me* y de *Sweet Child O'Mine*, y Abby se había gastado todo el dinero en gasolina, porque por fin se había sacado el carné de conducir y podía salir con el coche después de que oscureciera. Todas las noches, a las 23.06, Abby y Gretchen abrían las mosquiteras, escapaban por la ventana y daban vueltas en coche por Charleston. Iban de noche a nadar en la playa, se mezclaban con los chavales de James Island en el Mercado de Charleston, fumaban cigarrillos en el aparcamiento que estaba enfrente del Club de Jardinería y Armas de Fuego y veían las peleas de los alumnos de la escuela militar de Citadel. Una noche habían ido hacia el norte por la 17 y casi habían llegado a Myrtle Beach, se habían fumado un paquete entero de Parliament y habían escuchado a Tracy Chapman cantando *Fast Car* y *Talkin'Bout a Revolution* una y otra vez, y en cuanto el sol empezó a asomarse volvieron a casa.

Entretanto, Margaret y Glee habían pasado la mayor parte del verano sentadas en el coche de esta última a la espera de que les pasasen droga. Nadie, salvo los máximos mutantes de su clase, había probado el ácido, así que Margaret consideraba importante que fueran ellas las primeras en darse un colocón, del mismo modo que habían sido las primeras chicas en llevar una nota diciendo que no podían ir a clase de gimnasia porque tenían la regla, del mismo modo que habían sido las cuatro primeras en ir a un concierto en directo (Cyndi Lauper), del mismo modo que habían sido las cuatro primeras en sacarse el carné de conducir (con la excepción de Gretchen, que tenía problemas para distinguir entre la izquierda y la derecha).

Margaret y Glee habían trabajado durante meses en el proyecto ácido, pero todos los intentos de compra les habían salido mal. Abby empezó a sentir lástima por Glee y se ofreció a llevarlas con el Conejito de la Suerte —así llamaban al Volkswagen Rabbit de Abby, porque *rabbit* significa «conejo» en inglés— en una de las largas salidas de Margaret en busca de drogas, que siempre terminaban en nada. La propuesta de Abby molestó a Glee y a Margaret.

—¡No, joder! —dijo Margaret—. Tú no vas a conducir. Recuerda que estudiamos primaria en un edificio que lleva el nombre de mi abuelo.

—La empresa de mi padre gestiona la cartera de la escuela —añadió Glee.

—Si nos pillan, nos mandarán a casa durante unos días —explicó Margaret—. Serán unas vacaciones gratuitas. Pero si te pillan a ti, te expulsarán. Yo no pienso ser amiga de una tía que la han expulsado de la escuela y trabaja de cajera en un S-Mart.

En opinión de Abby, aquella visión de su situación era innecesariamente negativa. Sí, estaba en la escuela porque había conseguido una beca que tenía un montón de condicionantes, pero no le cabía ninguna duda de que Albemarle no andaba en busca de una excusa para echarla. Sus notas eran una maravilla. Pero no se podía discutir con Margaret. Por ello, se ofreció a pagarle la gasolina a Glee y sintió un secreto alivio cuando esta rechazó la oferta.

El más reciente safari a la caza de drogas había llevado a Glee y Margaret al aparcamiento de una tienda de productos para pesca de Folly Beach. Se habían pasado dos horas sentadas en el coche de Glee, bajo una lluvia torrencial, hasta que por fin Margaret se había metido en la cabina telefónica y había descubierto que lo que sucedía no era que el camello estuviera haciendo tiempo para contactar con ellas. Lo habían arrestado. Las muchachas se habían plantado en la habitación del camello en el Holiday Inn, porque ¿qué más les quedaba?, y habían descubierto que los polis no solo habían dejado la puerta abierta, sino que además no habían sido capaces de encontrar la droga escondida bajo el colchón. Margaret y Glee no habían cometido el mismo error.

Ciertamente, si se da el caso de que encontramos ácido bajo un colchón en un Holiday Inn y lo han dejado allí dos tíos a los que no hemos visto en nuestra vida, que lo escondían de la policía y que ahora están en la cárcel, cabe la posibilidad de que ese ácido esté adulterado con estricnina, o con algo peor. Pero también cabía la posibilidad de que no estuviera adulterado con estricnina ni con nada peor, y Abby quería verlo todo por el lado bueno.

Gretchen sacó la cabeza del agua y escupió dentro de la lancha la colilla del cigarrillo de Margaret. Acertó en el voluminoso muslo de esta última.

—¡Dios mío! —exclamó Margaret—. ¿Cómo sabes que era la mía? ¡Me vas a contagiar el sida!

Gretchen escupió un chorro de agua sobre la lancha.

—No es así como se pilla el sida —respondió—. Las cuatro sabemos que para contagiarse hay que morrearse con Wallace Stoney.

—Ese no tiene sida —replicó Margaret.

—Buuu —intervino Glee—. Pero sí que te saldrá un herpes.

Margaret parecía cabreada.

—¿A qué sabe? —preguntó Gretchen, al tiempo que se agarraba a la borda y sacaba la cabeza para poder mirar a los ojos a Margaret—. ¿Sus labios con herpes saben a amor verdadero?

Ambas se mantuvieron la mirada.

—Para que lo sepas, no son herpes, son granos —respondió Margaret—. Y saben a Clearasil.

Se rieron, y Gretchen se soltó de la lancha e hizo el muerto en el agua.

—Lo tomaré —dijo mientras contemplaba el cielo—. Pero tenéis que prometerme que no sufriré daños en el cerebro.

—Tu cerebro ya no puede dañarse más —respondió Margaret y saltó al agua. Faltó poco para que volcara la lancha. Aterrizó sobre Gretchen, la agarró por el cuello con el brazo y la arrastró bajo la superficie. Volvieron a salir escupiendo agua y riéndose, agarradas la una a la otra.

—¡Asesina!

Llevaron la lancha de regreso al embarcadero de Margaret. Al ponerse el sol, el aire se enfriaba. Abby se envolvió los hombros con una toalla y Gretchen dejó que el viento le entrara en las mejillas y se las hinchara como un globo. Tres delfines emergieron a babor y las acompañaron durante unos doscientos metros y, luego, se separaron de ellas y se marcharon en dirección al mar. Margaret imitó una pistola con la mano e hizo como que les disparaba. Gretchen y Abby se volvieron y los contemplaron mientras entraban y salían del agua, centelleaban entre las olas y por fin desaparecían a lo lejos, grises como las aguas revueltas.

Amarraron la lancha en el muelle de Margaret y cargaron con los esquíes hasta el jardín de atrás, pero Gretchen se entretuvo con Abby en la embarcación. Se había plantado con ambas manos en la cintura.

—¿Tú vas a hacerlo? —preguntó.

—Sí, claro que sí —respondió Abby.

—¿Tienes miedo? —preguntó entonces.

—Sí, claro que sí —respondió Abby.

—¿Pues entonces por qué lo haces?

—Porque quiero escuchar a Pink Floyd tocando *Dark Side of the Moon* y saber si su música es profunda de verdad.

Gretchen no se rio.

—¿Y si se abren las puertas de la percepción y no consigo cerrarlas de nuevo? —dijo, preocupada—. ¿Y si veo y oigo toda la energía del planeta y entonces los efectos del ácido no se me pasan?

—Pues entonces te iré a ver al hospital de Southern Pines —respondió Abby—. Y apuesto a que tus padres conseguirán... yo qué sé... que le pongan tu nombre a la sección de lobotomías.

—Eso estaría muy bien —corroboró Gretchen.

—Sería muy divertido —añadió Abby—. Lo haremos juntas, igual que cuando éramos compañeras de natación en el campamento. Ahora seremos compañeras de cuelgue.

Gretchen se metió en la boca algunos cabellos que le caían sobre la cara y sorbió el agua salada de las puntas.

—¿Me prometes que esta noche me recordarás que tengo que llamar a mi madre? —preguntó—. Tengo que dar el parte a las diez.

—Será mi misión en la vida —prometió Abby.

—Estupendo —respondió Gretchen—. ¡Y ahora, a freírme el cerebro!

Entre las cuatro, amontonaron todo el equipo en el jardín de atrás y pasaron la manguera. Entonces Abby le roció el culo a Margaret.

—¡La hora de la lavativa! —gritó.

—Me confundes con mi madre —chilló Margaret y echó a correr para ponerse a salvo en la casa.

A continuación, Abby fue por Glee, pero Gretchen le pisó la manguera. La situación degeneraba con rapidez, pero entonces Margaret salió al porche de atrás con una de las bandejas de plata para el té que tenía su madre.

—Señoritas —dijo con sonsonete—, es la hora del té.

Se reunieron en torno a la bandeja, al pie de un roble. Habían traído cuatro platillos de porcelana. Encima de cada uno de ellos había una hojita de papel blanco. En cada uno de los pequeños papeles estaba impresa la cabeza de un unicornio azul.

—¿Es esto? —preguntó Gretchen.

—No, chicas, es que se me ha ocurrido daros papelitos para que vayáis masticando —respondió Margaret—. ¡Venga!

Glee alargó la mano para tocar su hojita, pero la apartó antes de que hiciera contacto. Todas ellas sabían que el ácido también se absorbía por la piel. Habrían tenido que proceder con más ceremonia. Tendrían que haber empezado por ducharse o por comer algo. Tal vez no deberían haber pasado el día entero bajo el sol, ni beber tanta cerveza. Lo estaban haciendo todo mal. Abby se dio cuenta de que todas se estaban acobardando, incluida ella misma, así que, mientras Gretchen tomaba aliento y se preparaba para dar una excusa, agarró su papelito y se lo metió en la boca.

—¿A qué sabe? —preguntó Gretchen.

—A nada, cariño —respondió Abby.

Margaret tomó el suyo, y también Glee. Luego, por fin, lo hizo Gretchen.

—¿Hay que masticarlo? —dijo esta última, con un ceceo, porque trataba de no mover la lengua.

—Deja que se disuelva —respondió Margaret con el mismo ceceo.

—¿Durante cuánto tiempo? —preguntó Gretchen.

—Tranquilízate, so tonta —ceceó Margaret a su vez, con la lengua paralizada.

Abby contempló el crepúsculo resplandeciente, de tonos anaranjados, que se consumía sobre la marisma, y se sintió como si hubiera dado el paso definitivo: había tomado ácido. El ácido se hallaba en su sistema. Era irreversible. No importaba lo que sucediera a continuación, tendría que aguantar hasta el final. El sol poniente brillaba y vibraba en el horizonte, y Abby se preguntó si la imagen habría podido ser tan vívida si no se hubiera metido el ácido. Por puro reflejo, se tragó el trocito de papel y aquello fue el final: ya no había remedio, había cruzado una línea que no podría descruzar. Estaba aterrorizada.

—¿Alguna de vosotras oye algo? —preguntó Glee.

—Tarda horas en hacer todo su efecto, so subnormal —respondió Margaret.

—Ah —replicó Glee—. ¿Entonces esa nariz de cerda es la que tienes siempre?

—No seáis malas —dijo Gretchen—. No quiero pegarme un mal colocón. De verdad que no.

—¿Os acordáis de la señora Graves, de sexto curso? —preguntó Glee—. ¿La de los adhesivos de Mickey Mouse?

—Qué lamentable fue aquello —dijo Margaret—. Sabéis de qué hablo, ¿verdad? Aquel sermón en el que nos contó que en Halloween los adoradores de Satán van por ahí regalando adhesivos de Mickey Mouse a los niños, y que estos los chupan, pero los adhesivos están cubiertos de LSD y los niños se pegan colocones chungos y matan a sus padres.

Gretchen le tapó la boca a Margaret con las dos manos.

—Cállate... —le dijo.

Y siguieron echadas en el jardín mientras anochecía. Iban fumando cigarrillos y hablaban de cosas graciosas, como, por ejemplo, qué podía pasarle a ese culo tan raro que tenía Maximilian Buskirk y la planificación de partidos de voleibol para aquel curso, y Glee les habló de una nueva enfermedad venérea que casi seguro que había pillado Lanie Ott, y discutieron si tenían que comprarle una depiladora eléctrica Epilady a Greene, la entrenadora de gimnasia, y si el padre Morgan estaba bueno nivel *El pájaro espino*, nivel normal, o tan solo nivel profesor. Y durante todo el rato, todas ellas se esforzaban en secreto por ver si el humo que echaban por la boca se transformaba en dragones, o si los árboles se ponían a bailar. Ninguna de ellas quería ser la última en ver alucinaciones.

Por fin, se encerraron en un silencio confortable. Tan solo Margaret tarareaba una canción que había oído en la radio y se provocaba crujidos en los nudillos de los pies.

—Vamos a mirar las luciérnagas —propuso Gretchen.

—¡Buena idea! —respondió Abby, y apoyó las manos sobre la hierba para ponerse en pie.

—¡Ay, Dios mío! —exclamó Margaret—. ¡Qué raras sois, chicas!

Corrieron por el jardín y por las hierbas altas del campo que había entre la casa y los bosques, y observaron los bichitos luminosos volando, con el trasero reluciente, mientras el aire se teñía de lavanda, como suele hacer cuando anochece en el campo. Gretchen corrió hacia donde se encontraba Abby.

—Hazme dar vueltas —le dijo.

Abby la agarró por las manos y dieron vueltas, con la cabeza echada hacia atrás, empeñadas en hacer que les subiera. Pero cuando se desplomaron sobre la hierba, no sentían ningún colocón, simplemente estaban aturdidas.

—No quiero que Margaret les arranque el trasero a las luciérnagas —dijo Gretchen—. Tendríamos que comprar el campo de al lado y transformarlo en reserva natural para que nadie pueda contaminar el arroyo.

—Está claro que sí —añadió Abby.

—Mira. Las estrellas —dijo Gretchen, y señaló con el dedo a las primeras que aparecían en el cielo azul y oscuro—. Tienes que prometerme que no me vas a abandonar jamás.

—Quédate siempre conmigo —respondió Abby—. Voy a ser tu sherpa lisérgico. A donde tú vayas, iré yo.

Se agarraron por las manos en medio de la hierba. Ni la una ni la otra habían sentido nunca ningún reparo en tocarse, aunque Hunter Prioleaux las hubiera llamado bolleras cuando estaban en quinto. Pero eso era porque nunca nadie había amado a Hunter Prioleaux.

—Tengo que decirte que... —empezó a contarle Gretchen.

Margaret emergió de la oscuridad. Se había hecho dos líneas brillantes bajo los ojos con los traseros que había ido arrancando a las luciérnagas.

—Vamos a entrar —les dijo—. ¡El ácido nos está subiendo!

THE NUMBER OF THE BEAST[1]

Cuatro horas más tarde, Abby vio que los números de la radio despertador pasaban de las 23.59 a las 00.00, y el ácido seguía sin subir. Las muchachas estaban desparramadas por el enorme dormitorio de Margaret y no les había venido ningún colocón. Se aburrían.

—¡Creo que veo bengalas! —dijo Abby y meneó los dedos con optimismo.

—Tú no ves ninguna bengala —respondió Margaret, suspirando—. Te lo he dicho ya nueve millones de veces.

Abby se encogió de hombros y volvió a revolver la caja de zapatos donde Margaret guardaba las cintas de casete, en busca de algo que pudieran escuchar.

—¿Cómo se te ocurre ponerte a hacer los deberes? —le gritó Margaret a Glee, que se había sentado con la espalda contra la cama y, en efecto, se había puesto a hacer los deberes con la cara muy seria.

—Es que esto es un aburrimiento —respondió Glee.

—¿Y si os pongo los Proclaimers? —preguntó Abby.

—¡No! —replicó Margaret.

—¿Pero verdad que la canción esa estaba bien? —probó a decir Abby.

1. El número de la bestia.

Margaret volvió a repantigarse en el sillón.

—Esto es una mierda —gimoteó—. La verdad es que no siento nada. ¿Y si nos pillamos un ciego de los de siempre? Glee, para ya con los deberes, o te doy un par de hostias.

Abby echó una ojeada por la habitación. Gretchen estaba en el otro extremo y miraba por la ventana, se hacía trenzas en el cabello y luego se las deshacía. Abby se acercó a ella.

—¿Qué estás mirando? —le preguntó.

—Las luciérnagas —respondió Gretchen.

Abby echó una mirada al jardín lateral. En la habitación no había más luz que la de unas pocas velas, por lo que estaba lo bastante oscuro como para ver todo el jardín por la ventana hasta la linde del bosque envuelta en negrura.

—¿Qué luciérnagas? —preguntó.

—Se han apagado —respondió Gretchen.

—Tengo un tablero de ouija —propuso Margaret—. ¿Os apetece hablar con Satán?

—¿Tú sabías que la pasta Crest es satánica? —preguntó Glee, apartando los ojos de su archivador Trapper Keeper.

—Glee... —empezó a decir Margaret.

—Lo es —respondió Glee—. Si miras dentro del tubo, verás la figura de un viejo con cuernos y una barba que tiene la forma de un 666 invertido. Y a su alrededor hay trece estrellas. Los fabricantes de los tableros de ouija son los Parker Brothers, los mismos que hacen el Trivial Pursuit.

—¿Ah, sí? —dijo Margaret con un suspiro.

—Sí —respondió Glee—. Así que si quieres comunicarte con Satán, lo mejor será que te cepilles los dientes, en vez de sacar la ouija.

—Gracias, sabihonda —dijo Margaret.

Se hizo el silencio en la oscura habitación. Gretchen se cubrió la cara con el codo para disimular un bostezo. Alguien tendría que intervenir para que la noche no fuera un desastre. Como de costumbre, fue Abby.

—Vamos a bañarnos desnudas —propuso.

—Y una mierda —respondió Margaret—. Hace demasiado frío.

—Solo un minutito —insistió Abby.

Lo de salir afuera parecía una buena idea.

—Yo voy —dijo Gretchen apoyándose con ambas manos en el alféizar de la ventana para levantarse.

—Esperad un momento a que acabe los deberes de trigonometría —dijo Glee.

Margaret se puso a su lado y le cerró el cuaderno.

—¡Vamos para allá, so tonta! —le dijo—. Ahora no nos jodas.

Las cuatro bajaron ruidosamente por los tres tramos de escaleras, encendieron las luces de fuera y salieron al jardín de atrás.

—Apaga las luces —propuso Gretchen—. Así podremos ver las estrellas.

—Abby —dijo Margaret—, el interruptor está en la puerta de atrás.

Abby volvió a subir por las escaleras, encontró el interruptor detrás del microondas y el jardín quedó de nuevo a oscuras. Al instante el cielo se iluminó y el canto de los grillos sonó con más fuerza. Una luna gruesa y anaranjada flotaba sobre el horizonte, justo encima de la linde del bosque. Abby bajó con sigilo por la escalera. Parecía que la noche las escuchara.

—Qué bonito —decía Gretchen.

Contemplaron la luna un instante. Todas ellas habrían querido agarrar un colocón. Pero la luna seguía allá arriba y no era más que la luna. Entonces Gretchen se quitó la camiseta.

—¡Mirad qué tetas tan grandes! —gritó y, entonces, corrió en la oscuridad en dirección al embarcadero y, mientras tanto, se fue quitando la ropa, se llevó las manos a la espalda para desabrochar el sostén, y sus largas piernas devoraron el césped con sus brincos mientras desaparecía en las sombras.

—¡Espera! —le gritó Margaret—. La marea está baja.

Gretchen no se detuvo. Oyeron sus pisadas por el muelle de madera.

—¡Gretchen! —chilló Abby—. ¡No saltes!

Corrieron tras ella. Margaret y Abby iban las primeras. Pisaron los pantalones cortos y la ropa interior de Gretchen que estaban sobre el césped. Oyeron más adelante un chapoteo en aguas superficiales.

—Mierda —exclamó Margaret.

Vieron a la luz de la luna que la marea había bajado y que el arroyo se había transformado en una deslustrada cinta de agua plateada que pasaba entre dos orillas altas cubiertas de fango. Por un momento, Abby se imaginó a Gretchen precipitándose sobre el lodo y destrozándose las rodillas, o cayéndose en un agua que no llegaba a un metro de profundidad y rajándose la cara contra un lecho de ostras escondido.

—¿Gretchen? —llamó Abby.

No respondió.

Margaret y la propia Abby habían llegado a la baranda que se encontraba al final del muelle. Glee llegó corriendo tras ellas.

—¿Dónde está Gretchen? —preguntó.

—Ha saltado —le respondió Abby.

—Mierda —exclamó Glee—. ¿Estará bien?

Miraron arriba y abajo por el arroyo, pero Gretchen había desaparecido. La llamaron varias veces por su nombre. Sus voces resonaron sobre el agua.

Abby bajó por la pasarela hasta el muelle flotante.

—Por aquí hay caimanes —avisó Margaret.

—¿Gretchen? —llamó Abby en dirección al arroyo.

No hubo respuesta. Abby se dio cuenta de que tendría que meterse en el agua.

—¿Has traído una linterna? —gritó a Margaret—. Tendremos que salir en la lancha.

—¿Y golpearle la cabeza? —replicó Margaret—. ¡Vaya idea!

—Pues, entonces, ¿qué? —preguntó Abby.

—Gretchen aguanta mucho tiempo sin respirar —respondió Margaret—. Esperemos a que salga.

El agua pasaba bajo el muelle flotante y lo mecía hacia uno y otro lado.

—¿Y si se ha golpeado la cabeza? —dijo Abby.

—¿De verdad que hay caimanes? —preguntó Glee.

Algo se movió entre la vegetación de la marisma y Abby se sobresaltó. ¿Sería un caimán? ¿Qué ruido hacían los caimanes al moverse? ¿Los caimanes salían de noche? No lo sabía. ¿Por qué no les enseñaban nunca nada útil en la escuela?

Recorrió una vez más el arroyo con los ojos, con la esperanza de encontrar a Gretchen, porque desde luego que no quería meterse en el agua. En la otra orilla, nuevamente, algo se movió entre las cañas. Abby forzó la vista y distinguió una sombra que se separaba de la oscuridad y se arrastraba hacia el agua. Clavó los ojos en ella. Una forma que no era humana se deslizaba por el lodo y producía un sordo chapoteo al meterse en el negro río por el que las aguas bajaban hasta el mar. Un viento recio soplaba desde el agua. El verano había terminado. Empezaba a hacer frío.

—¡Es Gretchen! —gritó Glee.

—¿Dónde está? —preguntó Abby.

—Allá abajo —respondió Glee—. Donde te señalo con el dedo.

—Está oscuro, no veo dónde señalas.

—A la izquierda —replicó Glee—. Al recodo en el río.

Abby miró río abajo. Se protegía los ojos con la mano para que la brillante luna anaranjada no la cegara. Mucho más abajo, donde el arroyo se volvía hacia el océano y desaparecía tras un recodo cubierto de cañas, había una figura pálida, alargada como la de Gretchen, que se abría paso por el lodo hacia los árboles. Abby puso las manos en torno a la boca haciendo bocina.

—¡Gretchen! —gritó.

La figura seguía moviéndose.

—¿Cómo vamos a bajar hasta allí? —le gritó Abby a Margaret.

Oyó más arriba el chasquido de un mechero y olió el cigarrillo mentolado.

—Mira —dijo Margaret—, Gretchen está bien.

Pero Abby sabía que le pasaba algo. Lo más probable era que Gretchen no supiera regresar a la casa. Su sentido de la orientación equivalía a cero e iba desnuda. Quizás aún llevara puestas las zapatillas, pero Abby tenía toda su ropa.

—¿Has traído una linterna? —preguntó de nuevo Abby.

—Tranqui —le respondió Margaret—. Dentro de cinco minutos estará aquí.

—Voy a por ella —dijo Abby, dirigiéndose a la rampa—. Pásame uno.

Margaret sacó un cigarrillo del paquete y se lo dio. La luz anaranjada iluminó el rostro de Abby y entonces vio manchas flotando en el aire y sorbió mentol. No quería decírselo a las demás, pero el corazón le martilleaba.

—Volveré en seguida —dijo Abby.

—¡Cuidado con las serpientes! —gritó Margaret a su espalda, más que nada para darle ánimos.

Abby se abrió paso entre las hierbas altas y se metió entre los árboles. Al instante, el bosque la separó de la casa, de las estrellas, del cielo, y la sepultó en su oscuro ramaje. Lo único que oía era el estridente cántico de las cigarras, el sonido de sus propios pasos al aplastar hojarasca y el ocasional zumbido de un mosquito en la oreja. Tenía la sensación de que alguna criatura vigilaba su caminar. Se movía con todo el sigilo posible y no se alejaba del río. El bosque, a su izquierda, estaba envuelto en negrura.

Cuando Abby salió al pequeño claro donde el río trazaba el recodo, el cigarrillo Merit se había quemado ya hasta el filtro. Arrojó la colilla al agua, con la esperanza de que Gretchen viniera corriendo a decirle que había hecho daño a la Madre Naturaleza.

Pero no.

—¿Gretchen? —susurró Abby en la negrura.

Nadie respondió.

—¿Gretchen? —probó de nuevo, elevando un poco la voz.

Un rastro de hierba pisoteada y lodo revuelto indicaba el lugar por donde Gretchen debía haber salido gateando del agua. Abby se situó en lo alto de la orilla por la que podía haber emergido y contempló la negrura del bosque. El follaje susurraba, porque el viento soplaba arriba entre las copas de los árboles. Las cigarras continuaban con su estridente cántico. A lo lejos se oyó un golpe sordo que hizo que a Abby se le encogiera el corazón.

—¡Gretchen! —dijo con su voz normal.

El bosque no respondió.

Sin darse tiempo a sí misma para flaquear, Abby se adentró en el bosque en línea recta, imaginándose que ella misma era Gretchen. ¿Hacia dónde habría ido? ¿Qué camino habría seguido? Al cabo de unos segundos se hallaba inmersa en la negrura. Sus ojos no tenían nada a lo que aferrarse y se movían sin sentido, su visión se deslizaba inútilmente por las sombras en un vano esfuerzo por imponerles una forma. Siempre con una mano frente al rostro para no chocar contra un árbol y partirse la nariz, Abby se adentró todavía más en el bosque.

Más adelante no había tantos árboles y la luna alumbraba con su fulgor grisáceo y mortecino una forma cuadrada y negra que sobresalía del suelo. Abby aminoró la marcha al entrar en el claro. Era un búnker en ruinas, una sencilla construcción rectangular, con gruesas paredes de hormigón calcinadas y el techo hundido. Tan solo tenía una ventana oscura y Abby no lograba librarse de la sensación de que alguien la observaba desde allí. Fue entonces cuando vio que la oscuridad que reinaba dentro del búnker empezaba a moverse. Fue entonces cuando Abby se dio cuenta de que las cigarras habían dejado de cantar.

Su corazón se aceleró hasta la cuarta marcha. No sabía dónde estaba. Jamás había oído que hubiera allí ninguna edificación. No creía que hubiera nada en su interior, pero sí había algo que se movía y Abby no lograba apartar la mirada. Dentro, la oscuridad era aún más profunda. Abby la veía a través de la ventana, veía que se retorcía sobre sí misma, se revolvía, giraba, ondulaba. Y había algo que zumbaba, un siniestro crepitar que sentía a través de los pies, que murmuraba en lo profundo del subsuelo. Abby estrujó los pantalones cortos y la camiseta de Gretchen. Oyó el sonido de un cuerno de caza lejano.

Tenía que ser el ácido. Por fin le estaba subiendo, después de todo. Solo tenía que dar media vuelta y marcharse. No iba a sufrir ningún daño. Era una droga potente, pero nunca le había hecho daño a nadie, salvo quizás a Syd Barrett. Solo tenía que dar media vuelta e irse. No tenía de qué preocuparse, porque nada de todo aquello era real.

Fue entonces cuando un hombre la llamó por su nombre.

—Abby —le dijo una voz desde dentro de la edificación.

Emergió de la oscuridad... no hubo efectos de sonido extraños, nada que diera miedo, tan solo un hombre normal, que pronunciaba su nombre con voz normal.

Las manos se le quedaron frías. Algo se rompió dentro de su cerebro y la muchacha echó a correr. Sintió pánico, tropezó, se la pegó de cara contra un árbol, porque *alguien venía detrás de ella* y en cualquier momento la agarraría por la camiseta y la arrastraría hasta la casa oscura. Así que corrió sin parar.

Abby se lanzó hacia la parte del bosque más clara, chocó contra los troncos de los árboles, tropezó con las raíces, dio varios traspiés por los arbustos. Corrió mientras las espinas le herían las pantorrillas, las ramas le golpeaban los ojos y algo la agarraba por los cabellos y tiraba hacia atrás. Pero siguió corriendo y sintió que le arrancaban los cabellos de las raíces. Más adelante la negrura no era tan compacta. Vio el lugar donde terminaban los árboles. Ya estaba cerca. Un gemido le subió a la garganta y una luz la abofeteó en el rostro.

—¡Eh, para! —gritó Margaret.

Abby salió del bosque y cayó sobre manos y rodillas. Margaret y Glee estaban de pie entre las hierbas, que las cubrían hasta la cintura. Se encontraban lejos del río, más lejos de lo que había pensado Abby.

—¡Vienen detrás! —dijo mientras se incorporaba sobre la fría hierba.

Margaret apartó la luz de la cara de Abby. Recorrió con la

linterna la pared de árboles, que al iluminarlos se veían sucios y pequeños, pero no daban ningún miedo.

—¿Has visto a alguien? —preguntó Margaret.

—¿Dónde está Gretchen? —preguntó Glee.

—¿No está con vosotras? —preguntó Abby con voz entrecortada.

—Mierda —respondió Margaret.

Margaret y Glee echaron a andar arriba y abajo por la linde del bosque e iluminaron los árboles con las linternas. Iban gritando el nombre de Gretchen. Abby se dio cuenta de que ya solo tenía en la mano los pantalones cortos de su amiga. Debía de haber perdido la camiseta cuando andaba por el bosque y se sintió inexplicablemente triste, como si hubiera roto algo caro que no se pudiera reemplazar. Pero no podía volver atrás a buscarla. Por el motivo que fuera, no podía entrar de nuevo en aquel bosque.

Al cabo de un rato el pánico terminó y empezó a andar por la linde del bosque en compañía de Glee y Margaret. Y entonces se les ocurrió que tal vez Gretchen hubiera vuelto a la casa, y Abby no quiso que se separaran, así que las tres regresaron, pero no encontraron a nadie. Comieron ensalada de pasta y fumaron y discutieron si tenían que llamar a la policía. Entonces encontraron pilas para otras dos linternas y volvieron a salir.

—¡Gretchen! —gritaron mientras recorrían la finca—. ¿Gretchen? ¡Greeeetchennnnn!

Cuando empezó a clarear y ya les parecía que daban todos sus pasos a través de hormigón, se decidieron a agarrar el toro por los cuernos. Tendrían que llamar a la policía.

—Estoy hecha una mierda —dijo Margaret.

—Quizás haya muerto —añadió Abby—. O tal vez la hayan raptado.

—Puede que haya sido una secta —propuso Glee—. Unos adoradores de Satán.

—Cierra esa puta boca, Glee —gimoteó Margaret—. Antes de arruinar mi propia vida, quiero volver a buscar por el bosque.

Aunque el alba lo tiñera todo con una luz turbia, Abby no soportaba la idea de entrar de nuevo en el bosque.

—De eso nada —replicó—. Tenemos que llamar a la policía. Puede que se la haya llevado alguien.

—¿Quién? —preguntó Margaret, al tiempo que apagaba la linterna. La luz natural ya les bastaba para verse las caras—. ¿Quién la va a querer para algo? ¡Que no, coño! Antes de que llamemos a la policía y no me dejen salir de casa durante el resto de mi vida, vamos a buscar una última vez.

Margaret conseguía que las demás se sintieran como niñas estúpidas, así que Abby las siguió a ella y a Glee sin rechistar. Abandonó el territorio seguro, salió a campo abierto y volvió a adentrarse en el laberinto de árboles.

—Ahora no vamos a una fiesta —dijo Margaret—. Cada una por un lado.

—Así es como siempre se meten en problemas en *Scooby-Doo* —respondió Glee, pero obedeció, y Abby también, aunque de mala gana. Las tres se desplegaron por el bosque, pero Abby llevó la linterna encendida en todo momento, aunque ya estuviera amaneciendo. Al principio trató de no separarse de la linde, pero el temor de que Margaret la insultara por su cobardía, junto con el pensamiento de que Gretchen podía estar herida e inconsciente en algún lugar, la obligaron a adentrarse en el bosque. Los troncos de pino y palmera le impedían andar en línea recta, la llamaban hacia el interior, la obligaban a volverse, la alejaban de la linde. Cuando por fin la guiaron de nuevo hasta el búnker de hormigón, estuvo a punto de chillar.

Pero respiró hondo y se obligó a sí misma a tranquilizarse. A la turbia luz de la mañana, el búnker resultaba deprimente. Estaba cubierto de pintadas de jóvenes que habían dejado allí sus iniciales y símbolos extraños que tal vez representaran sexo perverso: «Putos pijos de mierda», «The Uncalled Four» y «Cepillaos a las orcas con una bomba nuclear». Abby se sintió observada y se volvió.

No vio nada, salvo los troncos de los árboles. Se volvió de nuevo hacia la edificación y descubrió una figura pálida en la ventana, que la miraba. No tenía más ojos que un par de orificios oscuros, y un desgarrón negro como única boca. La linterna de Abby se estrelló contra el suelo.

—¿Qué hora es? —preguntó Gretchen.

Hablaba como si tuviera la garganta irritada, con voz ronca. Luego desapareció de la ventana y salió por la parte de atrás de la edificación. Iba desnuda, salvo por las zapatillas, cubierta hasta los muslos de lodo, mugre en el resto del cuerpo, las manos ennegrecidas, hojas en el cabello. Salió a la luz y el sol naciente se reflejó en sus ojos. Por unos instantes se le transformaron en discos de plata fría.

—¿Dónde estabas? —preguntó Abby.

Gretchen pasó de largo por su lado y se adentró en el bosque.

—¿Gretchen? —llamó Abby, y luego corrió tras ella—. ¿Te encuentras bien?

—Estoy de puta madre —respondió Gretchen—. Tengo frío, voy desnuda, estoy hambrienta, me he pasado la noche entera en este bosque de mierda.

La respuesta desconcertó a Abby. Gretchen nunca decía palabrotas. Le ofreció los pantalones cortos.

—Los encontré —le dijo—. Pero he perdido la camiseta.

Gretchen le quitó los pantalones de la mano a Abby y empezó a ponérselos. Tenía las articulaciones frías y entumecidas. Se los subió y luego cruzó los brazos sobre el pecho, con las manos en los sobacos.

—Pensamos que te habías perdido —le dijo Abby—. Te hemos buscado desde que saltaste del muelle. Margaret estaba a punto de llamar a la policía.

Gretchen se inclinó, con los brazos sobre los pechos y la carne de gallina, y fue doblando el cuerpo hasta que estuvo agazapada como para mear y, entonces, se quedó inmóvil, con la cara cubierta por el cabello. Abby tardó un instante en darse cuenta de que su amiga lloraba, se agachó a su lado y envolvió la espalda de Gretchen, fría como el hielo, con sus propios brazos.

—Chst, chst, chst —dijo mientras le frotaba la espalda—. Todo ha terminado.

Gretchen se apoyó en ella con torpeza y sorbió moco y tembló durante un minuto entero y, luego, hizo un sonido complicado con la garganta.

—¿Qué te pasa? —preguntó Abby.

—Quiero irme a casa —repetía Gretchen.

—Pues vamos —respondió Abby.

Se puso en pie y ayudó a Gretchen a que se incorporara, dio media vuelta con ella y trató de hacerla andar. Pero las piernas de Gretchen estaban demasiado entumecidas y la muchacha no hacía más que dar traspiés.

—¡Glee! —chilló Abby—. ¡Margareeet!

Unos segundos después, las chicas llegaron desde el bosque.

—Demos gracias al puto Dios —exclamó Margaret.

Entonces Glee y Margaret se encargaron de Gretchen. Se la llevaron del claro. Margaret se quitó su holgada camiseta y se la metió por la cabeza a Gretchen, porque ella, al menos, llevaba sujetador. Abby se quedó inmóvil y vio cómo se marchaban. Sintió alivio en todo el cuerpo. Se volvió hacia el búnker y observó algo más moderno que asomaba por una esquina. Se inclinó para verlo mejor. Había una caja grande de metal medio hundida en la tierra. De color verde ceniciento, agazapada en medio del bosque, con un número 14 de color blanco estampado en el lateral. Se acercó y puso una mano encima. Sintió como una vibración. Tenía un logotipo de la compañía telefónica Southern Bell estampado en una portezuela con candado en el lateral, y entonces la muchacha se dio cuenta de que el murmullo que había oído la noche anterior provenía de algún tipo de equipamiento telefónico.

Una vez despejado el misterio, se volvió de nuevo hacia el búnker y pensó que ya no parecía maligno. Tan solo mugriento. La mitad del techo se había venido abajo y gruesos cascotes de hormigón habían quedado amontonados por el suelo. El interior de las paredes estaba cubierto de arriba abajo con grafitis obscenos. No había ni un solo centímetro en el que faltaran símbolos trazados con mano temblorosa, palabras ilegibles, letras extrañas que tal vez fueran números, nombres de grupos musicales escritos sobre dibujos de tema sexual garabateados entre presuntos motivos satánicos. El suelo estaba alfombrado con botellas vacías de vino de verano y colillas.

En el centro había una losa de hormigón, redonda y grande como una mesa de comedor, inclinada hacia la ventana. La luz acuosa de la mañana iluminaba la mitad de su superficie. Por encima de esta había manchas de una sustancia roja que podría haber sido pintura fresca. Abby se alejó poco a poco de la ventana y salió del bosque.

Solo era pintura, se decía. Sí, nada más que pintura.

SUNDAY BLOODY SUNDAY[1]

Estaban todas hambrientas, pero en la nevera de Margaret solo había medio pomelo, un rulo de queso cheddar en una bolsa para congelador Ziploc, una caja de botellas de Perrier y un paquete de supositorios laxantes Fleet, porque la madre de Margaret se había empeñado de nuevo en perder peso.

Glee estaba tan nerviosa que no lograba dormir y fue contando paso a paso, sin que nadie la escuchara, cómo habían pasado la noche buscando a Gretchen y lo mucho que había sufrido ella misma. Margaret tenía la cabeza en otro lugar y estaba de pie frente a la cafetera, viendo cómo se llenaba. Las muchachas olían mal. Abby tenía las pantorrillas cubiertas de rasguños y le ardían, le parecía que sus dos brazos eran otros tantos moretones y le dolía la zona del cuero cabelludo donde había perdido cabello. Trataba de convencer a Gretchen de que lo mejor sería marcharse de allí, pero su amiga no paraba de moverse en círculo. Primero quiso ir a buscar la camiseta en el bosque, luego no encontraba la cartera, después resultó que las llaves de su casa no estaban en el bolso. Margaret esperaba a que se marcharan, pero después de que Gretchen, por tercera vez, dejara el bolso en algún lugar y luego no lo encontrara, se fue a la ducha y cerró la puerta de golpe. Por fin, por fin, por

1. Domingo sangriento.

fin metieron en el Conejito de la Suerte todo lo que había que meter y se marcharon a demasiada velocidad.

—Tendríamos que haber esperado a que Margaret saliera —murmuró Gretchen, que iba echada contra la ventanilla del copiloto.

—Ya la veremos el lunes —respondió Abby—. Ahora mismo lo importante es que lleguemos a casa antes que nuestros padres.

Avanzaba con rapidez, dando sacudidas, por el camino de tierra flanqueado por robles.

—¡Ay! —gimoteó Gretchen al golpearse la cabeza con la ventana.

Las familias de Charleston de toda la vida estaban encantadas con sus casas grandes en el campo y también con los largos caminos privados por los que se accedía a ellas, y cuanto más deplorable fuera su estado, más se convencían de ser como hay que ser. Cuando los amortiguadores ya no pudieron soportarlo más, Abby giró a la derecha y el Conejito de la Suerte salió a una carretera con dos carriles que atravesaba el frondoso pinar de Wadmalaw en dirección a Charleston. Pisó el acelerador. La máquina de coser que el Conejito de la Suerte tenía por motor zumbó como si hubiera enloquecido.

—¿Podrías prestarme doce dólares? —preguntó Abby.

Gretchen no hacía más que juguetear con la radio.

—¿Gretchen? —insistió Abby.

No hubo respuesta. Abby se decidió por la explicación larga.

—Esta semana me han pagado menos en TCBY, ¿sabes?, la cadena de productos lácteos donde trabajo, pero me lo compensarán el mes que viene. No llegaremos a casa si no puedo pagar la gasolina.

Hubo un largo momento de silencio y entonces Gretchen le dijo:

—No recuerdo nada de la noche pasada.

—Te perdiste —respondió Abby—. Y te pasaste la noche en las ruinas esas. Hay una gasolinera en Red Top.

Gretchen le daba vueltas a todo aquello.

—No llevo dinero —concluyó.

—Aceptan tarjetas de crédito —dijo Abby.

—¿Yo tengo tarjeta de crédito? —preguntó Gretchen, como esperanzada.

—En la cartera —respondió Abby.

Abby sabía que el padre de Gretchen le había dado una tarjeta de crédito a su hija por si se presentaba alguna contingencia. Todas las muchachas, excepto Abby, llevaban tarjetas de gasolinera, tarjetas de crédito y dinero en metálico, porque ningún padre habría querido que su hija se quedara colgada en algún sitio sin dinero para volver a casa. Excepto el padre de Abby. A él no le importaba nada, salvo las cortadoras de césped.

Gretchen se llevó el bolso al regazo y empezó a revolver en su interior hasta que encontró la cartera, la abrió torpemente y se quedó helada.

—¿Cuánto llevas? —preguntó Abby.

Solo le respondió el murmullo del motor del Conejito de la Suerte.

Abby se arriesgó a echar una mirada.

—¿Gretchen? —preguntó—. ¿Cuánto llevas?

Gretchen se volvió hacia su amiga, y Abby vio a la luz del sol de la mañana que sus ojos se habían llenado de lágrimas.

—Dieciséis dólares —respondió—. Con eso bastará para la gasolina y una Coca-Cola *light*, ¿verdad? ¿Está bien si me tomo una?

—Por supuesto —dijo Abby—. El dinero es tuyo.

La luz relucía en las lágrimas que resbalaban por las mejillas de Gretchen.

—¿Gretchen? —preguntó Abby súbitamente preocupada.

La luz del sol parpadeaba entre los árboles que iban dejando atrás y cobró fuerza e intensidad en cuanto salieron del pinar. Los campos de tomates en barbecho se extendían a ambos lados de la carretera de dos carriles. Gretchen tomó aire con tanta fuerza que se oyó un trémulo sollozo.

—Solo es que... que... —empezó a decir Gretchen, abrumada. Hizo un nuevo intento de hablar—. Necesito que todo vuelva a ser normal.

Abby le agarró la mano y se la estrujó. La piel de Gretchen estaba fría, pero el interior del coche empezaba a calentarse con el sol.

—Te pondrás bien —dijo Abby—. Te lo prometo.

—¿Estás segura? —preguntó Gretchen.

—Segura del todo —respondió Abby.

Cuando llegaron a Red Top, ya casi no les quedaba gasolina y Gretchen estaba a punto de desfallecer.

Fueron en silencio durante el resto del viaje de vuelta. Gretchen, exhausta, iba recostada en el asiento, tirándose de los cabellos, con las piernas llenas de barro extendidas hacia el frente. Cuanto más se acercaban a Mt. Pleasant, más feliz se sentía Abby. Se dirigían al primer tramo del puente cuando Bobby McFerrin empezó a silbar. Abby subió el volumen de *Don't Worry, Be Happy*, y el coche se llenó de la dulce serenidad que salía de la radio. No había tráfico en el puente, porque todo el mundo había ido a la iglesia. El sol centelleaba sobre las olas del puerto y no existía nada en el mundo que no se pudiera arreglar con una buena noche de sueño.

Al llegar a la gasolinera Oasis, que dividía Coleman Boulevard en dos, Abby giró a la derecha y avanzó por el Old Village a la solemne velocidad de cuarenta kilómetros por hora. Los robles cubrían las calles como un túnel con su ramaje y de vez en cuando sus raíces se abrían paso hasta la calzada y obligaban al asfalto a resquebrajarse. Aquel vecindario no parecía una urbanización de las afueras. Era más bien como si hubieran ido en coche por un bosque lleno de granjas. Pasaron frente al edificio de ladrillo donde se hallaban la pastelería Sweet Shoppe y las canchas de baloncesto, luego el cementerio de los Confederados cubierto de musgo en la colina, la diminuta comisaría, los campos de tenis. Dejaron atrás una casa tras otra, y todas ellas reconfortaban y tranquilizaban a Abby.

Había casas rojas con ornamentos blancos. Mansiones sureñas color amarillo magnolia con porches que las rodeaban por entero y gigantescas columnas blancas. Pequeñas casas campestres con tejados de pizarra cubiertos de musgo. Edificios victorianos de dos pisos con verandas inclinadas. Si se miraba hacia lo alto, no se veía el cielo, tan solo un inacabable dosel de follaje verde y plateado, del que colgaba musgo español. Todos los céspedes estaban cortados con pulcritud, todas las casas recién pintadas, todos los que salían a caminar para mantenerse en forma saludaban con la mano y Abby les respondía igual.

Lo único que empañaba la perfección del Old Village eran las grandes manchas anaranjadas que cubrían las paredes a donde llegaba el agua del riego por aspersión. El agua de la ciudad era cara y, aún peor, estaba llena de flúor. Seguramente, era buena para los niños, pero que a nadie se le ocurriera usarla para regar los parterres que aspiraban a ganar el premio al Jardín del Mes que se otorgaba en el Alhambra Hall. Por ello, todo el mundo había excavado pozos para el agua de riego y (como la capa freática de Mt. Pleasant estaba cargada de hierro) los aspersores lo manchaban todo de color naranja: los caminos de entrada de las casas, las aceras, las barandillas de los porches, los revestimientos de madera. Al cabo de bastantes años de aspersión, parecía que las casas padecieran ictericia y los vecinos se quejaban, y había que pintar la casa de nuevo. Pero ese era el precio que se pagaba por vivir en el paraíso.

El Conejito de la Suerte entró rugiendo por Pierates Cruze, donde las ramas bajas de los robles colgaban sobre el césped y llegaban lo bastante cerca de la calle como para rozar el coche. En cuanto entraron por el camino de tierra, las piedras golpearon el chasis. Levantando una perezosa nube de color beis, Abby frenó ante la casa de Gretchen, que se encontraba cerca de la calle, sin más aparcamiento que un recuadro de asfalto.

Tiró del freno de mano (el Conejito tendía a no frenar del todo) y se volvió para darle un abrazo a Gretchen.

—¿Estás bien? —preguntó Abby.

—Me siento fatal —respondió Gretchen.

Abby miró el reloj digital del salpicadero: las 10.49. Por lo general, los padres de Gretchen volvían de la iglesia a las 11.30. La muchacha tendría tiempo más que suficiente para pasarse la manguera por los zapatos, ir adentro, asearse y recobrar la compostura, pero tenía que empezar por ponerse en marcha. Y estaba ahí sentada mirando por el parabrisas. Necesitaba que alguien le diera ánimos.

—Ya sé que estás fatal —le dijo Abby—. Pero te prometo que todo esto no es tan chungo como parece. Nada de lo que sientas ahora es para siempre. Pero tienes que ir dentro, lavarte y recuperar tu aspecto normal, porque si no tus padres te van a matar.

Se acercó a Gretchen y le dio un abrazo.

—*Eye of the Tiger* —añadió Abby, evocando la canción que aparecía en *Rocky III*.

Gretchen bajó la mirada hacia la palanca de cambios y asintió. Luego asintió de nuevo, con mayor firmeza.

—Está bien —dijo—. *Eye of the Tiger*.

Abrió la puerta del coche con el hombro, salió, la cerró con un buen golpe y se marchó a trompicones por el camino hasta la casa. Abby rogó que se acordara de dejar los zapatos fuera.

Gretchen tenía frío. Gretchen estaba agotada. Gretchen había pasado toda la noche sola en el bosque. Abby pensó que aquella misma noche volverían a quedar. Alquilarían una película o algo así. No les había ocurrido nada malo de verdad. *Don't Worry. Be Happy*.

Con el Old Village en el retrovisor, Abby cruzó de nuevo Coleman Boulevard y siguió por Rifle Range Road en dirección a un barrio donde a nadie le decían que repintara los adornos de la fachada. En el barrio de Abby, comentarle a alguien que los adornos de su fachada se habían teñido de naranja podía costarte que te pegaran un tiro.

Dejó atrás la gasolinera Kangaroo, que estaba al otro lado de la calle, frente al hombre que vendía cacahuetes hervidos y figuras para decorar el jardín en un puesto rodeado por cientos de pequeñas fuentes de hormigón. Luego pasó por la iglesia Ebenezer Mount Zion A. M. E., que marcaba el límite de Harborgate Shores, una anodina urbanización estándar que se extendía varios kilómetros. Más allá, las casas se volvían más pequeñas y en los jardines había sobre todo remolques para embarcaciones y basuras. Abby dejó atrás un grupo de casas de ladrillo estilo rancho, con falsas columnas coloniales que sostenían porches delanteros reducidos a su mínima expresión, y luego ya solo vio chozas al borde de la carretera, pabellones de hormigón de ceniza con techo de hojalata y, por fin, el camino de entrada a su casa.

Aparcó frente a la puerta, triste y venida a menos, con el espinazo partido y los acondicionadores de aire resoplando en las ventanas, y el ejército de cortadoras de césped averiadas que asomaba entre las malas hierbas, las únicas que crecían en su jardín. Aunque dispusiera de casi trescientas cortadoras de césped, el padre de Abby nunca cortaba la hierba.

Cada vez que Abby entraba en la casa de Gretchen, era como abrir la esclusa presurizada de una nave espacial resplandeciente y entrar en un entorno aséptico. Cada vez que entraba en su propia casa, era como forzar una puerta estropeada por la humedad en la choza de un palurdo de montaña y adentrarse en una cueva mohosa. Aún había cajas amontonadas a lo largo de las paredes y cuadros apilados en el pasillo, porque cuatro años después de mudarse de la casa más grande de Creekside la madre de Abby aún no había abierto las cajas.

El señor Lang estaba sentado en el raído sofá, sin camisa. Su barriga sin pelo colgaba sobre el regazo y sostenía un bol de espuma de poliestireno lleno de cereales. Sus pies reposaban sobre una mesilla cubierta de arañazos. Tenía el televisor encendido.

—Hola, papá —dijo Abby. Cruzó la sala de estar y le dio un beso en la mejilla.

Los ojos del hombre no se apartaron de la pantalla.

—Humm —murmuró.

—¿Qué estás viendo? —le preguntó Abby.

—Los Gobots —respondió.

Abby se quedó a su lado y vio los dibujos animados con él. Unos ciclomotores se transformaban en robots sonrientes y unos aviones de combate disparaban rayos láser desde sus neumáticos. La muchacha esperaba a entablar una conversación. La conversación no empezó.

—¿Qué harás hoy? —preguntó.

—Reparar cortacéspedes —respondió su padre.

—Yo voy a trabajar en TCBY —dijo Abby—. Puede que luego vaya a casa de Gretchen. ¿A qué hora volverá mamá?

—Tarde —respondió el hombre.

—¿Quieres que te traiga un bol de verdad? —le preguntó.

—Humm —murmuró el hombre, encogiéndose de hombros.

Abby sabía, por experiencias pasadas, que no podía esperar nada más, así que se marchó a la cocina, agarró una manzana verde y atravesó a paso ligero aquella casa sin vida hasta llegar a su dormitorio. Abrió y cerró la puerta tan rápido como pudo, para que el gas envenenado que hacía que sus padres resultaran tan deprimentes se quedara fuera.

Nadie podía entrar en la habitación de Abby. Pertenecía a una casa distinta, una casa que se había construido ella misma con su propio dinero y su trabajo. Las paredes estaban empapeladas con franjas diagonales de color rosa y plateado, y sobre el suelo había una alfombra con círculos negros y blancos, y un triángulo rojo que los atravesaba. Tenía un radiocasete doble JC Penney sobre un cajón de leche que había cubierto con una tela plateada y brillante. El teléfono de botones de Mickey Mouse que le habían regalado por Navidad estaba al lado de su cama, y el televisor Sampo de diecinueve pulgadas reposaba sobre una mesilla de cristal.

Un vistoso tocador rosa y negro descansaba contra una de las paredes. El marco del espejo redondo estaba cubierto con varias capas de fotografías: Gretchen en la cama con las sábanas hasta el mentón mientras pasaba la mononucleosis, Gretchen y Glee sexis en la playa con los bikinis verde y negro, Margaret tomando el aire en el tobogán acuático, las cuatro posando para una foto en el baile semiformal de noveno curso a los quince años, Gretchen y Abby con las trenzas de estilo africano en Jamaica.

La cama de Abby era un nido alto, mullido, enmarcado por tres costados con curvilíneas barandillas de metal blanco que traqueteaban cada vez que la muchacha se metía dentro. En su interior se apilaban edredones y mantas, seis voluminosos cojines de color rosado y un montón de viejos peluches: Geoffrey la Jirafa, la Muñeca Repollo, el Perro Arrugas, el Oso Hugga, Sparks y el Cachorro Fluffy. Abby sabía que todo aquello era de niña pequeña, pero ¿qué podía hacer? No habría soportado el dolor que se reflejaría en sus brillantes ojos de plástico si los tiraba a la basura.

Todo lo que había en la habitación lo había pagado Abby o lo había comprado Abby o lo había colgado Abby o lo había pintado Abby, y era el único lugar en el mundo donde se sentía igual de cómoda que en casa de Gretchen. Puso *Arena* de Duran Duran en el radiocasete y subió el volumen al máximo. Gretchen se lo había regalado tres años antes por su cumpleaños y siempre se sentía como si fuera verano, dentro del coche con las ventanas bajadas. Se marchó con sigilo por el pasillo, se quitó toda la mugre con una ducha caliente, se envolvió en una toalla y se retiró de nuevo a su habitación. Faltaba poco para la una del mediodía y eso quería decir que había llegado la hora de maquillarse e ir a trabajar.

Cuando estaba en séptimo curso, Abby había despertado un día con un montón de granos en las mejillas, la frente y el mentón. Era la época en la que iban a mudarse de Creekside, y la muchacha estaba tan disgustada y nerviosa por todo lo que ocurría en su vida que no paraba de hurgárselos. Al cabo de una semana, su cara se había transformado en una masa de costras supurantes y lesiones infectadas y dolorosas. Había rogado a sus padres que la dejaran ir al dermatólogo, como hacía Gretchen, pero le respondieron con el estribillo de la canción favorita de su madre: «No podemos permitírnoslo».

—¿Y si nos compráramos un perro?

—No podemos permitírnoslo.

—¿Y si fuera a clases particulares de biología?

—No podemos permitírnoslo.

—¿Y si fuera a clases durante el verano para graduarme antes?

—No podemos permitírnoslo.

—¿Y si fuera a Grecia con la clase de arte de la señora Trumbo?

—No podemos permitírnoslo.

—¿Y si fuera al médico para que mi cara deje de tener esta pinta de pizza mal hecha?

—No podemos permitírnoslo.

Abby había probado las mascarillas de barro de Seabreeze, Noxzema y St. Ives. Había probado todo lo que encontraba en revistas para adolescentes como *Seventeen* y *YM*. Había llegado a cometer el error de frotarse mayonesa contra el mentón y la frente, de acuerdo con una estrategia para combatir el mal con sus mismas armas sobre la que había leído en *Teen*. El resultado no fue bonito. Hiciera lo que hiciese, los granos eran cada vez más grandes. Habían tardado tan solo cinco días en aparecer, pero no desaparecían con nada de lo que hiciera.

Entonces dejó de tocarse la cara y prescindió de la Coca-Cola y del chocolate, y quizás el cambio hormonal también ayudó, porque al cabo de tres meses de humillación su rostro empezó a mejorar. No del todo, pero al menos fue un alto el fuego. Sin embargo, la guerra le había dejado la piel cubierta de cicatrices. Tenía algunas bastante profundas en las mejillas, otras amplias y superficiales en medio de la frente, grandes agujeros negros en la nariz y profundas marcas rojas en el perfil de la barbilla.

—Solo se ven a veces, según el ángulo de la luz —le había dicho Gretchen para darle ánimos, pero ya era demasiado tarde. Abby estaba desconsolada porque ella misma se había destrozado la cara y, además, no había salido nunca con un chico. Aquel verano había pasado un fin de semana entero encerrada en su habitación. Entonces, Gretchen se la llevó el lunes a la librería Book Bag, en Coleman Boulevard, y estuvieron hojeando las revistas de belleza, y, al final, Gretchen robó un libro sobre maquillaje. Una vez en casa lo estudiaron con una atención que jamás habían dedicado a lo que les enseñaban en la escuela, habían hecho una lista y habían ido en coche hasta Kerrisons, donde Gretchen le había comprado maquillaje por valor de ochenta y cinco dólares. Abby tuvo que pasar dos semanas experimentando, pero el primer lunes del setiembre, día del Trabajo en Estados Unidos, había logrado componerse una cara que le resultaba aceptable.

En ocasiones, algún idiota le preguntaba por qué iba por la calle pintada como un payaso, y es verdad que a plena luz del día parecía una concursante para Miss América recién maquillada para salir al escenario, pero Abby desviaba la atención mostrándose siempre alegre. Cuando había que hacer un chiste, lo hacía ella. Cuando había que hacer un gesto amable, lo hacía ella. Y en octavo curso, cuando, con unos trece o catorce años, todos empezaban a reinventar su propia imagen a fin de prepararse para la secundaria, todo el mundo aceptó que aquel era el aspecto que tenía Abby.

Lo malo era que necesitaba media hora larga por las mañanas para pasarse la esponja, empolvarse y pelearse con su propia cara hasta doblegarla. Tenía que aplicarse una capa base de maquillaje, luego difuminarla y alisarla y empolvarla y dibujar las cejas y pintarse los labios y hallar el tono adecuado con el colorete y, así, lograr el equilibrio perfecto para no parecerse a Tammy Faye Bakker. Pero si se levantaba lo bastante temprano, le resultaba relajante ver que las cicatrices de acné desaparecían bajo su verdadero rostro, y que se iba volviendo más y más guapa, sección por sección.

Su turno empezaba en veinte minutos, así que terminó de maquillarse, se echó laca en el flequillo, se puso el uniforme verde y blanco, se metió la cola de caballo por el agujero de atrás de la gorra de visera, se echó más laca en el flequillo y se cercioró de que todo estuviera en su sitio.

Fue en coche hasta el centro comercial, que se hallaba en Coleman, y pasó las seis horas siguientes en la fría cabina de cristal de TCBY, marinándose en el agrio olor a vainilla del yogur helado. No le molestaba. Cada hora que pasara helándose en aquella nevera gigante suponía cuatro dólares adicionales en su cuenta bancaria.

Fue un turno bastante tranquilo hasta que, a las 16.30, sonó el teléfono.

—TCBY, ¿en qué puedo servirle? —preguntó Abby.

—Sangre —respondió Gretchen—. Todo está cubierto de sangre.

IT'S THE END OF THE WORLD AS WE KNOW IT (AND I FEEL FINE)[1]

Abby volvió la espalda a la hilera de clientes y bajó la voz. Oyó un chapoteo de fondo.

—¿Dónde estás? —preguntó.

—Había ido a tomar un baño —dijo Gretchen—. Y se me ha ocurrido afeitarme las piernas, pero el agua se ha vuelto de color rojo brillante y no sé si es mi sangre o una alucinación, si es de verdad o si me estoy dejado llevar por el miedo.

El sonido de fondo desapareció y Abby oyó un zumbido agudo.

—Ayúdame —susurró Gretchen.

—¿Hay mucha? —preguntó Abby.

—Sí, mucha.

—Está bien, ponte en pie. Sal de la bañera y colócate enfrente del espejo. De pie sobre una toalla blanca.

Dee Dee tiró a Abby de la manga.

—Tenemos un montón de gente haciendo cola —le dijo.

—Un segundo —farfulló Abby, y le hizo un gesto a Dee Dee para que se apartara, porque en aquellos momentos el yogur helado no le importaba nada. Oyó un chapoteo por el auricular, luego algo que goteaba y después silencio.

1. Es el fin del mundo tal como lo conocemos (y yo me siento bien).

—¿Estás mirando? —preguntó Abby—. ¿Hay sangre en la toalla?

Se produjo un largo silencio.

—No —respondió Gretchen, con voz de alivio.

—¿Estás segura? ¿La toalla está bien?

—Sí. Dios mío, me estoy volviendo loca.

—Vete a ver la tele y esta noche hablamos —dijo Abby—. No te olvides de llamarme.

—Siento haberte molestado —respondió Gretchen—. Vete a trabajar.

Abby colgó y, feliz por haber resuelto una crisis tan importante, empezó a sacar cucuruchos y los fue rellenando de helado de vainilla Heath Bar Crunch hasta que dieron las nueve, la hora en la que Dee Dee y ella cerraban la tienda. Al llegar a casa, Abby vio en el televisor el final de la maratón presentada por Jerry Lewis para recaudar fondos contra la distrofia muscular, y luego se metió en la cama y estuvo con el dedo apoyado sobre la base del auricular en forma de Mickey Mouse hasta exactamente las 23.06. Era la hora de su cita telefónica nocturna con Gretchen. No podía llamar tan tarde a casa de Gretchen, y técnicamente Gretchen tampoco podía llamarla a ella, pero si Abby apoyaba el dedo en la base del auricular y lo retiraba en el mismo momento en que el teléfono vibraba, sus padres no llegaban a enterarse.

Pero aquella noche el teléfono no sonó.

Eran las 7.20 del lunes por la mañana y la niebla cubría el Old Village. Subía desde el puerto y se transformaba en una malla blanca que se cernía sobre el suelo y borraba todas las líneas angulosas. Abby llegó a Pierates Cruze y se detuvo frente a la casa de Gretchen. Iba cantando al unísono con la voz de Phil Collins, porque no había nada que le levantara tanto el ánimo. En el asiento de atrás llevaba un envase de crispis de chocolate para ofrecerle algo a Gretchen después de aquel fin de semana tan difícil.

Por lo general, Gretchen esperaba a Abby en la calle, pero aquella mañana tan solo estaba Max, el perrito bueno. Había derribado el cubo de la basura del Dr. Bennett e iba cubierto de porquería hasta arriba. En cuanto Abby hubo echado el freno de mano, el animal se incorporó, se dio la vuelta y se quedó con las patas tiesas, mirando al Conejito de la Suerte. Pero, en cuanto la muchacha abrió la puerta, el perro se arrojó sobre las bolsas blancas de basura, hincó las patas y hundió el morro en ellas. Abby corrió hacia la puerta principal mientras el animal se revolvía.

La puerta de cristal se abrió y, en vez de una Gretchen somnolienta, dispuesta a tomarse su infusión de Coca-Cola, apareció la señora Lang en bata de estar por casa.

—Hoy Gretchen no irá al colegio —dijo.

—¿Puedo subir? —preguntó Abby.

Oyó un gran estrépito, porque Gretchen bajaba en tromba por las escaleras, vestida para ir a la escuela, con la mochila al hombro.

—¡Vamos! —dijo la muchacha.

—Apenas has dormido —exclamó la señora Lang. Agarró a Gretchen por la mochila y la obligó a detenerse—. Yo soy tu madre y te digo que te quedes en casa.

—¡Suéltame! —chilló Gretchen y forcejeó para librarse de ella.

Abby se sintió la piel cálida y pegajosa. Las peleas de madre e hija siempre la incomodaban. Nunca tenía claro a favor de quién iba.

—Explícaselo, Abby —le dijo Gretchen—. Explícale que ir a la escuela es crucial para mi educación.

La señora Lang miró a Abby de tal modo que la muchacha tan solo acertó a balbucir:

—Bueno... —dijo—. Humm...

La cara de la señora Lang cambió de golpe.

—¡Ahh, Max! —exclamó.

Abby se volvió. Max, el perrito bueno, se había acercado por el camino de entrada y las miraba a las tres como si no las conociera de nada. Llevaba una compresa usada pegada al hocico.

—Qué asco —dijo Abby y se echó a reír. Agarró a Max por el collar y tiró de él hacia la puerta.

—¡No, Abby! —exclamó la señora Lang—. Está cubierto de porquería. —Lo agarró por el collar, y, entonces, en medio de la confusión, Gretchen escapó y echó a correr hacia el Conejito de la Suerte, tirando a Abby de la mano.

—¡Adiós, mamá! —gritó mientras se alejaba.

La señora Lang levantó el rostro.

—Gretchen... —dijo, pero ya estaban a punto de salir a la calle.

El Dr. Bennett se había agachado sobre sus cubos de basura. Levantó los ojos cuando pasaron.

—No quiero volver a ver a ese perro en mi jardín —dijo—. Tengo una escopeta de aire comprimido.

—Buenos días —replicó Gretchen y saludó con la mano mientras ambas subían al Conejito de la Suerte y Abby arrancaba.

—¿Por qué no me llamaste anoche? —preguntó Abby.

—Estaba hablando por teléfono con Andy —respondió Gretchen.

Le pasó a Abby dos monedas de veinticinco centavos cubiertas de sudor y metió la mano entre los asientos para sacar la Coca-Cola *light* que Abby siempre le traía.

Abby estaba molesta. Gretchen había regresado del campamento de formación cristiana y no había hablado más que de Andy, su gran amor del verano. Andy era tan guay... Andy era tan macho... Andy vivía tan en Florida y Gretchen lo visitaría tanto... Al llegar la primera semana de julio, la muchacha ya lo había olvidado, y Abby pensó que la cosa quedaría ahí. Pero en aquel momento reaparecía.

—Estupendo —respondió Abby.

No le gustaba nada que se le notara la acritud en la voz y, por ello, sonrió y ladeó la cabeza como si aquello le interesara. Abby no había visto ninguna foto de Andy («Andy dice que hacerse fotos es como aferrarse al pasado», le había contado Gretchen, suspirando) y tampoco había hablado con él por teléfono («Le escribo cartas —había susurrado Gretchen—, la comunicación por carta es mucho más profunda»), pero Abby se lo imaginaba a la perfección. Sería un jorobado cojo con una sola ceja de un extremo a otro de la frente y hierros en los dientes. Quizá también una prótesis en la cabeza.

—Ya ha probado el ácido —le contó Gretchen—. Y me ha dicho que lo que me pasó en la bañera es lo más normal del mundo. Le ha ocurrido a mucha gente, así que no estoy como Syd Barrett.

Abby agarraba el volante con tanta fuerza que le dolían los dedos.

—Yo ya te dije que no sería nada —respondió, sonriente.

Gretchen agachó la cabeza, se puso a buscar entre las cintas de Abby y encontró aquel tremendo mix de verano. Para cuando el coche entró rugiendo en el aparcamiento de los estudiantes, envuelto en una nube de polvareda blanca, ambas berreaban siguiendo la voz de Bonnie Tyler, que cantaba *Total Eclipses of the Heart.* Abby se metió en una plaza libre que se hallaba en el otro extremo. Aparcó el Conejito de la Suerte y tiró del freno de mano. Se encontraban frente a los campos de deporte por los que se llegaba a la casa del director. Cinco de los perros callejeros que se habían instalado en la ciénaga se perseguían por la bruma.

—¿A punto para ir a clase? —le preguntó Abby a Gretchen.

Esta última se estremeció y luego se volvió hacia el asiento de detrás.

—Estoy teniendo alucinaciones —respondió Gretchen.

—¿Qué? —preguntó Abby.

—Es como si alguien me tocara la nuca sin cesar —insistió Gretchen—. No he podido dormir en toda la noche.

—¡Hala! —dijo Abby—. Sí que te has vuelto como Syd Barrett.

Gretchen le hizo una peineta.

—Venga —dijo—. Vamos para allá.

Salieron del Conejito de la Suerte y se dirigieron a la escuela. Mientras iban de camino, Abby le pasó la mano por la nuca a Gretchen, y esta se sobresaltó.

—¡Para! —le dijo—. Si yo te lo hiciera a ti, tampoco te gustaría.

La Academia Albemarle se hallaba en un extremo de Albemarle Pointe, junto al río Ashley. Limitaba con ciénagas por dos lados y con la urbanización de Crescent por un tercero. Albemarle era una escuela cara y exigente, y todos los que estudiaban en ella se creían mejores que el resto de Charleston.

—Uh-oh —dijo Gretchen.

Señaló con la cabeza y Abby se volvió hacia esa dirección. Estaban cruzando la Albemarle Road, que hacía las veces de límite entre el aparcamiento de los estudiantes y los campos deportivos de la escuela. La montaña de carne que tenían por entrenador, Toole, cruzaba en la dirección opuesta. Llevaba puestos unos pantalones para levantamiento de pesas tan ceñidos que resultaban obscenos.

—Señoritas —dijo al pasar, haciendo un gesto con la cabeza.

—Señor entrenador —respondió Gretchen, al tiempo que metía la mano en la mochila—. ¿Le apetecen unos huevos de chocolate? Mi madre me ha dado una bolsa.

—No, gracias —respondió el hombre, sin detenerse—. Si es por huevos, me basta con los míos.

Las dos chicas se miraron sin acabar de creérselo y, luego, salieron corriendo entre risas y se marcharon por el carril donde paraba el autobús. Trey Sumter, que a principios de curso ya iba retrasado con los deberes, estaba allí, sentado junto al asta de la bandera, y cuando pasaron les preguntó:

—¿Habéis respondido el cuestionario de Geología?

—Rocas ígneas, Trey —le dijo Gretchen—. La respuesta correcta siempre es rocas ígneas.

Entonces Abby y Gretchen doblaron la esquina y entraron por el pasaje cubierto. A un lado estaba la secretaría y en el otro las puertas de cristal por las que se accedía al vestíbulo de secundaria. El verdor del gran Césped se extendía frente a ellas y al fondo se alzaba la torre del reloj. Estaban ya en pleno meollo, entre los estudiantes de la Academia Albemarle.

—Dios mío —decía Gretchen—. Somos todos tan patéticos...

Había hijos de médicos, abogados y presidentes de bancos, que eran propietarios de yates y caballos, plantaciones en el campo y casas de playa en Seabrook, y vivían en hogares elegantes en Mt. Pleasant, o en edificios históricos del centro. Y todos estaban cortados por el mismo patrón.

El libro de texto fundamental de Albemarle era la Biblia y estaba muy claro cómo tenían que vestir los estudiantes: igual que sus padres. Los muchachos dejaban los peinados vistosos, los colores chillones y las hombreras altas para los fines de semana. De lunes a viernes, había que vestir como se esperaba de un estudiante matriculado en una escuela privada de Nueva Inglaterra. Las muchachas como «señoritas», los chicos como «jóvenes caballeros», y, si alguien no lo entendía, estaba fuera de lugar en Albemarle.

Los chicos eran los que lo pasaban peor. Compraban en M. Dumas, la tienda *shabby chic* de King Street, donde sus madres les dictaban en séptimo curso, cuando andaban por los trece años, un estilo de vestir que los acompañaría durante el resto de su vida: pantalones caqui, polos de manga larga en invierno, camisas Izod de manga corta en primavera. Al terminar la universidad añadirían una americana de color azul marino, un traje mil rayas y una serie de corbatas «originales» para trabajar en un bufete local de abogados o en el banco de su propio padre.

Las chicas hacían lo que podían. De vez en cuando, una rebelde como Jocelyn Zuckerman comparecía con trenzas africanas. Aunque no estuvieran prohibidas explícitamente, se consideraban lo bastante escandalosas como para mandarla de vuelta a casa. Pero, por lo general, las muchachas buscaban complicadas soluciones que les permitieran mantener su autoexpresión dentro de lo permitido. Los cuellos de cisne de color blanco eran para las muchachas que querían llamar la atención sobre su pecho sin recurrir a escotes prohibidos. Las que pensaban que tenían un buen trasero se ponían pantalones elásticos que se ciñeran a la parte que querían destacar. Los estampados discretos con colores de animales (leopardo, tigre, cebra) eran populares entre las chicas que trataban de singularizar su personalidad. Pero por mucho que se esforzaran, terminaban por tener todas el mismo aspecto.

Porque no se trataba tan solo de la ropa que llevaran. Albemarle ofrecía los doce cursos del sistema escolar, pero en el de Abby tan solo había setenta y dos alumnos, y la mayoría de ellos habían estudiado juntos en Albemarle desde el primer grado. Habían compartido coche cuando estaban en la sección infantil de los boy-scouts, y luego habían ido en grupo al cotillón, y todas sus madres se encontraban en el club irlandés, y sus padres hacían negocios entre sí e iban juntos a practicar la caza de la paloma.

Era una escuela donde todo el mundo se quejaba por lo mucho que había que trabajar y al mismo tiempo rajaba de las escuelas públicas porque eran de «bajo nivel». Donde todo el mundo detestaba la obligación de ir bien vestido, pero se burlaba de los «garrulos» que se paseaban por el centro comercial de Citadel Mall con los tejanos desteñidos y el corte de pelo salmonete. Donde todo el mundo estaba desesperado por llegar a ser alguien, pero todo el mundo temía hacerse notar.

Sonó el primer timbre y entraron en clase, y Abby se pasó el día distribuyendo crispis de chocolate dondequiera que fuese. Por ejemplo, en la clase de Introducción a la Informática, en la que el nuevo profesor, el señor Barlow, les dijo que no comieran mientras trabajaran con los ordenadores. Luego en la clase de Geometría, en la que la señora Massey los confiscó, se comió dos y devolvió el envase a Abby al terminar. En la de Historia de Estados Unidos, Abby procuró repartir dulces a todo el mundo antes de que sonara el segundo timbre y el insoportable señor Goat apareciera y obligara a todo el mundo a tirarlos a la basura.

En cuanto se oyó el timbre que anunciaba la hora de comer, Abby se reunió con Gretchen y ambas se dirigieron al Césped. Situado entre la secretaría y el pasaje cubierto, por un lado, y el auditorio, por el otro, se extendía a la sombra de la torre del reloj. Esta última se erguía junto a la entrada del auditorio y era un monolito rectangular de cuatro pisos de color herrumbroso, clavado en el corazón de la escuela como una estaca. En la cara que daba al Césped se leía la divisa de la escuela en grandes letras de metal: «Fe y honor».

Encontraron a Glee y Margaret sentadas al sol en uno de los bancos estilo Charleston, cerca de los estudiantes que jugaban a bochas. Abby y Gretchen se echaron sobre la hierba, sacaron las manzanas verdes y las tarrinas de yogur, y no tardaron en hablar sobre la noche del sábado como si hubieran sido muchachas experimentadas. Como si se hubieran estado metiendo ácido desde los tiempos de Woodstock.

—¿Vosotras también tenéis alucinaciones? —preguntó Abby.

—Sí —respondió Margaret—. He visto tu cara en el culo de un perro.

—Eso no ha tenido ninguna gracia —respondió Abby—. Gretchen tiene alucinaciones.

Todas miraron a Gretchen, que se encogió de hombros.

—Es que estaba cansada —les dijo.

Abby pensó que aquello no era normal. Por lo general, a Gretchen le encantaba ponerse dramática.

—¿Qué ocurrió? —preguntó Glee.

—El ácido no funcionó —explicó Margaret—. Así que no pudo ocurrir nada.

—Creo que me corté las piernas mientras me las afeitaba —dijo Gretchen—. Nada del otro mundo.

—Eso es absurdo —intervino Glee—. ¿Estabas en la bañera? ¿Pensaste que ibas a morir desangrada?

Gretchen se entretuvo en arrancar hojas de hierba del suelo hasta que Abby acudió al rescate.

—Mientras la buscaba por el bosque oí unos sonidos —dijo Abby.

—¿Qué clase de sonidos? —preguntó Glee, inclinándose hacia ella.

—Unos ruidos extraños —respondió Abby—. Y vi una construcción antigua.

—Ah, sí. La cosa esa —respondió Margaret, sin apenas mostrar interés—. Es como un monumento histórico que no podemos derribar. Está lleno de porquería.

Abby se volvió una vez más hacia Gretchen.

—¿Recuerdas algo de lo que te ocurrió allí?

Gretchen no la escuchaba. Tenía todo el cuerpo encorvado y, mientras Abby la miraba, contrajo los hombros y se estremeció de nuevo.

—Tierra llamando a piloto espacial —dijo Margaret—. ¿Qué te pasó cuando ibas desnuda por los terrenos de mi casa?

—¿Quién era la que iba desnuda? —preguntó una voz, y de repente Wallace Stoney apareció entre ellas.

El ambiente cambió al instante. Las chicas podían relajarse cuando estaban solas, pero Wallace Stoney era mayor que ellas, chico y futbolista. El muchacho pensaba que las amistades eran emocionales y que las emociones implicaban debilidad y que la debilidad estaba para ser pisoteada.

—Gretchen —respondió Margaret, haciéndose a un lado sin levantarse del banco.

—Habríais tenido que tomar hongos —dijo, y se sentó al lado de la muchacha sin dejar apenas espacio para Glee. Esta se levantó del banco y se fue a la hierba junto con Abby y Gretchen.

Wallace Stoney tenía un labio leporino y a Abby le fascinaba que no hubiera servido para volverlo más agradable. De hecho era un gilipollas integral y las chicas solo lo aguantaban porque era mayor que ellas y salía con Margaret, y Margaret iba con él tan solo porque el muchacho hacía todo lo que ella le decía.

El chico rodeó torpemente a Margaret con el brazo y colocó las piernas de la joven sobre su propio regazo.

—El sexo es intenso cuando se han tomado hongos —dijo, mirando a los ojos de la chica.

—Me voy al laboratorio de informática antes de que me hagáis vomitar —exclamó Glee.

—¡Empollona! —le gritó Margaret mientras Glee se marchaba.

—Yo voy contigo —dijo Gretchen, al tiempo que se levantaba.

—¿Qué os pasa? —preguntó Wallace en tono lascivo—. ¿He incomodado a las vírgenes?

Gretchen se detuvo, se volvió y se quedó mirando a Wallace un segundo entero.

—Solo los vírgenes se reconocen entre ellos —replicó y se marchó tras Glee.

Abby se levantó para seguirlas.

—Os dejo ahí para que os chupéis los morros.

En cuanto dio alcance a Gretchen, el timbre empezó a sonar y tuvo que separarse de ella hasta el entrenamiento de voleibol. Faltaba poco para el primer partido y una derrota habría sido una gran humillación. El año anterior habían ganado a Ashley Hall por 12 a 0, pero las mejores jugadoras del equipo juvenil iban ya a la universidad y Greene, la entrenadora, no tenía mucha confianza en las posibilidades de las que quedaban.

—Muchachas, sois el equipo de perdedoras más desmotivado y flojo que haya visto en toda mi vida —les decía—. Marchaos a casa y decidid si de verdad queréis jugar este año con el equipo juvenil. Porque si no le ponéis más energía, no os quiero en la cancha.

—Muchas gracias —le dijo Margaret al salir—. La verdad es que este discurso nos ha dado muchos ánimos.

—No soy el padre ni la madre de ninguna de vosotras, Middleton —le respondió Greene—. Ya es hora de que os despertéis y empecéis a vivir en el mundo real.

Margaret y Abby se miraron con cara de exasperación, y entonces Margaret se fue a ver el entrenamiento del equipo de Wallace, mientras Abby y Gretchen se dirigían al aparcamiento. Abby notó que Gretchen se estremecía de nuevo.

—¿Qué te pasa? —le preguntó.

—Las alucinaciones empeoran —respondió Gretchen.

—¿No dijo Andy que eso era totalmente normal? —preguntó Abby.

—Andy no sabe de lo que habla —respondió Gretchen, y el corazón de Abby saltó de alegría al oírlo—. Es como si alguien se pasara el día entero tocándome en la nuca. Y la cosa se vuelve cada vez más frecuente. Es como si lo tuviera siempre pegado a la espalda, top-top-top.

Cruzaron la calle y anduvieron entre los robles musgosos que flanqueaban el acceso del aparcamiento de estudiantes. Patearon piedras, las aristas de la grava blanca se les clavaron en las suelas de los zapatos. La mayoría de los coches se habían marchado ya y el Conejito se encontraba al final, solo y abandonado.

—¿Así? —preguntó Abby, alargó un dedo y le dio un toque en el hombro a Gretchen. Toc.

—Esto no tiene ninguna gracia —exclamó Gretchen—. La noche pasada no pegué ojo. En cuanto empecé a dormirme, unas manos se pusieron a tocarme la cara y a tirarme de las piernas. Encendí las luces y pararon; entonces, empecé a dormirme otra vez y volvieron a tocarme.

—Acabará en seguida —le aseguró Abby—. No han pasado ni cuarenta y ocho horas. Esa sustancia no se quedará toda la vida en tu sistema.

Se esforzaba por transmitir confianza, como si hubiera sido especialista en los períodos de tiempo de eliminación de las drogas alucinógenas por parte del organismo.

Gretchen se subió la correa de la mochila sobre el hombro.

—Si esta noche no consigo dormir, me volveré loca. Me duele toda la cara.

Abby le dio otro toque en el hombro y Gretchen le apartó la mano de un golpe.

Para Abby, fue un lunes como cualquier otro.

No sabía que era el principio del fin.

ONE THING LEADS TO ANOTHER[1]

—Algunos de vosotros, los mayores, lo habréis visto en fiestas —decía la entrenadora Greene, de pie en el estrado ante la reunión de alumnos de secundaria. Sostenía un botellín de cristal verde con la mano—. El fabricante lo ha bautizado como «vino de verano Bartles & Jaymes», pero el Departamento de Policía del Condado de Charleston prefiere llamarlo «el jarabe de la violación».

Gretchen, sentada junto a Abby, echó el cuerpo bruscamente hacia delante y se estremeció. Se volvió para ver quién la había tocado, pero, como era de esperar, no había nadie. Las muchachas oyeron murmullos y risitas a sus espaldas. Eran Wallace Stoney y sus colegas del equipo de fútbol, John Bailey y Malcolm Zuckerman (que por motivos desconocidos se hacía llamar la Bomba).

—Tiene un sabor dulce —siguió explicándoles Greene—. Cuesta alrededor de un dólar, y si hace calor y no os andáis con cuidado, os beberéis tres o cuatro botellines, uno tras otro, sin daros cuenta siquiera. Pero no os engañéis. Cada uno de estos botellines contiene más alcohol que una lata de cerveza. Las chicas jóvenes podéis poneros en una situación en la que per-

1. Una cosa lleva a la otra.

dáis para siempre lo más precioso que tenéis. Todas vosotras sabéis de qué os hablo.

Hizo una pausa dramática y recorrió con la mirada a los oyentes. Estaba desafiando a los estudiantes a hacer una sola broma. Las risas podían salirles muy caras si las soltaban mientras les estaban dando un discurso «por vuestro propio bien».

—En ocasiones, lo que se rompe no se puede reparar —insistió Greene—. A veces basta con un solo error para echar a perder lo que no se podrá recobrar, sea vuestra reputación, el buen nombre de vuestra familia, o... vuestro... tesoro... más... precioso.

Abby habría querido acercar los labios al oído de Gretchen y susurrarle en tono solemne: «Vuestro... tesoro... más... precioso». Aquello tenía toda la pinta de convertirse en una de las frases que repetirían sin cesar, como «nik nak bugui bugui bugui» —el grito de amor del koala—, o el «Mira, mira, ya no mires» del anuncio de televisión. Pero aquella misma mañana, al tomar asiento en el Conejito de la Suerte, Gretchen había estado ya ojerosa y deprimida, con los nervios a flor de piel.

Le había contado a Abby que unas manos invisibles la habían tocado sin cesar durante toda la noche. La habían tocado en la cara, le habían dado palmadas en los hombros, le habían acariciado el pecho. Se había pasado horas tumbada en la cama, totalmente inmóvil, rezando para que las alucinaciones terminaran, mientras las lágrimas le resbalaban por las sienes y se le metían en las orejas. Hacia las dos de la madrugada, Gretchen se había llevado el teléfono inalámbrico a su habitación, había llamado a Andy y había hablado con él durante dos horas hasta que por fin se había dormido. Al despertar por la mañana, se había sentido feliz por haber logrado dormir dos horas enteras. Entonces había notado una mano que le rozaba el estómago, había corrido hasta el baño y había vomitado.

—No sabría deciros cuántas estudiantes han venido llorando a mi despacho —explicó Greene desde el estrado, sobre el gran escenario de madera clara del auditorio—. No apreciamos de verdad el valor de una cosa hasta que la perdemos.

Abby se preguntó si Gretchen estaría exagerando. ¿Cuánto tiempo podían llegar a durar las alucinaciones? Pero parecía que la muchacha sufriera de verdad. Aquella misma mañana, Gretchen se había dormido en la clase de Historia de Estados Unidos. El profesor Groat había dado un golpe sobre su mesa y le había preguntado con voz quejumbrosa, moviendo los labios bajo el mostacho, si tal vez le resultaría más interesante una visita a secretaría.

—¡Estoy hablándoos de vuestro futuro! —gritó Greene—. Tan solo por un descuido, podríais echarlo a perder para siempre. ¡Así! —Chasqueó los dedos y sonó como si unos huesos se partieran. Greene calló unos instantes para que su público tuviera tiempo de tomar conciencia de la importancia de sus palabras. Una capa de sudor relucía sobre su labio superior.

Los grandes motores de aire acondicionado rugían y expulsaban aire frío por los conductos de ventilación del techo. Alguien tosió en el otro extremo del auditorio. En medio del silencio, Gretchen volvió a adelantar bruscamente el cuerpo y su silla traqueteó. Abby giró los ojos hacia ella. Gretchen sacudía el hombro derecho como si alguien le diera empujones una y otra vez. Lo movía adelante y atrás sin cesar. Abby nunca rezaba en la capilla, pero en aquel momento rogó que Greene no se diera cuenta de lo que ocurría.

—Basta —murmuró Gretchen entre dientes.

Abby sintió que un sudor frío le bajaba por la espalda.

—Chsst —susurró.

—Un tesoro —repetía Greene, al tiempo que agitaba teatralmente el botellín verde—. Y solo podréis entregarlo una vez, y tendrá que ser con la persona que amáis, no...

—¡Basta! —chilló Gretchen. Se puso en pie y se volvió con el rostro enrojecido.

Todos los que se hallaban en el auditorio se volvieron hacia ella, los estudiantes estiraron la cabeza para escuchar. De súbito, todo el mundo estaba atento a Gretchen, que tenía la cara de color rojo brillante, los brazos tensos, el cuerpo tembloroso.

—Yo no he hecho nada —dijo Wallace Stoney. Se recostó

contra el respaldo de la silla y levantó las manos como para decir «me rindo».

—¿Puedo ayudarla en algo, señorita Lang? —preguntó Greene.

—Gretchen... —susurró Abby con los labios entrecerrados—. Siéntate.

—¿Tiene usted algún problema, señorita Lang? —repitió Greene, dando énfasis a cada una de las palabras.

—Alguien me está tocando todo el rato —respondió Gretchen.

—Será en sueños —murmuró Wallace Stoney, y arrancó unas risas a los muchachos que lo rodeaban.

—¡Silencio! —gritó Greene—. ¿Acaso la estoy aburriendo, señorita Lang? Porque si lo desea, puedo repetírselo todo en la hora de castigo del sábado. O quizá tenga que oírlo en mi despacho, cuando arroje su tesoro por la borda y se deshonre a sí misma, a su familia y a su escuela. ¿Le gustaría eso?

Gretchen debería haber contestado: «No, señora». Debería haberse disculpado. Debería haberse sentado y aceptar la amonestación. Pero, para horror de Abby, replicó:

—Wallace me está tocando la nuca sin parar.

—¡Eso es lo que a ti te gustaría! —dijo Wallace, y hasta la señora Massey, que se sentaba al final, se rio antes de poner cara de profesora, volverse hacia Wallace y extender hacia él un dedo amenazador.

—Basta —dijo Greene.

—Pero es que yo no he hecho nada —protestó Wallace.

—Nosotros lo hemos visto —exclamó la Bomba Zuckerman, en defensa de su colega—. Estaba sentado aquí sin hacer nada. La niña esa está chiflada.

Greene señaló a Gretchen con la botella de vino de verano.

—Vete al pasillo, Lang —dijo—. O aún mejor, a secretaría, y espera allí a Major. Él sabrá mejor que yo lo que tiene que hacer contigo.

—¡Yo no he hecho nada! —chilló Gretchen.

—¡Sal de aquí ahora mismo! ¡Venga!

—Pero...

—¡Fuera!

Abby bajó la mirada, contempló sus propias manos y se retorció los dedos.

—No es justo —murmuró Gretchen mientras pasaba torpemente por encima de las piernas de Abby y se marchaba a trompicones entre las butacas, exhausta y con las articulaciones desencajadas. Quizá perdió el equilibrio, o tal vez alguien le puso la zancadilla, pero el caso es que al llegar al final se desplomó ante la puerta de salida y se quedó a cuatro patas. Fue entonces cuando empezaron los abucheos.

Nadie sabe cómo sucede, ni quién lo empieza, pero fueron las mismas voces que surgen espontáneamente cuando a alguien se le rompe un vaso en la cafetería. Un sonido prolongado y sordo que expresaba vergüenza y reprimenda, y que brotó sin estridencias de trescientas gargantas y llenó el auditorio: buuuuuu. Tan implacable y uniforme como una sirena antiaérea. Acompañó a Gretchen durante su larga marcha hasta el final del pasillo, hasta las puertas de doble batiente. Abby se quedó sentada, sufriendo, negándose a participar.

—¡Basta ya! —vociferó Greene desde el escenario. Golpeó un par de veces el micrófono—. ¡Basta!

Entonces agarró el silbato que le colgaba del cuello, se acercó al micrófono y dio un pitido estridente. El micrófono chilló con la realimentación, los abucheos cesaron y los estudiantes se cubrieron las orejas con las manos, exagerando la molestia que sentían.

—¿Esto os parece divertido? —gritó Greene—. Ahí fuera hay personas que están esperando a que os descuidéis tan solo un segundo para meteros droga en la Coca-Cola: éxtasis, LSD, PCP. ¿Pensáis que os miento? Pues hacedme el favor de leer el periódico.

Fue entonces cuando Major se levantó de la silla que ocupaba en la primera fila y caminó pesadamente hacia el estrado. Apartó a un lado a Greene.

—Calma —murmuró con su voz apagada y monótona—.

Que todo el mundo se calme. Muchas gracias, señora entrenadora, por la valiosa información que nos ha proporcionado.

Empezó a dar palmadas con sus gruesas manos, en un sordo golpeteo que continuó y continuó hasta que el profesorado lo entendió por fin y se puso a hacer lo mismo. Por fin, los estudiantes los imitaron con un aplauso irregular.

—Querría aprovechar este momento para manifestar mi profunda decepción con todos vosotros —bramó Major—. Los valores fundamentales de la Academia Albemarle se resumen en nuestra divisa: Fe y honor. Esta mañana habéis quebrantado la fe que me debíais.

Major siempre se sentía decepcionado con todo el mundo. No conocía otro estado emocional. Era un hombre de cintura gruesa y todo él era gris: cabellos grises, piel grisácea, ojos grises, lengua grisácea, labios grisáceos. Había estudiado en Albemarle en su niñez y llevaba más de tres décadas como profesor y luego como director, y durante ese tiempo se había sentido decepcionado con todos y cada uno de los alumnos que habían pasado por sus puertas.

—El curso académico apenas ha empezado y ya se han producido casos de vandalismo en el Club de los Estudiantes de Último Año —dijo con una voz atronadora que se impuso a los susurros—. Algunos estudiantes han estacionado sus vehículos en el aparcamiento de los mayores sin el adhesivo reglamentario en la ventanilla. Hemos visto algunos estudiantes que fumaban en el campus. El Club de los Estudiantes de Último Año cerrará sus puertas esta misma tarde hasta la finalización del trimestre. He hablado con el señor Groat, asesor de dicho club, y está de acuerdo con mi decisión.

Hubo un momento de silencio. Se sentía la tensión en el aire.

—Así mismo —prosiguió Major—, todo el que estacione su vehículo en el aparcamiento de los mayores sin el adhesivo reglamentario recibirá una suspensión. La disciplina... —Empezaban a oírse susurros por las butacas. Greene echó a caminar por el pasillo y apuntó nombres—. La disciplina es el aprendizaje que vuelve innecesario el castigo. Cantemos ahora a nuestra alma máter.

La señora Gay se apresuró a sentarse frente al piano vertical que había al pie del escenario y empezó a aporrear las teclas mientras Major, Greene y el padre Morgan, el nuevo capellán, se ponían en pie y cantaban. Los profesores y estudiantes se levantaron y empezaron a cantar también. Probablemente, Abby era la única persona en todo el auditorio que se sabía la letra, pero no hizo más que mascullar al ritmo de la música, como todos los demás. Resonó por toda la sala el cántico atonal de los estudiantes, que entonaban alabanzas a su escuela con la alegría del condenado que pica piedra.

Abby, Glee y Margaret se juntaron inmediatamente después. Todo el mundo estaba alborotado, disperso en grupos por el Césped. Se rumoreaba que Major iba a cancelar el baile de fin de año, o las convivencias conocidas como la Semana del Espíritu, o que ordenaría el derribo del Club de los Estudiantes de Último Curso, asesinaría a los padres de todos los alumnos y después les pondría horas de castigo para el sábado por la mañana. Nadie sabía qué tendría en mente. Aquel hombre estaba loco.

Las tres muchachas, sin embargo, estaban preocupadas por Gretchen. En el mismo instante en el que había terminado la reunión, se habían dirigido a secretaría, pero la señorita Toné, la secretaria de secundaria, las había echado. Se habían retirado hasta el Césped y se habían sentado en un lugar desde donde veían la puerta de la oficina. La observaban con tanta atención que era extraño que no estallara en llamas. Vieron que Major entraba. Vieron que iba a su despacho, donde se encontraba Gretchen. Vieron que cerraba las persianas venecianas. Clavaron los ojos en la puerta de secretaría sin apenas hablar. Querían ver a Gretchen en el mismo instante en el que saliera.

—¿Qué os pasa, trío de flipadas? —les dijo Wallace Stoney. Se dejó caer sobre la hierba entre Margaret y Glee, y le metió la lengua a Margaret hasta la garganta.

—Por favor... —se quejaba Glee—. Me vais a hacer vomitar. De verdad.

Con la cara todavía atornillada a la cavidad bucal de Wallace, Margaret le hizo una peineta a Glee, acomodó sus piernas sobre las del muchacho y siguió dándole lengua.

—A esto se le llama madurez —exclamó Glee.

Abby estaba convencida de que debía ser maravilloso tener a alguien que se pasara todo el día caliente por ti, pero no era el momento de presumir de novio estupendo sobándose en medio del Césped.

—¿Qué le has hecho a Gretchen? —le preguntó a Wallace.

—Tú estabas allí —respondió el muchacho, separando su rostro del de Margaret—. Quítate ya el puto maquillaje de los ojos. Está claro que se imagina que la toco, porque no para de hablar de eso en todo el día.

—Lleva media hora allí dentro por tu culpa —insistió Abby—. Tienes que contar qué le has hecho.

—Métete en tus putas historias —le respondió Wallace sin inmutarse—. Tu amiguita está zumbada. ¿Qué culpa tengo yo?

No le prestaron más atención, porque Gretchen, finalmente, salió de secretaría. Se acercó a trompicones y se dejó caer al lado de Abby, sin mirar siquiera a Wallace.

—¿Qué ha ocurrido? —preguntó Glee—. Debes haber pasado unas tres horas ahí dentro.

Margaret se secó la saliva de Wallace que le había quedado en la barbilla. Entonces partió la barra de cereales Carnation que llevaba para desayunar y le dio la mitad a Gretchen. Más que nada, le gustaba ceder a los demás todo lo que fuera comida sólida, que contuviese calorías de verdad.

—¿Qué te ha dicho el gilipollas ese? —le preguntó.

Gretchen se puso a desmenuzar la barra de cereales de Margaret y dejó caer las migajas sobre la hierba.

—No ha hecho más que hablarme —respondió—. Sobre todo me ha hablado de la fe y del honor, y de que hay una guerra en Estados Unidos en la que se pelea por el alma de los hijos de la nación y no sé qué más. He dejado de escucharle. Él quería saber si me drogo.

—Sí —dijo Wallace—. Te metes la píldora de la imbecilidad.

Las chicas no le hicieron caso.

—¿Qué le has dicho? —preguntó Margaret. Albergaba un temor irracional de que Gretchen las hubiera delatado.

—Le he dicho que Greene no tiene nada que decir que a mí me interese escuchar. Entonces me ha dicho que no volveré a los entrenamientos de voleibol mientras no me disculpe con ella. Entonces le he respondido que por mí, bien, que dejo el equipo.

Las otras tres la miraron horrorizadas. Cuando una se mete en líos, lo que hay que hacer es tratar de arreglarlo, en vez de empeorarlo. Wallace Stoney soltó una risotada de foca.

—¡Qué mal estás! —dijo con voz estridente.

—¿Qué te ha dicho entonces? —preguntó Abby.

—Me ha castigado a horas de permanencia —respondió Gretchen—. Por falta de respeto.

—Has estado estupenda, so imbécil. —Wallace se rio de nuevo—. Ahora sí que la has clavado.

—¿Es en serio? —preguntó Abby, sin acabar de creérselo. ¿Cómo podía dejarla sola en el equipo de voleibol?—. Si dejas el equipo, tus padres te van a matar.

Gretchen se encogió de hombros. Entonces Wallace intervino de nuevo e impuso su voz sobre las demás, sin darse cuenta ni siquiera de que nadie se reía.

—¿Estás con la regla? —preguntó—. ¿Por eso has tratado de meterme en líos?

—Wallace —dijo Gretchen en voz baja—, para de hacer el capullo.

Todos contuvieron el aliento durante un minuto esperando a que Margaret reaccionara.

—Y tú para de comportarte como una puta subnormal —le respondió Wallace. Se echó a reír. El mayor machacaba a la alumna de segundo año de secundaria.

—No hace falta que te hagas el duro con nosotras —le dijo Gretchen—. Todas sabemos lo que ocurrió la primera vez que Margaret y tú follasteis. No aguantaste ni cinco segundos.

Entonces clavó los ojos en Wallace. La muchacha se agarraba las pantorrillas con las manos y escondía el mentón entre las rodillas. Nadie se rio, nadie se atrevió ni siquiera a moverse. Margaret se lo había contado en absoluto secreto y todas sabían que no podían revelarlo bajo ninguna circunstancia. La cicatriz del labio superior de Wallace se quedó de color blanco.

Margaret arrancó un manojo de hierba y se lo arrojó a Gretchen.

—¿Y a ti qué es lo que te falla? —exclamó.

—Pues que estoy hablando con toda sinceridad a nuestro amigo el señor Macho Semental —replicó Gretchen—. Este tío es un fantasma. Es incapaz de follar si no ha bebido y se mete con Abby porque es demasiado buena para responderle. Estoy harta de hacerme la simpática con él.

—Por lo menos yo no soy una frígida amargada que no ha follado en su vida —le mascculló Wallace a Gretchen. El muchacho enderezó la espalda y apartó las piernas de Margaret del regazo.

Gretchen no le dio tregua.

—Pues por lo menos yo no voy oliendo las bragas y los sostenes de mi hermana.

Wallace se arrojó sobre ella y trató de atraparla. Glee y Abby chillaron. Todos los que estaban en el Césped se volvieron hacia ellos e incluso los jugadores de bochas dejaron de arrojar sus bolas para mirar. Margaret se agarró a Wallace por la espalda y lo obligó a separarse de Gretchen, que retrocedía sobre la hierba como un cangrejo.

—¡Que te den por culo, puta asquerosa! —bramaba Wallace. Se incorporó como pudo. Aún llevaba a Margaret agarrada a la espalda.

—A ti ya te gustaría probarlo —le respondió Gretchen.

Abby y Glee se habían quedado petrificadas. *¿Wallace Stoney husmeaba las bragas y los sostenes de su hermana?*

Gretchen se puso en pie y se plantó en los morros de Wallace. El muchacho ponía cara de querer agarrarla, pero hasta Wallace sabía que no podía pegar a una chica en medio del Césped.

—No te mereces a Margaret —dijo Gretchen—. La engañas, le mientes, le dices que estás enamorado de ella, pero solo porque quieres follártela. ¿Y sabes qué es lo más patético? Que me vengas detrás sin parar. No me interesas, mamón.

Gretchen tenía la mandíbula desencajada, el cuello tenso y los ojos tan abiertos que parecía que fueran a salírsele de las órbitas. Abby habría querido frenarla, pero la cosa había llegado demasiado lejos. Se hallaban en un territorio nuevo en el que ella no sabía moverse.

—Margaret tendría que mandarte a tomar por culo —añadió Gretchen—, porque...

Entonces la joven dobló el cuerpo y vomitó. Abby y Glee retrocedieron. Casi medio litro de líquido cálido y lechoso brotó por la boca de Gretchen cual chorro de alta presión y roció la hierba que se hallaba entre los pies de Wallace. Abby apenas había logrado salir de la zona de peligro cuando Gretchen volvió a contraer el estómago y sacó otro medio litro de fluido blanco y espeso. En él había como unas hebras de color negro que parecían gusanos. Abby se acercó y se dio cuenta de que eran plumas.

Wallace retrocedió violentamente y chilló como una niña.

—¡Estos zapatos son nuevos! —gritó.

Entonces se dio cuenta de que todo el mundo miraba y sacó pecho. Agarró a Margaret y se la llevó hacia atrás, como un macho que protege a su hembra de la horrible amenaza del vómito de una cría. Gretchen seguía allí, con el cuerpo doblado, las manos sobre las rodillas, respirando con dificultad. Todo el mundo oía a las gaviotas que chillaban, trazaban círculos en lo alto y acudían a aquella inesperada y abundante fuente de alimento.

—Oh, Dios mío —musitó Glee.

—Yo... —empezó a decir Gretchen, pero entonces cayó de rodillas y arrojó un nuevo chorro de vómito blanco. Cuando terminó, se le quedaron algunas plumas pegadas al labio inferior, como patas de araña. Abby se dio cuenta de que el señor Barlow venía corriendo por la hierba. La gente empezaba a marcharse, y a lo lejos alguien dio palmadas y silbó. Comenzaba a oírse un murmullo por todo el Césped, pero Abby solo tenía ojos para Gretchen. Esta levantó la cabeza y la mirada de ambas muchachas se encontró. Parecía que Gretchen tratara de articular una palabra: «Ayúdame».

Entonces llegó el señor Barlow y todo el mundo hablaba, y Barlow levantó a Gretchen y la hizo andar hacia secretaría con sumo cuidado. Wallace regresó con sus amigos. Se alejó de la escena del crimen y se llevó consigo a Margaret.

Los demás empezaban a aproximarse a la zona del desastre, pero antes de que estuvieran demasiado cerca, Abby sacó de la bolsa la camiseta de voleibol y ocultó el vómito. mientras echaba la prenda sobre el charco blancuzco, habría jurado que veía que algunas de las plumas negras se retorcían poco a poco, se desplegaban y se enroscaban unas con otras como si hubieran estado vivas.

PARENTS JUST DON'T UNDERSTAND[1]

Gretchen había pillado la mononucleosis hacia el final del octavo curso, cuando andaban por los catorce años, y las otras muchachas habían unido fuerzas para ayudarla. Abby, Margaret y Glee habían seguido todas sus clases. Abby se había encargado de entregar cada día sus deberes. Los fines de semana, las tres se juntaban en la casa que la familia de Margaret poseía en el centro y llamaban a Gretchen. Compartían el teléfono. Se arrimaban al auricular de dos en dos y le contaban lo injusto que había sido el examen de álgebra que les había puesto Vikernes y que los estudiantes del último curso se habían metido en líos en el día de descanso que tenían después del baile de promoción y que Naomi White había suspendido todas las asignaturas y tendría que repetir.

Fue el mismo año en el que Abby empezó a hacer turnos entre semana en TCBY y la señora Lang se acostumbró a pasar a recogerla por las tardes cuando terminaba. Abby le llevaba a Gretchen una tarrina de vainilla con toques de arcoíris y crujiente de galletas Oreo (desde el día en el que la garganta de Gretchen estuvo en condiciones de tragarlo) y se sentaba en la segunda cama de la habitación oscura donde Gretchen pasaba el día. Hacían los pasatiempos de la revista y Abby le leía historias

1. Los padres simplemente no lo entienden.

horripilantes de accidentes de esquiadores publicadas en los ejemplares de *The Upper Room* —una revista cristiana que recibía el señor Lang—, espeluznantes narraciones de bailarinas de ballet desfiguradas en incendios domésticos que encontraba en sus propios ejemplares de *Guidesposts* —otra revista cristiana— y las columnas de «Esto me ocurrió a mí» de *Sassy* —una revista para chicas adolescentes con orientación feminista—, con títulos como «Mi madre es drogadicta» y «Me han violado».

Aquel fue el año en el que Abby y Margaret presionaron al señor Lang para que empezase a pagar una suscripción de televisión por cable. Ellas colaboraron durante seis semanas enteras para procurar que Gretchen estuviera bien.

Esta vez Abby no contaba con la ayuda de nadie.

Gretchen no fue a la escuela ni el jueves ni el viernes. Abby sabía que no le gustaba nada perder clases, así que llamó sin cesar a la casa de Gretchen, desesperada por averiguar qué le ocurría, pero Gretchen no contestaba. Durante el fin de semana, Abby trató de convencer a Margaret y a Glee para ir en coche a visitarla, pero Margaret se negó.

—Que me llame para disculparse y si no que se vaya a la mierda —le respondió—. ¿Tú oíste lo que dijo sobre Wallace? ¿A quién se le puede ocurrir una mierda como esa?

Además, el fin de semana saldría a navegar.

—Yo no puedo ir —le dijo Glee—. Todo esto me resulta demasiado violento.

—Y te marcharás el fin de semana a navegar con Margaret —le replicó Abby.

Ambas se quedaron en silencio durante unos instantes.

—Bueno, ¿y qué se supone que tengo que hacer? —preguntó Glee—. ¿Quedarme en casa?

Abby siguió llamando a Gretchen hasta que finalmente la señora Lang se hartó.

—Por favor, Abby, deja de llamar. Esto resulta inapropiado.

A partir de entonces dejó que le respondiera el contestador automático.

El lunes por la mañana, la señora Lang llamó a casa de Abby y le dijo que ella misma llevaría a Gretchen a la escuela, porque tenían una cita con el médico. Abby se sintió tentada de preguntarle qué clase de médico, pero no quería que volvieran a decirle que su comportamiento resultaba inapropiado —lo cual era una manera cortés de llamarla maleducada—, así que cerró el pico.

Una tempestad tropical se acercaba por la costa y arrastraba fuertes tormentas eléctricas hacia Charleston. Estaba tan oscuro que Abby condujo hasta la escuela con los faros encendidos. Un viento gris y furibundo soplaba en el pasaje cubierto, y sacudió la puerta del aula durante toda la clase de Introducción a la Programación de la primera hora. Luego cambió de dirección y empezó a rugir por las grietas.

Gretchen no apareció hasta la clase de Ética, que se impartía en la quinta hora. El padre Morgan se encargaba de aquella asignatura; era demasiado joven y tenía demasiada pinta de hombre del tiempo guapo y soso como para que alguien se lo tomara en serio. Así, cuando Gretchen entró torpemente después del segundo timbre, con un justificante de retraso, Abby no tuvo ningún problema en llamarla con la mano, aunque el padre Morgan todavía estuviera hablando.

—Todas las semanas, a lo largo de catorce años —les decía el padre Morgan—, hemos realizado un maravilloso viaje a un lugar llamado Lake Wobegon, un pueblo con quinientas almas perdido por Minnesota.

Gretchen paseó la mirada por el aula con ojos apagados y Abby le hizo otro gesto con la mano.

—¡Gretchen! —le susurró.

—Es un pueblo en el que... ¿sí, Abby? —preguntó el padre Morgan.

Abby se amilanó al darse cuenta de que había interrumpido a un profesor, aunque fuera un peso ligero como el padre Morgan.

—Es que le había guardado un asiento a Gretchen —dijo.

—Estupendo —respondió el religioso, sonriendo—. Pues

bien, aunque Lake Wobegon pueda llegar a pareceros tan real como Charleston, algunos de vosotros os sorprenderéis al descubrir que tan solo existe en la imaginación de Garrison Keillor...

Gretchen miró de un extremo a otro de los bancos y Abby volvió a levantar la mano para llamar su atención.

—¿Abby? —le dijo el padre Morgan, sonriente—. ¿Tienes alguna pregunta sobre Lake Wobegon?

—No, señor —respondió Abby y bajó la mano.

Gretchen se sentó en un pupitre vacío al lado de la puerta. Mientras el padre Morgan seguía hablando sobre Lake Wobegon y el poder de la narrativa, y el viento sacudía las ventanas, Abby trató de entender qué ocurría. Gretchen estaba pálida, tenía el cabello deslucido y ni siquiera se había pintado los labios. Le había salido una especie de costra blanca y dura en una de las comisuras. Abby temió que volviera a padecer mononucleosis.

Treinta y nueve interminables minutos más tarde sonó el timbre y los alumnos colocaron bien los pupitres, agarraron los libros y se precipitaron hacia la salida, felices por no tener que seguir escuchando al padre Morgan. Abby alcanzó a Gretchen entre el batiburrillo de alumnos que se agolpaban en la puerta, antes de salir al pasaje cubierto.

—¿Qué ha ocurrido? —le preguntó—. He estado llamándote todo el fin de semana.

Gretchen encogió el cuerpo y trató de abrirse camino entre los demás, pero Abby no estaba dispuesta a dejarla escapar. La agarró y se la llevó por el pasaje, dejaron atrás el murete de ladrillo que les llegaba a la cintura y salieron al jardín que se encontraba frente al auditorio. El suelo estaba pavimentado con ladrillo de color marrón oscuro. Un muro de árboles separaba el jardín del pasaje cubierto, y por todas partes había bancos que se prestaban a la reflexión solitaria y a los besos. Un viento frío sacudía las ramas de los mirtos.

—Déjame en paz —dijo Gretchen.

—¿Qué te sucede? —preguntó Abby—. ¿Dónde te habías metido?

Gretchen se frotó el brazo en el lugar en donde Abby la había aferrado.

—Nada —respondió la muchacha.

—¿Por qué no me has llamado? —preguntó Abby.

—No lo sé —dijo Gretchen, y parecía sincera.

—¿Por qué te ha acompañado tu madre? —preguntó Abby.

Gretchen evitaba la mirada de Abby.

—Porque tenía que ir al médico —murmuró.

—¿Qué clase de médico?

Los segundos iban pasando.

—¿Le has preguntado por las alucinaciones? ¿Le has contado que vomitaste?

—No era un médico de esos —respondió Gretchen, y al decir la última palabra se le ruborizó la cara y se le arrugó la frente.

Abby no entendía nada.

—Entonces, ¿qué tipo de médico era?

Gretchen tomó aire de golpe y se puso a llorar.

—Hemos ido a ver si aún soy virgen —gimoteó y se escondió los labios con el codo para contener un grito. Luego se mordió el brazo con fuerza y sus dientes se clavaron en el jersey. Las lágrimas le resbalaban por el rostro. Abby le dio un tirón en el brazo para separarlo de la cara y se llevó a Gretchen por el jardín de la capilla. La condujo hasta un banco e hizo que se sentara.

Gretchen golpeaba los pies contra el suelo.

—Que se mueran —mascullaba—. Que se mueran, que se mueran, que se mueran. Los odio.

—Pero eres virgen, ¿verdad? —preguntó Abby.

Gretchen clavó la mirada en Abby.

—Eres mi mejor amiga —le dijo—. ¿Cómo puedes preguntármelo?

Abby apartó los ojos.

—¿Por qué te han llevado? —preguntó.

Gretchen miraba al frente y Abby se volvió para ver qué era

lo que observaba. A sus espaldas se hallaban el jardín del auditorio, el camino de ladrillo, la acera y el lejano Césped donde los estudiantes de cuarto curso salían en hilera con las tortugas de la señora Huddleson. Abby se dio cuenta de que Gretchen no veía nada de todo aquello.

—He tenido que ponerme una bata que no cubría nada —le contó Gretchen—. Entonces el médico me ha hecho subir a unos estribos para poder verlo todo y me ha metido los dedos dentro. Estaban helados, y después me ha dado un pañuelo para que me quitara el lubricante, pero aún lo siento aquí abajo.

Las pupilas de Gretchen se habían encogido como cabezas de alfiler. Tenía la respiración entrecortada.

—Qué horror —dijo Abby.

—Mi madre dice que me ha llevado por culpa de los sonidos —susurró Gretchen—. Ella y mi padre no duermen de noche por culpa de los sonidos que se oyen en mi habitación.

—¿Qué sonidos? —preguntó Abby.

Gretchen se arrancó un padrastro del meñique con los dientes y lo escupió.

—Sonidos de sexo —respondió.

Abby no lo entendía.

—¿En tu habitación? ¿Qué era lo que hacías?

—¡Nada! —exclamó Gretchen—. Yo no hago más que dormir. Por fin puedo dormir. Mienten. Y le han mentido al médico y ahora el médico se cree que tengo relaciones sexuales.

—Tu madre está loca —dijo Abby—. No pueden hacerte esto. Es abuso de menores.

Gretchen ya no la escuchaba.

—Van a contárselo a todo el mundo —dijo—. Quieren librarse de mí. Quieren mandarme a Southern Pines.

—¿Eso te han dicho? —preguntó Abby.

Southern Pines era peor que Fenwick Hall. Southern Pines era el lugar a donde iban los jóvenes que se habían vuelto locos, y ni siquiera Riley estaba lo bastante mal como para terminar allí. Pero existía en algún lugar del norte de Charleston y era la peor de las amenazas. Si un menor causaba demasiados problemas, si cruzaba una línea invisible, sus padres lo mandaban allí, como a la dulce Audrina en la novela de V. C. Andrews, para que le dieran terapia de electrochoque y perdiera la memoria, para que le frieran una a una las neuronas.

Sonó el timbre de la quinta clase.

—El médico tiene un dosier sobre mí —dijo Gretchen, y las lágrimas se le acumularon sobre los párpados inferiores. La muchacha separó los dedos pulgar e índice a unos cinco centímetros de distancia—. Así de grueso. No voy a permitir que me envíen allí. No se lo permitas tú.

El cielo estaba cubierto de nubes y un viento fuerte las hacía jirones. Nadie iba a mandar a Gretchen a ningún lado. Este tipo de cosas no les ocurrían a personas como ella. Abby encontró un clínex raído en el fondo de su bolso y le limpió la cara a Gretchen.

—No te va a pasar nada —dijo—. Lo que ocurre es que estás fatigada.

Gretchen apartó la cabeza con un movimiento brusco.

—Si me mandan allí, los mataré a los dos —dijo Gretchen—. Agarraré la pistola de mi padre y los mataré a los dos.

—No lo dices en serio —le respondió Abby.

—Yo les rogué que me ayudaran —insistió Gretchen—. Se lo rogué. Y dieron mi nombre para que rezaran por mí en la iglesia y...

Gretchen no pudo continuar. Se clavó las uñas en las rodillas y apretó con tanta fuerza que le temblaron las muñecas. Abby trató de sujetárselas, de hacer que se relajara, pero Gretchen seguía clavándoselas.

—¿Qué ocurrió? —preguntó Abby.

—Fue un accidente —respondió Gretchen, al tiempo que se soltaba las rodillas y se limpiaba las lágrimas del rostro—. Vomité de nuevo.

—¿En la iglesia? —preguntó Abby.

Gretchen, incapaz de hablar de pura vergüenza, la miró a los ojos y asintió.

—Ellos saben que no lo hiciste a propósito —dijo Abby.

—Me obligaron a comer avena —le contó Gretchen—. Les dije que no me sentaba bien, pero no me hicieron caso. Se empeñaron en que tenía que desayunar. Decidieron que eso era lo que me convenía. Nunca me preguntan qué es lo que me conviene.

—¿Cuánto hace que no has comido? —preguntó Abby, y tomó la mano izquierda de Gretchen entre las suyas.

—No puedo —respondió Gretchen.

—Vamos a ponerte bien el estómago —dijo Abby—. Voy a traerte unos dónuts y un *ginger ale* de las máquinas.

—¡No! —respondió Gretchen, y apartó la mano. Tenía los ojos desorbitados—. Todo lo que como sabe fatal, a podrido. Tengo tanta hambre y estoy tan cansada... ya no sé lo que puedo hacer.

Abby tomó a Gretchen por los hombros y la atrajo hacia sí. Gretchen hundió la cabeza en el pecho de Abby y su respiración se aceleró. Al cabo de unos minutos, Abby trató de moverla de un lado para otro. Otro minuto, y Gretchen extendió las palmas de ambas manos.

—«We are the world —cantaba en susurros, y se mecía de un lado para otro, pegada a Abby—, we eat the children».[2]

Resopló con fuerza por la nariz y entonces las dos se pusieron a mecerse, cursis a matar, cantando su versión privada de *We Are the World*.

—«We put butter on everything[3] —cantaban ambas en susurros—. And just starting chewing…»[4]

Cuando estaban en sexto curso, la señora Gay había organizado una interpretación especial de *We Are the World* por el coro de estudiantes de primaria para la hora de comer. Gretchen había hecho de Kim Carnes. Abby, que no tenía dotes de ningún tipo para la música, tuvo que hacer de Quincy Jones.

2. «Comemos niños».
3. «Untamos con mantequiiiilla».
4. «Y empezamos a masticar...».

Se puso frente al coro y fingió que dirigía. Con la cara pintada de negro.

Entonces, sentadas frente al auditorio, cuando ya no llegaban a tiempo a clase, cantaron la parte de Cyndi Lauper, y la de Bob Dylan, y cuando recrearon el dúo entre Stevie Wonder y Bruce Springsteen, Gretchen ya había dejado de llorar y pudo asearse la cara.

Abby logró que ambas pudieran entrar en sus respectivas clases con notas de demora de la señorita Toné y a la hora de comer compró Coca-Cola *light* para Margaret y Glee, y se empleó a fondo para convencerlas de que se sentaran con ella y con Gretchen.

—Está fatal —les dijo Abby—. Quiere disculparse, pero se siente muy mal.

No logró convencer a Margaret. Gretchen la había hecho quedar mal con su novio, que además era mayor que ella, y no la iba a perdonar jamás. Pero Glee se esforzaba siempre por evitar las situaciones desagradables.

—Dicen que tendremos mal tiempo toda la semana —comentó Glee—. Vamos a sentarnos fuera ahora que aún podemos.

—¡Exacto! —corroboró Abby.

Unieron fuerzas para obligar a Margaret a acompañarlas y terminaron por comer juntas, acurrucadas sobre el Césped, bajo un cielo plomizo, y durante todo el tiempo Abby se estuvo diciendo que la cosa no andaba tan mal. Pero sí andaba mal. Soplaba un viento gélido. Margaret estaba sentada en el banco y no hablaba. Gretchen estaba sentada en la hierba y no hablaba. Margaret apenas comía. Gretchen apenas comía. Abby y Glee tuvieron que hablar y comer por las otras dos.

—¿Has preparado las fichas sobre *La letra escarlata*? —le preguntó Abby a Glee.

—Dios mío, qué aburrimiento —respondió Glee—. ¿Y por qué se supone que tenemos que compadecernos de Hester? ¡Vaya putona!

Abby y Glee hablaron sobre el baile de final de curso, sobre los exámenes para la obtención de becas, sobre la Semana del Espíritu, mientras que Gretchen y Margaret miraban al vacío. La conversación avanzó a trompicones hasta que se oyó el timbre y Margaret se marchó sin dignarse a volver la mirada. Glee la siguió.

Gretchen no se levantó. Abby se quedó sentada a su lado mientras todo el mundo se marchaba del Césped y entraba en clase. El viento empezó a soplar de nuevo y les sacudió el cabello.

—Margaret estaba haciendo de Margaret —dijo Abby—. Vámonos.

—Ojalá se muera —le respondió Gretchen en voz baja—. Ojalá que Wallace le contagie el sida y tenga una muerte lenta y dolorosa.

—No tendrías que hablar así —le aconsejó Abby.

—Deberías comprarme un teléfono —dijo Gretchen mientras se ponía en pie y se sacudía la mugre del trasero.

—¿Has dicho un teléfono? —le preguntó Abby, sin entender.

—Ve a una tienda de segunda mano. Se encuentran por diez pavos —respondió Gretchen—. Más adelante te lo devolveré.

Agarró la mochila, se colgó la correa de un hombro y echó a andar. Abby fue detrás.

—Esta noche trabajo en TCBY —decía—. No saldré hasta las nueve.

—El club de lectura de mi madre se reunirá en mi casa —respondió Gretchen—. Puedes venir. A esas horas ya estará borracha.

Abby estaba a punto de preguntarle para qué quería un teléfono, pero entonces Gretchen se volvió hacia ella y le dio un abrazo. Abby percibió un tufillo agrio.

—No importa lo que ocurra —exclamó Gretchen—. No te haré daño jamás.

Durante lo que quedaba de día, Abby se preguntó qué habría querido decirle.

BROKEN WINGS[1]

La hilera de coches de mamás no cabía entera en el acceso de la casa de los Lang y se desbordaba por Pierates Cruze: Volvos, Mercedes y Jeep Grand Cherokees aparcados frente a las casas de los vecinos, parachoques contra parachoques. Abby descubrió un sitio vacío frente a la vivienda del Dr. Bennett y aparcó el Conejito en su césped. Antes de apagar el motor, las luces del porche se encendieron y el Dr. Bennett salió afuera y la señaló con un dedo tembloroso. Abby, azorada, condujo hasta el otro lado de la manzana y aparcó junto al jardín de los Hunt.

El Cruze estaba oscuro. El ambiente era opresivo y soplaba un viento húmedo. El bosquecillo de bambú que se hallaba junto a la casa de Gretchen murmuraba y suspiraba. Abby podía entrar siempre que quisiera en los hogares de Margaret y Glee, pero si iba a la casa de Gretchen tenía que tocar el timbre de la puerta. Como aquella noche había club de lectura, no sabía si sería necesario llamar o podría entrar sin más, pero mientras se acercaba las risas de las mujeres se volvieron más fuertes y el señor Lang salió a la puerta.

—Hola, señor Lang —dijo Abby.

—Ah, Abby... —respondió el hombre. Entonces cerró la

1. Alas quebradas.

puerta y las estridentes risas quedaron algo amortiguadas—. Son unas escandalosas.

—Sí, señor —respondió Abby.

Se quedaron allí, sin moverse. El viento cambió de dirección. Volvieron a oírse risotadas en el interior.

—¿Puedo ver a Gretchen? —preguntó Abby.

—¿Gretchen está bien? —preguntó al mismo tiempo el señor Lang.

Ambos callaron unos instantes. El absurdo de la doble pregunta los había pillado con la guardia baja a los dos.

—Hum... sí, señor —respondió Abby.

Al cabo de todos aquellos años, Abby había tenido muy pocas conversaciones serias con el padre de Gretchen, sobre todo porque había aprendido a evitarlas. Por lo general, el hombre la sometía a una sucesión de preguntas retóricas que culminaban en una conferencia sobre las virtudes de la economía de mercado, el imperio del mal o la solución correcta del problema de los indigentes.

—Conmigo puedes hablar, Abby —dijo el señor Lang—. ¿De acuerdo? ¿Nos entendemos?

Se imaginó al señor Lang mirando los cuadernos de Gretchen para ver si había garabateado nombres de chicos en los márgenes. Se imaginó al médico diciéndole que la virginidad de su hija estaba intacta.

—Nos entendemos a la perfección —respondió Abby.

—Si le ocurre algo a Gretchen, querría poder confiar en que me lo contarás.

Un relámpago centelleó en el horizonte, a sus espaldas.

—Por supuesto —dijo Abby—. ¿Puedo subir?

El hombre se quedó mirando a la muchacha durante un minuto entero, tratando de perforarle el cráneo con sus ojos de abogado, y luego se apartó para dejarla entrar.

—Pasa —le dijo—. Yo debería ir a por el gato.

—¿Qué gato? —preguntó la muchacha, al tiempo que agarraba el pomo de la puerta.

El señor Lang se dirigía a la parte de atrás de la casa.

—Tenemos un gato muerto abajo.

—¿De quién es? —preguntó Abby.

—Rondan búhos —respondió el hombre—. Se han llevado gatos durante toda la semana. Los cazan. Es un asco.

—¡Abby! —gritó Gretchen mientras salía precipitadamente de la casa. La charla, el ruido y las risas volvieron a oírse por la puerta abierta. Gretchen sujetó a Abby por el brazo y la hizo pasar—. Deja de molestar a mi amiga —espetó a su padre.

La casa era de color blanco brillante y la llenaban el olor a flores y el sonido de mujeres alegres en la sala de estar.

—¡Yu-juuu! —exclamó la señora Lang—. ¿Esa niña de ahí es Abby Rivers?

Gretchen subió de dos en dos los escalones cubiertos de moqueta blanca. Arrastraba tras de sí a Abby y se iba volviendo hacia ella para decirle que no con la cabeza. Abby se detuvo al final de la escalera y se apoyó en la barandilla.

—¡Hola, señora Lang! —dijo, pero ya se encontraba dentro de la habitación de Gretchen y su amiga cerraba la puerta. El aire acondicionado estaba helado y Abby se bajó las mangas para cubrirse las manos.

—¿Lo has conseguido? —preguntó Gretchen, al tiempo que tiraba de la mochila de Abby.

Esta abrió la bolsa y sacó el teléfono marca Trimline de color beis que había comprado por once dólares en el economato de los baptistas. En uno de sus extremos tenía una marca producida por el roce y manchas de pintura por encima. Gretchen lo agarró, pasó por encima de las dos camas y se agazapó sobre la alfombra para conectarlo a la clavija que tenía detrás de la cabecera. Luego levantó el auricular y sonrió.

—¡Da tono de llamada! —susurró.

Desenchufó el cable, lo enrolló en torno al teléfono y abrió el armario. Max se incorporó y salió torpemente de debajo del escritorio de Gretchen, bostezando y estirándose. mientras Gretchen escondía el teléfono en el fondo del armario, el perro se acercó y hurgó en la mano de Abby con su gélido hocico.

Cuando Gretchen volvió a salir, Abby vio que tenía ojeras y la piel pálida. Se le notaba la mandíbula tensa y estaba nerviosa, pero no se veía tan agotada como antes.

—Ven —le dijo Gretchen mientras se dirigía al baño—. Voy a arreglarme el cabello.

Gretchen se puso frente al espejo mientras Abby se metía en la bañera vacía y estiraba el cuerpo. Le gustaba sentarse dentro de la bañera de Gretchen. Esa era su costumbre. Max se quedó en la puerta. Nunca entraba en el baño, porque le daban miedo las baldosas.

—Ya no me dejan llamar cuando quiero —dijo Gretchen con la mirada puesta en su propio reflejo, mientras tomaba con la mano un buen mechón de cabellos—. Pero de algún modo tengo que hablar con Andy.

—Deberías llamar a Margaret —respondió Abby, con los pies apoyados contra la pared.

Gretchen sostuvo en alto la plancha del pelo.

—No voy a disculparme. Todo lo que dije era cierto y Margaret lo sabe muy bien. Por eso está cabreada conmigo.

—Wallace es un tío que dan ganas de vomitar —reconoció Abby—. Pero es el novio de Margaret.

Gretchen apretó la plancha y la mantuvo durante cinco segundos. El olor a cabello caliente llenó todo el cuarto de baño.

—Margaret va tan de culo por él que ha perdido su identidad —se quejó Gretchen.

—¿Qué te estás haciendo en el pelo? —preguntó Abby.

—Andy me dijo que tengo que aceptar los cambios.

Se oyó un rumor de carcajadas que venía de abajo. Abby habría querido ir allí, conocer el club de lectura, oír sus bromas y sus cotilleos, ver si la señora Lang había preparado sus quiches en miniatura.

—Espero que aún nos riamos así cuando tengamos su edad —dijo Abby.

—Están borrachas —le respondió Gretchen—. Prefiero morir antes que ser como ellas.

Volvieron a oírse risas abajo. Gretchen apretó los labios.

Abrió la plancha del pelo con un chasquido, se olió sus propios cabellos calientes y entonces pasó al siguiente mechón.

—Wallace es un tarado —reconoció Abby—. Pero tendrás que ser más diplomática si quieres que todas nosotras sigamos siendo amigas.

Gretchen apretó la plancha del pelo con tanta fuerza que los nudillos se le quedaron blancos.

—Quizás es que ya no quiero que seamos amigas —respondió.

Abby no pudo ni siquiera procesarlo. ¿Cómo podía pensar que ya no quería ser amiga de las demás? ¿Cómo podía dejar a un lado a personas a las que conocía desde hacía años?

—Pero es que son amigas nuestras —insistió.

No se le ocurrió nada mejor.

—Escúchalas. —Abajo se oyeron nuevas risas y Gretchen escupió—. Me están dando dolor de cabeza. Tendrías que oír a mi madre cuando se pone a hablar sobre su «hija problemática». Cuando explica lo «perturbada» que estoy y dice que está «clavada en la cruz de mi adolescencia». Son tan hipócritas... me dan ganas de vomitar.

Dejó la plancha del pelo y movió la cabeza de un lado a otro frente al espejo.

—¿Estoy sexi? ¿O más bien estrafalaria?

—A mí ya me gustaba tu pelo tal como lo llevabas antes —respondió Abby.

La muchacha subía y bajaba con la punta de la zapatilla deportiva la palanca que abría y cerraba el desagüe de la bañera. Gretchen agarró otro mechón de cabellos y prosiguió con el planchado. Abby sintió una vez más aquel olor desagradable.

—Estoy harta de estos cabellos tan patéticos —decía Gretchen—. Estoy harta de que me cuelgue la melena con esa pinta de hija perfecta de Pony y Grace. «Hola, yo soy Gretchen la robot. ¿Quieres tener dos niños y medio, e irte a vivir en una urbanización para ricos?»

—Tus padres no son mala gente —observó Abby—. Hacen lo que consideran mejor para ti.

—Eres tan ingenua... —le replicó Gretchen—. ¿Sabías que a Molly Ravenel la sacrificaron a Satán?

El súbito giro en la conversación dejó confusa a Abby.

—Creo que se fue a Davidson —respondió—. Ya debe de hacer unos años. ¿Su hermano no estaba en el servicio religioso para estudiantes?

Gretchen no hizo caso de la pregunta.

—Cuando estábamos en séptimo, un puñado de mayores se habían metido en una secta y Molly los espiaba en el bosque. La pillaron y le sacaron la lengua y el corazón.

—Esa historia lleva siglos circulando —le respondió Abby—. La primera vez que la oí estaba en cuarto. La contaban sobre todos los que se cambiaban de escuela en el último año.

—No es ninguna broma —insistió Gretchen—. Si hasta Andy lo sabía. La escuela tapa esas cosas porque no quiere que baje el número de matriculados. Sobornaron a sus padres para que no contaran nada. Así que el cuerpo de Molly está enterrado allí, en el bosque, y todo el mundo hace como si eso fuera normal. Nuestros padres no se preocupan lo más mínimo de lo que nos ocurra, a menos que sean ellos quienes queden mal, y si eso pasa nos mandan a Southern Pines para que nos reprogramen.

Gretchen tomó otro mechón de cabello y lo metió en la plancha.

—Eso es tan fantástico como los unicornios —respondió Abby, y colocó el pie sobre la palanca para cambiar de bañera a ducha.

—Como lo que contaba Glee sobre Procter and Gamble —dijo Gretchen, sin escucharla siquiera—. Donan dinero a iglesias satánicas. Y había un jardín de infancia de California donde abusaban de los niños pequeños en unos túneles que había debajo de las aulas. Durante años, todo el mundo fingió que no ocurría nada. Nadie se preocupa por sus hijos. Todos van a la iglesia y sonríen, pero en su interior se esconde la más negra maldad. ¿De verdad que no te gusta?

Gretchen apoyó ambas manos sobre el lavabo y fingió una pose dramática, contemplando su propio reflejo con el flequillo rizado. A Abby no le gustaba nada la manera como le había quedado. Gretchen parecía mayor, como si hubiera tenido edad de entrar en discotecas.

—Bueno, está bien.

Abby se encogió de hombros y trató de dar en la palanca bañera/ducha con el dedo del pie.

A Abby le gustaban los cabellos de Gretchen, porque eran espesos, rubios y abundantes. Abby se había decolorado tantas veces los suyos que le habían quedado ralos y finos. Le cubrían la cabeza como una nube de algodón de azúcar. Gretchen no sabía lo que tenía y lo iba a echar de menos cuando lo perdiera.

—No deberías obsesionarte con toda esa temática siniestra —le dijo Abby. Volvió a colocar la punta de la zapatilla deportiva en la palanca y empezó a empujar hacia la derecha.

—Esa temática es importante —respondió Gretchen. Abrió la plancha del pelo y se examinó los cabellos desde otro ángulo—. ¿Tú te crees que todas estas cosas tan superficiales valen para algo? ¿El patético club de lectura de mi madre y las buenas notas y lo caliente que se pone Glee cuando ve al padre Morgan y si Margaret tendría que cortar con Wallace Stoney? Todo eso no hace más que distraernos.

—¿De qué? —preguntó Abby.

—De lo que sucede de verdad —respondió Gretchen.

—TASL —replicó Abby—. Pero tú antes creías que los unicornios existían de verdad.

Gretchen se volvió.

—Que se habían extinguido —dijo—. Yo creía que se habían extinguido.

—Para extinguirse, tenían que haber existido antes —replicó Abby.

Un olor nauseabundo inundó el cuarto de baño. Era cálido y repulsivo, punzante y amargo. Abby no había sentido nunca algo tan repugnante.

—¡Max! —gritó Gretchen, y lo agarró por el collar para sacarlo de la puerta.

Mientras lo hacía, el perro se tiró otro pedo. Esta vez con sonido.

—¡Eso es lo que piensa Max sobre los unicornios! —dijo Abby, riéndose, mientras se abanicaba el rostro con una mano.

Gretchen cerró la puerta para que Max no pudiese entrar de nuevo y roció el cuarto de baño con perfume de United Colors of Benetton. Las dos chicas se morían de risa.

—No —dijo Gretchen—. Es su manera de decir que está de acuerdo conmigo.

—¿Max? —gritó Abby en dirección a la puerta, al tiempo que volvía a apoyar el pie en la palanca de la ducha—. ¿Tu pastelito de aire significa que estás de acuerdo, o...? ¡Ahhhh!

Había movido la palanca sin querer y la alcachofa de la ducha había soltado un chorro de agua fría en la entrepierna de Abby. Gretchen tuvo un ataque de risa.

—¡Pero bueno! —chilló, y entonces imitó la voz de Greene—. Tenéis que aprender a proteger vuestro... tesoro... más... precioso.

Abby se miró la mancha de humedad en los pantalones del uniforme y luego el Swatch.

—Tendría que marcharme —dijo.

Gretchen agarró el secador de pelo y empezó a buscar el enchufe en medio del desorden de la repisa.

—Espera un momento —decía—. Cuando bajes tendrás que pasar por en medio de toda esa tropa. Pensarán que te has meado encima.

Tardaron casi media hora en conseguir que la entrepierna de Abby se secara, porque las dos se reían sin parar, y cuando lo hubieron logrado ya eran las diez y media, y la reunión del club de lectura había terminado. Mientras las dos se abrazaban, Abby volvió a sentir un mal olor.

—Llámame —dijo Abby, pero presentía que la prioridad sería Andy.

Cuando Abby bajaba las escaleras, una multitud de mujeres

menudas, con sus cabellos rubios arreglados en voluminosos peinados, se agolpaba en el vestíbulo. Se picoteaban las mejillas unas a otras y piaban como gallinas.

—¡Abby Rivers! —exclamó la señora Lang, muy achispada y complacida, en cuanto la vio—. ¡Estás adorable con ese uniforme de camarera!

Abby sintió vergüenza. Cinco pares de ojos se habían vuelto hacia ella y se ensanchaban.

—¿Verdad que está preciosa?

—¡Qué monina es!

Todas las mujeres soltaron risillas, y Abby siguió bajando hasta que estuvo entre ellas e inhaló una nube de Liz Claiborne y Opium de Yves Saint Laurent que bastó para provocarle lágrimas.

—Déjame que te abrace —dijo la señora Lang mientras rodeaba con sus brazos a Abby, que le siguió la corriente.

La señora Lang debía estar muy borracha, porque por lo general no daba abrazos. El señor Lang salió de la sala del televisor para despedir a las señoras, mientras utilizaba el dedo índice como punto en la novela *El cardenal del Kremlin*. Abby iba rebotando entre damas sureñas que la arrullaban en su camino hacia la puerta principal. El canto de Gretchen se oyó de un extremo a otro.

—«Oh, I wish I was in the land of cotton!»[2] —cantaba Gretchen con voz fuerte y clara, y al oír la antigua canción sudista todo el mundo levantó los ojos.

Se encontraba en lo alto de la escalera, con una mano sobre la barandilla de metal negro, el pecho hinchado, el mentón alzado. Abby siempre había pensado que Gretchen tenía una voz bonita, y en aquel momento la estaba proyectando, empujaba el aire con su diafragma, sus tonos claros resonaban por el hueco de la escalera.

—«Long times are not forgotten. Look away! Look away! Look away! Dixie Land!»[3]

2. «¡Ay, cuánto añoro la tierra del algodón!»

3. «¡Los viejos tiempos no han caído en el olvido! ¡Mirad! ¡Mirad! ¡Mirad! ¡Es Dixie Land!»

Todo el mundo calló, porque no sabían si tenían que sentirse complacidas o insultadas. ¿Aquello era un sarcasmo o una serenata?

—«In Dixie Land where I was born! —prosiguió Gretchen, con voz más fuerte. Iba marcando el ritmo con la palma de la mano—. Early on one frosty morn! Look away! Look away! Look away! Dixie Land!»[4]

—Ya basta, Gretchen —dijo el señor Lang.

—¡Qué te has hecho en el pelo! —exclamó la señora Lang.

De pronto las señoras se alborotaron, se aturdieron, tropezaron unas con otras en el vestíbulo abarrotado, se dieron cuenta de que se encontraban en medio de una riña familiar.

—«I wish I was in Dixie! —gritaba Gretchen con los brazos abiertos—. Hooray! Hooray!»[5]

—No me hagas subir hasta ahí arriba —advirtió el señor Lang, y el rostro se le tiñó de color morado—. Basta ya.

—«In Dixie Land I'll take my stand! / to live and die in Dixie»[6] —gritó Gretchen.

El señor Lang pasó por el lado de Abby y subió por las escaleras. Abby se dio cuenta de que alguien la agarraba por el hombro y, al volverse, vio los ojos encolerizados de la señora Lang.

—¿Esto lo has hecho tú? —preguntó. Tenía los labios húmedos y los ojos vidriosos. Estaba rabiosa—. ¿Has sido tú la que ha estropeado los cabellos de mi hija?

—«Away! Away! —gritaba Gretchen—. Away down south in Dixie!»[7]

—No soy su canguro —replicó Abby y forcejeó para que la señora Lang la soltara.

—«Away! Away! Away down south in DIXIEEEE!»[8]

4. «¡En Dixie Land, donde nací! ¡En una mañana helada! ¡Mirad! ¡Mirad! ¡Mirad! ¡Dixie Land!»
5. «¡Yo querría estar en Dixie! / ¡Hurra! ¡Hurra!»
6. «¡En Dixieland voy a luchar! ¡Para vivir y morir en Dixie!»
7. «¡Vamos! ¡Vamos! / ¡Vamos al sur, a Dixie!»
8. «¡Vamos! ¡Vamos! ¡Vamos al sur, a DIXIEEEE!»

Se oyó en lo alto el estrépito de dos personas que forcejeaban y, por fin, un bofetón. Las señoras ahogaron un grito. Abby miró hacia arriba y vio que Gretchen se cubría la mejilla con una mano y tenía los ojos fijos en su padre.

—Ya basta —decía este, y luego dirigió una sonrisa al vestíbulo repleto de mujeres, como para pedir perdón.

Gretchen empezó de nuevo.

—«Hooray! Hooray! To live and die».[9]

El señor Lang la agarró por un brazo y tiró de ella hacia un lado. Gretchen se resistió y, de algún modo, el señor Lang perdió el equilibrio. Resbaló en el último escalón sacudiendo los brazos y se cayó de espaldas. Todo ocurrió en un instante, pero Abby aseguraría que Gretchen lo había empujado.

El señor Lang se la pegó contra la pared. Vació todo el aire de los pulmones con un solo grito. Aterrizó con fuerza sobre las posaderas y luego resbaló escaleras abajo, meneando las piernas en el aire. Estuvo a punto de llevarse por delante a Abby cuando llegó al final.

Se produjo un momento de silencio. Gretchen estaba inmóvil en lo alto de la escalera. Un salvaje triunfo ardía en sus ojos. Abby se aferraba con las dos manos a la barandilla. La señora Lang abría y cerraba la boca sin decir nada. Las damas del club de lectura se habían quedado aleladas. Nadie osaba moverse.

El señor Lang logró sentarse en el suelo.

—Me encuentro bien —dijo—. No me...

¡PAM!

Todo el mundo se volvió hacia la sala de estar. La pared del fondo era de cristal y en su base había una paloma que se había roto el cuello y aún aleteaba. Cuando Abby estaba a punto de volverse se oyó otro *PAM* y una gaviota se estrelló contra la ventana y cubrió de sangre el cristal. *¡TOC! ¡TOC! ¡TOC!* Tres gorriones chocaron contra el cristal, uno detrás del otro.

Una de las señoras empezó a recitar el padrenuestro mien-

9. «¡Hurra! ¡Hurra! ¡Para vivir y morir...»

tras las aves, una tras otra, se estrellaban contra la ventana. Al cabo de unos minutos, las baldosas de cemento del camino se cubrieron de gaviotas aturdidas que andaban en círculo arrastrando sus alas rotas, gorriones muertos con el vientre hacia arriba y garras que se curvaban poco a poco, palomas que se retorcían, un pelícano desmadejado, con el pico tan abierto que no parecía natural, que movía lentamente la cabeza de un lado para otro.

La casa retemblaba, porque las aves se arrojaban contra las ventanas de arriba, la claraboya, las ventanas laterales... una tras otra, sin descanso. Era como si unas manos invisibles hubieran golpeado la casa por todas partes, como diciendo: «dejadme entrar, dejadme entrar». Tres de las mujeres se tomaron de las manos y rezaron. La señora Lang corrió hacia la enorme ventana que se hallaba al final de la sala y agitó los brazos, en un intento por alejar a los pájaros, para que no volaran contra el cristal, pero estos acudían sin cesar.

Dos búhos se lanzaron en picado desde la oscuridad y aterrizaron entre las aves aturdidas y moribundas, y sus garras se clavaron en aquellos blancos cuerpos. Se pavoneaban en aquel morboso bufé y hundían el pico en los pechos emplumados.

—Santo Dios —exclamó una de las señoras.

Los búhos acorralaron al pelícano, que trató de resistirse hasta que un tercer búho emergió de las sombras y le sujetó el cuello contra el suelo con sus garras. El pelícano intentó escapar, agitó las alas, pero los búhos ya lo estaban haciendo pedazos. Una de sus alas proyectó un chorro de sangre contra la enorme ventana.

Se oyó un alarido estridente y lleno de dolor, que hizo vibrar el mismo aire en el hueco de la escalera y ahogó el sonido de las aves que se estrellaban contra la casa. Perforó los tímpanos de Abby, y entonces la muchacha levantó los ojos y vio a Gretchen de rodillas en lo alto de las escaleras, aferrándose las sienes con ambas manos, hundiendo los dedos en sus cabellos ensortijados. Gritaba: «¡Parad! ¡Parad! ¡Parad!».

No pararon.

PARANOIMIA

El día siguiente amaneció tan sombrío que las farolas de las calles aún seguían encendidas cuando Abby subió al Conejito de la Suerte y fue hasta la casa de Gretchen. Se había maquillado a toda velocidad, porque quería saber qué había ocurrido después de que el señor Lang subiera cojeando por las escaleras y obligara a Gretchen a quitarse las manos de los oídos. Después de que la agarrara con ambos brazos. Después de que ahogara los gritos de la joven contra su propio pecho. Después de que las señoras del club de lectura se marcharan a toda prisa hacia sus coches. Después de que la señora Lang se diera cuenta de que Abby aún estaba allí y se apresurara a echarla de la casa.

—Por favor —había dicho, a la vez que le cerraba la puerta en la cara—. Necesitamos tiempo.

Abby entró en Pierates Cruze y los faros del Conejito iluminaron tres grandes bolsas de basura amontonadas al final del camino de entrada de los Lang. Unas plumas perdidas volaban a su alrededor. Las bolsas abultaban y por todas partes sobresalían garras y picos.

Gretchen aguardaba en el margen del camino más cercano a la casa del Dr. Bennett, con los hombros encogidos, y el viento agitaba las rígidas puntas de su cabello encrespado. Llevaba la misma falda del día anterior. Abby se detuvo y Gretchen se metió dentro del Conejito, y se pusieron en marcha.

—¿Te encuentras bien? —preguntó Abby—. ¿Qué ha ocurrido? ¿Te has metido en un lío?

Gretchen se encogió de hombros.

—No lo sé —respondió.

—¡Pero si le diste un empujón a tu padre! —exclamó Abby mientras enfilaba por Pitt Street—. Yo te vi.

Gretchen negó con la cabeza.

—No lo sé —dijo—. Mi cabeza me estaba matando. Lo único que recuerdo es que me estaba enfadando cada vez más y después mi cerebro se quedó en blanco. He tratado de decirles que no puedo dormir, pero no me escuchan.

Empezó a morderse las uñas.

—¿Tu padre ha tenido que recoger todos esos pájaros? —preguntó Abby.

Gretchen asintió, abatida.

—El Dr. Bennett vino a ayudar, pero terminaron por pelearse —le contó Gretchen—. Mi padre dice que había más de cien. Cada vez que empiezo a dormirme, los oigo de nuevo.

El coche estaba ya en Coleman Boulevard y se acercaba al último semáforo que se encontraba antes del puente.

—¿El problema en el que te has metido es muy gordo? —preguntó Abby, al tiempo que se detenía frente al semáforo en rojo.

Gretchen se encogió de hombros.

—Esta noche tendremos una «reunión familiar» —respondió Gretchen, haciendo el gesto de comillas con los dedos—. Cuentan con que me sentaré y los escucharé mientras me explican cuáles son mis problemas.

Antes de que Abby pudiera preguntar nada más, el semáforo cambió y el Conejito entró en el puente antiguo. Se trataba de una mínima expresión de puente con dos carriles, sin paso para peatones. Medía cinco kilómetros y cruzaba el río Cooper hasta la autopista interurbana que bordeaba la periferia septentrional del centro, una zona cutre donde se encontraban todos los restaurantes de comida rápida.

Allí todo el mundo se ponía nervioso. Los carriles eran demasiado estrechos. Habría bastado con derrapar diez centímetros para golpear el retrovisor contra la baranda de acero que pasaba a toda velocidad por el lado. Había un puente más moderno y más ancho, paralelo al antiguo, con tres carriles y arcenes y aceras de verdad, pero solo se podía llegar al centro por uno de los carriles y a aquellas horas estaba abarrotado. Todas las mañanas había que elegir entre el menor de dos males: nuevo y lento, o viejo y rápido. Aquel día Abby se decantó por el viejo y rápido.

El viento aullaba y trataba de empujar al Conejito de la Suerte hacia el carril de al lado, y Abby se agarraba con fuerza al volante, porque no quería morir. Entraron a todo gas en el primer tramo del puente. Los coches pasaban estruendosamente por su lado, tan cerca que habrían podido arañarles la pintura.

—Oigo voces —dijo Gretchen.

—¿Qué?

—Me cuentan cosas.

—Vale.

Abby no pudo decir nada más, porque habían llegado a la curva larga del final del primer tramo, donde tenían lugar los peores accidentes.

—No me dejan en paz —le contaba Gretchen—. Siempre hay alguien que me susurra al oído. Es todavía peor que cuando me tocan.

Al llegar al segundo tramo, Abby dio gas al Conejito de la Suerte y se preguntó si finalmente habría llegado el día en el que el motor iba a explotar. Su pie aplastó el acelerador contra el fondo del coche, pero los demás vehículos seguían adelantándolas.

—¿Qué es lo que dicen? —preguntó Abby, gritando para hacerse oír a pesar del estruendo del motor, mientras superaban el punto culminante del segundo tramo.

El Conejito se encontraba ya en la recta final. Abby pisó los frenos en el descenso hacia la autopista.

—Me cuentan cosas —decía Gretchen—. Sobre otras personas. Sobre Glee y Margaret. Sobre Wallace y mis padres. Y sobre ti.

Salieron a la autopista. Aminoró la velocidad de ochenta a cincuenta, y Abby pudo dejar de pensar en la muerte súbita y se concentró en lo que le contaba Gretchen.

—Tú ya lo sabes todo sobre mí —le respondió—. Soy tonta, Gretchen. No entiendo todas esas insinuaciones y acertijos. Si quieres decirme algo, dímelo.

Abby cambió de marcha. Gretchen se derrumbó sobre el asiento.

—Me han dicho que tú no lo entenderías —respondió.

Y fue entonces cuando Gretchen empezó a alejarse y Abby no pudo hacer nada por detenerla.

No es que Abby no lo intentara. Iba a tres clases con Gretchen: Introducción a la Programación, Historia de Estados Unidos y Ética. La veía a la hora de comer. La veía en el descanso después de la cuarta hora. Y siempre procuraba contarle alguna anécdota sobre un cliente idiota en TCBY, o sobre alguna cosa ridícula que Hunter Prioleaux había dicho en clase. Lo que fuera, con tal de distraer a Gretchen para que se olvidara de lo que ocurría en su casa, para hacerla reír.

Nada le funcionó.

A la hora de comer, trató de convencer a Glee y Margaret de que se sentaran con ella.

—No queremos hablar con Gretchen —le respondió Margaret.

—¿Nunca más o tan solo ahora? —preguntó Abby.

Margaret apoyó la espalda contra la pared. Glee revolvía su taquilla en busca de la comida del mediodía.

—Está espástica —respondió Margaret—. Eso lo tienes claro, ¿verdad? Tiene la cabeza hecha una mierda, está esquizofrénica.

Abby negaba con la cabeza ya antes de que Margaret terminara.

—Hay algo que le funciona mal —dijo—. Que le funciona mal de verdad. No podemos dejarla tirada.

—No la dejamos tirada —respondió Margaret—. Es ella la que pasa de nosotras.

Margaret hablaba de una manera ante la que Abby no sabía qué responder. Todo tenía que ser como Margaret dijera y quien no estuviese de acuerdo era imbécil. No merecía la pena discutir.

—Pero somos sus amigas —dijo Abby.

—Nos tomamos unas vacaciones de Gretchen —replicó Margaret—. Puedes venirte con nosotras o irte con ella. Ven con nosotras si te apetece.

Entonces dejó las taquillas y salió al Césped.

Abby se volvió hacia Glee, que en aquel momento sacaba un *tupper*.

—También es amiga tuya —dijo.

—El segundo año de secundaria es el más importante en el expediente académico —respondió Glee—. Si quieres ir con Gretchen, lo entiendo, pero me quedo fuera. Ya tengo bastantes problemas.

Cerró la taquilla y marcó la combinación.

—Ya estás dentro —objetó Abby.

—No estoy, si no quiero estar —respondió Glee y se fue detrás de Margaret.

Abby no podía reprochárselo del todo. Cada vez se volvía más difícil dejarse ver con Gretchen. En un primer momento, esta última no había hecho más que empezar a ponerse todos los días la falda gris que le llegaba hasta las pantorrillas, y que de todos modos ya se ponía con demasiada frecuencia porque algún estudiante de los cursos superiores le había dicho que le quedaba sexi. Pero, luego, Abby se había dado cuenta de que Gretchen ya no se maquillaba. Iba siempre con las uñas sucias y volvía a mordérselas.

Además, había empezado a oler mal. No era tan solo mal aliento. Se trataba de un olor desagradable y constante, como el de los muchachos después de la clase de Educación Física.

Todas las mañanas, Abby sentía la tentación de bajar las ventanillas, pero tenían una norma: las ventanillas del Conejito no se abrían en los días de escuela. Si no, Abby habría tenido que volver a echarse laca en el cabello al llegar a Albemarle.

—¿Has pisado algo? —preguntó Abby una mañana para ver si captaba la indirecta.

Gretchen no le respondió.

—¿No podrías echar una ojeada a los zapatos? —insistió Abby.

Gretchen no decía nada. Habían llegado a un punto en el que Abby se preguntaba si quizás ella misma hablaba en una frecuencia del espectro en la que Gretchen no oía. A veces, por la mañana, Gretchen sacaba el cuaderno y hacía garabatos, sin decir ni una sola palabra hasta que llegaban a la escuela. Había otros días en que lo sacaba y lo llevaba sobre el regazo sin abrirlo. Aquella mañana tocaba garabatear, y Abby dio gracias por llegar al puente viejo, porque así podría concentrarse en algo que no fuera el sonido de Gretchen escribiendo en el cuaderno.

No hubo más llamadas de teléfono a las 23.06, porque Gretchen no volvió a telefonear. Abby aún llamaba a la casa de Gretchen, pero Gretchen siempre estaba echando una cabezada, o encerrada con los deberes. La señora Lang siempre entretenía a Abby en el teléfono, le preguntaba si Gretchen salía con alguien o si parecía que estuviera enferma o si últimamente había estado algo rara. Balbucía y farfullaba sin atreverse a hacerle la pregunta que era incapaz de formular en voz alta: ¿Qué problema tenía su hija? Abby habría querido preguntarle lo mismo: ¿Qué le estaban haciendo a Gretchen? Después de la visita al médico, después de aquel día con el club de lectura, Abby tenía claro que, si Gretchen estaba perdiendo el juicio, era por algo que sucedía dentro de su hogar, a puerta cerrada. Era demasiado educada para colgarle el teléfono a la señora Lang y por ello le seguía la corriente. Cuando todo aquello empezó a resultarle demasiado difícil, dejó de llamar.

Se acercaban los exámenes nacionales para la obtención de

becas y las clásicas guías de estudio publicadas por la editorial Kaplan se hallaban ya en las manos de todo el mundo. Glee se había presentado el año anterior y Margaret tenía un profesor particular. En circunstancias normales, Abby habría estudiado con Gretchen, pero se encontró con que tenía que pasarse las noches sola en su habitación. Se encerraba para preparar los exámenes, pero no lograba concentrarse en las preguntas prácticas. No paraba de pensar en cómo podría recobrar el contacto con Gretchen.

Gretchen aún se ponía la misma falda todos los días y a la segunda semana había empezado a hacer lo mismo con la blusa. Era una Esprit a cuadros de color azul eléctrico, con cinturón. Al cabo de unos días dejó de llevar el cinturón y a partir de entonces tuvo un aspecto como de saco informe. Lo peor de todo fue que se le empezó a irritar la piel. Le salieron pequeños granos inflamados alrededor de la nariz.

Una mañana, mientras esperaban en el semáforo del cruce para entrar en la autopista, empezaron a sonar por el canal de radio 95SX las primeras notas de piano en clave menor de *Against All Odds*. Tenían como norma que cada vez que oían a Phil Collins por la radio lo abandonaban todo y cantaban al unísono. Aquella mañana, a Abby le apetecía.

—«Cow chicken is eating all my hay[1] —empezó a cantar Abby, inventándose una letra distinta y absurda. Siempre que lo hacía, lograba arrancar una carcajada a Gretchen—. And she's pecking at my face / I can't take this pecking anymore… can you… oooOOO / She's the only one / Who ever pecks me at all.»[2]

Tenían por costumbre que entonces Gretchen improvisara una segunda estrofa, pero en el momento en el que los sintetizadores cobraron fuerza y el semáforo cambió, nadie cantaba dentro del coche, aparte de Phil. Abby no podía más.

1. «La vaca-pollo se está comiendo mi heno.»
2. «Y me picotea en la cara / y yo ya no lo soporto más... ¿podrías...? Ooo-OOOoooh / ella es la única / que me quiere picotear.»

—Venga, chicas —gritó, con voz de pianista amanerado—. Ya os sabéis la letra.

Gretchen miraba por la ventana a los restaurantes de comida rápida que iban dejando atrás. No le quedó a Abby otro remedio que hacer ella misma el estribillo.

«Pues mira a mi vaca / su cara de pollo / y nadie me va a recordar / que viene del espacio sideral.»

Cuando Abby empezaba, era incapaz de parar, así que continuó hasta el estribillo, sintiéndose boba por cantar a pleno pulmón sin que nadie le hiciera el más mínimo caso. Entonces calló de pronto, como si en realidad no hubiera tenido ganas de acabar la segunda estrofa. Pasaron en silencio el resto del trayecto.

Gretchen llevaba siempre las mangas hasta abajo por mucho calor que hiciera. Algunas mañanas se presentaba con tiritas sucias en las yemas de los dedos. Su aliento empeoró. La lengua se le cubrió de una gruesa película blanca. El rizador había transformado sus cabellos en un bosque encrespado, que sujetaba a duras penas con un coletero, y sus labios estaban siempre agrietados. La muchacha se veía derrotada, exhausta, encorvada, reseca. Abby se preguntó cómo era posible que su madre la dejara salir por las mañanas.

El primer profesor que le dijo algo fue el señor Barlow. Cierto día en el que Gretchen se durmió dos veces durante la primera hora, se la llevó después de clase. Abby la esperó hasta que la vio salir del despacho de Barlow con pasos desgarbados.

—¿Qué te ha dicho? —le preguntó, mientras Gretchen pasaba por su lado.

Antes de que la muchacha pudiera responderle nada, Barlow le dijo a Abby que entrara en su pequeño despacho. Aún conservaba el desagradable olor del sudor de Gretchen. Barlow dio golpecitos en la ventana con la palma de la mano, en un vano intento por abrirla. Por fin se rindió, encendió un ventilador de escritorio y dijo:

—No sé qué le pasa a Gretchen. Pero, si de verdad quieres

a tu amiga, tendrás que convencerla para que deje de tomarse lo que se esté tomando.

—¿Perdón…? —preguntó Abby.

—¿Perdón…? —replicó Barlow, parodiándola—. Mira, no soy idiota. Sé muy bien lo que son las drogas. Si de verdad eres amiga de Gretchen, haz que lo deje.

—Pero, señor Barlow… —empezó a decir Abby.

—No me hagas perder el tiempo —le replicó. Se dejó caer sobre la silla y agarró un montón de hojas de examen—. Ya te he dicho lo que tenía que decirte, tú me has oído, y la siguiente persona a quien voy a decírselo es a Major. Te estoy dando una oportunidad de ayudar a tu amiga. Y ahora vete a clase.

Abby se dio cuenta de que nadie iba a hacer nada. Durante cinco años, Gretchen había sido la estudiante perfecta de Albemarle y los profesores aún veían lo que estaban acostumbrados a ver, no lo que ocurría en realidad. Tal vez lo atribuyeran al estrés provocado por los exámenes de las becas, o a problemas en el hogar. Tal vez pensaran que el décimo curso era un año duro, de transición. Tal vez estuvieran abstraídos con sus propios divorcios, sus conflictos en el trabajo y sus hijos problemáticos, y si el lunes siguiente Gretchen no había empezado a cambiar, quizá dirían algo. O tal vez el otro lunes. O el de más allá.

Algo estaba cambiando en el interior de Gretchen. Quizá se debiera al ácido, quizás a Andy, quizás a sus padres, quizás a algo todavía peor. A saber. Abby no podía rendirse. No podía abandonar a su amiga, porque Gretchen no tardaría en hablar. En cualquier momento levantaría los ojos de su agenda y le diría: «Tengo que contarte algo muy importante».

El día siguiente era miércoles, y cuando Gretchen se subió al Conejito de la Suerte, Abby se sintió aliviada. Aún llevaba la misma ropa, pero no olía mal. Quizá Barlow se lo hubiera hecho entender, a pesar de todo.

Entonces descubrió un nuevo olor: perfume de United Colors of Benetton. Gretchen iba empapada en perfume. Dos años antes sus padres le habían regalado un primer frasco de aquella marca y no había tardado en adoptarla como aroma característico. Aquella mañana Gretchen apestaba a perfume. Abby aún sentía el ardor en los ojos cuando entró en la primera clase.

Aquel mismo día, Abby se dejó llevar por un impulso irreflexivo y apeló a una autoridad superior. Al regresar de TCBY, se encontró con que su madre estaba en el comedor revisando el talonario de cheques. La madre de Abby hacía todos los turnos que se le presentaban. Dormía en las casas de sus pacientes tres veces por semana, por si se despertaban en plena noche y necesitaban que alguien les cambiara los pañales. Abby la veía casi siempre de pasada, o dormida en el sofá, o la oía toser tras la puerta cerrada de su dormitorio. Sin saber cómo empezar una conversación, dio vueltas al sofá, incómoda, hasta que su madre se dio cuenta de su presencia.

—¿Qué quieres? —preguntó la señora Rivers sin levantar la cabeza.

Abby se lanzó antes de que la asaltaran las dudas.

—¿Alguna vez has tenido pacientes que oyeran voces? —le preguntó—. Quiero decir, voces que les hablan todo el rato y les dicen cosas.

—Sí, claro —le respondió su madre—. Chiflados.

—Ya —dijo Abby, y pasó a la fase siguiente—: ¿Qué hay que hacer para que se curen?

—No se curan —respondió su madre, al tiempo que arrancaba un manojo de cheques anulados—. Les damos pastillas, los metemos en el manicomio, o contratan a alguien como yo para que les impida que se metan un trago de salfumán.

—Pero seguro que se puede hacer algo —replicó Abby—. Para que vuelvan a ser como antes.

La madre de Abby estaba exhausta, pero no era tonta. Tomó un trago de Pepsi Diet y clavó la mirada en su hija.

—Si me estás hablando de Gretchen, y me imagino que sí —le respondió—, déjalo correr. Preocúpate de ti misma y deja que sean los padres de Gretchen quienes se preocupen por ella.

—A Gretchen le pasa algo —insistió Abby—. Podrías hablar con sus padres, o también podríamos ir juntas. A ti te escucharían.

—Las familias como esa no escuchan a los demás —respondió la señora Rivers—. Si te metes en cualquiera de sus asuntos, les darás una excusa para echarte las culpas por todo.

Abby sintió que flaqueaba. En el fondo, pensaba lo mismo, pero al oírlo en boca de su madre le sonaba muy injusto. Su madre no sabía nada sobre los Lang.

—Estás celosa de que tenga amigas —le espetó.

—Yo ya veo las amigas que tienes —dijo entonces la madre de Abby—. Y no valen nada. Tú tienes toda una vida por delante, pero esas chicas no harán más que quemarte y hundirte en la mierda.

Abby sintió que algo le ardía en el pecho. Su madre no le había dado nunca una opinión sobre sus amigas... y vio con horror cuán injusta y equivocada era la imagen que se había formado sobre ellas. Su madre no sabía nada de sus amigas.

—Tú ni siquiera tienes amigas —le replicó Abby.

—¿Y dónde te crees que están? —preguntó la madre de Abby—. La gente de Charleston como los Lang solo quiere llevar una vida fácil. Te dejarán tirada en cuanto surja el primer problema.

Abby no podría haber expresado con palabras su frustración.

—No entiendes nada —le replicó.

Su madre puso cara de genuina sorpresa.

—Por Dios bendito, Abby... ¿Dónde te crees que crecí? Comprendo mejor que tú a toda esa gente.

—No tendría que haberte dicho nada —respondió Abby.

Su madre se masajeó el puente de la nariz. Empezó a hablar con los ojos aún cerrados.

—Cuando tenía tu edad, confié en personas que no me convenían —dijo—. Hice tonterías cuando tendría que haberme tomado las cosas en serio. Me metí en situaciones que no podía controlar. Esas chicas no son como tú. Si se meten en un lío, sus padres lo arreglarán a fuerza de dinero. Pero ¿qué pasa con la gente como nosotros? Si das un paso en falso, lo pagarás durante el resto de tu vida.

Abby habría querido decirle a su madre que se equivocaba. Habría querido obligarla a ver que un caso y el otro no se parecían en nada. Pero estaba tan furiosa que su garganta no lograba dar forma a las palabras.

—¡No debería haberte dicho nada! —gritó, y se marchó a su habitación, rabiosa.

El lunes, Abby frenó ante la casa de los Lang y vio que Max había vuelto a derribar los cubos de basura, había llevado una de las bolsas hasta el centro del jardín del Dr. Bennett y se entretenía en destrozarla. En el mismo momento en el que Abby echó el freno de mano, Max sacó el morro de la bolsa de plástico blanco y echó a correr. Entonces Abby vio que la bolsa estaba repleta de compresas y tampones usados, en gran cantidad, llenos de sangre oscura y coagulada.

Abby estaba dudando entre arreglar aquel desastre o tocar la bocina cuando vio que el Dr. Bennett venía por el Cruze desde la otra dirección. Regresaba del paseo de las mañanas, agitando en el aire el bastón que él mismo se había hecho con un palo de escoba cortado con sierra y un capuchón de goma que le había encajado en un extremo.

Vio aquella basura sanguinolenta desparramada sobre su césped en el mismo instante en que Gretchen salía de su casa, con cara de aturdida, vestida con la misma ropa del día anterior. Desde dentro del Conejito de la Suerte, con las ventanas subidas, toda la escena parecía una película muda. El Dr. Bennett le gritaba a Gretchen y subrayaba todas sus frases golpeando la bolsa de basura con el bastón. Gretchen le hacía una peineta al mismo tiempo que le respondía. Abby le leyó los labios:

—Vete a tomar por culo.

Abby sintió que se le agarrotaba la espalda. No sabía qué hacer. ¿Salir? ¿Quedarse dentro del coche? El Dr. Bennett avanzaba hacia Gretchen a una velocidad que Abby no había visto nunca en él. Pasó frente al capó del coche y agitó el bastón hacia las piernas de Gretchen. Esta le golpeó con la mochila e hizo que se cayera contra el Volvo de la señora Lang. El Dr. Bennett volvió a gritar y entonces el señor Lang salió corriendo de la casa. La señora Lang venía detrás, vestida con un chándal de color rosa.

Abby leyó en los labios del señor Lang las palabras: «¡Basta, basta, basta, basta!», al tiempo que se interponía entre el Dr. Bennett y su propia hija, y entonces los dos hombres se agarraron por el cuello de la camisa y forcejearon.

Por un instante, se olvidaron de Gretchen y esta echó a correr hacia detrás del Conejito de la Suerte, salió por el otro lado y abrió la puerta del copiloto. El coche se llenó de gritos. La muchacha se dejó caer sobre el asiento, envuelta en una nube letal de United Colors of Benetton.

—Venga —dijo.

Abby pisó el acelerador y los neumáticos arrojaron piedrecitas al aire. Las chicas se marcharon a toda velocidad por el Old Village. En el primer stop, Abby contempló de verdad a Gretchen y trató de ver a la persona que estaba allí en aquel momento, no la que había estado tantas otras veces. Tenía granos irritados por todo el mentón, puntos blancos infectados en los pliegues de la nariz, costras secas en la frente. El aliento le olía mal. Los dientes se le habían puesto amarillos. Se le habían hecho costras en los rabillos de los ojos. Apestaba a perfume.

Alguien tenía que hacer algo. Alguien tenía que decir algo. No serían los profesores. Tampoco la madre de Abby. Ni los Lang. Solo quedaba la propia Abby.

No había mucho tráfico en los puentes, porque ya era tarde. Así, Abby viró hacia el puente nuevo. Al empezar a subir por el primer tramo, mientras el motor del Conejito sufría un infarto bajo el capó, Abby lo dijo por fin.

—¿Qué te está pasando? —preguntó.

En un primer momento pensó que Gretchen no le respondería, pero entonces la muchacha habló con voz ronca.

—Tienes que ayudarme —dijo Gretchen.

Abby sintió que la felicidad la embargaba.

—Lo que sea —respondió.

—Tienes que ayudarme... —repitió Gretchen mientras se le marchaba la voz. La muchacha se mordía las uñas.

—¿Ayudarte a qué? —preguntó Abby, al tiempo que reducía la velocidad en el descenso.

—Tienes que ayudarme a encontrar a Molly Ravenel —respondió Gretchen.

Abby sintió que se le caía el mundo encima y luego fue presa del furor. ¿Había pasado meses tratando de averiguar qué podía hacer con Gretchen, y ella le salía con una ridícula leyenda urbana?

—¡Molly Ravenel no me interesa para nada! —gritó Abby—. ¿Por qué te estás comportando de esta manera?

—Tenemos que desenterrarla y darle cristiana sepultura —farfulló Gretchen, arrimando su cuerpo al de Abby—. Está debajo de ese búnker que se encuentra en el terreno de Margaret en Wadmalaw, y se pudre en la tierra porque Satán la llevó allí, porque se comió su alma. Pero si pudiéramos dar sepultura a Molly, salvar a Molly, si pudiéramos sacar a Molly...

—¡Cállate! —chilló Abby, mientras el Conejito avanzaba a toda velocidad por el segundo tramo—. ¡Cállate! ¡Cállate! ¡Cállate! Soy la única amiga que te queda y te he seguido apoyando cuando todo el mundo me decía que me apartara de ti, y ahora que por fin te pones a hablar conmigo, me sales con todas esas gilipolleces de parvulario. ¡Yo ya no te conozco!

—Soy la misma —respondió Gretchen—. ¿Lo soy de verdad? ¿O ahora soy otra? No, sigo siendo yo. Todavía no ha pasado, no puede haber pasado todavía. Soy la misma, aún soy la misma. Tienes que creerme, todavía soy la misma.

Abby llegó a la conclusión de que Gretchen necesitaba un baño de realidad. Todo el mundo pasaba de puntillas por su lado, todo el mundo actuaba como si no ocurriera nada extraño. Alguien tenía que dar la cara.

—Si no empiezas a hablar como una persona normal —dijo Abby—, me apartaré de ti y no volveré a hablar contigo, y entonces te quedarás sola y...

Gretchen se abalanzó sobre ella y le quitó el volante de las manos. Iban en el carril de la derecha y Gretchen dio un fuerte tirón al volante hacia la izquierda. El Conejito se precipitó contra los coches que venían de cara y fue directo a la parrilla de una camioneta de color azul marino.

—¡No! —chilló Abby.

Por instinto, la muchacha trató de frenar, pero la camioneta estaba demasiado cerca. Abby vio al conductor: sin camisa, el pelo con corte salmonete ondeando al viento. El cigarrillo se le cayó de los labios, se aferró con ambas manos a la parte superior del volante. El coche que iba detrás dio un bocinazo. Abby giró el volante hacia la derecha, pero Gretchen forcejeó con ella. Los neumáticos del Conejito soltaron chispas y el coche se tambaleó, y entonces Abby le arreó un codazo muy fuerte a Gretchen en la oreja. Gretchen se echó hacia atrás y su cabeza chocó contra la ventana, y Abby dio un giro brusco a la derecha, rezando por no chocar con ningún otro vehículo.

El capó del Conejito se acercó peligrosamente al asfalto. El coche dio un horrible bandazo y se desvió hacia el carril de la derecha. Abby se había pasado al girar y entonces oyó ese sonido que sale en las películas cuando los neumáticos derrapan. Sintió el olor a goma quemada. El Conejito avanzaba sin control hacia el costado del puente, hacia su delgada baranda de metal, y ante los ojos de Abby desfilaron las imágenes del capó golpeando el metal y la parte trasera del coche levantándose en el aire, y del Conejito que giraba en el vacío y caía y caía y caía, y veinticinco metros más abajo se estrellaba contra el agua, dura como hormigón.

Y volvían a estar en su carril y circulaban como si nada hubiera ocurrido. El Conejito avanzaba a una excelente velocidad de noventa kilómetros por hora. Una mamá de Creekside, en una camioneta recién lavada, tocó la bocina al pasar por la izquierda. La parte trasera de la camioneta azul marino aún se veía en el retrovisor y desapareció en dirección a Mt. Pleasant. Gretchen estaba recostada contra la puerta del coche y se acariciaba una oreja.

Abby, sintiendo el martilleo del corazón en el pecho, recorrió el último tramo y salieron del puente. Giró hacia la izquierda, paró en una zona de aparcamiento que se encontraba frente a la antigua fábrica de cigarros y fue abriendo uno tras otro los dedos acalambrados con los que había sujetado el volante. Entonces chilló con tanta fuerza que su voz resonó dentro del coche.

—¿Pero qué coño te pasa?

Gretchen se cubrió la cara con ambas manos y unos violentos sollozos le sacudieron todo el cuerpo. Quizá llorara, quizá se riera. A Abby le daba igual. Estaba llena de ira, pegaba gritos, clavaba el dedo en la espalda temblorosa de Gretchen.

—¡He acabado contigo! —gritó—. ¡Querías matarnos a las dos! ¡No quiero saber nada más de ti! ¡No volveré a hablar contigo!

Gretchen agarró a Abby por el brazo y le retorció la manga de la camisa.

—No —le rogó—. Por favor, no me dejes sola. Si me dejas, no podré soportarlo.

—Pues entonces cuéntame qué es lo que sucede —le replicó Abby. La muchacha notó que la adrenalina le bajaba y se sintió hambrienta y enferma.

—Estoy tan cansada… —dijo Gretchen y se reclinó en el asiento con los ojos cerrados—. Solo quiero dormir.

—No te duermas —la advirtió Abby.

—¿Quieres saber lo que ocurre? —preguntó Gretchen—. ¿Quieres saber de verdad lo que ocurre?

—¿A ti qué te parece? —preguntó Abby.

Pasaron un buen rato sentadas en el Conejito sin decirse nada, y luego, por fin, Gretchen le contó a Abby la verdad.

KING OF PAIN[1]

—No puedes implicarte en esto —decía Gretchen—. No debería afectarte.

—Yo ya estoy implicada. Has estado a punto de matarnos —respondió Abby. La muchacha sintió que se le encogía el estómago y se le aceleraba el corazón.

Gretchen no escuchaba. Miraba a Abby con ojos suplicantes.

—¿Puedes prometérmelo? —preguntó—. ¿Puedes prometerme que, cuando esto termine, todo volverá a la normalidad?

—Si no me cuentas lo que está pasando ahora, no habrá más llamadas telefónicas —respondió Abby—. No volveré a llevarte a la escuela. Quizá más adelante, después de las vacaciones de Navidad, pero ahora mismo necesito un descanso.

—¿Me lo prometes? —preguntó Gretchen. Vertía lágrimas con un ojo. El otro estaba infectado y se le había puesto de color rosáceo—. Prométeme que no es demasiado tarde para que todo vuelva a ser como era.

—Pero explícame qué es lo que te ocurre —dijo Abby.

Gretchen se pasó la manga de la camisa por la cara. Se le ensució de mocos.

—Hace dos semanas que estoy con la regla —le contó—.

1. Rey del dolor.

Pienso que voy a sangrar hasta morirme, pero mi madre no me escucha. Va a por compresas y gasto cinco o seis al día.

—Tendrías que ir al médico —le aconsejó Abby.

—Ya he ido —respondió Gretchen.

—Un médico distinto —añadió Abby—. Un médico de verdad. Quizá tengas alguna enfermedad.

La risa hueca de Gretchen resonó en el Conejito.

—Una enfermedad —dijo repitiendo las palabras de su amiga—. Sí, esto es como una enfermedad. La pillé aquella noche en la casa de Margaret.

Abby sintió que el corazón le iba más despacio, que sus puños se abrían. Por fin, aquello iba a alguna parte.

—¿Qué sucedió? —preguntó.

—Ya no soy virgen —respondió Gretchen.

Aquella afirmación quedó como flotando entre ambas. El problema no era tan solo que Gretchen hubiera mentido aquella vez que Abby se lo había preguntado frente a la capilla, sino que ambas se habían prometido que cuando dejaran de ser vírgenes se lo contarían la una a la otra. Gretchen había cruzado una línea y había dejado a Abby más atrás, con las niñitas. Después de pensar en esto último, le vino a la cabeza algo más serio. *Aquella noche en la casa de Margaret*. No se trataba tan solo de que Gretchen hubiera perdido la virginidad. Había sucedido algo más grave.

—¿Quién estaba en el bosque? —preguntó Abby.

La muchacha había leído las historias que se publicaban en *Sassy*, había visto *La cama en llamas*, había ido con Gretchen a ver *Acusados*. Si eso era lo que le había ocurrido a Gretchen... el mero pensamiento no le entraba en la cabeza. ¿Quién podía haberle hecho daño a Gretchen? ¿Quién la había forzado y destrozado, y la había abandonado después en el bosque como a una basura?

—No puedo —respondió Gretchen.

Todo encajaba. Según los artículos que aparecían en *Cosmo*, aquello era un indicio delator. Y si Gretchen no era capaz de decir el nombre, es que se trataba de alguien a quien ambas conocían.

—¿Quién fue? —preguntó Abby.

Gretchen cerró los ojos y bajó el mentón hasta tocar el pecho. Abby alargó la mano y la acarició en el brazo. Gretchen dio un respingo. Las fotografías del anuario del colegio pasaron por la cabeza de Abby.

—¿Quién? —volvió a preguntar Abby—. Dime su nombre.

—Todas las noches... —decía Gretchen—. Una y otra vez. Se sienta sobre mi pecho y no me puedo mover. Me observa y después me hace daño.

—¿Quién? —insistió Abby.

—No puedo cambiarme la ropa —iba diciendo Gretchen—. Tengo que estar siempre con el cuerpo cubierto. Tengo que dormir vestida y no puedo ducharme porque, si me ve la piel, me la arranca. No puedo dejarlo entrar. Tengo que mantenerlo fuera. ¿Me entiendes?

Abby estaba perdida. Eran demasiadas cosas a la vez.

—Si me dices su nombre, podríamos ir a la policía —le dijo.

—Todas las noches... —empezó a decir Gretchen, y luego se desabrochó los botones de la manga izquierda y se la subió hasta el codo. Tres cortes verticales y profundos surcaban su antebrazo, desde el codo hasta la muñeca. Abby había oído que aquella era la manera correcta de cortarse las venas para suicidarse: de arriba abajo, no de un lado para otro.

Agarró a Gretchen por la mano. Tenía la piel fría como el hielo. Abby movió el brazo de Gretchen hacia adelante y hacia atrás y, luego, lo levantó y miró de cerca. Aquello no eran cortes, sino desgarrones. Costras gruesas y negras, rodeadas de moretones amarillentos, le desfiguraban la piel. Algo se había clavado en su carne y había abierto tres surcos en ella.

—¿Qué has hecho? —preguntó Abby.

—Sé muy bien lo que tengo que hacer para que pare —respondió Gretchen—. Pero no quiero.

—¿Por qué?

—Porque lo que ocurrirá después será aún peor —dijo Gretchen, y entonces hizo que le soltara el brazo y se bajó la manga.

—Tenemos que llamar a la policía —le replicó Abby.

—Fue en el bosque —explicó Gretchen—. Me esperaba. Estaba oscuro y era muy grande... era más grande de lo que puede ser una persona...

Entonces, era verdad. Alguien estaba en el bosque y había atacado a Gretchen, y la muchacha se autolesionaba una y otra vez al revivir el trauma, se castigaba a sí misma. Abby había leído al respecto en *Seventeen*. Todo resultaba tan lógico que Abby sintió un orgullo perverso por haberlo averiguado.

—Tenemos que contárselo a alguien —decía.

Gretchen bostezó hasta casi desencajarse las mandíbulas y negó con la cabeza.

—Nadie me va a creer —respondió.

—Si vamos las dos, sí nos creerán —insistió Abby.

Gretchen apoyó la cabeza contra la ventana. Le pesaban los párpados. Le había contado su secreto a Abby y estaba exhausta.

—Sé cómo hacer que esto se acabe —dijo Gretchen, al tiempo que entrecerraba los párpados—. Pero si esto se acaba, empezará lo otro. Si esto se acaba, no volverás a verme.

—Yo me encargaré de arreglarlo todo —le respondió Abby—. Yo haré que se acabe. ¿Confías en mí?

Gretchen asintió con los ojos cerrados.

—Estoy tan fatigada... —murmuró—. No sé cuánto tiempo podré aguantar así.

—Yo haré que esto se acabe —repitió Abby—. Y te prometo que cuando todo haya terminado nuestra vida volverá a ser como antes, ¿vale?

Gretchen calló durante largo rato.

—Vale —respondió por fin. Y entonces añadió, con voz de niña pequeña—: Quiero irme a casa.

Abby giró con el Conejito y cruzó el puente en dirección contraria. No era por saltarse las clases. Lo que hacía era acompañar a casa a una amiga enferma. Le explicaría a la señora Lang lo que había ocurrido y entre las dos pensarían qué podían hacer. La situación era mala, pero no irremediable.

Fue hasta Mt. Pleasant y cruzó el Old Village sin sobrepasar en ningún momento los cuarenta por hora. La cabeza le daba vueltas al pensar en lo que le diría a la madre de Gretchen. Para cuando frenó ante la casa de los Lang, se sentía todo lo preparada que pudiera estar para aquella conversación, pero la cosa no fue como ella esperaba. En la entrada no había ningún coche.

—¿Dónde está tu madre? —preguntó Abby.

—Se supone que debería estar aquí —murmuró Gretchen.

Abby aparcó en la calle. Agarró la mochila de Gretchen y llevó a su amiga hasta la casa.

La casa de Gretchen estaba helada. El frío penetró en la ropa de Abby e hizo que se le pusiera la carne de gallina. Aquel aire refrigerado apestaba a ambientador Glade y desinfectante Lysol, a popurrí y a Stick-Ups de Air Wick. Abby vio tres ambientadores Magic Mushroom sobre la mesa del vestíbulo y por debajo de aquel aroma químico sintió un olor acre y terroso.

Ayudó a Gretchen a subir por las escaleras. Cuando se acercaban al segundo piso, el hedor a carne podrida se impuso a los ambientadores. Al abrir la puerta de la habitación de Gretchen, Abby se detuvo, estupefacta. En su interior, los ambientadores no funcionaban. El hedor rezumaba por las paredes, crudo y sin mezcla. Se filtraba por el suelo. Cubrió la lengua de Abby con una sustancia grasienta, le impregnó la ropa, se le metió por el cabello. La muchacha tomó aliento por la boca y la saliva se le volvió rancia, y gruesas gotas le descendieron por la garganta. Pero no fue el olor lo que la detuvo.

—¿Tu madre ya no entra aquí? —preguntó Abby.

Cada dos semanas, la madre de Gretchen esperaba a que su hija se marchara a la escuela y luego le limpiaba la habitación, la registraba en busca de notitas, revolvía la papelera, miraba en el cajón de la ropa interior, sacaba grandes bolsas negras de basura donde metía todo lo que a ella le parecía que Gretchen no iba a necesitar y lograba que el cuarto se viera aséptico e impersonal como un expositor de muebles en unos grandes almacenes. Pero la habitación de Gretchen se había transformado en un desastre.

Las ropas sobresalían de los cajones abiertos, ninguna de las dos camas gemelas estaba hecha, la papelera se había volcado y en medio de la alfombra blanca que iba de una pared a otra había una lata de Coca-Cola *light*. Las paredes se habían llenado de marcas negras. La puerta del baño estaba abierta y Abby vio el tocador cubierto de bolitas de clínex usados, productos para el cabello derramados, coleteros, tiritas, compresas.

Gretchen se zafó de los brazos de Abby y se arrojó sobre una de las camas sin hacer. Se envolvió en el edredón y se cubrió hasta que tan solo se le vio la cara. Bostezó de nuevo.

Abby sentía el frío hasta los huesos. Los brazos le temblaban.

—¿Podrías prestarme un jersey? —preguntó.

Gretchen señaló al armario con la cabeza.

—Ahí hay alguno que aún no se ha estropeado —dijo, como con lengua de estropajo.

Abby abrió ruidosamente las puertas del armario y sacó un jersey rojo Fair Isle que se parecía limpio. Se cubrió las manos con las mangas, como si hubieran sido unos guantes, y luego se sentó en la punta de la cama. Contempló tres surcos irregulares en el yeso de la pared. Iban desde inmediatamente debajo del techo hasta la cabecera de la cama. Abby no podía creerse que la señora Lang hubiera tolerado tales cosas en su casa perfecta.

Gretchen tenía los ojos cerrados. Su respiración era profunda y regular. Una mano mugrienta salió de debajo de la manta y sujetó a Abby por la muñeca. Estaba fría como el hielo.

—No me dejes —murmuró.

Al cabo de unos pocos minutos, Gretchen abrió la mano y la soltó. Abby se puso en pie. Gretchen abrió los ojos y volvió a cerrarlos de inmediato. Abby sabía lo que tenía que hacer. Iba a ser lo más duro que hubiera hecho en toda su vida, pero, precisamente por lo duro que sería, sintió que eso era lo que tenía que hacer.

Encontró el número de la oficina del señor Lang en un bloc que estaba junto al teléfono de la cocina.

—Buenos días, habla usted con Thurman, O'Dell, Huggins y Krell —respondió una mujer.

—Tengo que hablar con el señor Lang —dijo Abby—. Soy... soy una amiga de su hija. Es importante de verdad.

Había cruzado la línea y los padres de Gretchen iban a saber la verdad. No podría volver atrás.

—¿Abby? —le gritó el señor Lang—. ¿Qué ha sucedido?

—No he podido encontrar a la señora Lang —respondió Abby—, y por eso lo he llamado a usted. Gretchen está en la casa de ustedes y...

—Voy ahora mismo —respondió el hombre—. Espérame ahí.

El señor Lang colgó el teléfono. Abby se quedó allí, con el auricular en la mano, escuchando el zumbido de la nevera. Luego volvió arriba y esperó. Los minutos se convirtieron en horas. Encontró un número de *Seventeen* y trató de responder al test «¿Tu mejor amiga está compitiendo contigo?», pero tenía demasiados pensamientos en la cabeza. No lograba concentrarse.

Gretchen emitía leves ronquidos, como siempre. Abby la contempló mientras dormía. La primera vez que habían dormido en la misma habitación, allá por el cuarto curso, cuando tenían unos diez años, Abby se había dado cuenta de que Gretchen siempre sonreía al dormir. Se lo había contado a la mañana siguiente.

—Eso es porque siempre tengo sueños felices —le había contestado Gretchen.

En aquel momento Gretchen no sonreía. Parecía un cadáver. Tenía una mancha de humedad en el cuello de la camisa, porque se le había llenado de sudor. Abby habría querido aflojarle la manta, pero estaba demasiado prieta en torno a su cuerpo.

Aguardó. El teléfono sonó a las 9.30 y una vez más a las 10.15, pero Abby no sabía si tenía que responder, así que dejó que saltara el contestador automático. Lo único que se oía en la casa era el aire frío que se colaba por las rejillas de la ventilación, y abajo, en el vestíbulo, el nítido tictac del reloj que había pertenecido al abuelo Lang. Gretchen dormía y Abby montaba guardia, y al cabo de largo rato oyó el crujido de la grava y el golpe de las puertas del coche. Max, el perrito bueno, soltó un único ladrido. Los Lang estaban en casa.

Abby bajó por la escalera en el mismo momento en el que ellos entraban. La señora Lang se había vuelto y le pegaba una bronca al gozoso Max por haberse metido de nuevo en las basuras. El señor Lang ya estaba hablando cuando abrió la puerta de cristal.

—Abby, ¿qué...? —empezó a decir.

—Chst —respondió Abby. Llevó un dedo a los labios y señaló escaleras arriba con un gesto elocuente—. Se ha dormido.

—¿Por qué no estáis en la escuela? —susurró el hombre con afectación teatral.

Sintiéndose muy importante, y algo insegura, Abby les indicó con gestos que fueran a la sala del televisor, en la parte delantera de la casa. Era un espacio oscuro, alejado de la escalera y demasiado pequeño para el gigantesco sofá de cuero que ocupaba su centro.

—Nos han llamado de la escuela para decirnos que las dos habíais faltado a clase... —empezó a decirle la señora Lang.

—Tengo que contarle algo —respondió Abby—. Una mala noticia.

—Ya sabemos que Gretchen está muy enferma —la interrumpió el señor Lang—. Sabemos que está muy rara. Ya estamos actuando.

—Gretchen está mal —insistió Abby—. Pienso que le ocurrió algo malo.

El señor Lang miró por unos instantes a la señora Lang. ¿Y si ya sospechaban?

—Abby, ¿qué te ha contado Gretchen? —preguntó el señor Lang. Y, como típico adulto, no esperó a que respondiera—. Lo que le está pasando a Gretchen da mucho miedo y no te echaré la culpa si te alejas un poco de ella. Pero hemos hablado con médicos y nos han dicho que lo que le ocurre es una desgraciada enfermedad de la mente y el espíritu que a veces se presenta cuando las muchachas se están haciendo mayores.

Abby sabía con qué clase de médicos se visitaban.

—¿Le han visto el brazo? —preguntó.

El señor Lang puso su cara triste.

—Lamento que hayas tenido que verlo —le respondió—. Es terrible que una persona joven se haga daño a sí misma. Pero puede hacerlo como reacción a muchísimas circunstancias. Hemos contactado con una persona de la iglesia con quien Gretchen podrá hablar y así empezará a encontrarse mejor.

—Sé que estás alarmada por su comportamiento, igual que nosotros —añadió la señora Lang, sonriente—. Pero lo tenemos todo bajo control.

Al instante, Abby sintió que la furia se apoderaba de ella. ¿Cómo osaban actuar de esa manera, como si hubieran sabido lo que ocurría? No tenían ni la más mínima idea.

—La violaron —dijo.

Al decir «la violaron» en voz alta, su voz sonó más dramática de lo que había pretendido, pero también sirvió para borrarles la sonrisa de la cara. Los Lang intercambiaron otra mirada, como si Abby se estuviera poniendo difícil.

—Dios mío —murmuró la señora Lang.

—No puedes ir soltando acusaciones como esa —afirmó el señor Lang—. Tú no tienes ni idea de lo que ocurre. Eres una niña.

Al ver la cara que ponían, Abby se dio cuenta de que la puerta estaba a punto de cerrarse. Como eran adultos y se asustaban con facilidad, había querido explicarles la situación poco a poco, ir desgranando las evidencias, pero vio que tendría que echar toda la carne en el asador.

—Cuando estábamos en casa de Margaret —les contó—, hace tres sábados... no recuerdo bien la fecha. —Tendría que haber recordado la fecha—. Tomamos LSD... ya sé que no deberíamos haber tomado, pero no lo habíamos hecho nunca, tan solo queríamos experimentar. Ahora sé que tendría que haber cuidado mejor de Gretchen, pero era la primera vez y no era muy fuerte. Gretchen se perdió en el bosque y pasaron unas horas antes de que la encontráramos, y cuando por fin la vimos estaba distinta. Creo que se está haciendo daño a sí misma...

—¿Qué sentido tenía todo aquello? Pero entonces Abby recobró fuerzas y volvió a embalarse—. Revive esa violación todas las noches, igual que los veteranos del Vietnam que tienen alucinaciones. Todo fue por mi culpa. No debería haberla dejado sola cuando tomamos LSD, porque fue entonces cuando todo ocurrió. Todas juramos que no volveríamos a tomar LSD. Se lo prometo.

—¿Os estabais drogando? —preguntó la señora Lang. Abby sintió frustración, porque la mujer reaccionaba precisamente a lo que no debía—. ¿En casa de Margaret Middleton... os drogasteis?

—Alguien atacó a Gretchen —insistió Abby.

—¿De dónde sacasteis la droga, Abby? —dijo el señor Lang, con voz controlada.

Abby no quería delatar a Margaret y se decidió a cargar con las culpas. En comparación con lo que había sucedido en el bosque, aquello no tenía mucha importancia.

—La conseguí yo —respondió Abby—. Pero solo era un experimento.

La señora Lang se volvió hacia la puerta.

—Voy a ver cómo está Gretchen —dijo.

El señor Lang la agarró por el brazo.

—Grace —le dijo—, Gretchen está bien. Hoy no le has dado nada, ¿verdad, Abby?

Abby quería ser honrada, así que se puso a pensar. No le había comprado ninguna Coca-Cola *light*, ni comida. Ni siquiera habían parado en Wendy's.

—No —respondió—. Está dormida.

El señor Lang llevó a su esposa hasta el sofá y, con un gesto suave, hizo que se sentara.

—Abby —dijo el señor Lang—. Nosotros te abrimos las puertas de nuestra casa. Te tratamos como si hubieras sido una más de la familia. Y tú le has dado veneno a nuestra hija.

—Lo importante no son las drogas —respondió Abby—. Creo que a Gretchen la... —Pero aquella respuesta era demasiado tímida, demasiado débil. Los padres de Gretchen tenían que darse cuenta de que Abby no albergaba dudas sobre lo ocurrido—. Sé que Gretchen sufrió una violación, señor Lang.

—Te pregunté si sabías lo que le ocurría —replicó el señor Lang—. La noche del club de lectura. Te pedí que me dijeras la verdad. Y el descaro con el que me mentiste hace que se me hiele la sangre.

La señora Lang, con lágrimas en los ojos, tomó a Abby por las dos manos y las sujetó con fuerza.

—¿Cuánto hace que dura esto? —preguntó—. No, no me lo digas. Lo sé muy bien. —Volvió los ojos hacia el señor Lang, que, a su vez, miraba a Abby—. Los ojos enrojecidos, la habitación hecha un desastre, el aspecto descuidado, la pérdida de apetito, el mal olor. Delante de nuestras propias narices. En nuestra propia casa.

Abby trató de zafarse de ella, pero la señora Lang le agarró las manos con mayor fuerza todavía.

—No —replicó—, no lo entienden. Alguien atacó a Gretchen. Alguien le ha hecho esto. Lo de las drogas fue solo una vez. No son lo importante.

—Por favor, Abby —le respondió la señora Lang—, ¿es que no lo ves? Su enfermedad viene de ti. Hemos llevado a Gretchen al médico. Nos dijo que no había tenido relaciones. Eres tú quien ha hecho daño a Gretchen. Has sido tú y nadie más. Tú le diste las drogas que la han dejado así. Con las drogas no hay «una sola vez». Y apuesto a que no es el primer día que os saltáis las clases juntas.

Abby volvió a dar un tirón con ambas manos y estas, empapadas de sudor, se escurrieron de entre los dedos de la señora Lang.

—Yo soy amiga suya —dijo—. No le hice daño. Fue otra persona.

—No nos mientas —le replicó el señor Lang—. Tendríamos que haber actuado hace mucho tiempo. Pensamos que la amistad con Gretchen sería buena para ti. No se nos ocurrió ni por un momento que nos pagarías así nuestra amabilidad.

Actuaban como si las víctimas hubieran sido ellos y eso fue lo que hizo que los labios de Abby empezaran a hablar antes de que su cerebro pudiera frenarlos.

—¿Por qué me echan la culpa a mí? —se oyó decir a sí misma—. Son ustedes quienes la obligaron a ver a un médico que ni siquiera se dio cuenta de que ya no era virgen. Son ustedes quienes la espían todo el día. Esto se lo hicieron ustedes. Es culpa suya. ¡Yo solo trato de salvarla!

—¿Eso es lo que te hacen decir las drogas? —preguntó la señora Lang.

—No estoy drogada —gritó Abby—. ¡Soy la única persona que trata de ayudar a Gretchen! ¡Ustedes dos no se preocupan nada por ella! Solo quieren controlarla. ¡Le han pegado! ¡Lo único que les preocupa es que no les haga quedar mal en público!

Ni siquiera se daba cuenta de lo que le salía de la boca. Les gritaba y no oía sus propias palabras hasta que resonaban en la sala. El señor Lang la cortó.

—Márchate de aquí, Abby —le dijo—. Te hemos dado todas las oportunidades imaginables, pero lo único que has hecho tú ha sido envenenar a nuestra hija y a nuestra familia. Si hubiéramos sabido qué clase de chica eres, no te habríamos abierto las puertas de nuestra casa. Tienes suerte de que no llame a la policía. Voy a darte una segunda oportunidad muy de adulta. Voy a llamar a tu madre y que sea ella quien se encargue de ti, a pesar de que todo apunta a que no ha sabido hacer de madre contigo.

Abby estaba desesperada. Alguien tenía que hacer algo.

—¡Pero es que ocurrió de verdad! —chilló—. No pueden deshacer lo que ocurrió. ¡La violaron!

El rostro del señor Lang se volvió de piedra.

—Te voy a decir algo, jovencita —dijo—. Si repites delante de otra persona esas infames acusaciones, no dudaré en llamar a la policía y hacer que te arresten por consumo de drogas. Y la cosa no quedaría ahí. No sabes lo que mi abogado podría hacer con tus padres.

Los ojos de Abby se llenaron de lágrimas. Hasta aquel día, ningún adulto le había manifestado odio, y las piernas le flaqueaban. ¿Pero cómo era posible que no se creyeran que alguien había violado a su hija cuando tenían todas las pruebas delante de su misma cara?

—¿Ha sido cosa suya? —preguntó Abby—. ¿Están protegiendo a alguien? —Miró a la señora Lang—. ¿Ha sido él?

En aquel mismo instante, la señora Lang se levantó del sofá. Agarró a Abby por un brazo y la arrastró hacia la puerta. Abby trató de soltarse, pero la señora Lang le clavó las uñas en el codo y dejó moretones en su piel suave.

—¿Cómo osas...? —masculló la señora Lang, y volvió a mascullar una y otra vez esa misma frase mientras iban de camino hacia la puerta—. No vuelvas aquí, Abby. No vuelvas aquí. No se te ocurra volver. No vuelvas jamás.

Entonces la empujó fuera de la casa y dio un portazo. A través del cristal, Abby vio que cerraba con llave. La trataban como a una delincuente. Cerraban la puerta con llave, como si Abby hubiera sido una peligrosa delincuente. Como si la muchacha no hubiera podido agarrar una de sus ridículas macetas de flores modernas, destrozar con ella el cristal y volver a entrar si le hubiera apetecido.

Abby caminó hasta la calle. El aire húmedo la fue tranquilizando y entonces se dio cuenta de que aún llevaba puesto el jersey de Gretchen. De repente le pareció precioso.

Al llegar a casa, se dio cuenta de que la luz del contestador automático parpadeaba. Un mensaje sin responder. La mano le temblaba con tanta fuerza que tuvo que hacer tres intentos hasta que logró pulsar play.

—Mary, le habla Grace Lang —decía la endeble voz grabada de la señora Lang. A pesar de la debilidad de su voz, Abby sintió que llenaba toda la casa con su desprecio—. La llamo porque hoy hemos descubierto algo sobre Abby, algo que ella misma ha reconocido durante una visita a nuestra casa, y estamos consternados. Por favor, llámenos en cuanto escuche este mensaje. Se trata de una cuestión muy grave y esperamos que no sea necesaria la intervención de la policía.

Abby se sintió aliviada. Un tono agudo resonó en sus oídos en el mismo momento de pulsar el botón de borrado. El mensaje de la señora Lang desapareció para siempre.

—Voy a salvarte, Gretchen —se juró Abby—. No podrán impedir que te salve.

JENNY (867-5309)

A la mañana siguiente, Abby dejó el coche en el aparcamiento de los estudiantes y acudió de inmediato a secretaría.

—Señorita Toné —dijo—, tengo que hablar con Major.

No había emergencia que la señorita Toné no hubiera visto y, al constatar que Abby no sangraba por ninguna parte, la hizo esperar hasta el primer timbre.

—Te daré un justificante de retraso —le dijo la señorita Toné—. Pero deberías tomarte un respiro.

Abby tenía un ojo puesto en la ventana. Estaba pendiente de si Gretchen llegaba a la escuela. Pero la muchacha no apareció. Sonó el timbre y Major entró por la puerta. Le gustaba dar una vuelta por los pasillos antes de la primera hora de clase y repartir sanciones por ir con los hombros descubiertos, modas y vestimenta extravagantes, o cualquier otra manifestación de identidad personal en el vestir para la que no hubiera lugar en la Academia Albemarle. Acababa de escribir una nota para Jumper Riley por no respetar las normas de aseo (los cabellos del muchacho llegaban al cuello de la camisa) cuando vio a Abby y se detuvo en seco.

—Me llamo Abby Rivers —dijo la muchacha—. Estoy en el décimo curso.

—Le ha estado esperando para hablar con usted —explicó la señorita Toné.

Major, sin decir palabra, indicó a la muchacha que entrara en su despacho. Tenía las típicas paredes de bloques de hormigón pintadas de amarillo y los muebles propios de la institución. Los únicos adornos eran una bandera estadounidense en un rincón, una gran foto enmarcada del presidente Reagan sonriéndole al futuro y un póster sujeto con chinchetas detrás de la puerta. En una de las mitades del póster había una fotografía de un jugador de fútbol americano embarrado y arrodillado sobre la hierba, con las palabras: «Me rindo...». En la otra mitad había un gigantesco crucifijo en lo alto de un cerro iluminado por el sol poniente, en el que se leía: «Él no se rindió».

Major acomodó su considerable peso al otro lado del escritorio.

—Major —dijo Abby—, tengo que contarle algo que ha ocurrido con otra estudiante. ¿Conoce a mi mejor amiga? ¿Gretchen Lang? Pienso que algún profesor tiene que saberlo.

Major se volvió hacia un archivador que tenía a sus espaldas, sacó una carpeta de manila, la colocó sobre el escritorio y empezó a pasar hojas. Terminó por levantar los ojos.

—Aquí dice que eres una de nuestras estudiantes becadas, señorita Rivers —dijo Major.

Aquella digresión pilló a Abby con la guardia baja.

—Sí, señor —respondió—. Lo soy.

Major asintió para darle a entender que estaban de acuerdo en aquel punto.

—De hecho, en estos momentos eres la estudiante becada más avanzada en sus estudios que tenemos en toda la escuela —dijo con voz estentórea—. Es una gran responsabilidad, señorita Rivers. Esta gran familia que es Albemarle está dispuesta a buscar estudiantes destacados entre quienes han tenido menos suerte en la vida y ayudarlos para que puedan disfrutar de todas las ventajas de una educación de calidad. Pero, para empezar, tienes que ayudarte a ti misma.

Abby no tenía ni idea de los motivos por los que le explicaba todo aquello, pero hizo todo lo posible por resultar agradable.

—Sí, señor —respondió—. Exactamente. Y precisamente por eso querría contarle lo que le ocurrió a Gretchen Lang. —Y tuvo la torpeza de añadir—: Gretchen no está becada.

—No —confirmó Major—. Estoy al corriente de la situación de Gretchen. Ahora las clases ya han empezado y estás perdiendo un tiempo muy valioso, así que, ¿qué es lo que tienes que decirme, señorita?

Había llegado el momento en el que tendría que expresarlo en voz alta. Hizo lo que pudo.

—Alguien la atacó —explicó Abby, esforzándose para que las emociones no dominaran su voz—. Nos habíamos quedado a dormir en la casa de Margaret Middleton, en Wadmalaw, y Gretchen se perdió en el bosque, y, mientras estaba allí, alguien le hizo algo. Desapareció una noche entera y ahora le ocurre algo malo de verdad.

—¿Alguien la atacó? —preguntó Major.

—Sí, señor.

—¿Quién?

—Pues... ¿un chico?

—¿Un estudiante?

—No lo sé —reconoció Abby.

Major se arrellanó en su silla, juntó las yemas de los dedos de ambas manos y, durante un instante que se hizo muy largo, contempló el póster que tenía colgado detrás de la pared.

—Así pues, ¿crees que Gretchen sufrió un ataque de naturaleza sexual?

Abby sintió que el corazón le volvía a latir. Se la estaba tomando en serio. Asintió.

—Sí, señor —dijo.

—¿Y piensas que tuvo lugar mientras os hallabais fuera del campus, en una fiesta que celebrasteis por la noche en Wadmalaw, en una casa propiedad de la familia Middleton? —preguntó.

Abby asintió con la cabeza y luego añadió con retraso un:

—Sí, señor.

Se sintió bien por haber logrado sacar lo que llevaba dentro.

—¿Y por qué no ha venido a contármelo la propia Gretchen? —preguntó Major.

Abby se preguntó qué habría dicho la propia Gretchen si hubiera estado allí... la estudiante estrella, cubierta de costras y apestando a perfume, encorvada en la silla, balbuciendo sinsentidos sobre Molly Ravenel.

—Está algo confusa —dijo Abby.

—Quizá te interese saber que esta misma mañana, antes de que llegaras, he recibido una llamada telefónica —explicó Major—. ¿Adivinas quién era? ¿No? Era la madre de Gretchen Lang. Estaba preocupada porque te habías peleado con su hija. Tenía miedo de que trataras de arrastrar el nombre de Gretchen por el fango. Me ha dicho que le preocupa tu amistad con su hija. Creo que me ha dicho, textualmente, que vuestra amistad es «inapropiada». ¿Entiendes bien lo que te digo?

Abby se quedó paralizada. De pronto se dio cuenta de lo joven que era. De lo joven y estúpida que era.

—Aún no tengo una verdadera opinión sobre la naturaleza de tu amistad con Gretchen —siguió diciendo Major—. Pero me estoy formando una con rapidez. Me di cuenta de vuestra ausencia injustificada de ayer. He notado los cambios recientes en la conducta de la señorita Lang. No te creas que no sé que en este campus hay estudiantes que venden y consumen narcóticos, señorita Rivers. Me he propuesto descubrir quiénes son esos estudiantes y he estado observando muy de cerca a Gretchen. Y después de la llamada de la señora Lang, también te voy a observar de cerca a ti. Las acusaciones de una madre preocupada no pueden aceptarse como prueba, pero si descubro que tienes alguna responsabilidad en el cambio de conducta de Gretchen Lang, si descubro que eres tú quien le proporciona drogas, te entregaré a las autoridades. No hace falta que diga que sería el final de tu carrera académica.

Cerró el dosier de Abby y apoyó la palma de la mano sobre su cubierta.

—Voy a hacerte un gran favor, señorita —dijo—. La familia Lang ha sido parte integral de la comunidad de Albemarle durante muchos años, y Frank Middleton es un antiguo estudiante de la institución, que se ha mostrado muy generoso con ella. No querría incomodarlos con tus disparatadas acusaciones. La señora Lang me ha asegurado que carecen de todo fundamento. Me doy cuenta de que estudiar en Albemarle constituye todo un reto para ti, y, aunque en el pasado hayas estado a la altura, nada nos garantiza que vayas a estarlo en el futuro. Esta conversación ha terminado, pero no voy a perderte de vista, señorita Rivers.

La muchacha sintió que la respiración se le entrecortaba. Había sido tan imbécil como para creerse más lista que la señora Lang. Por supuesto que la señora Lang había llamado a la escuela. Abby habría querido retroceder en el tiempo y volver a empezar, hacerlo todo de otra manera, pero ya era demasiado tarde. Lo había echado todo a perder.

—Vete a clase —le dijo Major—. No te daré justificante de retraso. Ese será tu castigo. Piensa en cómo le has pagado a Gretchen su amistad. Fe y honor, señorita. ¿Posees esas virtudes?

Abby se pasó el resto de la mañana como ausente de la realidad. Asistió a las clases sin enterarse de nada, aturdida. La señora Erskine le preguntó y fue incapaz de responderle quién había escrito *Pecadores en las manos de un Dios airado*. La señora Paul, en la clase de Biología, repartió las autorizaciones para la inminente visita al laboratorio de anatomía macroscópica de la Facultad de Medicina. Abby cogió una, pero no se enteró de lo que iban a ver.

A la hora del almuerzo, por pura rutina, se sentó en el Césped con Margaret y Glee, y escuchó a Wallace Stoney, que les estaba contando que había dejado su grupo musical, los Duques de Neón (que ya iban por su tercer nombre), y que los demás no irían a ningún lado sin él, porque él era el pegamento que los mantenía unidos. Luego, sin solución de continuidad, les soltó un monólogo sobre la salida al laboratorio de anatomía macroscópica, que constituía un rito de paso para los grupos de décimo curso.

—Es brutal —les dijo—. Me inspiró una canción.

—¿Es verdad que está lleno de cadáveres? —preguntó Glee.

—Tía —respondió el joven—, es absolutamente repugnante. Tienes todas esas cosas tan bestias como los bebés de dos cabezas en frascos de cristal, y había hasta una polla en un bote y el agua estaba toda verde. Era como vino de verano con una polla para darle aroma.

—¡Qué asco! —exclamó Glee.

—Cállate —replicó Margaret—, o no vuelvo a beber vino de verano en toda mi vida.

—Ah, cariño —le dijo Wallace—, el líquido verde da asco. El que está bien es el rojo. Puedes beberte diez botellas de esa mierda sin un solo eructo.

Abby se comía los palitos de zanahoria y se bebía el zumo de frutas Snapple como habría podido hacerlo un robot. Se sentía muy muy lejos del resto del mundo. No volvió en sí misma hasta que salió con el coche después de terminar las clases y se dio cuenta de que había girado a la izquierda en el semáforo de Folly Road, y no a la derecha, como tenía por costumbre. Había tomado el camino de Wadmalaw. La arrastraba una profunda convicción: si los Lang no la creían cuando les contaba la violación de Gretchen, si Major no la creía cuando le contaba la violación de Gretchen, tendría que demostrárselo. Si le había ocurrido algo a Gretchen, tal vez encontraría pruebas en la propiedad de Margaret, en el búnker medio enterrado en el bosque.

Pero cuarenta y cinco minutos y un cuarto de depósito de gasolina más tarde, al hallarse frente a la vetusta construcción, Abby vio que allí no había nada, salvo la misma basura sin interés: un ejemplar de la revista porno *Oui,* que se había engrosado con el agua, unos calzoncillos chamuscados, un par de botellas de Bartles and Jaymes Premium Blush vacías. Estaba cubierto con los mismos grafitis ridículos: «Putos pijos de mierda» y «Duques de Neón Tour Mundial Sexxxual 88». Estaba perdiendo el tiempo.

Dio otra vuelta en torno al búnker. Caminó sobre las baldosas de hormigón rotas y examinó los grafitis en busca de una pista, como había visto en las series de televisión, consciente de que allí no había nada. Y de pronto tuvo una revelación.

Duques de Neón. Ese era el nombre del grupo de Wallace, o por lo menos lo había sido antes de que se lo cambiaran por tercera vez. El propio Wallace lo había mencionado poco antes en el Césped. Todas aquellas botellas vacías de Bartles y Jaymes («El Departamento de Policía de Charleston lo llama jarabe de la violación»). Una imagen empezó a cobrar forma en la imaginación de Abby: Wallace había ido a visitar a Margaret, había aguardado en el bosque, se había escondido en el búnker a la espera de que la muchacha pudiera zafarse de sus amigas. Y entonces había encontrado a Gretchen en la oscuridad, perdida, asustada, desnuda.

Wallace Stoney.

—Yo, en tu lugar, no lo haría —dijo una voz masculina.

Abby se sobresaltó. A su espalda se encontraba un tío corpulento, con un cigarrillo encendido en una mano, la barriga colgando bajo un polo manchado y unos pantalones caqui de M. Dumas con las vueltas deshilachadas. Sus cabellos rubios sin peinar estaban de punta, tenía la nariz torcida y en sus ojos no había ninguna expresión. Riley Middleton.

—Soy amiga de Margaret —le dijo Abby. No sabía qué drogas podía haber tomado. Entonces le entraron ganas de reírse. Los Lang la consideraban una especie de traficante de alto nivel y allí estaba, asustada de un camello de verdad.

—Ya lo sé —respondió el muchacho—. Te llamas Glee.

—Abby —le corrigió ella—. Glee es otra amiga. ¿Qué es lo que tú no harías?

Dio un paso al frente y Abby retrocedió. Había drogado a chicas. Había abusado de ellas en el asiento de atrás del coche, y nadie sabía que Abby estaba allí. Riley se detuvo y dio una calada teatral a su cigarrillo.

—Yo no entraría ahí —dijo, y soltó una gruesa nube de humo azulado—. Si estuviera en tu lugar.

Abby trató de localizar el Conejito entre los árboles y tan

solo consiguió ver aún más árboles. Únicamente oía el canto de las ranas. Estaba a solas con Riley. Sintió como si le quitaran un tapón del ombligo y toda su valentía se escurriera por allí.

—¿Por qué no? —preguntó, tan solo para ganar tiempo, para que el muchacho siguiera hablando mientras ella buscaba una escapatoria.

—Ahí dentro ha habido mucha mierda —explicó Riley—. Cultos satánicos, esclavos torturados, violaciones. —Calló un instante y sonrió—. Violaciones.

Abby dio otro paso hacia atrás y tropezó con un trozo de hormigón. En aquel silencio, oía el zumbido de la caja de conexiones telefónicas. Oía su murmullo en el subsuelo. Riley sonrió de nuevo.

—Estás buena —le dijo—. ¿Cuántos años tienes?

—Gracias —respondió la muchacha sin pensar. Habría querido echar a correr, pero tenía que aguantar, por Gretchen. Se esforzó por contener el pánico—. Riley —dijo entonces—, ¿tú sabes si el fin de semana del día del Trabajo estuvo alguien aquí? No sé, algún grupo de tíos que montara una fiesta en el bosque.

—Seguramente —respondió el chico—. ¿Por qué no le preguntas a Margaret?

—Sí, tendría que preguntárselo —dijo. Entonces, antes de que Riley pudiera reaccionar—: Mi madre me espera. Chao.

Había dado el primer paso antes de que el «chao» escapara de sus labios y caminó con toda la velocidad que le fue posible, se alejó del zumbido de la caja de conexiones, se alejó de Riley, por entre los troncos de los árboles, los arbustos, la maleza enmarañada. En cuanto salió del bosque y vio el Conejito de la Suerte, echó a correr. Buscó a tientas las llaves, se metió dentro del coche, cerró las puertas y arrancó, pisó el acelerador y fue disparada hacia Red Top.

Llegó a casa cuando faltaba ya muy poco para las ocho. Abby cerró la puerta de su habitación y colocó la manta rosada contra el resquicio de la puerta para que no se oyese nada desde fuera. Lo último que quería era que su madre se enterara de lo que iba a decir. Entonces llamó a Glee. Su cerebro no estaba en condiciones de empezar la conversación con trivialidades, así que fue directo al grano.

—¿Te acuerdas de la noche en que tomamos ácido? ¿Cuando Gretchen se perdió? —preguntó—. ¿A ti te parece que Wallace podía estar por allí?

—¿Por qué me lo preguntas? —respondió Glee.

—Porque tengo que saberlo —insistió Abby—. ¿Tú crees que es posible que estuviera en el bosque?

—¿Y cómo quieres que lo sepa? —replicó Glee.

—Glee —dijo Abby—, tengo que contarte algo, y tú tienes que prometerme que no se lo dirás a nadie, sobre todo a Margaret. ¿Me lo prometes?

—Desde luego —respondió Glee, y Abby reconoció la agitación en su voz.

—Un chico asaltó a Gretchen —dijo Abby—. Quiero decir que la violó. Cuando estábamos en casa de Margaret. Cuando Gretchen se perdió en el bosque.

Se hizo un largo silencio.

—Y creo que fue Wallace —añadió Abby.

Entonces se hizo un silencio más breve y Glee dijo:

—Te llamo en seguida. Mi hermana acaba de llegar a casa.

Cinco minutos más tarde, Mickey Mouse dijo con un gorjeo: «¡Me llamo Mickey!». Abby tomó el auricular que el ratón sostenía con la mano.

—¿Por qué has tardado tanto? —preguntó.

—Lo siento —respondió Glee—. Mi hermana estaba agobiándome. ¿Me oyes bien? ¿Qué me decías de Wallace?

Abby se lo contó todo a Glee. Le contó la confesión de Gretchen, el escándalo que le habían montado los padres de esta, el viaje que había emprendido hacia Wadmalaw cuando Margaret no estaba allí, las botellas de vino de verano que había encontrado y el grafiti de los Duques de Neón. Se sintió aliviada por poder contarlo todo, y Glee sabía escuchar. Si no hubiera oído su aliento, Abby habría podido pensar que había colgado. Glee callaba, pero aquella era su manera de ser. Siempre que había problemas, Glee estaba dispuesta a escuchar.

Por fin, Abby terminó. Ambas guardaron silencio durante un minuto entero.

—¿Por eso dijo todas esas cosas sobre Wallace? —preguntó Glee.

—Eso es normal, ¿verdad? —respondió Abby—. Alguien te hace eso y luego es como si te volvieras loca. La cabeza de Gretchen no funciona bien, Glee.

—¿Pero de verdad piensas que lo hizo Wallace? —preguntó Glee—. Le ha dicho a Margaret que no la ha engañado en su vida.

—Ya lo sé —respondió Abby—. Pero los chicos mienten mucho. Si Margaret se cree lo que le dice Wallace, es que es superingenua. Wallace está siempre presumiendo de que ha estado con otras chicas.

—Eso no es nada bonito —observó Glee.

—Pero lo hace —respondió Abby—. Tú lo has oído.

—No, eso no es verdad —replicó Glee, y en ese mismo momento Abby tendría que haber imaginado que algo iba mal—. ¿Qué vas a hacer?

—Tengo que contárselo a alguien —respondió Abby—. Había pensado en empezar por Wallace. A ver si lo reconoce. Si no, iré a la policía. Y si no me hacen caso, lo contaré por toda la escuela.

—¿Y Margaret? —preguntó Glee.

—No lo sé —respondió Abby—. Esa es la parte complicada. ¿Quizá tendría que empezar por decírselo a ella?

—No —dijo Margaret—. No creo que tengas que empezar por decírselo a Margaret.

Abby estuvo a punto de soltar el teléfono. La muchacha sintió como un hueco en el estómago y en la cabeza, y se le quedaron las manos entumecidas. Glee había puesto el teléfono en modo de llamada a tres.

—¡No te vuelvas a acercar a nosotras! —chilló Margaret—. ¡Me tienes celos por Wallace y quieres joder todo lo que funciona bien en mi vida!

Abby trataba de hablar al mismo tiempo que ella.

—¡Margaret! —gritó— ¡Margaret! ¡Margaret! ¡Margaret! ¡Tienes que entender...!

—¡No tengo que entender una puta mierda, zorra desgraciada!

—¡Tienes que hablar con Gretchen!

—¡Que te den por culo! —mascculló Margaret, y se puso a chillar con la boca pegada al teléfono. Su voz era más potente que la de Abby y parecía que el auricular fuera a estallar—. ¡No te acerques a nosotras! ¡No te acerques a un puto metro de nosotras o te jodo la vida! ¿Quieres ser amiga de Gretchen? ¡Por mí, de puta madre! Cuéntale a ella todas esas fantasías de tarada. ¡Pero como te atrevas a mirarnos, como te atrevas a dirigirnos la palabra, como le digas algo a alguien acerca de nosotras, haré que mi padre te denuncie y te cagarás en las bragas!

Margaret colgó el teléfono. Abby se quedó inmóvil. Le resonaban los oídos. Entonces se dio cuenta de que Glee aún estaba en la línea.

—Glee... —empezó a decir.

—Eres mala —le respondió Glee.

Y colgó.

TOTAL ECLIPSE OF THE HEART[1]

La Semana del Espíritu era una celebración anual en la que el desgobierno se adueñaba de la escuela.

Los profesores la detestaban porque se estudiaba menos en clase, la administración la detestaba porque se producían muchas más infracciones, los padres la detestaban porque se desajustaban los horarios de los viajes compartidos... pero habría sido imposible prohibir la Semana del Espíritu. Era unas Navidades en pleno octubre. Era el carnaval del caos.

Fue la peor semana en toda la vida de Abby.

El lunes era el día de los Gemelos. El año anterior, Abby y Gretchen se habían presentado vestidas igual. Aquel año fueron Glee y Margaret quienes se vistieron de manera idéntica y no quisieron hablar con Abby cuando la muchacha trató de disculparse. Gretchen no se dejó ver.

El martes era el día de la Ropa Informal. Todo el mundo iba con pantalones vaqueros y asistía a la guerra de grupos musicales a la hora de comer. El año anterior, Abby y Gretchen se habían sentado en el Césped y habían seguido el concierto de Parish Helms, que se encorvaba sobre el bajo mientras el sol teñía de blanco sus cabellos rubios. Aquel año Gretchen no se presentó en la escuela y Abby dio vueltas por el jardín del audi-

1. Eclipse total del corazón.

torio en busca de un sitio donde comer. Entonces un cartón de leche se reventó sobre la acera, a sus pies. Levantó los ojos. Vio a Wallace Stoney con la camiseta del equipo de fútbol americano, el rostro desencajado, respirando con fuerza por la nariz.

—¿Tú quieres que te pisoteen contra el suelo? —preguntó Wallace.

Abby miró a su alrededor para ver si había alguien cerca, pero todo el mundo estaba en el otro extremo del Césped, donde los Duques de Neón tocaban *Brown-Eyed Girl* sin Wallace. Se volvió hacia el muchacho. Sus pupilas se habían transformado en cabezas de alfiler, sus fosas nasales se hinchaban.

Trató de esquivarlo. Wallace le cerró el paso.

—¿Tú te crees que si viera a Gretchen Lang envuelta en llamas mearía sobre ella? —le preguntó—. ¿Tú te crees que le metería la polla en el coño, aunque me lo suplicara?

Abby se quedó muy muy quieta. Al hablar, eligió con cuidado las palabras.

—Yo no me creo nada, Wallace —dijo, procurando mantener los ojos bajos.

Como no miraba, no vio que la mano del chico se abatía sobre ella, hasta que ya fue demasiado tarde. No la golpeó con fuerza, pero sí la pilló por sorpresa, y la muchacha dio un traspié hacia un lado. Los libros se le cayeron de las manos.

—Yo no tolero que vayan contando mentiras sobre mí, puta —le dijo mientras se acercaba todavía más.

La muchacha se estremeció y Wallace sonrió, luego la miró por encima del hombro y se alejó.

Abby tenía que hablar cuanto antes con Gretchen. No solo por Wallace, sino también por todo lo demás. Todas las cosas que tenía por decir se le agolpaban en el cerebro y la dejaban como borracha, hacían que pensara más lento, que la lengua se le entorpeciera. Se las decía a sí misma cuando volvía en coche desde la escuela, trataba de escribirlas, se las contaba a Geoffrey la Jirafa. Por fin, sus dedos agarraron el auricular y marcaron como por voluntad propia el número de Gretchen.

—¿Dígame? —respondió el señor Lang—. ¿Dígame?

Abby colgó. El auricular vibró bajo su mano.

—¡Hola, me llamo Mickey! —dijo el teléfono—. ¡Hola, me llamo Mickey!

Poco a poco, Abby levantó el auricular.

—Abby —dijo el señor Lang—, si telefoneas a nuestra casa una vez más, llamaremos a la policía. No queremos saber nada de ti.

Aquella noche, Abby escapó de su casa por la ventana, fue en coche hasta el Old Village y aparcó en el Alhambra Hall. Anduvo por Middle Street hasta llegar a Pierates Cruze. Se detuvo al pie de la ventana de Gretchen y arrojó piedrecitas al cristal en la oscuridad. Eran muy pequeñas, pero el sonido resonó por toda la manzana.

—¡Gretchen! —susurraba Abby—. ¡Gretchen!

Cuando por fin se había rendido y se volvía para marcharse, algo se abatió sobre ella en la oscuridad. Abby se arrojó al suelo y se despellejó las palmas de las manos sobre el camino de tierra. A duras penas logró contener un grito. Al levantar los ojos vio un búho cornudo muy grande que la miraba con saña desde las ramas de un roble de la acera de enfrente. Abby se levantó y se marchó corriendo.

El miércoles era el día del Empollón, en el que todo el mundo se subía los pantalones, se ponía tirantes color arcoíris y se abrochaba los botones hasta arriba. Todo el mundo menos Abby. La muchacha no hacía más que ir cabizbaja.

El jueves era el día de los Esclavos.

Cinco años más tarde, el día de los Esclavos desaparecería y nadie querría recordarlo, pero en 1988 a nadie se le hubiera ocurrido que pudiera considerarse ofensivo. Era una tradición.

Un montón de estudiantes se apiñaba frente a la ventana de secretaría, donde se anunciaba el Mercado de Esclavos. Ponían una lámina grande de papel blanco de carnicería y la idea era que los estudiantes podían comprar un esclavo por un precio determinado. Si el esclavo no pagaba un rescate consistente en su propio precio más un dólar, pasaba a ser «propiedad» de su amo y tendría que hacer todo lo que este le ordenara durante la

Exhibición de Esclavos de la hora de comer. Una dueña podía obligar a una esclava a ponerse un jersey feo o, si se sentía malvada de verdad, a llevar los sostenes por encima de la ropa. Algunos muchachos le ponían una correa en el cuello a una chica y la obligaban a ir a gatas por el Césped como si fuera un perro. Todo el dinero que se cobraba de esa manera iba a la caja de la Asociación de Antiguos Alumnos, así que todo se aceptaba.

La señorita Toné salía fuera con un rotulador y apuntaba los nombres de todos los esclavos y de sus propietarios. Abby echó una ojeada a la lista y se quedó helada. Estaba escrito allí, en las apresuradas letras de molde de la señorita Toné:

PROPIETARIA: Gretchen Lang
ESCLAVA: Abigail Rivers

Gretchen estaba en la escuela. Tenía que haber ido para poder participar. En otros tiempos, Abby siempre había sabido dónde estaba Gretchen, y viceversa. Ambas tenían memorizados los horarios de clase de la otra. Ambas sabían cuál era el baño preferido de la otra, dónde se escondían cuando estaban angustiadas (Abby: detrás de la capilla; Gretchen: en el pequeño reservado para estudio que se hallaba al fondo de la biblioteca). Todas las noches planeaban por teléfono lo que harían al día siguiente. Pero todo aquello había terminado. La señora Lang había insistido en que la escuela cambiara la programación de Abby para que no coincidiera en clase con Gretchen, y Gretchen ya no hablaba con Abby por teléfono. La parte del cerebro de Abby que estaba pendiente de Gretchen se había averiado.

Pero en aquel momento lo tuvo muy claro. Gretchen andaba por allí y todo lo que tenía que hacer era encontrarla.

—¡Eh, esclava! —dijo Gretchen.

Abby se dio la vuelta. Gretchen estaba de pie a sus espaldas, vestida con las mismas ropas manchadas de sudor, el cabello sucio y erizado, el rostro grasiento, apestando a perfume.

—¿Dónde has estado? —preguntó Abby—. ¿Te encuentras bien?

Gretchen soltó una risilla para sí misma.

—Las esclavas no hacen preguntas —respondió.

—Déjate de gilipolleces —replicó Abby—. Me tenías preocupada de verdad. Nadie...

Gretchen llevó un dedo mugriento a los labios de Abby, y Abby dudó entre apartarse o sentirse aliviada, porque Gretchen volvía a tocarla.

—Hablemos en el baño —dijo Gretchen—. Vamos.

Dio media vuelta y se marchó por el pasaje cubierto, y Abby la siguió tan rápido como pudo. Gretchen prefería el baño del edificio de Bellas Artes. Abby supuso que tendrían tiempo de llegar allí y regresar antes de que sonara el primer timbre. No le preocupaba en absoluto tener que hacer de esclava de Gretchen. Eran amigas. Gretchen no la obligaría a hacer nada malo.

—Quítate todo el maquillaje —le dijo Gretchen.

Abby aún sonreía como una idiota, con la espalda apoyada contra la puerta del baño. Gretchen estaba de pie junto al lavamanos. Con la cara tan pálida que hacía juego con los azulejos de la pared. La fría sala apestaba a United Colors of Benetton.

—Fue Wallace Stoney, ¿verdad? —preguntó Abby—. Tenemos que decirlo, porque si no le hará lo mismo a otra.

En vez de responder, Gretchen abrió su mochila y sacó una toalla de mano de color amarillo, plegada, que había salido del baño de su madre, y un tarro grande de crema desmaquilladora de Ponds, y lo dejó todo en el borde del lavamanos.

—Yo soy tu dueña —dijo— y tú eres la esclava. Y las esclavas no se maquillan.

Gretchen era la única que había visto a Abby sin maquillaje desde el séptimo curso y sabía que no tenía que hablar de ello en la escuela. Nadie hablaba sobre el maquillaje de Abby.

—No te lo digo en broma —añadió Gretchen.

Desenroscó la tapa del tarro.

—Quítatelo.

Abby sintió que sus fuerzas la abandonaban. El perfume la mareaba. Quizá, si le seguía la corriente, Gretchen terminaría por dejarlo correr. Por ejemplo, Abby estaría a punto de ponerse el desmaquillante en la cara, y entonces Gretchen la agarraría por la mano, se reiría y le diría: «¡Era una broma!», y volverían a ser amigas.

—Si no te quitas tú el maquillaje —le dijo Gretchen—, te lo voy a quitar yo.

—Tenemos que contar a tus padres lo de Wallace —logró decir Abby—. También me ha atacado a mí.

Gretchen cogió el tarro de Ponds, que brillaba con un color suave y blanco a la luz de los fluorescentes, como si hubiera sido un bote de grasa alimentaria Crisco. Abby se acercó al espejo, parecía que las piernas se le hubieran vuelto de paja, y contempló su propio reflejo. A la fea luz del cuarto de baño, su piel era como una gamba cocida. Estaba rosa y brillante. En algún momento, unos segundos más tarde, pensaba, Gretchen se daría cuenta de lo mala que estaba siendo.

—¿Me lo dices en serio? —preguntó Abby, al tiempo que tomaba desmaquillante con dos dedos.

—Venga —la apremió Gretchen.

Pero Abby se vio físicamente incapaz de acercarse los dedos a la cara. La mano le temblaba. Gretchen entornó los ojos. Se le veían los vasos sanguíneos hinchados sobre el color blanco.

—Ya lo hago yo —dijo.

—Por favor —le respondió Abby. De pronto, los ojos le dolían. Se le hizo un nudo en la garganta—. Es mi maquillaje, Gretchen.

Gretchen agarró la mano de Abby y la obligó a untarse la cara con desmaquillador. La crema viscosa se le metió en el ojo y le ensució el puente de la nariz. Abby la sintió, fría y grasienta, sobre el globo ocular.

Perdió los nervios. Se apartó bruscamente del lavamanos, chocó con Gretchen (que era un peso pluma) y sin querer la envió contra el secador de manos. Se pasó las uñas por la cara y arrojó un grumo de desmaquillador al suelo. Se oyó un chof. Luego salió del baño a empujones. Se cubrió el ojo derecho con una mano, sin saber si se le habría irritado mucho, y echó a correr sin mirar a ningún lado, hasta que se metió en el baño del pasillo que estaba detrás de la biblioteca, junto a los despachos de los profesores, y cerró la puerta.

No quería mirarse en el espejo, pero terminó por hacerlo. Vio que el ojo se le había enrojecido, pero aparte de eso no estaba muy mal. Se arregló el maquillaje y logró llegar a la primera hora de clase justo antes de que sonara el segundo timbre. Pasó todo el día malhumorada. Luego, al terminar la escuela, esperó afuera, en el lugar donde los padres recogían a los estudiantes del ciclo medio de diez a catorce años, hasta que vio a Gretchen, que salía arrastrando los pies con los libros contra el pecho. Abby se encaró con ella y le dio un empujón sin preocuparse de que la vieran.

—No vuelvas a acercarte a mí, mala puta —masculló Abby, que a duras penas se daba cuenta de los estudiantes que se detenían para mirar—. Yo soy tu única amiga. Soy la única que se ha preocupado por lo que te ocurrió. Soy la única persona que aún te hablaba y acabas de perderme. Sabes muy bien lo que has hecho y sabes muy bien por qué me has hecho daño, así que mételo en tu cabeza de niña pija de mierda: ya no somos amigas. No somos amigas. Ni volveremos a serlo.

Gretchen no se movió. Se quedó quieta, aguantando todo aquello.

—¿No necesitas que te lleven a la escuela? ¿Tus padres piensan que no puedes ir con una chusma como yo? ¿Te crees que vas a tratarme como una mierda de perro? Que te den por culo.

En TCBY, Abby metió los brazos en la máquina del hielo hasta que se le quedaron entumecidos. Al ponerse el distintivo con el nombre, se clavó el imperdible en la piel y ni siquiera se dio cuenta. Quería quedarse fría para siempre. Quería volverse de hielo. Regresó a su casa y bebió agua; luego, puso la tele para ver *El Ecualizador*. A las 23.06, el teléfono sonó.

—¡Hola, me llamo Mickey! —gritó—. ¡Hola, me llamo Mickey!

Abby agarró el auricular.

—¿Dígame?

Un largo momento de silencio susurró a través del cable.

—Por favor —dijo Gretchen—, no te enfades conmigo.

Abby, dejándose llevar por la costumbre, estuvo a punto de decir que no se había enfadado con Gretchen, pero entonces contó hasta diez, lo recordó todo y puso todos sus recuerdos en su voz al decir:

—Déjame en paz.

—No te enfades conmigo, Abby. Por favor —insistió Gretchen.

Lo único que tienes que saber es que voy a partirte por la mitad, decía Robert McCall en el televisor.

—No quiero hablar contigo —dijo Abby.

—No lo entiendo —respondió Gretchen, totalmente desconcertada—. ¿Qué es lo que he hecho?

Fue entonces cuando Abby se dio cuenta: Gretchen se había vuelto loca. Se había vuelto loca y llevaba a Abby por el mismo camino. Cuanto más hablaran, peor sería.

—Si necesitas que te lo explique, es que nunca hemos sido amigas —dijo Abby.

—No me dejes sola —suplicó Gretchen—. No puedo con esto yo sola. No puedo luchar contra esto por mí misma. Siento lo que hice, pero es que él me obliga. Siempre me susurra al oído, me dice lo que tengo que hacer, me obliga a hacer daño a los demás. Quiere que me quede sola, que no tenga a nadie, solo a él. Lo siento, Abby. Lo siento tanto... tanto...

El tono quejumbroso y suplicante de la voz quebrada de Gretchen no hizo más que inspirarle desprecio a Abby.

—Adiós, Gretchen —dijo esta.

—Pero es que somos amigas —gritó Gretchen como una vocecita dentro del auricular, y un puño aferró el corazón de Abby y lo estrujó—. Tú eres mi mejor amiga.

Abby había perdido contacto con su propio cuerpo y lo único que tuvo que hacer fue no intervenir mientras su mano se acercaba al brazo de Mickey y colgaba el teléfono.

—Esto ha terminado —dijo a nadie en concreto.

El teléfono sonó de nuevo, pero Abby descolgó el auricular y volvió a colgarlo. No quería hablar con Gretchen. En aquel momento quería que Gretchen viera lo dolida que estaba. Abby quería que sintiera lo que ella misma sentía. Quería que Gretchen supiera que aquello no era un juego.

El viernes era el día de los Espíritus, y el puño de Dios, bajo la forma de unos furiosos nubarrones negros, se abatió brutalmente sobre Charleston. El viento derribaba los cubos de basura y arrastraba los desperdicios por las calles, revolvía la fina arena del aparcamiento, arrojaba sus granos contra los tobillos desnudos. En la primera hora de clase, todo el mundo tenía ya los cabellos hechos un desastre. El baño de las chicas apestaba a laca y en los lavamanos había grumos de espuma para el cabello. Los pasajes cubiertos se transformaron en túneles aerodinámicos que levantaban las faldas y enrojecían las caras.

Al finalizar la segunda hora de clase, las ventanas ya se habían oscurecido. En los pasillos se juntaban grupos de jugadores de fútbol americano, que murmuraban en voz baja que sería mejor que no les cancelaran el partido, porque si se lo cancelaban iban a armar un buen barullo. Era como si un puño se hubiera cerrado sobre la escuela y la estrujara. Cinco de los jugadores metieron de cabeza de Dereck White dentro de un cubo de basura. Alguien agitó una lata de Coca-Cola y la arrojó dentro de la taquilla de Carson Moore.

La lluvia cayó con fuerza durante la clase de Español 2. Mientras el señor Romasanta conjugaba el verbo *asesinar*, una oleada de estática ahogó su voz, porque el cielo descargaba toda su furia. El agua fría empezó a colarse por las ventanas, seguida por el tumulto de los estudiantes más pelotas, que se apresuraron a cerrarlas y a encender los aires acondicionados.

Aquella noche Abby no comió nada, salvo una bolsa de palomitas calentadas en el microondas. Se encerró en su habitación y vio *Dallas*, *Corrupción en Miami*, *Estilos de vida de los ricos y famosos*... todo lo que le sirviese para desconectar el cerebro. La lluvia continuó durante todo el sábado y transformó las calles en ríos y los patios en lagos.

El padre de Abby se marchó al cobertizo temprano y pasó todo el día allí. Abby se escondió en su habitación y limpió el armario para distraerse. Por lo general, la lluvia le inspiraba sensaciones confortables y acogedoras, pero aquel día solo le dio miedo.

Encontró su vieja fiambrera de *Los Dukes de Hazzard*, donde guardaba todas sus fotos, y se quedó sentada en la cama con los peluches. Pasó revista a las fotografías, como si se hubiera entretenido en distribuir las cartas de una baraja que representaba su pasado: Abby y Gretchen vestidas para la fiesta punk rock en casa de Lanie Ott, cuando aún eran amigas. Gretchen en quinto curso bailando el *moonwalk* a la entrada de su casa. Gretchen dormida con las mantas hasta la barbilla. Abby la había tomado como prueba fotográfica de que Gretchen sonreía al dormir (pero no logró convencer a Gretchen).

Eran tantas las fotos que habían sacado antes de un momento determinado, o después de un momento determinado... fotos que se habían hecho una a la otra en momentos inesperados, cuando una de ellas llevaba puesto el sombrero, pero pensaba quitárselo; o no llevaba puestas las gafas de sol, y pensaba ponérselas. Abby hablando, con la boca medio abierta en extrañas formas, Gretchen señalando a cosas que no salían en la foto y que Abby ya no recordaba. Abby riéndose. Montones y más montones de fotos de Abby riéndose.

Durante el verano después del sexto curso había llovido igual. Abby y Gretchen habían instalado catres en el porche cubierto de la casa de los Lang, en la playa de Isle of Palms, y habían dormido fuera todas las noches, oyendo el murmullo de la lluvia mientras se dormían. Durante una semana de agosto, el señor Lang se había tomado un descanso del trabajo y también se había alojado en la casa de la playa. Pasaba las mañanas pegado al teléfono, pero por las noches jugaron al Uno y al Monopoly. Un día que no llovió, las llevó a pescar gambas para enseñarles cómo se usaba una red de tiro, pero resultó que él mismo no tenía ni idea. Una señora negra que pescaba en la playa las había enseñado a aguantarla con los dientes, tragar agua salada, morder las pesas de plomo del borde y luego girar el torso y arrojar la red como una alfombra. Capturaron ni más ni menos que una gamba. Estaba deliciosa.

Durante la noche se tumbaban a oscuras y escuchaban *Russians* de Sting y *Take Me Home* de Phil Collins, por la cadena 95SX, y hablaban de irse a vivir juntas cuando terminaran la secundaria; cada una tendría un gato y los llamarían Matt Dillon y Mickey Rourke; y si algún día tenían novio, no permitirían que los muchachos se interpusieran en su amistad.

Entonces se puso a llover a cántaros y nadie llamó a Abby, nadie quería llamarla. La muchacha estaba totalmente sola y no era capaz de imaginarse un futuro en el que no lloviese.

Despertó el lunes por la mañana y llegó a la conclusión de que tenía que arreglar aquello. Tomó una ducha caliente y se maquilló, y salió con el coche cuando aún estaba oscuro. Los neumáticos apenas si se adherían a la superficie del viejo puente y el viento amenazaba con empujar el Conejito de la Suerte al carril de al lado. A lo largo del camino, Abby se fue jurando que, cuando llegara la noche, volvería a ser amiga de Gretchen.

Abby aguardó a la puerta de la clase de inglés del señor Erskine para esperar a Gretchen. Al oírse el último eco del segundo timbre, la puerta que daba a la escalera se abrió y Gretchen salió al pasillo. Abby ya había preparado todo lo que iba a decir y, entonces, vio a Gretchen y no fue capaz de articular una sola palabra.

Gretchen se había cortado el pelo. Su cabello largo, rubio y encrespado había desaparecido, y en su lugar una aureola de rizos le ceñía el cuero cabelludo y le dejaba el cuello al descubierto. Sus pómulos prominentes eran ahora muy visibles. Abby sintió que se le hacía un nudo en la garganta. Ella misma no habría tomado semejante decisión sin consultarla antes con Gretchen, pero Gretchen no se lo había comentado para nada a Abby. Aún peor: le quedaba estupendo.

La piel de Gretchen no era perfecta, pero se estaba aclarando, y el maquillaje ocultaba los daños que aún persistían. Los ojos le brillaban. Se había puesto unos pantalones ajustados de color negro y calzaba unas Capezio también de color negro, y un jersey con estampado de leopardo sobre una prenda negra de cuello alto. Su porte era impecable: la espalda erguida, los hombros hacia atrás, las uñas arregladas con puntas francesas. Por encima de todo, estaba radiante. Sonriente. Sana. Hermosa.

—¿Qué? —preguntó Gretchen, todavía con la mano en la puerta del aula, al ver a Abby. Su voz ya no estaba ronca. Era una voz densa, sureña y parecía normal.

—¿Te encuentras bien? —preguntó Abby.

Gretchen arrugó la frente.

—¿Por qué iba a encontrarme mal? —preguntó a su vez.

—Por todo lo que ha ocurrido —respondió Abby—. ¿Por lo de la semana pasada? ¿Por todo lo que pasó?

Gretchen enarcó una ceja y una media sonrisa afloró a su rostro.

—No sé de qué me estás hablando —respondió—. Yo estoy bien. ¿No será más bien que el problema lo tienes tú?

NEW SENSATION[1]

—Me niego a que esa tarada se siente aquí —exclamó Margaret.

Abby tardó un segundo en darse cuenta de que la tarada en cuestión era ella.

Habría querido responderle: «Vete a tomar por culo» o «Tampoco es que quisiera sentarme contigo», pero, para su propia y profunda decepción, acabó con los ojos gachos mirando a la hierba, avergonzada, desesperada porque no le permitían sentarse en la mesa de pícnic.

La tormenta tropical no había llegado a Charleston y había virado hacia el Atlántico, y tenían un lunes húmedo y tranquilo. La noche antes había llovido y la hierba aún estaba esponjosa. Margaret y Glee se habían apoderado de la mesa de pícnic que se encontraba en medio del Césped y quedaba mucho sitio, pero al parecer estaba reservado a las no taradas.

—A mí me da igual —añadió Gretchen—. Me sigue a todas partes, no sé por qué.

—Bueno, pues vale —dijo Margaret—. Pero no quiero que la cosa esa se ponga a hablar.

Abby, consternada, vio que Gretchen se sentaba con Margaret y Glee, y que las tres conversaban como si ella no existiese. Demasiado humillada para marcharse, demasiado incó-

1. Nueva sensación.

moda para quedarse, desesperada por decidir algo, Abby empezó a sentarse, pero se detuvo a la mitad. Contempló a todos los que paseaban por el césped, arrojaban *frisbees*, corrían y resbalaban sobre la hierba empapada por la lluvia con sus zapatos elegantes, y luego volvió a mirar a la mesa de pícnic y, al fin, se decidió por sentarse en el otro extremo. Así, era como si se sentara con ellas, pero no lo bastante cerca como para que nadie se enfadara. ¿Se aceptaba ese comportamiento en una tarada?

—Voy a necesitar un tutor para el Club de Conciencia Medioambiental —comentaba Gretchen.

—Habla con el padre Morgan —le respondió Margaret, y entonces dejó la manzana verde con la que había jugado durante los últimos minutos y miró a Glee—. Seguro que Glee querrá acompañarte.

—Eh, cállate —replicó Glee y se ruborizó.

—A ver si el Mórgano te toca el órgano —dijo Gretchen, y entonces ella y Margaret se abrazaron y rieron.

—A ver si el Morgano te da un Morgasmo —añadió Margaret, y se rieron todavía más.

—Y se te lleva a Mordor —intervino Abby.

Ambas dejaron de reírse y se volvieron hacia ella.

—¿Qué has dicho? —preguntó Gretchen.

¿Estás alejando de ti a tu mejor amiga?

Os habíais prometido estudiar juntas para el gran examen de lengua. De pronto, te dice que no. ¿Qué haces?

A Imaginas que ha encontrado una compañía mejor y te pasas la tarde sintiéndote rechazada.

B ¡Qué más da! A veces estas cosas ocurren.

C La llamas y le pides que te explique el verdadero motivo.

D Dejas de hablarle. Si ella no quiere estudiar contigo, tú no quieres hablar con ella.

En el quinto curso, cuando tenían unos once años, Elizabeth Root se había meado encima durante el concierto del día de los Fundadores. El tema era «Los felices años veinte» y el coro de la escuela estaba a la mitad de una canción sobre Al Jolson y el mercado bursátil, y entonces Elizabeth no pudo aguantarse más y la parte de delante de su falda gris se tiñó de color negro. Había tratado de salir del escenario, pero entonces una reproducción de un Ford T en cartón piedra entró por la izquierda y le cerró el paso. En la salida de la derecha estaba el coro de los chicos.

La señora Gay trató de tocar con más fuerza su piano vertical para disimular la situación. Los miembros del coro más obedientes siguieron cantando, y durante sesenta segundos los padres allí reunidos vieron a una niñita cegada por las lágrimas que iba en círculo dando traspiés, dejando un rastro de orina sobre el escenario mientras un enorme Ford T avanzaba hacia ella.

El incidente había sido la comidilla de todo el mundo durante varias semanas. Los estudiantes hacían sonidos de «pissss...» cada vez que Elizabeth Root pasaba cerca por el pasillo. A la hora de la comida, la degradaron a sentarse con dos chicas muy amables, pero sumamente impopulares. Al final, el prefecto de primaria envió una nota a los padres para explicarles cómo tenían que comentar con sus niños el hecho de que Elizabeth se meara encima. Dos años más tarde Elizabeth cambió de escuela y fue a estudiar a Bishop England, y todo el mundo sabía que se marchaba por aquella vez que se había meado encima.

Por otra parte, estaba el Dr. Gillespie, consejero matrimonial que atendía a la mitad de las parejas divorciadas de Charleston. El año anterior lo habían descubierto atado a una de las sillas de su despacho, vestido de mujer. Alguien lo había golpeado hasta matarlo con una estatua precolombina que formaba parte de su colección. En el periódico no apareció ni un solo artículo sobre el tema. Cuando se hablaba de su muerte en los actos de beneficencia, siempre se hacía referencia a un «terrible accidente», y doce meses más tarde habría sido muy difícil encontrar a alguien que reconociera que se acordaba del Dr. Gillespie y, todavía menos, que se hubiera hallado entre sus pacientes.

En Charleston, hacerse adulto no tiene nada que ver con cumplir los dieciocho años. Acontecimientos tales como registrarse para votar, graduarse en secundaria y sacarse el carné de conducir tampoco tienen mucha importancia. En Charleston, te vuelves adulto el día en el que aprendes a ignorar que tu vecino conduce borracho y te preocupas tan solo de si ha presentado una propuesta a la Comisión de Supervisión Arquitectónica para cambiar el color de la pintura. Te vuelves adulto el día en el que te enteras de que, en Charleston, cuanto peor sea un hecho menor atención se le prestará.

De pronto, todo el mundo en Albemarle adoptó una actitud muy adulta con Gretchen.

Durante casi un mes, todos habían esquivado a Gretchen. En aquel momento ya no ganaba sanciones, ganaba atención. Todo el mundo quería estar cerca de ella, sentarse en el mismo lugar que ella, hablar con ella antes de la clase, saber su opinión, captar su atención. Durante tres semanas, Gretchen había sido innominable. En tres días, se había transformado en la número uno.

Abby se asustó de la rapidez con que había cambiado todo.

Tu mejor amiga te cuenta que está estresada y tiene que tomarse un descanso, así que anula los planes que teníais para salir con dos chicos el viernes que viene.

A ¡Qué bien! A ti tampoco te apetecía ir.
B ¡Vuestra amistad ha terminado!
C Anulas la cita con el chico y vas a casa de tu amiga. Será que necesita hablar.
D Te da pena por el chico con el que habías quedado. Además, ¿de qué podríais hablar el viernes por la noche?

La temperatura había subido. El cielo se había transformado en una cúpula plateada sin nubes.

Gretchen abrió su termo y se sirvió una taza de espeso batido blanco.

—¿Qué es esa asquerosidad? —preguntó Margaret.

—¿Esto? —dijo Gretchen—. Creo que no te va a gustar.

—¿Y tú cómo coño lo sabes? —preguntó Margaret.

Gretchen metió la mano en la mochila y sacó un bote de plástico blanco sin marca, con tapa negra, y se lo entregó a Margaret.

—Mi madre lo trajo de Alemania —dijo—. Es un suplemento alimenticio. Basta con un batido al día para satisfacer todas las necesidades nutricionales. Tiene como unas ochocientas calorías o algo así. Puede que esté lleno de *speed*. En cualquier caso la Administración de Fármacos y Alimentos no lo aprueba, pero igualmente le he robado uno.

Le arrancó el bote de la mano a Margaret, aunque esta se resistiera durante unos segundos y luego viera con profunda melancolía cómo el batido regresaba a la mochila de Gretchen.

—Déjame que lo huela —pidió.

Gretchen le pasó la taza. Margaret se la acercó a la nariz y la sostuvo debajo.

—Huele a vainilla —dijo—. Y me parece que también a plátano. ¿Puedo probarlo?

Gretchen enarcó las cejas y asintió.

Casi todo el mundo tenía mal concepto de Margaret. Pensaban que solo quería ir de fiesta sin parar, pero Margaret era una chica voluminosa que quería ser de talla pequeña y hacía todo lo posible por adelgazar, fuera Jazzercise dos veces por semana, la Dieta de Cambridge, la Dieta Rotatoria, la Dieta Alta en Fibra Plan-F, la dieta Scarsdale, el Plan de Dieta Deal-a-Meal, la Dieta del Pomelo. Ninguna de ellas funcionaba, así que se dedicaba a probarlas una tras otra y sufría con la hinchazón corporal, los desmayos, los pedos, los dolores del hambre, las jaquecas, los calambres. Terminaría por encontrar una dieta que le fuera bien. Tenía fe.

—No está mal del todo —dijo Margaret, mientras dejaba la taza y se limpiaba el grueso bigote blanco que le había quedado sobre el labio superior—. ¿Tienes más?

—Varias cajas —respondió Gretchen con los ojos entornados.

—Te compro una —dijo Margaret.

—De eso nada, monada —replicó Gretchen—. Te la daré gratis. Mi madre ya no se las toma.

Tu mejor amiga aparece el lunes en la escuela con un nuevo peinado sin haberte dicho nada. Es radical, es caro y le sienta como una patada en el culo. ¿Qué haces?

- **A** Le dices que está estupenda. Para eso están las amigas.
- **B** Haces como si no te dieras cuenta. Al fin y al cabo, si no tienes nada bueno que decir...
- **C** Te echas a reír. ¡Por lo menos no eres tú la que lo lleva!
- **D** Le hablas con brutal sinceridad. Alguien tiene que decírselo.

Abby no tenía claro qué era lo que había cambiado. Toda la ropa que llevaba Gretchen era nueva —bléiseres con las mangas remangadas, corbatas de hombre combinadas con chaleco beis, un vestido de jersey suelto con estampado de diamantes, camisetas marineras con rayas azules y blancas—, pero lo más importante no era la ropa. Había cambiado de peinado, se maquillaba más, iba con el cuerpo más erguido y sacaba pecho. Pero eso no era tampoco lo más importante.

Gretchen estaba radiante. Dondequiera que fuese, la iluminaba un rayo de sol que no tenía igual. Estaba entusiasmada, activa, vibrante, dinámica. Todos los tíos la miraban. En más de una ocasión, Abby se dio cuenta de que el señor Groat se volvía para mirarle el trasero cuando andaba por el pasillo.

Nadie miraba a Abby cuando andaba por el pasillo. Se había despertado el martes, un día después del milagroso retorno de Gretchen, y se había encontrado una pequeña mancha roja en la mejilla derecha. Se dijo que debía de ser el estrés. A la mañana siguiente la mancha estaba más grande y más oscura. A la mañana del tercer día le habían salido otras dos.

Abby se miraba en el espejo y hacía esfuerzos por no llorar. Le habían salido tres manchitas rosadas a la derecha de la nariz y la piel de su frente se había vuelto áspera al tacto. No importaba cuánto maquillaje se aplicara, el mentón conservaba el mismo brillo. Tenía un punto sensible en el cuello y, al presionarlo, sentía una hinchazón dolorosa bajo la superficie. No importaba lo que hiciera, las manchas de la piel empeoraban.

Gretchen ya no iba a ninguna clase con Abby, por lo que pasaron varios días hasta que logró hablar con ella en privado. Abby la pilló en el pasillo justo cuando empezaba la pausa después de la cuarta clase. Estaba guardando libros en su taquilla.

—Hola —le dijo Abby, aminorando el paso y fingiendo despreocupación.

—Hola —respondió Gretchen sin detenerse.

—Te veo mucho mejor —dijo Abby.

Gretchen cerró la cremallera de la mochila.

—Como si te importara mucho —replicó.

—Es lo que me importa de verdad —respondió Abby.

Gretchen cerró de golpe la taquilla y luego esquivó a Abby, al mismo tiempo que se ajustaba sobre el hombro una de las correas de la mochila. Le sobrepasaba varios centímetros y Abby vio sus fosas nasales vibrantes, sus pupilas dilatadas.

—Si te importara, me habrías ayudado —dijo Gretchen—. No te habrías puesto a hablar sobre mí a mis espaldas.

—Yo quería ayudarte —respondió Abby—. Lo sabes muy bien.

Gretchen se sopló el flequillo.

—Pfff —respondió—. No hiciste ni una puta mierda.

Entonces sonrió, con una sonrisa amplia, con ojos brillantes, y el corazón de Abby dio un vuelco, porque se había dado cuenta de que las últimas palabras habían sido en broma, pero entonces Gretchen gritó a alguien que se encontraba más atrás: «¡Eh, chicas!», y abrazó a Margaret y a Glee, y las tres se marcharon por el pasillo, hombro con hombro, envueltas en la resplandeciente luz de la tarde que entraba por las puertas de cristal, y dejaron a Abby en las sombras, junto a las taquillas, y Abby habría querido ir con ellas, o quedarse donde estaba, o por lo menos sentirse cómoda con una de las dos opciones.

Todo el mundo era amigo de Gretchen... todo el mundo, menos Abby. Hasta Wallace Stoney había sido capaz de perdonarla. La señora Lang había convencido a Wallace para que acompañara a Gretchen hasta la escuela, porque él también vivía en Mt. Pleasant. Una mañana, Abby los vio en el monovolumen del muchacho, algo más adelante, a la espera de que el semáforo de Folly Road cambiara. Gretchen hablaba y Wallace se reía. Wallace se juntaba con Gretchen, Margaret y Glee durante la pausa después de la cuarta clase, y hablaba sobre todo con Gretchen.

Abby se preguntaba qué estaría pensando Margaret.

Has estado castigada durante el fin de semana y no te han dejado salir. ¿Qué le dices el lunes siguiente cuando os veis?

A Yo hablo, ella escucha. Han ocurrido tantas cosas...
B Ella habla, yo escucho. Siempre tiene algo que contar.
C Charlamos un minuto antes de que empiece la clase y luego desaparezco. Tengo muchas cosas por hacer.
D Competimos por el tiempo de conversación. Ambas tenemos muchas cosas que decir.

Abby se hallaba en el despacho del padre Morgan y había tomado asiento frente a él. El sacerdote tenía las cortinas echadas y el despacho fresco y oscuro, y le decía a Abby que Gretchen estaba totalmente normal.

—No voy a atribuirme todo el mérito —decía—. Pero he hablado con sus padres y parece que he ayudado a devolverla al buen camino.

—Es que de eso se trata —respondió Abby—. Gretchen no va por el buen camino.

El padre Morgan sonrió.

—No podemos juzgar un libro por su cubierta —confirmó—. Pero la cubierta nos da buenos indicios de lo que encontraremos dentro. Y yo diría que la cubierta de Gretchen se ve mucho mejor que antes.

Abby había tardado un tiempo en darse cuenta de que había una persona con la que podría hablar sobre Gretchen cuando le apeteciera: el padre Morgan. Se involucraba en demasía en las vidas de los estudiantes, creía saberlo todo, y solo había que concertar una cita con él.

En aquel momento, sentada en el despacho del padre Morgan, tuvo claro que había tomado la decisión correcta. Sus cortinas de textura granulosa, de color blanco y marrón, estaban echadas sobre la única ventana. Dejaban la habitación en penumbra y transmitían una sensación de seguridad. Los muebles eran bonitos, propios de una casa particular. No eran los fríos muebles de oficina que se encontraban en el resto de la escuela. En vez de los bloques de hormigón desnudos pintados de amarillo, el despacho del padre Morgan estaba cubierto de estanterías con libros tales como *Comprenda a su hijo adolescente* y *Viva una vida centrada en Dios*. Y le encantaba charlar.

—Gretchen es una muchacha alegre y sociable —decía el padre Morgan—. En todas nuestras conversaciones ha sido un encanto y yo, por lo menos, no he visto sombras en ella. ¿Sabes lo que deduzco de eso, Abby?

El padre aguardaba una respuesta y, al fin, Abby le dio lo que esperaba.

—No, señor.

—Que tienes miedo de perder a tu amiga —respondió el hombre y sonrió.

Abby tenía la vista clavada en la rodilla. Tomó aire y negó con la cabeza.

—Cuando estaba enferma —dijo Abby—, me contó que las personas podían parecer estupendas por fuera pero llevar el mal por dentro. Como los satanistas.

O los padres de la propia Gretchen.

La sonrisa del padre Morgan desapareció, entonces se puso en pie y dio la vuelta a su escritorio. Se sentó en una silla al lado de la muchacha.

—Abby —dijo el padre Morgan—, yo ya sé lo que es ser joven. Por todas partes se oyen esas historias de cultos satánicos, de sacrificios de bebés. La semana que viene, el hombre ese que sale por la televisión, Geraldo Rivera, hará un programa especial de dos horas sobre ellos. Por supuesto que esas cosas te llegan hasta lo más hondo, y te inquietan e influencian. Pero no son reales.

—¿Pues entonces qué son? —preguntó Abby.

—Son —el padre Morgan movió una mano en el vacío—... metáforas. Maneras de hacer frente a la información y las emociones. La adolescencia es una época complicada y algunas personas inteligentes de verdad piensan que, en el momento en el que emerge el adulto, es como si se adueñara de ti una persona distinta. Casi como si sufrieras una posesión. En ocasiones, los padres, o los amigos, se sienten dolidos cuando una persona amada se transforma. Buscan a alguien a quien echar la culpa. La música, las películas, el satanismo.

Se arrellanó en la silla y sonrió.

—Entonces, ¿usted cree que Gretchen está poseída? —preguntó Abby—. ¿Como si llevara un demonio en su interior?

La sonrisa del padre Morgan se esfumó.

—¿Qué? —preguntó—. No, era una metáfora. Abby, ¿conoces la historia del loco gadareno?

—¿Es un satanista? —preguntó Abby.

—En la Biblia —prosiguió el padre Morgan—, Jesús se dirige a Gerasa y, cuando llega allí, se le acerca un hombre poseído por demonios. Todo el mundo lo evita y lo obligan a vivir en el cementerio, que es lo peor que podía ocurrirte en los tiempos de la Biblia. Y cuando Jesús le pregunta qué le ocurre, el hombre le responde que está poseído por un espíritu impuro. Jesús pregunta cómo se llama el espíritu y el espíritu le responde: «Mi nombre es Legión». ¿Esa frase no te suena?

Abby se encogió de hombros. Su familia no iba a la iglesia, pero le parecía haber oído algo parecido en una película de terror.

—Entonces, Jesús expulsa a los demonios y hace que se

metan en una piara de cerdos —siguió contando el padre Morgan—. Y los cerdos se arrojan desde un acantilado y mueren, y el hombre se cura. Queda libre. Pero todos los que viven en el pueblo se asustan y le piden a Jesús que se marche. ¿Ves?

—Pobres cerdos —dijo Abby.

—Sí, es verdad, pobres cerdos —concedió el padre Morgan—. ¿Pero entiendes cuál es la lección que nos enseña esta historia?

—¿Que nadie te dará las gracias por tratar de salvarle? —respondió Abby.

—Que las gentes de aquel pueblo necesitaban que el loco gadareno estuviera enfermo —explicó el padre Morgan—. Así podían proyectar todos sus problemas en él. Le echaban las culpas por todo: por si llovía demasiado, por si llovía demasiado poco, por si sus hijos volvían demasiado tarde a casa, por si se les morían las vacas. Mientras estuviera enfermo, podían señalar a alguien que no fuera ellos mismos y decir: «Él tiene la culpa. Está poseído por Satán». Y cuando Jesús lo curó, no supieron qué hacer. Se sintieron perdidos.

Abby no lograba entender su lógica.

—Usted piensa que a Gretchen no le ocurre nada —dijo.

—Lo que quiero decir es que tal vez seas tú la que necesites que le ocurra algo malo a Gretchen —respondió al padre Morgan—. En ocasiones, lo que nos resulta más duro es que la persona que estaba enferma mejore.

—¿Por qué? —preguntó Abby.

—Porque entonces tenemos que enfrentarnos a nosotros mismos —respondió el padre Morgan, con una mirada llena de significado, y aguardó a que sus palabras calaran.

Alguien llamó a la puerta y se rompió el ambiente que se había creado. El padre Morgan apoyó las manos sobre las rodillas, se levantó y fue a abrir la puerta. Era Gretchen.

—Hola, padre —dijo sonriente.

—Entra —respondió el hombre—. Ya terminaba con Abby.

—¿Qué haces aquí? —preguntó Abby, con los ojos clavados en Gretchen. Detrás de esta se encontraba Glee.

—Estoy en el servicio de asistencia religiosa —respondió Gretchen—. Y Glee quiere apuntarse. ¿Qué haces tú aquí?

El padre Morgan respondió por la muchacha sin esperar a que hablara.

—Sigue preocupada por ti —dijo—. Ha querido comentarlo conmigo.

Gretchen entró en el despacho.

—Me siento muy bien —dijo, pero su voz era demasiado potente y dura.

—Bueno —dijo entonces el padre Morgan—, si no lo recuerdo mal, vosotras dos no deberíais juntaros. Venga, Abby, márchate, por favor.

Abby se dirigió a la puerta y pasó por el lado de Gretchen, y esta la miró a los ojos y le sonrió.

—Ojalá pudiera escuchar detrás de las paredes —dijo—. A saber lo que le has contado sobre mí.

Tu mejor amiga ya no tiene tiempo para ti. ¿Qué haces tú?

A La llamas una y otra vez hasta que te explica el motivo. Te mereces una explicación.

B Respetas su voluntad. No quieres estar demasiado atada a nadie.

C Le cuentas a todo el mundo que fuiste tú quien la rechazó primero. ¿Quién se ha creído que es?

D Te niegas a aceptarlo. Esta amistad solo terminará cuando tú lo digas.

Al día siguiente llegó el exorcista.

MISSIONARY MAN[1]

«Cuando estés angustiado y tenso, cuando te parezca que todo el mundo te odia y tus padres no te entienden, cuando el mundo se te caiga encima y te hundas más y más, terminarás por oír una vocecita dentro de tu cabeza. No, no es que haya llegado la hora de ir al manicomio. Esa voz es Dios y te hablará a ti, y te dirá: "Deja esto en mis manos".»

Entonces, el gigantesco joven, echado con el torso desnudo sobre el escenario, apretó los dientes, al tiempo que su musculoso hermano golpeaba con un mazo y destrozaba el bloque de hormigón que reposaba sobre sus abdominales. Se levantó una nube de polvillo gris y los jugadores de fútbol americano que se hallaban entre el público aplaudieron con sorna.

—¡Alabado sea Dios! —gritó el hombre con el torso desnudo y se levantó de un salto—. ¡A veces, Dios permite que nos estrellemos contra la roca que está en el fondo para que veamos que la roca en el fondo es Él!

Todos los que se hallaban en el auditorio gritaban y aplaudían. Abby no alcanzaba a comprender si los cinco tíos que estaban en el escenario se habían dado cuenta de que el público se estaba riendo de ellos, o si tal vez pensaban que se estaban

1. El misionero.

riendo con ellos. Se hundió todavía más en su butaca. Su único deseo era que el espectáculo terminara.

El Show de Fe y Fitness de los Hermanos Lemon era lo más divertido que se hubiera visto jamás en la Academia Albemarle. Cinco gigantescas patatas de carne se pavoneaban sobre un escenario cubierto de plástico, enseñaban los músculos, hacían poses y alababan a Dios. Todo aquello era tan disparatado que habían dejado al público boquiabierto.

Una vez al mes se programaba un espectáculo para las reuniones de estudiantes del miércoles. Una semana habían proyectado *Hielo negro, líneas blancas*, sobre un puñado de muchachos de último curso de secundaria que esnifaba cocaína en las fiestas (el narrador salmodiaba: «La mente asciende al éxtasis sobre el polvo del diablo») y luego, al regresar en coche, derrapaba sobre una capa de hielo negro que los mandaba a todos al infierno.

Hubo un día en el que vino el segundo entrenador del equipo de fútbol americano de los Citadel Bulldogs y les describió con vívidos detalles la Pasión de Cristo, se detuvo en cada una de las heridas con nauseabundos detalles técnicos. Otro día acudió un muchacho sin brazos que tocaba la trompeta sujetándola con los pies. Pero ¿aquello? Aquello era especial de verdad. No quedaba ni un solo estudiante con los pantalones secos del todo.

Elijah, el segundo hermano más joven, avanzó hasta el centro del escenario.

—A veces —dijo—, cuando cargo con la pesa de acero y sudo sangre, y pienso que no voy a lograr el levantamiento en dos tiempos, o cuando voy a intentar la arrancada y me quedo clavado, de pronto me siento más ligero, como si alguien hubiera cargado con el peso que me correspondía a mí levantar. Y es entonces cuando alzo la mirada hacia el cielo y digo: «Has sido tú, Dios mío. ¡Gracias! ¡Gracias por haberme aliviado de mi carga!».

Todos se desternillaban de tal modo que pensaban que no podrían volver a la normalidad. El padre Morgan estaba sentado en primera fila y contemplaba boquiabierto de asombro a los gigantescos culturistas, cuyos cuerpos brillaban y relucían bajo los focos. La expresión de Major era indescifrable. Los hermanos Lemon parecían convencidos de que las carcajadas indicaban que aquello iba por buen camino.

Isaiah, el jefe y maestro de ceremonias, señaló hacia dos enormes vigas de madera con muescas, apoyadas en la pared desnuda del escenario. Una de ellas era mucho más corta que la otra. Johan y Micah, sus otros hermanos, levantaron la viga más larga y la llevaron al centro.

—Ahora pediremos que un voluntario acuda a levantar esta carga —dijo Isaiah, y una sonrisa apareció en su rostro bigotudo—. Muchachos, ¿podréis levantar este madero? ¿Podréis con este peso? ¿Y qué me dices tú? ¿Quieres intentarlo, jovencita?

Todo el mundo se rio mientras Gretchen sacaba músculo entre el público.

Isaiah se carcajeó y mostró los músculos de la espalda enfrente de ella. Luego señaló al lado de Gretchen.

—¿Y tú? Tú pareces fuerte.

Estaba dirigiéndose a Wallace Stoney. Nadie quería subir al escenario y hacer el ridículo, pero Wallace era demasiado engreído para negarse. Se puso en pie y dijo algo que Abby no alcanzó a oír.

—Puedes subir con otros, por supuesto —añadió Isaiah—. Cuantos más seamos, más nos divertiremos. No seas tímido.

Wallace le dijo algo a Gretchen, luego agarró a la Bomba Zuckerman y a los dos hermanos Bailey e hizo que subieran al escenario con él. Sumaban una buena parte de la línea de ataque del equipo de fútbol americano de la escuela y todo el auditorio se llenó de orgullo. Los jugadores del equipo de fútbol los aplaudieron y, a continuación, empezaron a aplaudir todos los demás, deseosos de que el orgullo de Albemarle superara el desafío de aquellos cristianos ridículos. Aunque los muchachos no tuvieran mucho éxito con los partidos de fútbol americano, seguro que serían capaces de levantar pesos.

—Venid al centro —les ordenó Isaiah y los guio hasta la viga de madera más grande. Debía de medir unos cinco metros—. ¿Seréis capaces de levantarla? Vamos a ver esos músculos. Enseñadnos los músculos.

Los cuatro muchachos adoptaron poses de culturista exageradas y los hermanos Lemon los aplaudieron.

—Ahora vamos a ver cómo la levantáis —dijo Isaiah—. ¿O es que esos músculos solo están ahí para presumir?

Wallace ordenó a los demás futbolistas que se colocaran en posición. Se inclinó sobre uno de los extremos de la viga, mientras que la Bomba se encargó del otro, y los Bailey se situaron en el centro. En cuanto dio la señal, todos ellos tensaron los músculos y lograron levantar el madero hasta la altura de los hombros. Con el rostro enrojecido y los brazos temblorosos, hicieron un nuevo esfuerzo y lo elevaron en alto. Major parecía nervioso —probablemente pensaba en las responsabilidades que se derivarían si se producía un accidente—, pero Isaiah estaba en éxtasis.

—Un fuerte aplauso para ellos —pidió al público—. Pero ahora asistiremos al verdadero desafío. Tendréis que levantar esa... y también esta.

Micah y Jonah cargaron con la viga más corta que aún estaba apoyada en la pared del fondo y la llevaron hasta el centro del escenario, donde la dejaron caer con gran estrépito. Medía tan solo un tercio de la otra.

—¿Podemos soltar esta? —preguntó Wallace.

Isaiah hizo un gesto como para decirles «como queráis», y los jugadores dejaron caer el largo madero con gran estruendo y se pusieron a trazar estrategias. Primero, trataron de levantar los dos maderos a la vez; luego, los apilaron, los colocaron uno encima del otro, trataron de equilibrarlos, pero no consiguieron que les saliera bien. Wallace estaba cada vez más irritado. Por fin, cuando estuvo claro que no iban a conseguir nada, intervino Isaiah.

—No pasa nada —les dijo—. Lo habéis intentado.

Isaiah le puso una mano en el hombro a Wallace, pero este

se la sacudió. Él y sus compañeros del equipo de fútbol estaban a punto de bajar del escenario, enfadados, pero Isaiah se plantó frente a ellos.

—Jamás me había encontrado con unos voluntarios que la levantaran hasta el pecho, así que pido un nuevo aplauso para estos magníficos muchachos —anunció, y el público hizo lo que se le pedía—. Esperad aquí, no os marchéis. ¿Qué me responderíais si os dijera que mi hermano puede levantar los dos maderos él solo?

Les ofreció el micro.

—Yo te diría que mientes —replicó Wallace.

Isaiah hizo una señal a sus hermanos y Christian, el más joven, que era también el que tenía los músculos más voluminosos, se acercó a las dos gigantescas vigas de madera. Levantó la más corta y la sostuvo sobre la más grande, y la colocó sobre esta, encajando las muescas. Entonces dobló las rodillas, levantó un extremo de la viga más larga con los brazos temblorosos, el rostro enrojecido, los músculos del cuello tensos, y se agachó debajo. Equilibró ambas vigas sobre su espalda y las levantó a la vez. Una vez encajadas, formaban una enorme cruz. Christian, con el rostro sudoroso, cambió el agarre y la parte de atrás de la cruz giró con violencia y estuvo a punto de llevarse por delante la pared trasera del auditorio. Pero ya la tenía donde quería y la levantó más y más. Sostenía ya la cruz en alto. Poco a poco, giró sobre sí mismo. Sus hermanos se agacharon para que no los decapitara. El público enloqueció. Christian aguantó la enorme cruz durante dos segundos antes de doblar los codos.

—¡Uff! —gritó, y sus cuatro hermanos corrieron hacia él y retiraron el peso de sus espaldas.

Nuevos aplausos.

—Con el poder de la cruz —gritó Christian en el micrófono de su hermano, sin resuello—, todo es posible.

Adoptó una pose de culturista y marcó sus hombros esculpidos bajo la camiseta de malla. Entonces Jonah, que cojeaba, colocó una sandía sobre la mesa.

Christian la golpeó con el puño y con un solo golpe la partió.

—Esto son los problemas que afligen este mundo —dijo Christian cuando la sandía estalló con una lluvia de pulpa rosada. Jonah le arrojó un par de pomelos—. La vida es dura, pero mi Dios aún es más duro.

Christian estrujó las pomelos con ambas manos hasta transformarlos en pulpa chorreante. El espectáculo avanzaba hacia la apoteosis final.

—¡Estos son los demonios que acechan en este mundo, destruidos mediante la fe y el poder que me sostienen!

—Guau —murmuró Dereck White, que estaba sentado detrás de Abby—. Si algún día nos ataca la naranja maligna, ya sabemos a quién llamar.

Los muchachos del Club de Conciencia Medioambiental que se sentaban a ambos lados de Dereck soltaron risillas. Jonah, en el escenario, agarró un montón de CD.

—¿Y qué os parece que vamos a hacer con esto? —exclamó, al tiempo que se acercaba al borde del escenario—. ¿Queréis que os los pase? Hemos traído un poco de Slayer, un poco de Megadeth, un poco de Anthrax. ¿Alguien tiene ganas de escuchar Anthrax?

Se oyeron vítores irónicos por todo el auditorio, y entonces Jonah puso todos los CD juntos y los aplastó como un acordeón. Los gigantescos músculos de su pecho se hincharon mientras el montón de CD estallaba en trozos de plástico.

—¡Esto es lo que pensamos sobre las letras inmorales! —gritó—. ¡Esto es lo que pensamos sobre los mensajes subliminales ocultos en la música!

Micah se acercó por detrás con un bloque de hormigón y lo colocó frente a Christian.

—¡Ved lo que me ha dado el Señor! —gritó Christian. Entonces rasgó la camiseta de malla y dejó al descubierto sus músculos relucientes.

—¡Quítatela del todo! —gritó alguien.

—Hago todas las cosas gracias a Cristo, que es quien me da fuerzas —exclamó Christian.

Desde los extremos del escenario, sus cuatro hermanos bajaron la cabeza y empezaron a rezar juntando las manos contra la frente y moviendo los labios.

—Yo veo que los diablos rondan por este mundo —dijo Christian mientras tensaba sus enormes músculos tras el bloque de hormigón—. Veo formas y sombras que se mueven por él. El demonio de la ira, el demonio de la pereza, el demonio de la falta de respeto para los padres, el demonio del heavy metal, el demonio de las promesas incumplidas.

Sus ojos recorrieron las hileras de butacas con gesto teatral, como si hubiera visto los demonios en aquel mismo mometo, como si le hubieran oscurecido la vista, como si hubieran jugado con la multitud.

—Desafío a cualquiera de vosotros que sea aliado de Satán —gritó Christian—. Cualquiera de sus representantes, cualquiera de sus emisarios en la Tierra, cualquiera de ellos. Que suba ahora mismo a este escenario y rece a su dios, y yo rezaré al mío, y veremos cuál de los dos es más poderoso.

De nuevo se oyeron vítores irónicos y Christian se detuvo. No había dejado de mirar al público, y Abby se dio cuenta de que tenía los ojos puestos en Gretchen. La contempló durante un minuto que se hizo eterno y todo el mundo empezó a sentirse incómodo. Los alegres murmullos que se habían oído en el auditorio cesaron. Cuando por fin volvió a hablar, la sala estaba en silencio.

—Veo tu demonio, muchacha —dijo, arrebatándole el micrófono a su hermano—. Veo el demonio que te posee. Veo que te obliga a herir a las personas que amas. Lo desafío. ¿Te crees fuerte, demonio? ¿Te crees fuerte? Repetidlo conmigo. Tú te crees fuerte, pero mi Dios lo es mucho más. ¡Vete, demonio! Tú te crees duro... pues bien, mi Dios es mucho más duro. ¡Vete, demonio!

Tras decir estas palabras, alzó el puño y golpeó el bloque de hormigón. Este no se agrietó... sino que explotó. Una arenilla gris salió disparada en todas direcciones y Christian abrió los brazos para trazar el signo de la V de victoria. Su mano derecha había quedado de color rojo brillante.

Todo el mundo estalló en frenéticos aplausos, alboroto y éxtasis.

Fue la reunión más disparatada, extraña, cutre y divertida que se hubiera celebrado jamás. Los estudiantes, al salir, cuchicheaban que los hermanos Lemon debían trabajar como *strippers* en Chippendale. Entretanto, Abby salió del auditorio y se marchó detrás del edificio, a la tierra sin asfaltar junto a la puerta lateral, donde estaba aparcada la camioneta de los hermanos Lemon.

Las puertas traseras de la camioneta estaban abiertas y Christian se había sentado en el parachoques, mientras Jonah le frotaba la mano hinchada y los antebrazos enrojecidos con linimento Icy Hot. Los otros tres hermanos cargaban el atrezo. Sacaban cajas de leche del auditorio y bolsas de basura con los restos de hormigón y sandía envueltos en láminas de plástico.

—¿Disculpen? —dijo Abby.

Jonah y Christian se volvieron hacia ella. Una sonrisa se dibujó bajo el mostacho rubio de Jonah.

—¿Has venido para dedicar tu vida a Cristo? —preguntó—. ¿O quieres un autógrafo? Tenemos una lista de correo.

—Humm... —respondió Abby—. Querría hablar con él.

Señaló a Christian.

—Creo que no estoy en condiciones de firmar nada —se disculpó Christian, al tiempo que le mostraba la mano derecha. El puño tenía toda la pinta de estar en carne viva—. El último bloque de hormigón me lo ha puesto difícil.

—No, quiero preguntarle por lo que ha dicho antes. Sobre la chica con el demonio. Es que es mi mejor amiga. Quería pedirle que me contara qué es lo que ha visto.

—No ha visto nada —respondió Elijah, que pasaba frente a ella con un par de mazos, uno en cada mano.

—Tengo el don del discernimiento —replicó Christian, resoplando.

—Tú no sabrías ni discernirte la mano delante de la cara —exclamó Elijah mientras arrojaba los dos mazos al interior de la camioneta, armando un gran estrépito.

—Está celoso —dijo Christian volviéndose hacia Abby—. He visto que un demonio atormenta a tu amiga. Un demonio en forma de gran búho. Su sombra oscura le oscurece el rostro.

—El espectáculo ha terminado —replicó Jonah deteniéndose frente a Christian—. Tenemos que marcharnos. No van a pagarnos por recoger las cosas. Venga, toma uno de nuestros folletos y habla a todos tus amigos sobre el Show de Fe y Fitness de los Hermanos Lemon.

Abby tomó el folleto fotocopiado y se marchó. No apartó los ojos de Christian hasta que no le quedó más remedio.

«Veo el demonio que te posee. Veo que te obliga a herir a las personas que amas.»

Ya no estaba sola.

DANCING IN THE DARK[1]

—Quince bastoncillos de apio —dijo Margaret, al tiempo que apuntaba 15 Ap en su bloc de notas con espiral—. Doce bastoncillos de zanahoria:12 Za. Ocho rodajas de manzana: 8 Rmz. Veinticinco granos de uva: 25 Gruv. Dos batidos: 2 Bat.

Los batidos alemanes de Gretchen habían ido derritiendo a Margaret hasta dejar tan solo un núcleo fundido al rojo vivo. Un cuchillo había seccionado las sinuosas curvas de su cuerpo y unos pómulos espectaculares habían salido a la luz. Su cabello se había vuelto más denso y sus ojos más brillantes.

—Wallace es incapaz de apartar las manos de mí —alardeaba. Estaba sentada al estilo indio sobre el Césped, bajo la luz del sol de octubre.

El invierno tardaba en llegar y el lugar estaba abarrotado. Círculos de muchachas se comían sus yogures y los chicos del Club de Malabaristas hacían volar sus bastones sobre las cabezas de las jóvenes y les arrancaban chillidos. Había otros que se arrojaban *footbags*. Los que jugaban a bochas estaban en pie con las manos en los bolsillos, y cada uno de ellos observaba las bolas de los demás. En un extremo había chavales de último curso en camiseta que jugaban a fútbol americano.

Los estudiantes llevaban gafas de sol, se quitaban los jerséis,

1. Bailando a oscuras.

se desabrochaban los botones de la camisa. Todos gozaban del sol y se ponían morenos y guapos. Estaban de buen humor, reinaba la tolerancia, las risas brotaban sin dificultad, y Margaret estaba hermosa. Podría llevar un vestido negro en el baile semiformal de invierno. Solo las muchachas más delgadas del último año se atrevían. En Charleston las jóvenes vestían colores lisos o estampados. El negro se consideraba demasiado urbano. Quien quisiera vestir de negro tenía que asegurarse de que le quedara bien. A Margaret le quedaba bien y tenía que agradecérselo a Gretchen.

—Os lo digo de verdad —contaba Margaret, al tiempo que cerraba el bloc de notas de la dieta y estiraba las piernas. Sus gafas de sol apuntaban al cielo—. Si sigue pegándose a mí de este modo, en enero voy a estar embarazada.

—Todas nosotras nos sentiremos orgullosas de ti —le respondió Glee.

—Algún día vosotras también os haréis mayores —dijo Margaret—. Y entonces conoceréis los placeres del folleteo.

—Acabas de recordarme algo —respondió Gretchen y se sentó sobre el césped.

Hasta entonces había estado tendida de espaldas, sosteniendo en alto un libro de lengua de la colección *Wordly Wise* y estudiando apresuradamente las lecciones. El curso de inglés iba por el capítulo cuarto. Gretchen estaba haciendo el crucigrama del final del capítulo veintiuno. Se había puesto la mochila bajo la cabeza a modo de cojín, con la cremallera abierta, y cuando apoyó los codos para incorporarse los libros se esparcieron por el suelo. Su agenda color cachemira fue a parar a un extremo del montón. Abby no podía apartar los ojos de ella.

—Toma —dijo Gretchen, y le pasó un papel plegado a Glee—. Es del padre Morgan. Sobre el servicio de asistencia religiosa para estudiantes.

—Ahhh —exclamó Margaret—. Será para follar.

Glee no le hizo caso y la metió entre sus libros.

—¿No te queda batido? Me gustaría probarlo —preguntó Glee a Gretchen.

Esta última arrugó la nariz bajo las gafas de sol.

—Mi padre se enfadó porque mi madre no se lo bebía —dijo—. Él mismo terminó por tirar la caja.

—¿Y no os queda...? —empezó a decirle Glee.

—Es mío —respondió Margaret—. Todo lo que queda es mío.

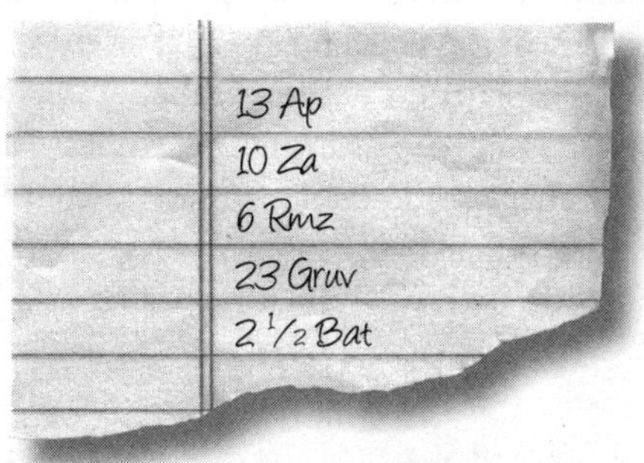

Abby levantó la mano durante la clase de Biología y pidió permiso para ir al baño. No tenía ninguna necesidad. Tan solo quería respirar aire fresco durante un minuto. Estaban diseccionando fetos de cerdo y los vapores del vinagre la mareaban.

Mientras caminaba por el pasillo en penumbra, oía rumor de voces detrás de cada una de las puertas cerradas. La del aula donde madame Millicent impartía clase de francés estaba abierta y oyó el golpeteo de la tiza sobre la pizarra. Madame les explicaba algo por lo que los alumnos no sentían ningún interés. Abby no sabía a dónde iba hasta que se detuvo frente a la taquilla de Gretchen.

Por pura curiosidad, probó la combinación. Gretchen siempre había usado la fecha de nacimiento de Abby, igual que Abby, en su taquilla, usaba como combinación la fecha de nacimiento de Gretchen. Introdujo 12-01-72 y trató de levantar el pestillo. No se movió. Abby, dolida, pensó que no podía rendirse. No podía ser que Gretchen le ocultara secretos.

Meditó durante unos instantes y luego introdujo la combinación 05-12-73, la del nacimiento de la propia Gretchen. El pestillo se levantó con un chasquido, la puerta se abrió y lo primero que vio fue la agenda de Gretchen sobre los libros de texto. Sin darse tiempo a sí misma para recapacitar, Abby la agarró y echó a correr hacia el aparcamiento.

Gretchen adivinaría en seguida la combinación de la propia Abby, así que esta no tenía otro recurso que el Conejito de la Suerte. Evitando las ventanas de las aulas, fue hasta el coche en dos minutos y escondió la agenda bajo el asiento del conductor. Luego volvió corriendo a clase, recobró el aliento junto a la puerta y entró de nuevo. Los profesores nunca decían nada a las chicas por haber pasado demasiado tiempo en el baño, sobre todo si se llevaban el bolso al salir.

13 Ap
9 Za
4 Rmz
20 Gruv
2 1/2 Bat

—Es como la dieta de Beverly Hills —le decía Gretchen a Margaret—. Tan solo frutas y verduras. Si lo combinas con los batidos, perderás casi cinco kilos antes del semiformal. Es fácil.

Gretchen y Margaret estaban sentadas una al lado de otra en la mesa de pícnic del Césped, con los codos apoyados sobre la madera de color argénteo que se había calentado al sol, y examinaban el diario dietético de Margaret. El libro de alemán de Gretchen había quedado olvidado un poco más allá. Abby se había dado cuenta de que Gretchen andaba ya por el penúltimo capítulo.

Glee estaba sentada frente a ellas, de cara al auditorio, y buscaba algo con la mirada. Abby se había instalado en el otro extremo de la mesa y se esforzaba por no apartar los ojos de los deberes de biología. Escuchaba la conversación y se preguntaba cuál sería el motivo por el que la dieta de Margaret preocupaba tanto a Gretchen.

Margaret se parecía a las muchachas flacas y pálidas que salían en los vídeos de Robert Palmer. Tenía todos los rasgos típicos: frente alta, línea de la mandíbula muy marcada y pómulos prominentes. Se compraba ropa nueva todas las semanas, porque la que ya tenía le quedaba demasiado holgada y suelta. Su madre se enorgullecía de su pérdida de peso como jamás se había enorgullecido de nada en todo el tiempo de vida de su hija. Alardeaba de que Margaret, por fin, experimentaba un segundo crecimiento y se «estilizaba». Sus amigas estaban de acuerdo. Decían que Margaret se estaba convirtiendo en una belleza de verdad. El señor Middleton no se había dado cuenta, porque aún no le habían llegado los gastos de la tarjeta de crédito.

—Ya casi nunca tengo hambre —decía Margaret.

—Y tampoco tienes culo —añadía Glee.

—Si quieres te tomo prestado un poco del tuyo —le replicó Margaret.

Los *frisbees* y las gaviotas surcaban el aire. Los profesores hacían clase en el Césped y las ventanas de todas las aulas estaban abiertas.

—Ah, por cierto —dijo Gretchen mientras metía la mano en el bolso. Sacó un sobre cerrado—. El padre Morgan vuelve a usarme como servicio de correos. Empezaré a cobrarle.

Glee dudó y entonces cogió el sobre, agarró los libros y se marchó hacia el auditorio. Al llegar a la torre del reloj, dobló la esquina en dirección a la capilla. Abby se sorprendió de que Margaret no dijese nada. ¿Qué clase de nota podía mandarle un profesor a un estudiante para que tuviera que ir en un sobre cerrado?

—¿Sabes?, se pasa todo el día en el servicio de asistencia religiosa a estudiantes —dijo Gretchen mientras miraba cómo se iba—. Ahora me duele haberla metido en eso. Pienso que la consume demasiado.

—Todo lo que consuma nuestro peso está bien —respondió Margaret y señaló algo que había escrito en su diario dietético—. Mira, ¿ves el pasado lunes? 20 Ap. Ya lo estoy reduciendo a la mitad. ¡Cuánto aborrezco todo ese peso en agua!

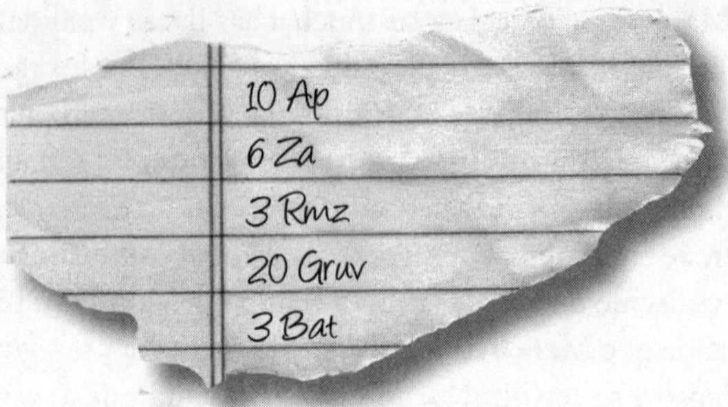

Abby se sentó en la cama y abrió la agenda de Gretchen. La primera página estaba dedicada al número de teléfono de Andy, escrito con dígitos de color azul vistoso. Todas las letras del nombre del muchacho estaban perfiladas con rotulador amarillo: Andy Solomon. Abby pasó la página. En las siguientes encontró listas de deberes de Gretchen escritas con bolígrafos de distintos colores, de cuando aún coincidían en algunas clases:

Introducción a la Programación: *formas básicas*
Inglés: *posible examen*
Historia de Estados Unidos: *pensar en un tema para un trabajo de investigación*
Ética: *preparar preguntas para los artículos de noticias del jueves*
Alemán: *leer vocabulario*
Biología: *gráfico para el viernes*
Geometría: *págs. 28, 32 n.º 1-8 (¡¡Lo entiendo!! Más o menos.)*

Había trazos brillantes de color que indicaban los cumpleaños, los días en los que salían temprano de la escuela, los partidos de voleibol. Luego los deberes dejaban de constar, los colores desaparecían y la página siguiente estaba cubierta de letra apretujada de arriba abajo, torciéndose en los extremos. Un pequeño y enloquecido monólogo. Lo mismo en la página siguiente, y también en la siguiente. Abby trató de leerlo, pero solo encontraba divagaciones sobre ángeles y demonios, o sucesiones de palabras inconexas.

Entonces empezaban los dibujos. Al principio aparecían entre las palabras, pero luego crecían hasta expulsar a estas últimas de la página, las cubrían: garabatos de rotulador rojo que formaban espirales y barras, imágenes de rostros tristes y llorosos, flores que derramaban lágrimas, embudos dentro de bocas, toscos insectos, bichos, gusanos, cucarachas, arañas.

Hacia el final, Abby encontró las páginas que habrían bastado para que le compraran a Gretchen un billete de ida a Southern Pines si alguien las hubiera visto. Las páginas que decían: «Matadlos a todos. Quiero morir. Matadme. Que esto se acabe que esto se acabe que esto se acabe». Al leerlas, la respiración de Abby se aceleró, se volvió superficial, apenas penetraba ya en su pecho. La cabeza le dio vueltas. Vio como unas rayitas blancas en los ojos.

A la mañana siguiente despertó y se encontró con que tenía la frente cubierta de costras casi por completo, y los granos de la nariz se le habían llenado de pus amarillo. Abby se los secó con bastoncillos de algodón, luego se arregló y se empolvó la cara hasta imponerle un orden desigual y accidentado, y se marchó a la escuela. Lo primero que hizo al llegar fue ir en busca de Gretchen. Había llegado la hora de que tuvieran una conversación.

La mano de Gretchen recorría a gran velocidad las páginas de su libreta de espiral. Se había puesto a responder las preguntas de alemán del final del capítulo.

—Yo puedo ayudarte —dijo Abby, al tiempo que se plantaba frente al escritorio de Gretchen.

Estaban en el aula donde la señora Erskine iba a dar la primera clase de inglés. Los estudiantes entraban poco a poco, buscaban pupitres o terminaban a toda velocidad los deberes de la noche anterior y leían en diagonal las lecturas que les habían asignado.

Gretchen levantó los ojos y parpadeó. Miró a su alrededor para ver quién más estaba en el aula.

—A ti no te tocaba esta clase —dijo—. ¿Te has cambiado?

—No —respondió Abby, aliviada porque Gretchen, al menos, le hablaba—. Puedo ayudarte con lo que te ocurre.

Abby había pasado una noche de nervios pensando en cómo se lo diría, pero le salía mejor de lo que había pensado.

Gretchen le dirigió una vaga sonrisa.

—¿Qué es lo que me ocurre? —preguntó, desconcertada y confusa.

—Sé que no eres feliz —respondió Abby, y se sentó de espaldas en el pupitre que estaba frente a Gretchen con los brazos atrás y la cara seria—. Haz el favor de hablar conmigo. Cuéntame lo que te ha ocurrido. Todavía somos amigas.

Gretchen volvió los ojos una vez más hacia el libro de alemán.

—Claro que todavía somos amigas —dijo—. ¿Por qué crees que te permito sentarte con nosotras a la hora de comer? Ya sé que Margaret es más pesada que una vaca en brazos, pero es que es Margaret. Quizá cuando pierda peso será más feliz.

Abby colocó la palma de la mano sobre la libreta de Gretchen para que no pudiera escribir con el bolígrafo.

—¿Por qué haces eso con Margaret? —preguntó.

Esta vez Gretchen la miró con expresión seria.

—Por lo mismo que he metido a Glee en el servicio de asistencia religiosa a estudiantes —respondió—. Porque la hace feliz. Últimamente estás muy negativa. No sé qué es lo que ha ocurrido entre vosotras, y ya sé que todo esto es motivo de tensión, pero al final se arreglará, Abby. De hecho, la persona que más me preocupa eres tú. Yo quiero que todos mis amigos sean felices y está muy claro que tú tienes un problema. No quería decir nada, pero veo que tu piel ha vuelto a las andadas.

Abby sintió que algo le empujaba la mano, y entonces bajó los ojos y vio que la diestra de Gretchen volvía a desplazarse sobre la página de la libreta y se afanaba en garabatear letras de imprenta mal hechas.

Volvió a levantar la mirada.

Gretchen aún tenía los ojos clavados en ella, totalmente inconsciente de lo que hacía su mano derecha. En su rostro había una dulce expresión de preocupación.

—¿Qué es lo que te atormenta, Abby? —preguntó—. ¿Por qué no me lo cuentas?

La mano de Gretchen dejó de moverse, y Abby no pudo evitarlo: bajó la mirada. Había trazado a toda velocidad letras invertidas, de modo que las pudiera leer.

«Yo no yo no por favor ayuda yo no.»

Abby miró hacia otro lado, pero ya era demasiado tarde. De súbito, Gretchen arrancó la página de la libreta. La furia se pintó en su rostro. La arrugó, y estaba a punto de decir algo cuando apareció Wallace Stoney.

—¿Cómo va la vida, grandiosa Gretchen? —preguntó.

Gretchen le sonrió.

—¡Eh, Wallace! —respondió—. ¿Iréis todos a Med Deli a la salida?

—Solo si me ayudas con mi *Deutsch* —respondió Wallace—. No tendría que haberme apuntado a esta lengua de nazis.

—Es fácil —dijo Gretchen—. Dame eso.

Wallace hizo un movimiento para sentarse en la silla donde estaba Abby, como si la muchacha hubiera sido invisible. Abby se estremeció y se puso en pie con cuidado de no tocarlo.

—Nos vemos luego, Abby —dijo Gretchen—. Piensa en lo que te he dicho.

A continuación, Gretchen y Wallace bajaron la cabeza sobre el libro de alemán. Al marcharse, Abby oyó que Gretchen le explicaba a Wallace Stoney lo fácil que era todo.

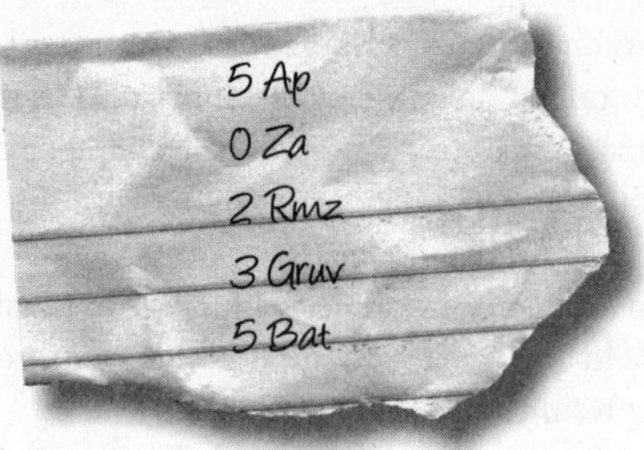

—Así es Julie Slovitch —dijo Margaret durante la comida del mediodía—. Por Dios, esa cerda está alucinando. Se cree que va a follar con él.

Jesús bendito —confirmó Laura Banks—, qué asquerosa era Julie Slovitch. Seguro que era ella quien había mandado el ramo de rosas blancas a Wallace aquella mañana, durante el descanso después de la cuarta hora.

—Y ahora míralo —añadió Margaret—. Se ha creído que es el megasemental.

Abby se había sentado con la espalda contra la farola del césped, al lado del banco estilo Charleston de color verde oscuro en el que Margaret despotricaba contra Laura Banks. Glee ya no iba con ellas. A la hora de comer, se marchaba a la capilla y recibía la comunión. Gretchen comía en los bancos que se hallaban junto al Club de los Estudiantes de Último Año, ya cerrado, con todos los alumnos de último curso. Margaret despreciaba a Glee por «devota» y no hacía caso de su deserción, pero no podía pasar por alto el hecho de que estaba perdiendo a Wallace. Aquello la carcomía por dentro.

El veranillo de San Martín hacía feliz a todo el mundo. Wallace se trabajaba el Césped y repartía sus rosas blancas entre las muchachas, se inclinaba ante ellas y les besaba la mano. Por fin, fue al encuentro de Margaret, Laura y Abby, y ofreció una rosa a Margaret.

—Toma —le dijo—, estás tan sola y, ¿sabes?, yo tengo tantas flores porque soy un tío bueno.

Margaret clavó la mirada en él.

—¿Y si dejaras de hablarme de tus putas flores? —le propuso por fin.

—¿Estás celosa? —preguntó Wallace.

—Es que me das lástima —replicó Margaret—. Julie Slovitch es una zorra. Si me amaras, mandarías a la mierda a una tía como ella.

Abby sabía muy bien lo que iba a decir Wallace antes de que abriera la boca.

—¿Y a ti quién te ha dicho que te amo? —preguntó.

Entonces el muchacho se dio cuenta de lo que había dicho. Se hizo un momento de silencio y al cabo de un instante Margaret se rio, con una risa desagradable, como un rebuzno. La carcajada resonó por el pasaje cubierto.

—Me lo dijiste tú —replicó la joven—. Cuando estuve a punto de dejarte y me rogaste por teléfono que siguiera contigo.

—¡Qué coño te voy a rogar! —replicó Wallace.

—Me rogaste como una niñita —le respondió Margaret al tiempo que acercaba el rostro hacia él.

Las mejillas de la muchacha se habían puesto de color rojo brillante y los tendones de su cuello estaban muy tensos. Su frente era huesuda y una vena palpitante la dividía en dos, y los músculos de la mandíbula se contraían bajo su piel traslúcida. Los nudillos se le habían puesto enormes. En la pista de voleibol se veía bien claro que tenía las rodillas más anchas que los muslos. La carne se le estaba fundiendo sobre los huesos.

—Eres una mala puta —dijo Wallace—. Si hasta Julie Slovitch tiene mejor cuerpo que tú. Mi perro tiene mejor cuerpo que tú.

—Pues ¿por qué no te follas a tu perro? —le espetó Margaret.

Fue entonces cuando apareció Gretchen y, en vez de sentarse con ellas, puso una mano sobre el hombro de Wallace.

—Venga, Wallace —le dijo—. No estás haciendo más que joder a Margaret. ¿Por qué no te marchas?

Para sorpresa de Abby, se marchó.

Pero no antes de decir la última frase.

—Esa puta parece Skeletor —dijo.

Luego se volvió, chocó los cinco con Owen Bailey y fue a repartir las rosas que le quedaban. La tarde siguiente apareció escrito en uno de los espejos del baño de chicas de secundaria:

«La Skeletor las pone tiesas como huesos».

Margaret se había ganado un nuevo apodo.

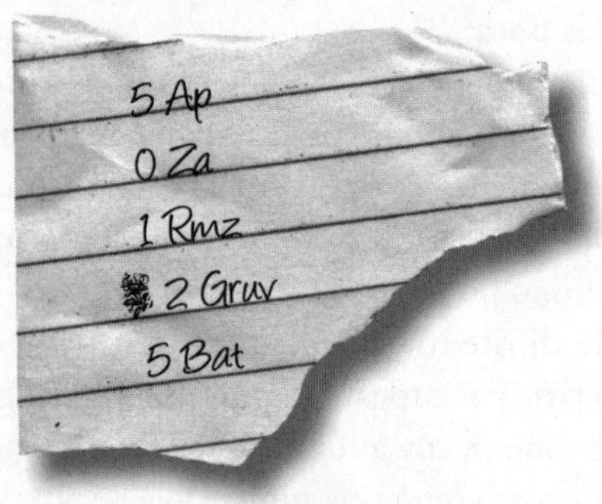

Tan solo quedaba una persona con la que Abby no había probado a hablar. Por mucho que la reventara reconocerlo, había una persona en el mundo que tal vez conociera a Gretchen tanto como ella misma. Así, el sábado por la noche terminó su turno en TCBY y nada más llegar a su casa cerró la puerta de su dormitorio, colocó la manta rosa en el resquicio que quedaba bajo la puerta y abrió la agenda de Gretchen. Encontró el número de teléfono de Andy. Agarró el Mickey Mouse y llamó.

El teléfono dio señal, breve y estridente, dos, tres veces, y entonces oyó que alguien descolgaba.

—¿Hola? —dijo Abby.

Silencio. Al otro lado de la ventana del dormitorio, una mariposa nocturna golpeaba las alas contra la mosquitera.

—¿Hablo con Andy? —preguntó Abby—. Soy Abby Rivers. Una amiga de Gretchen Lang.

Silencio. La lámpara de fibra óptica del tocador pasó del color púrpura al rojo.

Oyó un eco mecánico en la línea, el soplo del viento llenaba de estática un tubo de metal. Su reloj digital marcaba 23.06.

—¿Abby? —dijo una voz débil.

Aunque le llegara distorsionada, Abby la reconoció al instante. Era una voz capaz de metérsele por la garganta y estrujarle el corazón.

—¿Gretchen? —preguntó.

Oyó una serie de clics. Los solenoides habían encajado en la oscuridad de un centro de conmutación de la compañía telefónica. Unos chasquidos que parecían provenir del espacio profundo volaron por líneas troncales sepultadas bajo tierra.

—¿Abby? —volvió a decir Gretchen con voz más clara—. Por favor...

—¿Dónde estás? —preguntó Abby con la garganta seca—. ¿Qué número es este?

Una pared de estática obturó la línea. En cuanto hubo desaparecido, Gretchen ya había empezado a hablar.

—... te necesito —le oyó decir Abby.

—Yo puedo arreglar esto —respondió la muchacha—. Bastará con que hables conmigo. Dime lo que puedo hacer para arreglarlo.

—Es demasiado tarde —respondió Gretchen, y su voz se oyó más aguda y distorsionada—. Eso creo. ¿Qué hora es?

—¿Estás en casa? —preguntó Abby—. Nos vemos en el Alhambra.

—Está oscuro —dijo Gretchen con una voz que parecía alejarse—. Me ha engañado... ha intercambiado lugares conmigo y ahora estoy aquí, y él está allí.

—¿Quién? —preguntó Abby.

—Creo que estoy muerta —contestó Gretchen.

Abby, de pronto, fue muy consciente del teléfono que estaba en su mano, de su cuerpo que estaba en la cama, de lo delgadas que eran las paredes, de que la ventana no estaba cerrada, de que la oscuridad empujaba contra el cristal.

Se imaginó las líneas telefónicas en el subsuelo, sepultadas en tierra, que pasaban junto a la tumba de Molly Ravenel. Sabía que se trataba de una leyenda urbana, pero se imaginó a Molly abrazando con fuerza el cable de la compañía telefónica Southern Bell contra su pecho en los huesos, aferrándose a él con sus dedos endurecidos, rodeándolo con una pierna correosa y acercándolo al centro de sí misma, reseco, repleto de insectos, y besando la línea con sus labios de esqueleto, los clics y clacs resonando tras sus dientes sonrientes.

—Soy yo —dijo Gretchen con una voz que de pronto era fuerte y clara. Entonces un sonido como de radio que se sintonizaba zumbó junto al oído de Abby—. Esa no soy yo. Es... —Un fuerte chirrido metálico cubrió sus siguientes palabras—. Tienes que detenerla. O sea, que tienes que detenerme a mí. Es decir, a ella. Esto es muy duro, Abby. Mis pensamientos no son claros y me duele estar con esto mucho tiempo, pero tienes que detenerla. Va a hacer daño a todo el mundo.

—¿Quién? —preguntó Abby.

—¿Qué hora es ahí? —preguntó Gretchen.

—Las 23.06 —respondió Abby.

—¿Qué hora? —repitió Gretchen con obstinación absurda—. ¿Qué hora es ahí? ¿Qué hora es ahí? ¿Qué hora es ahí?

Abby trató de apaciguarla.

—Es jueves por la noche —dijo—. El 27 de octubre.

—Se acerca Halloween —exclamó Gretchen—. Tienes que andarte con cuidado, Abby. Ella planea algo contra ti. Quiere hacerte daño a ti más que a nadie.

—¿Por qué? —preguntó Abby.

—Porque eres mi única amiga —respondió Gretchen.

La última palabra se disolvió en un eco metálico, y entonces un sonido espeso, como de plástico, resonó en el oído de Abby, y la línea enmudeció.

—¿Gretchen? —susurró Abby al receptor.

Gretchen había desaparecido.

Abby volvió a llamar al mismo número, pero nadie respondió.

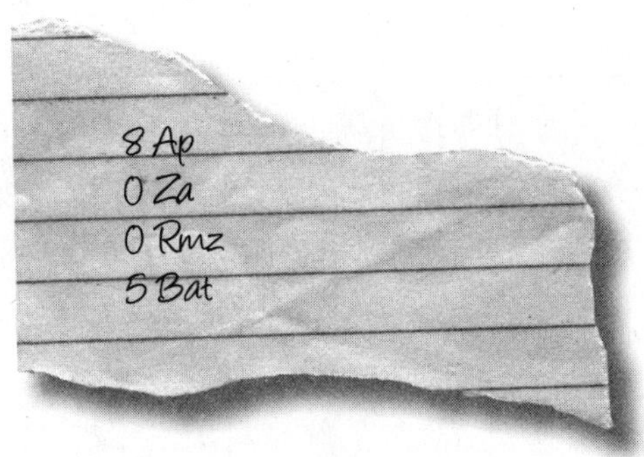

El lunes empezaba la campaña de donación de sangre, y durante el descanso de la cuarta hora Margaret se dirigió al Winnebago de la Cruz Roja aparcado frente a la escuela para donar. Cuando hubo terminado y se levantó de la camilla, dio unos pasos inestables, dijo: «¿Mamá?», y se desmayó. Los casos como aquel eran frecuentes, pero la enfermera de la Cruz Roja se asustó al ver lo delgada que estaba Margaret e insistió en que la llevaran a casa.

Algo sucedía. Abby pensó en la llamada telefónica con Gretchen, y en que Gretchen había metido a Glee en el servicio de asistencia religiosa y había ayudado a Margaret a perder peso, y en que parecía que estaba saliendo con Wallace. Algo sucedía y Abby tenía que impedir que aquello continuara, pero no podría hacerlo sola.

Tenía que encontrar una manera de hablar con Glee, aunque para ello tuviera que participar en la comunión a la hora de comer, porque Glee pasaba todo su tiempo en el servicio de asistencia religiosa, lo que no parecía nada propio de ella. También hablaría con Margaret. Tal vez incluso con el padre Morgan. Si no la creían, contaba con la agenda de Gretchen, pero la utilizaría tan solo como último recurso. Si alguno de los miembros de la dirección de la escuela la veía, mandarían a Gretchen a Southern Pines. No podía enseñársela a nadie hasta que lo tuviera claro.

Pero antes debería enfrentarse a los cadáveres.

SHE BLINDED ME WITH SCIENCE[1]

Abby había temido la llegada de aquel día desde que estaba en noveno curso. Todo el mundo sabía que iba a llegar y que lo único que se podía hacer era rezar para que no fuese tan horrible como se contaba.

El jueves por la mañana la escuela hizo subir a todos los estudiantes de décimo curso al autobús amarillo, el único que poseía Albemarle. Los que no cabían se metieron en el monovolumen rojo en el que solían desplazarse los equipos de deportes. Entonces, todos se dirigieron al centro de Charleston por el puente de West Ashley. Había llegado el rito de paso más temido y esperado: la visita al laboratorio de anatomía macroscópica.

Gretchen y Glee se habían quedado atrás para poder ir en el monovolumen rojo, porque conducía el padre Morgan, pero Abby ni siquiera había tratado de seguirlas. Había tomado asiento en el gran autobús amarillo donde iban todos los demás, apretujada contra la ventana de atrás, al lado de Nikki Bull. Los estudiantes estaban nerviosos o asustados o excitados, y no callaban. La mayoría hablaba sobre Geraldo Rivera.

La noche anterior, la cadena NBC había emitido en una hora de máxima audiencia el reportaje especial de dos horas

1. Ella me cegó con la ciencia.

titulado *Descubrimos las redes secretas de Satán*. En él, Geraldo se enfrentaba a las fuerzas del satanismo, hablaba con asesinos en serie (y con Ozzy Osbourne) y demostraba (o por lo menos daba a entender) que una red secreta de más de un millón de satanistas era responsable del asesinato de cincuenta mil niños por año. El reportaje había dejado conmocionada a Abby. Sus fotogramas estaban sucios de mugre salida de tumbas a ras de tierra, embadurnados con sangre de fotografías en las que aparecían escenarios de crímenes, salpicados con la cálida saliva de posesos en jersey blanco que echaban espumarajos por la boca y mascullaban: «Sal de aquí» a las cruces que les sacudían frente a la cara durante los exorcismos. Geraldo se plantaba ante un muro de pantallas de televisión, asqueado por lo que oía: mujeres identificadas como «criadoras» que contaban, como si nada, que sus bebés habían nacido para que sus cuerpos fueran devorados en comuniones satánicas, para que las llamas consumieran sus pequeños cadáveres, para que los sepultaran en hormigón, los cortaran en pedazos y los arrojaran al mar.

Al día siguiente, todo el mundo hablaba de satanismo.

—El año pasado había una chica en último curso... —contaba Nikki Bull—. Tenía un bebé y unos adoradores del diablo la obligaron a ahogarlo detrás de la escuela. Ese pantano está repleto de bebés muertos. A veces el agua arrastra sus huesos y la administración dice que son huesos de gaviota, y el personal de mantenimiento los quema en la incineradora.

—Los encargados saben lo que ocurre, pero están demasiado asustados para decir nada —añadió Eric Frey.

—Mi tío trabaja en la policía y dice que en esta época del año no iría a Northwoods Mall ni por un millón de dólares —explicó Clyburn Perry—. Justo antes de Halloween, andan por ahí con una jeringa escondida en la correa del reloj que lleva dentro una gota de sangre con sida. Al pasar por tu lado te hacen un rasguño en la mano y tú ni te enteras, pero seis meses más tarde ya tienes el sida.

—¿Pero quiénes son? —preguntó Dereck White, girando

sobre su asiento—. ¿Quién es esa gente misteriosa que hace todas esas cosas terribles?

Todo el mundo sintió lástima por él, al ver que no entendía algo tan evidente.

—Los satanistas —respondió Nikki Bull—. Salió por la tele.

El autobús llegó al centro de Charleston y se formó una hilera de coches detrás de él. Los conductores eran demasiado educados para tocar el claxon. Abby oyó el roce de las ramas bajas sobre el techo del vehículo al entrar en el aparcamiento de la Facultad de Medicina. Mientras los hacían subir al enorme ascensor que los llevaría al quinto piso, Nikki Bull aún hablaba sobre los satanistas.

—¿Os acordáis del último director? Unos satanistas entraron en el cementerio y robaron el cuerpo de su madre. Luego se metieron en la casa encantada que siempre montaba en el jardín de su casa por Halloween y vistieron el cadáver de la madre como si hubiera sido una bruja y la colgaron de un árbol con un lazo. El director pensó que formaba parte del decorado y la dejó allí durante tres días. Cuando fue a bajarla, vio que era su propia madre y se volvió loco.

—¡Basta ya, Bull! —dijo la señora Paul desde el otro extremo del ascensor.

La caja del ascensor dio una única sacudida muy fuerte y las puertas se abrieron, y los estudiantes salieron a un piso donde se sentía el frío y un olor como a jugo de pepinillos. Vieron más adelante al primer grupo de muchachos, que soltaban risillas nerviosos y se daban empujones entre sí. El grupo de Abby había quedado atrapado entre los estudiantes que se encontraban más adelante y los que venían por detrás, porque un nuevo grupo de muchachos salió del ascensor y se agolpó en el estrecho pasillo. Todos trataban de quedarse lo más lejos posible de la puerta del laboratorio de anatomía macroscópica. En cuanto el pasillo se hubo llenado, cayeron todos en un silencio expectante. Todo el mundo sabía lo que iba a suceder.

—Buenos días —dijo el médico. Tenía el cuello lleno de

granos y una calva de buitre cubierta de manchas hepáticas. Vestía una bata blanca de laboratorio, con los bolsillos tan llenos que le pesaban sobre los muslos, y se le veía encantado de estar allí—. Soy el doctor Richards y dirijo el laboratorio de anatomía macroscópica de la Facultad de Medicina de Carolina del Sur. Hoy vais a ver lo que terminará por ocurriros a todos vosotros. Así que ahora mismo iremos al encuentro de vuestro futuro.

Los estudiantes lo siguieron con pasos torpes por las puertas de doble batiente, a empujones y codazos, y accedieron a una sala grande. Entonces vieron lo que había dentro y se apretujaron en la entrada, apiñándose contra la pared. Era una estancia que se alargaba hacia el fondo, con suelo de linóleo verde jaspeado y paredes revestidas de baldosas de plástico. En el centro había dieciséis mesas de acero. Sobre cada uno de aquellos duros lechos reposaba un cadáver humano parcialmente desollado.

—La primera clase que reciben los estudiantes de medicina recién llegados es la de anatomía macroscópica —explicó el doctor Richards sonriente—. Los dividimos en grupos de cuatro y se les asigna un donante. El donante es anónimo, y aunque en otros tiempos podía presentarse algún tío o amigo de la familia, no hemos tenido semejante sorpresa desde 1979. Se selecciona a los donantes con sumo cuidado. En primavera, al terminar las clases, los estudiantes se reúnen en la capilla y se celebra un oficio religioso en honor de los donantes, porque donar tu propio cuerpo a la ciencia es un gran acto de generosidad. Espero que después del día de hoy queráis hacerlo. Nos causaría un gran placer poder añadir donantes más jóvenes a la lista.

El médico se veía tranquilo y cómodo en medio de aquellos cadáveres desfigurados. Lo hacían feliz.

—Pero entre el primer día de clase y el oficio religioso —continuó diciendo el doctor Richards— los estudiantes van diseccionando a cada uno de los donantes hasta llegar al esqueleto desnudo y descubren sus mecanismos.

Los críos soltaban risillas y se daban empujones, y el olor a jugo de pepinillos absorbía todo el oxígeno de la sala. Abby se obligó a sí misma a mirar los cuerpos muertos. Tenían la piel cubierta de cerdas y las uñas de los pies eran gruesas y amarillas. Su piel grisácea y polvorienta había sido arrancada para dejar al descubierto capas de músculos, que habían quedado como cecina, y una especie de cesta de fruta repleta de órganos internos. Pulmones grisáceos y moteados, corazones de color rojo oscuro, pliegues relucientes de intestinos color lavanda, hígados marrones, una cornucopia de fruta carnosa que se amontonaba en su interior.

El doctor Richards hablaba sin cesar. No paraba con las observaciones macabras y los chistes trillados. La mano de un cadáver resbaló de una mesa y se le metió en el bolsillo, y provocó un sobresalto general.

—Sal de ahí —dijo riéndose. Agarró la mano muerta por su peluda muñeca y volvió a colocarla sobre la mesa. Todo el mundo se rio, con una risa forzada, mientras el médico decía—: Es que me ha parecido que quería robarme la cartera.

El doctor Richards estaba deseoso de contar sus mejores historias a los estudiantes: un globo de cocaína que habían encontrado en una cavidad estomacal, un donante cuyos pies aparecían misteriosamente cruzados todas las mañanas cuando abrían el laboratorio, un donante que era la tía desaparecida hacía años de la persona que había sacado las notas más altas de su promoción. Abby se fijó en que Gretchen y Glee se habían quedado detrás del padre Morgan en el otro extremo del círculo y cuchicheaban. Antes de que tuviera tiempo para empezar a sentirse marginada, el doctor Richards cambió de tema.

—Y esto —dijo, mientras los llevaba a los estantes de madera que se hallaban en el fondo de la sala— es nuestro pequeño gabinete de curiosidades.

Era exactamente como les había anunciado Wallace. Flotando dentro de jarras llenas de jugo de pepinillos amarillento, vieron un pecho sin cuerpo, un bebé de dos cabezas con el esternón abierto para que quedara al descubierto su columna vertebral bifurcada, una lengua distendida por un tumor del tamaño de una pelota de béisbol, una mano cortada con seis dedos.

—¡Eh, Abby! —le dijo Hunter Prioleaux, que estaba detrás de ella—, se te ha caído la fiambrera.

Abby miró hacia abajo y estuvo a punto de tropezar con un cubo de plástico blanco con capacidad para unos cuatro litros. Estaba sobre el suelo, lleno de fetos grisáceos. Todos ellos estaban hechos con el mismo molde: piel lisa, ojos cerrados, bocas abiertas, puñitos prietos. Apilados dentro del cubo sin orden aparente, parecían gatitos sin pelo, gruesos y lustrosos.

Abby se juró a sí misma que no sería la primera en salir al pasillo. Su visión se enturbiaba y los contornos de las imágenes se desdibujaban. Levantó el rostro y sus ojos se encontraron con los de Gretchen. Se miraron durante un segundo y entonces Gretchen sonrió, y Abby, aunque pensara que aquella sonrisa era malvada, se la devolvió por puro instinto. No pudo evitarlo. Gretchen dejó de sonreír y susurró algo al oído de Glee, y ambas soltaron risillas. Abby desvió la mirada. Lo único que tenía en la cabeza era: *¿Por qué en el suelo? ¿Por qué no pueden dejarlos, al menos, sobre una mesa?*

En el camino de vuelta a la escuela, Abby aún sentía el olor a jugo de pepinillos pegado a su ropa. En los asientos de delante, Dereck White y Nikki Bull seguían hablando sobre un chico llamado Jonathan Cantero que había matado a puñaladas a su propia madre en Tampa. Abby no podía dejar de fijarse en los músculos que se movían bajo su piel mientras hablaban. Se imaginaba cómo habrían sido sus bocas si no hubieran tenido labios.

—Estaba colgado de *Dragones y mazmorras* —explicaba Nikki—. Por eso mató a su madre. Fue por culpa del juego.

—Estás zumbada —le respondió Dereck—. Un juego no obliga a nadie a hacer nada.

—Es un juego satánico —insistió Nikki y entornó los ojos—. ¡Qué ingenuo eres!

Abby desollaba con la imaginación a todos los que iban en el autobús, que se transformó en una lata metálica sobre ruedas, repleta de esqueletos con ojos desorbitados, esqueletos que chasqueaban las mandíbulas. Sus músculos se movían a sacudidas y danzaban como una marioneta de hilo, hacían subir y bajar los huesos de sus brazos y de sus piernas, y todos ellos no eran más que huesos y carne, y todos se veían iguales.

Vio por la ventanilla que el monovolumen rojo de la escuela se detenía a su lado en el puente de West Ashley. El padre Morgan tocó el claxon y Abby se fijó en que Glee y Gretchen miraban por la ventana. La vieron y los ojos de Gretchen volvieron a clavarse en los suyos.

—Fue Satán quien le obligó a hacerlo —contaba Nikki—. Aparte de que probablemente había tomado LSD.

Abby se imaginó cómo sería arrancarle la piel a Gretchen, quitarle la carne como si no hubiera sido más que un guante húmedo, dejar al descubierto sus huesos. Pero no funcionó. No lograba hacerse una imagen de lo que había dentro de Gretchen. La muchacha no tenía corazón ni pulmones ni estómago ni hígado. Estaba repleta de insectos.

Gretchen y Glee saludaron con la mano.

Abby no les respondió.

—Lo lamento de verdad, Abby —decía la señora Spanelli. Iba vestida de bruja y sostenía con la mano una bolsa de la compra en la que había traído el turbante y la bola de cristal—. No me lo han dicho hasta esta mañana, cuando he llegado.

El viernes tan solo se impartía la mitad de las clases, por Halloween. Eran los padres quienes se encargaban de promover las celebraciones, pero se entendía que los clubes de estudiantes de secundaria se encargarían de los puestos que se instalaban en el Césped, y el club que vendiera más entradas se quedaba con la mitad de la recaudación. Abby no pertenecía a ninguno de los clubes y por ello se ofreció para ayudar a la señora Spanelli a llevar el puesto de la pitonisa. Solo que aquel año no habría pitonisa.

—Es que no quieren nada que pueda considerarse... sabes... esotérico —le decía la señora Spanelli—. Sobre todo después de lo de Geraldo.

—No pasa nada —respondió Abby—. Me marcharé temprano a casa.

Pero no fue a casa, sino a la biblioteca que estaba en el centro de la ciudad.

—Querría saber a qué zona corresponde este código postal —preguntó a la bibliotecaria, y le enseñó el número de Andy. Abby se sentía muy madura al pedir ayuda para encontrar la ubicación de un número telefónico.

—El ocho-uno-tres corresponde a Tampa —le respondió la bibliotecaria.

—¿Tienen algún listín telefónico de Tampa? —preguntó Abby.

La bibliotecaria, sin volverse, señaló a sus espaldas.

—En la pared del fondo —respondió.

Abby se metió entre unos estantes mal iluminados que olían a papel impreso y encontró una guía telefónica de Tampa con el lomo partido, sobre un montón de listines estropeados. Al tacto, daba la impresión de algo grasiento y usado. La colocó sobre una mesa y pasó páginas hasta encontrar a tres personas apellidadas Solomon. Se apuntó los nombres, las direcciones y los números telefónicos, y aquella misma noche se encerró en su habitación y empezó a llamar.

Nadie respondió en la casa del primer Solomon. En la segunda le salió un contestador. La tercera estaba registrada a nombre de Francis Solomon. Abby sabía que tenía que ser aquella. Solo difería en dos dígitos del número que estaba apuntado en la agenda de Gretchen. Al sonar por quinta vez el tono de llamada, alguien respondió.

—¿Dígame? —dijo la mujer, y entonces le vino un acceso de tos de fumadora—. Disculpe. ¿Dígame?

—¿Está Andy? —preguntó Abby, resistiéndose a sus instintos, que le decían que colgara.

—¡Andy! —oyó que gritaba la mujer—. ¡Te llama una jovencita!

Hubo un largo momento de silencio y luego se oyó un clic.

—Ya lo he cogido, mamá. ¡Cuelga! —gritó una voz quejumbrosa. Abby oyó un nuevo clic, y entonces un muchacho le respiró al oído—. ¿Tiffany?

—Soy Abby. —Se hizo un silencio confuso—. Soy amiga de Gretchen. —De nuevo, silencio confuso—. Su mejor amiga. —El silencio continuaba—. Gretchen Lang. La conociste en el campamento.

—Ah, sí —dijo el chico—. ¿Qué pasa?

Entonces fue Abby quien se sintió confusa.

—Quería preguntarte... —No sabía cómo entrar en materia—. ¿A ti te parece que Gretchen está rara últimamente? ¿Te ha dicho algo sobre mí?

—¿Qué quieres decir? —preguntó el joven—. ¿En el campamento?

—O por teléfono —dijo Abby.

—¿A qué viene esto? —insistió el chico.

—Es que soy su mejor amiga —le explicó Abby, odiándose a sí misma por lo infantil que resultaba—. Y creo que tiene algún problema.

—¿Y yo qué voy a saber? —preguntó el muchacho—. No he vuelto a hablar con ella desde que terminó el campamento. No me ha llamado nunca. Mira, tengo que colgar. Es que no tenemos llamada en espera.

En cuanto colgó, Abby se pasó un minuto entero sentada junto al teléfono. Todo aquello no tenía ningún sentido. Se juró a sí misma que el lunes siguiente se arriesgaría a sufrir una humillación y se encararía con Gretchen, le preguntaría por Andy y aclararía qué era lo que sucedía. Pero aquel fin de semana era Halloween. Y cuando llegara el lunes, ya sería demasiado tarde.

UNION OF THE SNAKE[1]

—Les agradezco que se hayan tomado el tiempo necesario para esta visita de hoy —decía Major con voz estentórea—. Querría hablar con ustedes sobre el futuro de Abigail en la Academia Albemarle. Yo pienso que, en realidad, no tiene ninguno.

Abby estaba sentada enfrente de Major. A su izquierda se encontraba su padre, incómodamente instalado en una silla de madera dura. Su cuerpo era un manojo de ángulos marcados y rodillas huesudas, codos mal puestos, omóplatos que sobresalían. Se había afeitado, pero se había olvidado de un pequeño bosque que crecía bajo su labio inferior. Tenía las manos sobre los muslos e, inconscientemente, se frotaba con ellas los pantalones caqui gastados, adelante y atrás, adelante y atrás. Abby estaba a punto de explotar.

A la derecha se sentaba su madre, con el cuerpo inclinado hacia delante, tensa, con la mandíbula prieta, dispuesta a luchar. Parpadeaba una y otra vez para mantenerse despierta. La señora Rivers había trabajado turnos dobles durante el largo fin de semana de Halloween y no estaba preparada para reunirse con el director de la escuela después de las clases del martes. Tenía el bolso aferrado sobre el regazo y no se había quitado su voluminoso abrigo de invierno. Era excesivo para

1. La hermandad de la serpiente.

el clima de Charleston, pero la madre de Abby siempre tenía frío.

Major colocó una carpeta de manila en medio del escritorio y la abrió; a continuación, se puso las gafas para leer y les hizo esperar mientras revisaba el contenido. Una vez hubo terminado, volvió a levantar los ojos.

—Han tenido lugar varios incidentes durante el fin de semana de Halloween —dijo—. Y sé, por fuentes fiables, que Abigail estuvo implicada por lo menos en uno de ellos. También la han acusado de robo. Y aunque sus notas, por ahora, sean excelentes, no creo que su evolución reciente apunte a buenos resultados en el futuro. Al menos un padre me ha llamado y me ha pedido que impida que Abigail se relacione con su hijo o hija, porque cree, como por otra parte creo yo mismo, que la muchacha consume y vende narcóticos.

—¿Estás metida en el tema de las drogas? —le espetó su madre, volviéndose hacia ella—. ¿Vendes drogas?

Abby dijo que no con la cabeza.

—No, mamá —respondió—. Te lo prometo.

—¿Me lo juras? —exigió su madre.

—Te lo prometo —repitió Abby—. Ni siquiera tomo.

La señora Rivers se volvió hacia Major.

—¿Quién ha dicho semejante cosa sobre mi hija? —preguntó.

—No puedo darle nombres —respondió Major—. Pero estamos hablando de una fuente incuestionable. Igual que lo es el dato de que Abigail participó en la distribución y consumo de alcohol en el campus durante la noche del viernes.

La noche del viernes, mientras Abby cubría el último turno en TCBY, el equipo de fútbol de Albemarle había vestido los uniformes y había salido a su campo para disputar el penúltimo puesto en la división con los de Bishop England. Era el último partido de la temporada. Lo habían adelantado por las predicciones de lluvia, y la tensión era patente.

Diez minutos antes del inicio del partido, Toole, el entrenador, se asustó, porque Wallace Stoney, su mariscal de campo estrella, aún no había llegado. Alguien dijo que se estaba liando con una chica en su monovolumen, pero nadie logró encontrarlo. Entonces, justo después de que arrojaran la moneda en el sorteo de las metas, Wallace apareció por una de las bandas, fresco como una rosa. Toole sintió tanto alivio que lo hizo salir de inmediato. Al finalizar el primer cuarto de partido, Wallace estaba a cuatro patas sobre la línea de treinta yardas del Albermale y vomitaba por la abertura del casco. Los médicos corrieron al campo de juego, convencidos de que había sufrido una conmoción. Les bastó con olerlo para ver que el motivo era otro.

—Saca a tu jugador del césped —dijo el árbitro a Toole—. Está borracho.

El partido había degenerado en un caos y no terminó hasta que Major bajó de las gradas y ordenó a Toole que lo suspendiera. La Academia Albemarle se encontró con que su equipo de fútbol americano era oficialmente el peor de Carolina del Sur. Y todo por culpa de Wallace. La noche de Halloween llovieron huevos contra su casa y alguien le destrozó el parabrisas del monovolumen con una roca. Aquella mañana no había aparecido por la escuela.

—Lo que ocurrió en el partido fue una humillación para esta escuela —decía Major—. Y aunque Abigail no estuviera presente, sé de buena fuente que fue ella quien compró el alcohol e hizo que llegara a manos del estudiante.

—Yo no... —empezó a decir Abby, pero Major levantó la mano para ordenarle silencio. La muchacha se volvió hacia su madre—. ¿Mamá...?

—Señorita Rivers —prosiguió Major—, si no eres capaz de controlarte, puedes marcharte y discutir luego esta cuestión con tus padres.

La muchacha, encerrada en el despacho de Major, con la calefacción demasiado alta, sentía que un reguerillo de sudor le bajaba por el pecho. Aunque no se tocara la piel del rostro, sabía que empezaba a rezumar sobre el maquillaje. Su estómago vacío protestaba de manera embarazosa. Su padre no paraba de frotarse las manos contra los muslos. Sst... sst... sst...

—Y lo que es más importante, un o una estudiante ha acudido a mí y ha acusado a Abigail de robo —siguió diciendo la potente voz de Major, calmada e inflexible—. El objeto robado tiene un gran valor sentimental para el o la estudiante en cuestión. El robo constituye una violación del código de honor y comporta la expulsión inmediata. Llegados a este punto, voy a preguntar: Abigail, ¿tienes aquí ese objeto?

Abby sabía que se refería a la agenda de Gretchen. Gretchen sabía que era Abby quien se la había quitado y había acudido a Major. El hombre la miraba con sus ojos de párpados caídos, y Abby clavaba los suyos en la grieta de uno de los bloques de hormigón de la pared.

—¿Abigail? —insistió Major.

—Yo no he robado nada —respondió Abby.

Major volvió a mirarla y luego suspiró.

—Hemos llegado a la conclusión de que convendría que llevaran a Abigail a un entorno académico menos exigente, en el que pueda recibir la ayuda y la orientación que necesita.

Se oyó un crujido a la derecha, porque la madre de Abby se estaba enderezando sobre la silla.

—¿Qué entorno sería ese? —preguntó.

—Aquí, no —respondió Major.

—¿Van a expulsarla? —preguntó la señora Rivers.

—La expulsión de Abigail no le convendría a nadie —respondió Major—. Por eso los he convocado esta tarde, para que la saquen de esta escuela por su propia iniciativa. Si lo hacen, no duden que prescindiré de la información que he recibido sobre su comportamiento y escribiré una carta de recomendación que garantizará su ingreso en cualquiera de las estupendas escuelas públicas de la zona de Charleston.

Major volvió los ojos hacia la izquierda y Abby se dio cuenta de que un botón de su teléfono parpadeaba. Al instante, su lengua grisácea chasqueó contra los labios, su cabeza retrocedió hasta los hombros, su voz se elevó una octava.

—Discúlpenme —dijo, y descolgó el auricular—. ¿Dígame? —Se quedó en silencio, escuchando con atención.

Los padres de Abby no tenían ni idea de lo que significaba aquello, pero Abby sí. Llamaban del hospital. Aquella misma mañana, durante la primera hora de clase, Nikki Bull le había contado lo que había sucedido.

—Alguien ha robado un bebé —le había dicho.

—¿Qué? —había preguntado Abby.

—Un bebé muerto —le había explicado Nikki—. En el laboratorio de anatomía macroscópica. Tenían bebés en un cubo, y, mientras estábamos allí, alguien robó uno. Supongo que los contaron durante el fin de semana y se dieron cuenta de que faltaba uno. La señora Paul se ha pasado la mañana entera en el despacho de Major. Qué morboso, ¿verdad?

Abby había pensado que era una de las muchas tonterías que se inventaba Nikki. Pero la administración había ordenado un registro en la taquilla de Hunter Prioleaux durante el descanso de la cuarta hora y habían mandado un sustituto a la clase de la señora Paul. Abby no se lo podía creer. Alguien había tocado una de aquellas criaturitas fláccidas y tristes, se la había metido en la mochila, la había escondido en el autobús. Le habían entrado ganas de llorar.

Major colgó el teléfono. Se quedó mirándolo un minuto entero y luego volvió a dedicar su atención a Abby y sus padres.

—Así pues, ¿quedamos de acuerdo? —preguntó—. Ustedes sacan a su hija de la Academia Albemarle y yo les escribiré una carta de recomendación. No tendrán problemas para matricularla en una escuela pública de Charleston. Estoy seguro de que esto será lo mejor para todo el mundo.

Tomó una hoja blanca de la bandeja de papel del escritorio y retiró el tapón del bolígrafo. Abby esperó a que alguien dijera algo, pero todo el mundo guardaba silencio. Major empezó a escribir la carta. El padre de Abby pasó a frotarse los muslos a una velocidad todavía mayor: sst, sst, sst, sst...

Estaban a punto de expulsar a Abby de la escuela y nadie iba a hacer nada. La garganta se le encogió hasta quedar como una pajilla y sintió una tremenda presión dentro del cráneo. Se clavó las uñas bajo la muñeca, escondió la muñeca en el regazo, se esforzó por no llorar. No importaba lo que ocurriera, no pensaba darles esa satisfacción.

—Ya está —dijo Major mientras les acercaba la hoja de papel por encima del escritorio—. Si la leen y están conformes con ella, haré que la señorita Toné la pase a máquina y podrán llevársela cuando se marchen. Remitiremos el expediente académico de Abigail a la escuela que juzguen conveniente.

Se recostó en la silla y juntó las manos sobre el estómago, satisfecho por haber llevado a cabo su labor. La madre de Abby no tocó la carta. Se quedaron todos inmóviles por un instante que se hizo eterno, y entonces Major suspiró.

—A la luz de los problemas de Abigail —dijo, cargándose de paciencia—, este es el curso de acción que comportará un menor trastorno. No puede continuar en Albemarle, y, si nos obligan a formalizar su expulsión, no les daremos carta alguna. Toda escuela en la que quiera matricularse me llamará y me preguntará por ella, y no tendré otra opción que comunicarles mis sospechas acerca de su implicación en tráfico de narcóticos, suministro de alcohol a un estudiante menor de edad dentro del recinto del campus y robo.

—Mi hija no se droga —respondió la madre de Abby—. No bebe.

—Señora Rivers —exclamó Major—, esa es la respuesta de todos los padres, pero permítame que le diga que tal vez no conoce a su hija tanto como cree. Abigail...

—Yo se lo he preguntado —dijo la señora Rivers—. Usted me ha visto, y ha oído su respuesta. Ha dicho que no se droga. Y aunque mi hija pueda ser muchas cosas, no es capaz de mentir.

—Vamos a ver... —empezó a decir Major.

—¿Qué me ha dicho sobre sus exámenes nacionales para la obtención de becas? —replicó la madre de Abby—. Ah, no, no me ha dicho nada. Pues bien, yo he visto sus calificaciones. Sacó una puntuación de 1.520, la nota máxima. No he visto las notas de sus otros estudiantes, pero apuesto a que mi hija ha sacado puntuaciones bastante más altas que todos esos Middleton y Tigner que tienen sus apellidos escritos por todos los edificios de su escuela. Y sé muy bien que fue Grace Lang quien le llamó, porque también me llamó a mí. Y si alguien se está drogando, será la cría esa que tienen ellos, pero tengo muy claro por qué es usted tan amable con los Lang. Les va a sacar mucho más dinero a ellos que a los Rivers. No le juzgo por ello. Es su trabajo.

—Rechazo de plano esa acusación —protestó Major.

Abby nunca había oído hablar a Major con voz vacilante.

—No es ningna acusación, Julius —replicó la madre de Abby—. No hago más que constatar hechos. Que me parta un rayo si permito que expulsen de la escuela a mi hija tan solo por ser pobre e impertinente. Y que me partan dos rayos si creen que me van a chantajear para que les haga el trabajo sucio. Si quiere echar a mi niña, tendrá que hacerlo usted mismo. Y que le quede bien claro: en el mismo minuto, en el mismo segundo en que escriba una carta diciendo que Abigail no puede estudiar en la Academia Albemarle, cuente con que asistiré a la próxima reunión de la Asociación de Padres de Alumnos y pondré en cuestión todas y cada una de las decisiones que usted ha adoptado. Así que más le valdrá cubrirse las espaldas, porque si no le voy a pasar encima como una apisonadora.

Abby ni siquiera sabía que se pudiera hablar de aquel modo a Major. Su madre rebosaba furor, pero no levantaba la voz. No chillaba, ni se dejaba llevar. Simplemente, estaba pulverizando a Major, inflamada de furia.

—Por favor, Mary —respondió Major—, entiendo muy bien que se enfade, y que se desahogue en mi despacho, pero con esto no ayudará a Abigail.

—Mire, no me venga con esas, profesor de gimnasia venido a más —gruñó la madre de Abby. Y lo más increíble: Major no abría la boca—. No sabré jamás cómo es posible que un grado en educación física se considere cualificación suficiente para dirigir esta jaula de monos, pero eso no me importa. Ya no me gustaba en Citadel. Siempre lamiendo culos para arriba y dando patadas para abajo.

—Martin —dijo Major al padre de Abby—, por respeto a nuestra amistad, ruego que...

—Cierre la boca de una vez —replicó la madre de Abby—. A Martin tampoco le ha caído nunca bien.

Por un momento, el padre de Abby dejó de frotarse los pantalones y encogió sus hombros huesudos.

—Eso no es verdad del todo —dijo—. La verdad es que nunca he pensado en usted durante el tiempo suficiente como para formarme una opinión.

Major iba a decir algo, pero la madre de Abby cargó de nuevo contra él.

—Sé muy bien que hay padres que están hartos y asqueados de este circo que dirige usted —siguió diciendo la señora Rivers—. Apuesto a que todos ellos estarían encantados de saber que quiere utilizar a mi hija como cabeza de turco para su propia incompetencia. Apuesto a que todo el mundo tendría historias que contar. Apuesto a que, si todo el mundo hablara, haríamos que su trabajo se le volviera mucho más difícil.

Transcurrió un largo silencio, mientras Major asimilaba la amenaza.

—Mary... —empezó a decir Major.

—No tenemos nada más que hacer aquí —replicó la madre de Abby y, entonces, se puso en pie y cargó el bolso sobre un hombro—. No quiero oír nada más de que Abby se marche a otra escuela ni de que tenga más dificultades con usted, y espero que no vuelva a llamarme para hacerme perder el tiempo de esta manera. Si mi hija suspende, o abandona, ya nos ocuparemos de ella cuando corresponda, y créame que le voy a arrancar el pellejo. Pero esta conversación de ahora ha terminado.

Para sorpresa de Abby, su padre se puso en pie y su madre abrió la puerta, y ambos salieron del despacho de Major. Abby aún estaba esperando que Major la llamara, o los castigara a todos a hacer horas de permanencia el sábado por la mañana, pero no dijo ni pío. Abby fue la última en salir por la puerta. Se volvió y lo vio sentado, encorvado sobre el escritorio, frotándose la frente con las yemas de los dedos. Estuvo a punto de decir que lo sentía, pero entonces su madre la agarró y se la llevó por el estrecho pasillo, pasaron de largo frente a la señorita Toné y salieron al aire libre.

El viento soplaba desde la marisma, agitaba el césped, aullaba por el pasaje cubierto. Nadie dijo ni palabra hasta que llegaron al aparcamiento de los profesores, donde se encontraba el coche de la madre de Abby. El viento les revolvía el cabello y los abrigos. Solo se oía el rumor de la bandera que ondeaba en el cielo, a sus espaldas. Por una vez en la vida, Abby tenía ganas de verdad de ir a cubrir su turno en TCBY.

—Mamá —empezó a decir—, gracias. Has estado estupenda y...

La madre de Abby se volvió. Su rostro se había transformado en la viva estampa del furor. Las palabras murieron en los labios de la muchacha.

—No hace falta que me dirijas la palabra después de hacerme pasar por toda esta vergüenza, Abigail —masculló—. Por tu culpa nos han hecho venir como si fuéramos una familia de pordioseros. Con todos los sacrificios que he llegado a hacer por ti ¿y así es como me lo pagas?

Abby trataba de dar forma a una frase.

—Pe-pero si no he hecho nada —respondió—. Tú misma has dicho que no he hecho nada.

—Te concedo el beneficio de la duda porque eres mi hija —le espetó su madre—. Pero que Dios te ayude si me entero de que me has hecho quedar como una mentirosa. ¿Tú te crees que tu beca es ilimitada? ¿Cuánto tiempo hace que no echas una ojeada a las facturas? Tu padre y yo nos apretamos el cinturón para que puedas estudiar aquí, ¿y así es cómo tú te comportas?

Abby sabía muy bien que se le había puesto cara de imbécil. Se había quedado con la boca abierta y pugnaba por encontrar las palabras. Pero aquello no era justo. Nada de todo aquello era justo.

—Ha dicho todo eso porque me detesta —respondió—. Me culpa por cosas que han hecho otros.

—Tu trabajo consiste en caerle bien —le replicó su madre—. Ese hombre tendría que pronunciar tu nombre una sola vez en toda su vida: en la ceremonia de graduación en la que te entregará el diploma. ¿Así que te culpa por cosas que han hecho otros? Me pregunto quiénes serán esos otros. Me pregunto por qué habré oído el nombre de Gretchen Lang mientras estábamos en su despacho.

Abby habría querido mentir, pero estaba demasiado agitada.

—No es lo que tú piensas... —empezó a decir.

—Sí, seguro que no soy capaz de entender nada sobre tus maravillosas amigas —replicó la señora Rivers—. Yo ya te avisé de que esas crías te llevarían por el mal camino y tú pensaste que yo no entiendo nada de tu vida. Ah, no, claro, eres demasiado lista para mí. Así que no has hecho caso de nada de lo que te dije y mira cómo estamos ahora. Pues muy bien, espero que te sientas muy inteligente.

—Yo... —empezó a decir Abby.

—Basta —le espetó su madre—. Hoy ya me he ocupado bastante de ti. Tengo que ir al trabajo.

Una vez dicho esto, entró de golpe en el coche. Su padre se acercó a la puerta del copiloto con pasos lentos y también entró. Abby se quedó mirando mientras se abrochaban los cinturones de seguridad, daban marcha atrás y se alejaban. A su espalda, la cuerda que servía para elevar la bandera golpeaba el asta metálica como un idiota atrapado en una jaula y arrancaba ecos al metal, porque el viento llegaba a alturas imposibles. Una hoja de papel blanco surcó el cielo, a lomos de un furioso océano de corrientes de aire que pasaba sobre la cabeza de Abby.

La joven vio que el coche de su madre frenaba en el stop y luego giraba por la Albemarle Road, perseguido por otra hoja de papel que se le metió en el parachoques trasero. Se volvió hacia la escuela y contempló, a través del pasaje cubierto, una lluvia de papeles que daban vueltas y caían por el Césped. Oyó unos gritos lejanos y echó a andar hacia el campus y, luego, empezó a correr, con el miedo helándole el corazón.

Eran las 16.05 y el viento arrastraba los sonidos del entrenamiento de voleibol que escapaban por la puerta abierta del gimnasio y los transformaba en retazos. Los alumnos castigados a horas de permanencia estaban en la sala de informática del señor Barlow. Los ensayos para el concierto del día de los Fundadores estaban en marcha en el auditorio. Y una muchacha semidesnuda había subido a lo alto de la torre del reloj y arrojaba papeles al cielo.

Uno de ellos pasó dando vueltas frente a Abby y la joven lo agarró. Era una fotocopia de una nota escrita a mano que empezaba así: «Queridísima, como lirio entre los cardos es mi amada entre las doncellas...». Los ojos de la muchacha resbalaron por la página hasta llegar a la firma: Bruce. Había un solo Bruce en todo el campus —el padre Bruce Morgan— y entonces Abby miró hacia lo alto y comprendió por qué la silueta de aquella chica, con sus brazos bronceados y sus pechos blancos, le resultaba familiar.

Unos pocos estudiantes y profesores se habían parado a mirar y todavía eran más los que salían de sus despachos y aulas. La joven que se hallaba en lo alto de la torre se tambaleaba al borde del vacío. Entonces Abby sintió como si el propio suelo temblara bajo sus pies mientras aquella figura agitaba los brazos y gritaba, y el viento se llevaba sus palabras y le cubría el rostro con sus propios cabellos. La caja de fotocopias ya estaba vacía y la joven la soltó, pero el viento no pudo con ella. Cayó en línea recta y se estrelló contra los ladrillos. Abby sabía que aquello había sido el ensayo general de lo que iba a ocurrir a continuación.

El personal de mantenimiento forcejeaba con la puerta de la torre mientras la muchacha se tambaleaba al borde del vacío, irguiéndose contra el cielo, meciéndose con el viento. Abby se detuvo, porque no quería oír lo que estaba a punto de suceder. Sabía que, si se acercaba demasiado, oiría un sonido que no la abandonaría durante el resto de su vida.

La joven se preparaba: bajó la cabeza, alzó los brazos hacia el cielo, alargó una pierna y dio un paso hacia el vacío. En el mismo instante, otros dos brazos la agarraron por detrás y la levantaron en volandas. Un hombre la estrujó contra su pecho. La joven meneaba las piernas. El hombre retrocedió y desapareció dentro de la torre, moviéndose dificultosamente con la chica en brazos.

Abby corrió hacia la torre del reloj. Iba pateando los papeles que se arremolinaban en el suelo, y de pronto el sonido de los gritos se volvió más claro, porque el edificio del auditorio había cerrado el paso al viento que rugía desde la marisma. La puerta que se hallaba en la base de la torre se abrió de golpe y un círculo de encargados de mantenimiento salió de espaldas, sujetando a la muchacha que se debatía en sus brazos.

—¡Quiero morir! ¡Quiero morir! ¡Dejadmeeeee! —chillaba Glee.

Glee, siempre tan tranquila, razonable y sosa, chillaba y aullaba, y arañaba a los hombres que cargaban con ella. Glee, que en otro tiempo se había negado a pelearse porque «no le iban los dramones», les arreaba patadas en los muslos, les clavaba las uñas en los brazos, les escupía en la cara. La muchacha que en cierta ocasión había proclamado que no había nada en el mundo por lo que mereciera la pena enfadarse, ¡por supuesto!, que afirmaba que el llanto era un recurso de los aburridos para exhibirse, se había puesto a chillar y sollozar. En el forcejeo, sus pantalones ajustados negros habían resbalado para abajo y la barriga le había quedado al descubierto. Abby se dio cuenta de que no llevaba nada de la cintura para arriba, y alguien pasó corriendo por su lado con una manta. La frase «Para ti» estaba escrita sobre los pechos de Glee con rotulador negro.

—Dejadme morir. Soltadme, por favor, soltadme —sollozaba.

Abby sintió en la nariz el cosquilleo de un olor penetrante. Glee apestaba a vodka. Todo su cuerpo se sacudía con los sollozos, se zarandeaba al ritmo de la respiración agitada de su pecho, sobre el que temblaban y se retorcían las palabras «Para ti». Mientras los empleados de mantenimiento envolvían a Glee con la manta, el hombre que la había rescatado se escondía en el umbral de la puerta, oculto en las sombras, temeroso de salir a la luz. Era el padre Morgan.

—Lo quiero, lo quiero, lo quiero —sollozaba Glee y se volvía, buscaba con la mano al sacerdote. Hablaba con voz ronca y repleta de pasión, y Abby no podía ya reconocerla.

LIKE A PRAYER[1]

El exorcista adoraba los perritos calientes. Había tomado asiento frente a Abby en una mesa de plástico atornillada al suelo en el Citadel Mall e inhalaba los efluvios que se desprendían de los seis que había pedido. Tomó el primero, extrajo el bastoncillo, lo sumergió en kétchup y lo devoró en un par de mordiscos. Mientras sus enormes mandíbulas subían y bajaban, se recostó contra el respaldo de la silla y cerró los ojos. En el momento de engullir el trozo de carne, los músculos de su enorme cuello se dibujaron sobre su piel.

—Los perritos calientes —decía el exorcista— me demuestran, por sí mismos, la existencia de Dios.

Y agarró otro.

Sus gruesos músculos se hincharon en el momento de tragar el segundo perrito caliente. Mientras masticaba, Abby pensó cómo podría empezar la conversación, pero el hombre le ahorró la molestia.

—Vamos a ver —dijo el exorcista, al tiempo que se secaba los labios con una diminuta servilleta de papel—, ¿eres amiga de esa muchacha poseída por Satán?

Aquello no era lo que Abby había tenido en mente al llamar al número que aparecía en el folleto del Ministerio de Fe y Fitness

1. Como una plegaria.

de los Hermanos Lemon. Había marcado el número y había dejado un dedo sobre la base del auricular, dispuesta a cortar la comunicación en el caso de que se creara una situación incómoda. Su dedo se había relajado al oír que era Christian quien respondía.

En un primer momento, el hombre le había propuesto un encuentro en el Waffle House, un restaurante de West Ashley, pero cinco minutos más tarde le había llamado y había cambiado el lugar al Hot Dog on a Stick del Citadel Mall. Al parecer, adoraba los perritos calientes. Nada más llegar la muchacha, Christian le había dado un fuerte apretón de manos y luego había hecho su pedido. Abby había tenido que contentarse con una limonada que no le apetecía.

El exorcista era corpulento. Su cuerpo se veía mucho más grande de cerca que sobre el escenario, y la mesa de plástico le cubría las rodillas como si hubiera sido una servilleta. Vestía una sudadera con las mangas cortadas a mano y sus pantalones lucían un llamativo estampado de color verde neón y rosa, así como una cintura elástica. Llevaba una riñonera de color rosa intenso y unas gafas de sol Aloha Surfer colgadas del cuello con una cadena.

—Yo no sé qué le ocurre, señor Lemon —decía Abby, porque no quería usar en voz alta una palabra tan bíblica y tan absurda como *posesión*.

—Por favor, llámame hermano Lemon —le respondió el exorcista—. El señor Lemon es mi padre. Mis padres me llaman Chris, pero no acaba de gustarme... Me llamaron Christian, porque todos nosotros llevamos nombres bíblicos, pero yo fui un accidente. Y por eso, cuando nací, no estuvieron nada inspirados. ¡Ja! Seguramente no tendría que contarte todo esto. ¿Tú sabes de dónde vienen los niños?

—Tengo dieciséis años —respondió Abby.

—¡Estupendo! —exclamó Chris Lemon, sonriente, y engulló el último perrito caliente.

Recogió los desechos con sumo cuidado, envolviendo una cosa con otra, y luego esta última con otra, y luego con otra. Cuando lo tuvo todo plegado de tal manera que cabía dentro de una lata de Coca-Cola *light*, metió la mano en la riñonera, sacó una toallita húmeda y se limpió las yemas de los dedos, grandes como espátulas.

—No querría asustarte. ¿Qué sabes sobre demonios?

—¿Demonios? —preguntó Abby.

—Demonios, diablos, espíritus impuros —respondió él—. Íncubos, súcubos, criaturas del abismo. Tienen muchos nombres.

Abby miró a su alrededor para asegurarse de que nadie escuchara aquellos disparates. Pero la gente que hacía sus compras en el Citadel Mall iba a la suya, ajena a la charla que tenía lugar en la esquina del Hot Dog on a Stick.

—¿Por qué piensas que Gretchen tiene un demonio? —preguntó Abby.

—Porque poseo el don del discernimiento —respondió el hermano Lemon y sonrió—. Bueno..., mis hermanos dicen que el que puede discernir entidades demoníacas es Elijah, pero yo también sé hacerlo. Los veo sin cesar. No pasa un día sin que vea por lo menos tres o cuatro. Mis hermanos se dedican a amargarme la vida porque, en fin, porque los hermanos siempre te amargan la vida. Te riñen, te putean. Supongo que para eso sirven los hermanos. ¿Tú tienes hermanos?

—No —respondió Abby.

—Yo amo a mis hermanos —prosiguió Christian—. No me entiendas mal, lo que ocurre es que soy el pequeño y siempre me tratan como si no me enterase de nada. ¿Pero quieres que te diga una cosa? Si podemos hacer el espectáculo es gracias a mí. Todos ellos son fuertes, pero no hay ninguno que tenga los músculos tan definidos como yo. Soy una exhibición andante de músculo y se ponen celosos, no hay más.

Flexionó un brazo e hizo bola con el bíceps. El músculo vibró cerca del rostro de Abby. Era grande como una pelota de fútbol americano.

—Creo que no tendría que haber venido —dijo la muchacha, y entonces se puso en pie y agarró el bolso que tenía colgado en el respaldo de la silla.

—Eh, espera un momento —exclamó el hermano Lemon—. Has venido hasta el centro comercial, cuéntame por lo menos si estoy en lo cierto. —Sonrió y le acercó el rostro, y dijo en voz baja—: Tu amiga está poseída por Satán, ¿verdad?

Abby se ruborizó.

—No tienes que sentir vergüenza por pedir ayuda —afirmó el hermano Lemon—. Yo también me he visto en esa situación. Chocas con algo que te supera, que es peor que todo lo que has experimentado hasta ahora, y te ves perdida y necesitas ayuda. Quieres recurrir a alguien que comprenda lo que es la guerra espiritual contra el Enemigo, ¿verdad que sí?

Abby se quedó inmóvil, de pie, con el bolso en la mano, y asintió. El hermano Lemon dio una palmada sobre la mesa.

—Yo soy un hombre que sabe escuchar —dijo sonriente.

Poco a poco, Abby volvió a sentarse.

—En realidad, no sé por qué te he llamado —explicó—. Pero cuando dijiste que habías visto algo, fue como si se hubiera encendido una lucecita dentro de mí. Y entonces encontré tu folleto, y creo que estaba alterada y por eso te llamé. He estado a punto de no venir, pero he pensado que después de todo te había llamado yo, y habría sido de mala educación no presentarme.

El hermano Lemon le estrujó el brazo para darle confianza. Le dejó un moretón.

—Has hecho lo correcto —le dijo—. Ahora lo primero es que nos cercioremos de que está poseída de verdad. Es fácil equivocarse, ¿sabes? Muchas veces la gente piensa que alguien está poseído, pero en realidad es el propio Enemigo quien los engaña.

—Bueno... —respondió Abby—. Gretchen ha cambiado mucho. Antes era un encanto, era mi mejor amiga. Pero ahora es una chica horrible de verdad.

Abby sintió remordimientos por la deslealtad que suponía hablar así de Gretchen. El hermano Lemon acercó el rostro, con un afán excesivo por oír lo que la muchacha tuviera que decirle, y Abby se sintió avergonzada. Bajó la mirada y siguió con los ojos los patrones dibujados sobre el plástico amarillo.

—Tienes miedo porque el Enemigo no quiere que nos sinceremos el uno con el otro —explicó el hermano Lemon—. Quiere que nos sintamos avergonzados y solos. ¿Me dejarás que te ayude? ¿Me permitirás que te haga unas preguntas? —Abby asintió—. Está bien —dijo el hombre—. Lo único que te pido es que me respondas con sinceridad, ¿vale?

Abby asintió de nuevo. Tenía la garganta seca y había perdido toda capacidad para formar palabras. El hombre se la tomaba en serio y la muchacha tenía la sensación de haber emprendido un camino en el que no habría vuelta atrás. El corazón le martilleaba en el pecho. No conseguía respirar hondo.

—¿Tu amiga se puso enferma? —preguntó el hermano Lemon—. ¿Enferma de verdad? Digámoslo así, ¿su físico se volvió grotesco y horrible? —Abby asintió—. ¿Y luego qué pasó? —dijo entonces el hombre—. ¿Habló de suicidio y de cosas deprimentes? ¿Trató de hacerse daño a sí misma?

Abby recordó a Gretchen en su habitación, las heridas que tenía en los brazos, a Gretchen con el volante en la mano, y asintió.

—¿Se obsesionó con la muerte y la violencia? ¿Tal vez con temas religiosos, como, por ejemplo, el Infierno? —preguntó el hermano Lemon. Abby recordó la agenda de Gretchen y su obsesión con Molly Ravenel. Asintió de nuevo.

—Y entonces, así de pronto, se recuperó, ¿verdad? —siguió preguntando el hermano Lemon—. De hecho, tenía una pinta aún mejor que antes. Parecía que volviera a vivir.

Abby abrió los ojos como platos. Lo único que logró hacer fue asentir.

—Está mejor en el cuerpo —siguió diciendo el hombre—, pero no en el espíritu.

Abby no comprendió esto último.

—Está estupenda —aclaró el hombre, y se dio unas palmadas en el cráneo—. Pero por aquí arriba, en el tejado, está hecha caldo.

Abby tomó un sorbo de limonada. Sintió que la garganta se le llenaba de tiza con sabor a cítrico.

—Sí —dijo con voz ronca.

—¿Está cometiendo pecados? —preguntó el hermano Lemon.

Abby pensó en Wallace, en Glee y en Margaret, y en los batidos alemanes, y se preguntó cuántos de los diez mandamientos debía de haber transgredido Gretchen.

—Sí —repitió.

—¿Está antipática? ¿Parece que esté siempre con el síndrome premenstrual? —preguntó el hermano Lemon—. ¿Sabes lo que es eso?

—Sí, lo sé —respondió Abby y asintió.

—¿Ha cometido profanaciones en tierra sagrada? —preguntó el hermano Lemon—. ¿Vandalismo en iglesias y cementerios? ¿Ha pegado fuego a la bandera de Estados Unidos?

Abby guardó silencio por unos instantes.

—Podría ser —susurró.

—¿Está arrastrando a otras personas al pecado? —preguntó el hermano Lemon—. ¿Las está tentando? ¿Las lleva a hacer cosas malas?

—Sí —respondió Abby, y se acordó de los chillidos de Glee, del hedor a vodka—. Desde luego.

—¿Y los ojos se le han puesto negros, como si ya no tuviera pupila? —preguntó—. ¿Como un tiburón o un alienígena?

Abby iba a responder que sí, pero entonces se dio cuenta de lo que le había preguntado y negó con la cabeza.

—No —respondió, confusa—. Sus ojos están bien.

—Ah —dijo el hermano Lemon, decepcionado. Luego se animó—. Aunque tenga los ojos normales, pienso que sufre una posesión demoníaca.

Abby sentía vergüenza por estar hablando de cosas tan disparatadas en un Hot Dog on a Stick. Miró una vez más a su alrededor para ver si alguien escuchaba la voz estentórea del hermano Lemon. El hombre se dio cuenta.

—No te agobies —le dijo—. La posesión demoníaca es mucho más común de lo que se suele creer.

—¿Ah, sí? —preguntó Abby.

—Que me muera si te miento —respondió el hermano Lemon—. Mis hermanos y mi padre llevan años dedicándose al ministerio de expulsión de demonios y no paran de encontrar nuevos casos. Esto no sale en los periódicos, pero en el hospital de Columbia, donde tienen a los locos, de vez en cuando vacían las habitaciones, cierran una planta y mi padre va allí, fuera del horario de trabajo, a expulsar demonios de los posesos. El Departamento de Sanidad se contenta con anotar «procedimientos no convencionales» en el registro médico. Así, negro sobre blanco. Todo el mundo sabe lo que se oculta tras esas palabras.

—¿Cuántas expulsiones de demonios has hecho? —preguntó Abby.

El hermano Lemon se recostó en la silla y miró al interior del centro comercial por la ventana.

—Bueno —dijo—, he ayudado en unos cuantos, ¿sabes?, con mis hermanos y mi padre.

—¿Lo has visto? —preguntó Abby—. ¿De verdad?

—Sí, desde luego —respondió el hermano Lemon—. He visto en plena labor a algunos ministros para la expulsión de demonios que son bestiales y ya te digo que es un privilegio ver trabajar a esos tíos. Te hablo de verdaderas expulsiones de demonios, brutales, ¿sabes?, con chillidos, peleas, aullidos y vómitos por todas partes.

—¿Así que has peleado con demonios? —preguntó Abby.

El hermano Lemon estiró los brazos a ambos lados y luego se rascó la nuca; se esforzó por aparentar desenfado.

—Como asistente —respondió—. Hacía de ayudante, ¿sabes? He visto influencias demoníacas y he conocido a muchas otras personas que también las han contemplado.

—¿No sería mejor que buscara a una de ellas? —preguntó Abby—. Es decir, a un experto.

El hermano Lemon pareció alarmarse y bajó la voz.

—Bueno, vamos a ver —respondió—. En el mundo de la expulsión de demonios no hay expertos. La mayoría de la gente improvisa sobre la marcha. Lo que significa que puedo hacerlo igual que cualquier otro.

—Quizá tendría que hablar con tu padre —aventuró Abby.

—Ni se te ocurra —respondió el hermano Lemon—. Ya está viejo. Yo soy joven y fuerte, y eso es lo que tú necesitas. Tienes que echar los demonios de tu amiga, entablar un buen combate contra los poderes de las tinieblas, a la antigua usanza. Hace un par de meses fuimos a una expulsión de demonios colectiva en Spartanburg y mi padre acabó tan fatigado que tuvo que hacer una pausa a la mitad. Eso no te ocurrirá conmigo. Además, he aprendido varias cosas. Como, por ejemplo, que no hay que ponerse corbata para una expulsión de demonios. Como se le ocurra a alguien, terminará estrangulado, te lo garantizo. Ocurre sin cesar.

Abby asintió. Aquello parecía la voz de la experiencia.

—Entonces, ¿cómo lo harás? —preguntó.

—A ver... —respondió—. ¿Piensas que podrías convencerla para que fuera a algún sitio contigo? Como, por ejemplo, a una excursión.

—Puede ser —respondió Abby.

—Está bien —dijo el hombre—. Entonces tendremos que buscar un sitio a donde podamos ir.

—¿Cómo cuál? —preguntó Abby.

—Un lugar privado —respondió el hermano Lemon—. Donde podamos atarla para que no se haga daño a sí misma. Ni a nosotros. Y entonces nos quedaremos allí unas cuantas horas y rezaremos frente a ella. Puedo llevar un óleo sagrado que tengo. Bueno, en realidad, lo único que haremos es ir y arrancarle el demonio. Es mejor que no vayamos a un hotel. La gente podría entenderlo mal. ¡Ah, mierda, ya vuelvo a estar con lo mismo!

Christian soltó una risa nerviosa.

—Creo que sé un lugar —respondió Abby.

—Estupendo —dijo el hermano Lemon—. Bastará con que la llevemos allí. Hay todo tipo de demonios. Hay demonios de la confusión, del nihilismo, de la autolesión, de la ira y del orgullo. Hay demonios del bautismo infantil, del catolicismo romano, del misticismo judío. Cada uno sabe cosas distintas. Algunos entienden de teología y otros de misiles nucleares, y hay algunos que saben mucho sobre ciencia. Pero lo que todos ellos tienen en común es que son criaturas astutas. Así que tendremos que preparar un plan B por si la endemoniada, es decir, tu amiga, te dice que sí y se mete en el coche contigo, y luego, en el último segundo, cambia de opinión.

—¿Quieres decir que tendríamos que engañarla? —preguntó Abby.

—O drogarla —respondió como si nada el hermano Lemon, mirando al vacío, como si no viera a Abby.

—Eso no sería buena idea —respondió Abby—. Mira, lo siento..., olvídate de esta conversación.

—¿Qué? —replicó el hermano Lemon. Se inclinó hacia la muchacha y agitó ambas manos en el aire—. Tampoco hay para tanto. No sé si sabes que a veces hay que romper huevos para hacer una tortilla.

—Es mi mejor amiga —dijo Abby.

—Ahora ya no —respondió el hermano Lemon, clavando la mirada en Abby. Sus ojos eran verdes y hermosos—. Ahora es una endemoniada. Está poseída por un demonio. Ahora es una criatura de Andras.

—¿Qué? —preguntó Abby.

El hermano Lemon cerró una de sus enormes manos sobre la muñeca de la otra y presionó sobre la mesa, ligeramente, pero con firmeza.

—¿Sabes por qué te hablo de esta manera? ¿Con tanta sinceridad y tanta franqueza? Porque he visto quién está dentro de tu amiga y siento miedo por ti. Ese demonio quiere aislarte. Quiere alejar de ti a todos los demás. Así, cuando llegue el momento, hará que la endemoniada se aniquile a sí misma y te lleve también a ti. No quedará nadie que te ayude cuando llegue esa hora.

Todo aquello parecía un disparate, una chifladura, una locura. Pero también se parecía mucho a lo que estaba sucediendo en la realidad.

—Los demonios son ideas hechas carne —contaba el hermano Lemon—. Ideas nocivas. El que se halla dentro de tu amiga es discordia, ira y furor. Provoca tempestades con una sonrisa que es como el relámpago, es hermano de búhos e insufla inteligencia nacida en la noche. Es el desgarro que jamás se podrá reparar.

Abby estaba que no respiraba.

—¿Has visto muchos búhos por aquí? —preguntó el hermano Lemon—. ¿Los has oído llamar por las noches? Presienten que su señor se acerca. ¿Piensas que te miento? Pues entonces dime, ¿tu amiga trata de sembrar discordia? ¿Se dedica a volver al amigo contra el amigo, al familiar contra el familiar? ¿Difunde mentiras y engaños que provocan castigos y cólera contra el inocente, mientras que los culpables escapan impunes?

Abby pensó en Margaret. Pensó en Glee. Pensó en que Gretchen había denunciado el robo de su agenda. Pensó en las notas que Gretchen se había encargado de llevar a Glee y se dio cuenta de que había sido la propia Gretchen quien las había escrito. No quería reconocerlo ante Christian, pero aquella era la realidad.

—No estás sola, Abby —insistió el hermano Lemon—. Yo seré el oído que te escuche, el hombro en el que puedas apoyarte, y en cualquier momento podrás dejarlo. Pero que Andras no te haga callar. Habla conmigo.

Las lágrimas resbalaron por la nariz de Abby, pero estaba decidida a hablar. Necesitó quince minutos para contárselo todo al hermano Lemon.

—Sí —dijo este en cuanto hubo terminado, y le entregó un pañuelo de papel que había sacado de su riñonera—. Todas las piezas encajan. Todo eso ocurrió durante Halloween, que es el día en que el poder de Satán llega a su punto máximo. A menudo, Andras se hace pasar por buen tío como pantalla de humo para disimular sus verdaderas intenciones. ¿Sabes la cacería de comunistas en los años cincuenta? Fue cosa de Andras. Se sirve del caos y la anarquía para lograr sus propios fines.

—Se nota que es malo —opinó Abby. Hizo una bola con el pañuelo empapado y trató de imaginarse lo mal que estaría su maquillaje.

—Abby —dijo el hermano Lemon—, ¿tú sabes cómo terminará esto?

Abby negó con la cabeza.

—Terminará cuando tu amiga esté loca e ingresada en el Hospital Psiquiátrico del Estado de Columbia —prosiguió el hombre—. Terminará cuando ensucie las paredes con su propia mierda para trazar símbolos esotéricos de culto al diablo. O quizá, terminará cuando tome un cóctel de pastillas y muera, o se meta el cañón de una escopeta entre los dientes. Y se llevará a otras personas por delante. Me has hablado un poco de la tal Gretchen y parece que era una buena amiga. Pues bien, si tú eres una buena amiga suya, no puedes abandonarla ahora. Sé que todo lo que te estoy diciendo parece muy retorcido, pero tu amiga ya no está en ese cuerpo. Se halla en otro lugar, perdida, asustada, sola. De nosotros depende el salvarla.

—¿Cómo la llevaremos al lugar? —preguntó Abby al cabo de un momento—. Ya me entiendes, si no quiere venir.

—Con GHB —respondió el hermano Lemon—. Los levantadores de pesas lo utilizamos todo el tiempo. Es un suplemento dietético, pero te deja atontado si tomas en exceso. Es difícil de conseguir y complicado de usar. Los demonios son criaturitas maléficas, pero tienen que comer y beber como los demás. Si le echas un poco en su bebida, podremos cargarla en el coche y llevarla al sitio donde expulsaremos al diablo.

—No sé... —dijo Abby.

—Bueno —añadió el hermano Lemon, al tiempo que encogía sus enormes hombros—. Ve pensando en ello y, cuando te decidas, me llamas. Pero no esperes demasiado. Lo más probable es que tu amiga aún esté viva en algún lugar, pero quién sabe por cuánto tiempo.

Anduvieron juntos hasta el aparcamiento, y por el camino el hermano Lemon le preguntó:

—¿Quieres ver una cosa?

Abby vaciló.

—Venga —insistió el hombre—. Quiero enseñarte algo que tengo en el coche.

Abby lo siguió, pero en todo momento se quedó unos pasos más atrás. Recordaba todas las historias sobre hombres en camionetas blancas que raptaban chicas en los aparcamientos de los centros comerciales, chicas que nadie volvía a ver.

Obviamente, el hermano Lemon conducía un monovolumen blanco que hizo saltar las alarmas en el cerebro de Abby. La muchacha miró alrededor para ver si alguien los veía mientras acompañaba al hombre a la parte de atrás del vehículo. Christian abrió la puerta y Abby se volvió para asegurarse de contar con una vía de escape. Por si acaso.

—Pensé que quizá tu amiga vendría contigo —dijo el hermano Lemon—. Cuando llamaste. Por eso había venido equipado y dispuesto a pasar a la acción si era necesario.

El hombre abrió la cremallera de dos fundas de color azul eléctrico para tablas de surf. Dentro llevaba correas de nailon, esposas, una camisa de fuerza, cinta adhesiva, mordazas, cadenas, collares, una correa, un bozal, una capucha de cuero y grilletes.

—Por nuestra propia seguridad, desde luego —dijo. Y entonces se rio y dio una palmada—: Joder, qué entusiasmo —añadió, saltando de uno a otro pie.

BEDS ARE BURNING[1]

—Estoy destrozada —decía Glee entre sollozos.

Era aquella misma tarde, ya casi de noche, y Abby acababa de descolgar el teléfono.

—Solo podré hablar un minuto —siguió diciendo Glee. Tenía la voz anegada en lágrimas—. Quiero que sepas que yo no tuve la culpa.

Sus últimas palabras desaparecieron en un mar de gemidos y llanto.

—Tranquila, Glee, todo se arreglará —respondió Abby.

—No —contestó Glee, repentinamente lúcida—. Esto no se va a arreglar. Nos marcharemos de aquí. Pero quiero que alguien sepa que yo no tuve la culpa.

—¿Qué ocurrió? —preguntó Abby.

—Él me mandaba cartas —explicó Glee—. Un montón de cartas en las que me decía que me amaba y que nunca se había sentido igual, y que esperaría a que me graduara y luego dejaría el trabajo y se iría a vivir conmigo, cerca de la universidad donde yo estudiara. Él me lo dijo. Y ella me dijo que tenía que ir a hablar con él, y, cuando fui, él actuó como si nunca hubiera sentido ningún interés por mí.

—¿Quién es ella? —preguntó Abby.

1. Las camas arden.

—Fue tan humillante... —prosiguió Glee, sin escuchar—. Y recuerdo que bebí naranjada y que ella me dijo que echaría algo de magia en el vaso, y entonces recuerdo que estaba en la copistería y el cielo se puso a girar en lo alto, y después esto.

—¿Quién es ella? —insistió Abby. Pero, en realidad, ya lo sabía.

—Tú sabes muy bien quién es —respondió Glee—. Yo no tuve la culpa. No, no tuve la culpa..., tengo que dejarte.

Abby volvió a llamar, pero el teléfono estaba descolgado, y al día siguiente Glee no se presentó. Su familia la sacó de escena y se encargó de que nadie volviera a verla. Pero Abby sabía que estaba destrozada y jamás sería la misma.

Por supuesto que sabía el nombre que Glee no había querido decirle. Era el de Gretchen.

Abby no podía detenerla ella sola, pero ¿quién iba a ayudarla? El hermano Lemon, no. Un hombre que llevaba esposas y cinta adhesiva en el maletero no podía ofrecerle una verdadera solución. Tampoco Glee. Ni el padre Morgan, porque también había desaparecido. Así que Abby acudió a la persona más dura que conocía: Margaret.

Margaret llevaba semanas enteras sin ir a la escuela. Seguramente, se estaba tratando la anorexia en privado, en su hogar, donde los Middleton podían vigilarla. Antes de regresar a casa, Abby pasó por el mercado de Charleston y compró un ramo de claveles rojos. Cuando estaba a punto de salir, vio un envase de pralinés Frusen Glädjé con crema. Eran los favoritos de Margaret, pero ¿podía hacerle un regalo como ese a una persona que padecía anorexia? Abby no estaba nada convencida, pero los compró de todos modos. Lo más probable era que Margaret estuviera ya en plena recuperación. No había nada que pudiera con ella durante mucho tiempo.

Los Middleton tenían casas por toda Charleston, pero la del centro era una mole de madera en Church Street. Las raíces de un roble sobresalían por una grieta en la acera y habían resquebrajado los dos primeros escalones de ladrillo que subían hasta la puerta. Era una casa tradicional de Charleston, por lo que tenía dos porches con columnas superpuestos en el lateral, que poco a poco tiraban de aquella gigantesca ruina de madera hacia la derecha, como para venirse abajo con elegancia en un desmayo que había empezado doscientos años atrás.

Abby aparcó en la calle y llamó al timbre, oyó resonar las campanillas en lo más recóndito de la casa y aguardó. Iba mirando a uno y otro lado por Church Street para asegurarse de que nadie la viera. No sabía por qué, pero se sentía como si estuviera haciendo algo malo. Volvió a llamar. En algún lugar de la casa ladró un setter irlandés. Por fin, oyó que la puerta principal se abría y un hombre gritaba:

—¡No, Beau! Quédate quieto, tonto.

Se oyeron en el porche unas pisadas fuertes que hicieron retemblar toda la casa y entonces la puerta se abrió.

Riley apareció en el umbral y miró a Abby de arriba abajo. Tenía demasiados humos como para reconocer que se acordaba de ella. Si es que se acordaba.

—¡Eh! —dijo Abby, tratando de darse un aire de chica guay—. Soy amiga de Margaret. He venido de visita.

Riley apoyó el hombro contra el marco de la puerta y se hurgó los dientes con el dedo.

—No se encuentra bien —respondió.

—Le he traído Frusen Glädjé —insistió Abby, y sostuvo en alto la bolsa de plástico—. Sabe mejor cuando está blando, pero no quiero que se me derrita encima. Y además le he traído flores.

Riley se pasó un minuto mirándose la punta del dedo untada de saliva, luego abrió del todo la puerta y volvió a entrar en la casa. Los tablones del porche crujían y crepitaban bajo sus pies.

—Cierra la puerta después de entrar —gritó, girando la cabeza, mientras desaparecía dentro de la casa.

Abby lo siguió y cerró la puerta de la calle como pudo, pero la humedad y las capas de pintura antigua la habían deformado tanto que a duras penas encajaba en el marco. Entonces siguió a Riley al oscuro interior.

Las casas antiguas de Charleston tenían todo lo que habría sido mejor evitar en la costa: eran grandes, carecían de aislamiento y estaban hechas de madera. El mantenimiento costaba una fortuna, pero sus propietarios se preocupaban más por vivir al sur de Broad Street que por el dinero. Además, estaba de moda el estilo *shabby chic*. Por fuera, todas las casas del centro se veían exactamente iguales: columnas blancas pintadas con pulcritud, capas de pintura fresca y brillante en las paredes exteriores, vistosas contraventanas negras sujetas a la pared para que no se cerraran, vallas de hierro forjado con volutas y puertas que cerraban los diminutos jardines de la entrada. Pero todos los interiores, ocultos a la mirada pública, eran una estampa de secreta decadencia. Los techos se venían abajo, las paredes se agrietaban, la pintura se abombaba, el yeso se desprendía —a veces hasta el listón—, pero los dueños se encogían de hombros y esquivaban los agujeros en el suelo, o comían en la cocina si el techo del comedor se había hundido. Las familias humanas vivían en coexistencia pacífica con las de mapaches que moraban en las paredes, y en invierno, cuando se encendía por primera vez el fuego en las chimeneas, las palomas que vivían en ellas se asfixiaban y caían abajo, transformadas en manojos de plumas sucias de hollín. El servicio barría constantemente los suelos para recoger las escamas de pintura de plomo que llovían de los techos. Los días en los que se celebraba una cena, bastaba con que alguien anduviera por el piso de arriba para que el polvo de yeso cayera sobre los platos. Había puertas que no se podían abrir, porque las llaves se habían perdido años atrás, o porque los cerrojos estaban demasiado oxidados. Las personas que eran como había que ser aguantaban todos aquellos contratiempos sin quejarse, porque, si no, era un signo evidente de que no merecían poseer una casa de verdad en Charleston.

Abby entró en el oscuro vestíbulo, al mismo tiempo que las anchas espaldas de Riley se alejaban en dirección a la cocina. Pasó por encima de una alfombra enrollada y lo siguió hasta el comedor. Un boquete en el techo, sobre las mesas de caoba, dejaba al descubierto las vigas de cedro sin desbastar que sostenían el segundo piso, y la cerámica y el cristal de la vitrina traquetearon y repiquetearon mientras la muchacha caminaba por el suelo desigual. Entonces pasó por las puertas batientes y entró en la bien iluminada cocina.

La luz le dolió en los ojos. Aquella era la única parte de la casa que estaba renovada, aparte de un anexo posterior con aire acondicionado. Riley se había sentado en aquel elegante islote de color blanco y se comía un plátano, a la vez que iba sacando mantequilla de cacahuete de un tarro con la ayuda de un cuchillo. Se hallaba frente a la encimera, donde tenía abierto un ejemplar de la revista pornográfica *Hustler*.

—¿Qué quieres? —preguntó.

—Cucharas —respondió Abby. Fue a abrir un cajón demasiado lleno que se encontraba junto a la ruidosa nevera, el cajón se encalló, Abby dio un tirón para desencallarlo y agarró dos cucharillas distintas. Las metió en la bolsa junto con los Frusen Glädjé y cerró el cajón con la cadera.

—No te quedes mucho tiempo ahí —dijo Riley mientras contemplaba el *Hustler* con dedos embadurnados de mantequilla de cacahuete—. Se supone que no tengo que permitir que nadie la vea.

—¿Cuándo regresará tu madre? —preguntó Abby.

Riley se encogió de hombros y pasó otra página. En la siguiente aparecía una mujer maquillada en exceso que enseñaba la vagina. Abby se esforzó por no mirar. Pasó por el lado del cojín de Beau —el setter irlandés la miró, con el cuerpo trémulo— y se dirigió a la escalera de servicio que se encontraba en la parte de atrás de la casa, haciendo equilibrios con la bolsa y las flores. A cada paso que daba, las cucharillas tintineaban.

Era una escalera empinada, oscura y estrecha. En tiempos ya lejanos, la humareda provocada por un fuego había deteriorado la pintura y había hecho que las paredes de color verde aguacate se desconcharan. Abby llegó al pasillo de techo alto que se encontraba arriba y lo siguió en dirección a la fachada.

El suelo de madera crujía bajo sus pies. Al fin, abrió la enorme puerta por la que se entraba en la habitación de Margaret.

Las cortinas estaban echadas, la habitación a oscuras, y se sentía el olor húmedo y rancio de la enfermedad.

—¿Margaret? —preguntó Abby a las sombras.

La cama era un monumental revoltijo de mantas y sábanas enredadas. Alguien había dormido en ella, pero en aquel instante estaba vacía. Su blancura era visible en la penumbra. Abby halló el camino hasta el baño, donde ardía una lamparilla de noche, y entonces se sobresaltó al oír que las sábanas hablaban:

—Mmm, ¿Riley?

Abby se quedó inmóvil.

—¿Margaret? —preguntó.

—¿Abby? —Margaret parecía todo lo sorprendida que podía parecer con su voz endeble.

—Te he traído Frusen Glädjé —dijo Abby, y sostuvo la bolsa en la oscuridad, con la esperanza de que Margaret la viese desde el lugar donde estuviera—. Y cucharillas. Tenemos una misión: comernos todo este helado. —Entonces le contó una mentira piadosa, con la esperanza de que Margaret estuviera más receptiva—: Wallace me ha pedido que te traiga flores. Son claveles, por supuesto, es lo que a él le gusta.

—¿Por qué has venido? —gimoteó Margaret, y las sábanas se agitaron.

—Porque no has ido a la escuela en varias semanas. —Abby se acercó a la cama y metió la mano bajo la pantalla con borlas de una lámpara que estaba al lado—. Y aunque estés enfadada conmigo, todavía eres amiga mía.

Encendió la lámpara y se arrepintió al instante de haberlo hecho.

—Oh —dijo Abby. Y como no se le ocurrió qué más podía decir, volvió a decirlo—: Oh.

Margaret era un montón de huesos amarillentos enterrados entre sábanas sucias. Una criatura marchita, abatida en su debilidad e impotencia, con ojos del tamaño de los de E.T. y la cara enflaquecida. Su cabello no tenía más color que sus ojos y era demasiado fino, y la línea desde donde empezaba a crecer había retrocedido mucho. Abby se dio cuenta de que el cuero cabelludo que quedaba al descubierto era demasiado. En las comisuras de los labios de Margaret había costras de saliva seca. La muchacha parpadeó al encenderse la luz y unos lagrimones grasientos brotaron de sus ojos.

—Wallace no te las... ha dado —masculló Margaret—. Para de una... puta vez... de querer hacer feliz a... todo el mundo...

Mientras Margaret hablaba, Abby vio una pelusa gris que le cubría la lengua. Desvió los ojos y trató de concentrarse en otra cosa... lo que fuera.

—Me envenenaron... —farfulló Margaret. Entonces sacó una zarpa esquelética de debajo de la manta. Apenas había piel que cubriera los huesos. Las uñas habían crecido hasta convertirse en garras calcificadas. Las cutículas habían desaparecido—. Alguien... me envenenó...

Entonces Abby pensó que todas las piezas encajaban. Dejó los claveles y agarró una de las manos de Margaret, fría como el hielo.

—¿Fue el batido alemán? —preguntó.

Margaret tuvo arcadas y Abby vio como todos los tendones de sus mejillas se tensaban.

—No hables... —dijo Margaret, sin aliento, mientras los espasmos sacudían su garganta—... sobre comida...

—Pero es que tienes que comer —respondió Abby—. Pareces una etíope.

Los ojos lagrimosos de Margaret se fijaron en el envase de plástico del Frusen Glädjé. Sacó la lengua y se lamió los labios agrietados. Juntó los hombros, levantó el cráneo, y por un momento pareció que estaba a punto de sentarse, pero entonces su cabeza enorme y frágil volvió a desplomarse sobre las almohadas. Un olor a excremento escapó de debajo del montón de mantas.

—Quieren esperar a que... salga de mi sistema —explicó Margaret—. Pero tengo... hambre...

—Y aquí estoy yo con Frusen Glädjé —respondió Abby, sonriente—. Así tenía que ser. Tómate aunque solo sea una cucharada.

Margaret estaba demasiado débil para levantar la cabeza, así que Abby se dirigió al tocador y arrastró hasta la cama una banqueta de piano, un mueble blanco adornado con volantes, y se sentó. Quitó la tapa del envase de plástico, le arrancó la membrana blanca y lo colocó boca arriba sobre la mesilla. Al instante, el olor del helado, un olor frío, como de nieve, se expandió por la habitación húmeda de sudor.

Margaret encogió los labios y los dientes quedaron al descubierto. Se veían grandes en comparación con el resto de su cara chupada, y Abby se dio cuenta de que trataba de sonreír.

—¿Todo bien? —preguntó Abby.

—Déjame que... antes lo huela —respondió Margaret.

Abby sostuvo el helado bajo la nariz esquelética de Margaret. Vio que su amiga cerraba los ojos y parecía dormirse. Las fosas nasales de Margaret se contrajeron levemente. La muchacha se drogaba con el aroma de azúcar congelado y batido. Pero Abby no participaba. Aunque se le hiciera la boca agua, pensó que no sería capaz de retener nada en el estómago mientras estuviera en aquel cuarto.

—¿Quieres probar una cucharada? —preguntó.

Margaret asintió, moviendo los ojos bajo sus párpados cerrados. Abby le colocó sobre el regazo el helado cada vez más blando y hundió la cuchara en él. La llenó hasta la mitad. Era mejor empezar con bocados pequeños. La alargó hacia Margaret, que seguía con los ojos cerrados. Abby pensó que tal vez se hubiera dormido, pero entonces vio que movía la garganta. La piel de la frente se arrugó, traslúcida, sobre el contorno óseo que recubría.

—¿Te duele? —preguntó Abby.

Margaret asintió, apretando con fuerza sus labios sin color. Abby sabía lo que significaba esa mirada: estaba a punto de vomitar. Hundió de nuevo la cuchara en el helado, dejó el recipiente sobre la mesilla de noche y se puso a buscar una papelera. Había una junto al tocador, así que fue corriendo a buscarla y se la acercó.

—¿Margaret? —preguntó—. ¿Podrías colocarte sobre el costado? No podrás vomitar si estás echada de espaldas.

El sonido de la palabra «vomitar» hizo que Margaret se estremeciera de nuevo. Abby retiró sábanas y mantas, y vio el pecho de Margaret, no más que una placa de hueso bajo la camiseta de Rockville Regatta. Sus hombros no eran más que bastones sujetos a otros bastones. Soltó una bocanada de aire viciado, pero a Abby no le importó. Margaret sufría, se retorcía con movimientos suaves y lentos. Parecía que las mantas le pesaran demasiado, así que Abby trató de retirarlas del todo. Pero, de pronto, se detuvo.

El estómago de Margaret se había hinchado hasta transformarse en un duro montículo. Abby no podía creerse lo grande que estaba y, por un segundo, pensó que Margaret se había quedado embarazada. Pero no podía haberle crecido un vientre de nueve meses en las dos semanas que llevaba sin ir a la escuela. Margaret jadeó y sus garras huesudas se clavaron en el vientre hinchado. Arañaron y acariciaron el bulto.

—¿Estás bien? —volvió a preguntarle Abby.

Margaret abrió la boca para chillar, pero tan solo le salió un gorgoteo, un sonido húmedo, de succión, de arcadas, que hizo que el estómago de Abby se contrajera en solidaridad. Margaret se retorció, su columna se dobló hacia atrás hasta formar una C, como si la cabeza tratara de llegar a los talones. Entonces se dobló en la dirección opuesta, se plegó, hizo con todo el cuerpo un ovillo protector en torno al vientre distendido. Las sábanas resbalaron de la cama y cayeron al suelo.

—¡Oh! ¡Oh! ¡Oh! ¡Oh! —repetía rítmicamente.

Abby tuvo miedo de que Margaret se cortara la lengua con los dientes, o ensuciara la cama con sus necesidades. «¿Qué puedo hacer? ¿Qué puedo hacer? ¿Qué puedo hacer?» La pregunta se repetía sin cesar en su cerebro, pero no hallaba la respuesta.

La puerta se abrió de pronto.

—¿Qué le has hecho? —bramó Riley. Venía con los nudillos sucios de manteca de cacahuete y había dejado algunos grumos en el pomo de la puerta. Abby la olió desde la cama. Fue como si el aroma le provocara un nuevo ataque a Margaret, y la muchacha se clavó las uñas en su frágil garganta, sin apenas fuerzas, y exhaló un gemido prolongado.

—Uuhhhhhhhhhhhhhh —dijo.

Beau, el setter irlandés, echó a correr en torno a las piernas de Riley y miró dentro de la habitación, en dirección a Abby, luego a Margaret, y después entró al trote y se quedó al lado de la cama husmeando las mantas.

—Está enferma —respondió Abby—. Ni siquiera la he tocado.

—No debería haber permitido que entraras —añadió Riley. Pero no cruzó el umbral de la puerta, como si hubiera tenido miedo de acercarse demasiado al cuerpo semidesnudo y convulso de su hermana. Iba con los pantalones cortos arremangados y se le veía una pierna cubierta de manchas.

—¿Qué hacemos? —preguntó Abby.

—Vamos a meternos en un buen lío —respondió Riley.

—Tenemos que ayudarla —dijo Abby.

Riley negó con la cabeza. Luego chasqueó los dedos al perro.

—Ven, Beau —dijo—. Nos marchamos.

—Deberíamos llamar a una ambulancia —insistió Abby—. ¿La visita algún médico?

De repente, Margaret dejó de retorcerse. Su cuerpo se quedó inmóvil por completo, rígido como una viga, con los dedos de los pies apuntando hacia abajo, las rodillas juntas, los brazos rígidos a lado y lado, el cuello tenso, los ojos llenos de lágrimas.

—Se encuentra bien —dijo Riley—. ¿Lo ves? No le pasa nada. ¿Verdad que no le pasa nada?

Abby no tenía la menor idea.

—Yo pienso que deberíamos llamar a alguien —dijo—. O hacerle reanimación cardiopulmonar, o algo así.

—Aún respira —respondió Riley.

Fue entonces cuando Beau reculó dos pasos desde la cama, puso las patas en tensión y empezó a emitir un gruñido sordo y gutural. Margaret separó las mandíbulas y dejó al descubierto una caverna negra y profunda que se hundía hasta su estómago, y empezó a rogar.

—Por Dios —gimoteaba—. Haz que esto se acabe, Abby, haz que esto se acabe. Quiero que venga mamá... por favor, haz que esto se acabe... ¡¡¡Mamááááááá!!!

La última palabra se transformó en chillido, un chillido tan fuerte que Abby sintió las vibraciones en las plantas de los pies. Tan fuerte que Beau empezó a ladrar. Margaret chilló y chilló y chilló, y en el mismo momento en el que Abby pensaba que no aguantaría más, el chillido se estranguló, como si algo le hubiera obstruido la garganta a la joven. Entonces los gemidos ahogados empezaron a sonar húmedos y viscosos, y Abby vio una cosa pálida y blanca que se retorcía en la negrura del gaznate de Margaret y se enroscaba en torno a sus amígdalas.

Abby se inclinó sobre ella para verlo mejor y la cosa que estaba dentro se movió. Entonces Abby se enderezó de pronto y chocó con Riley, que se había acercado por detrás para ver lo que ocurría. La cosa estaba saliendo, escapaba de la garganta de Margaret, emergía a la superficie. Las lágrimas resbalaban por las mejillas amarillentas de la muchacha, y su garganta y su pecho se revolvían en espasmos. Sus manos huesudas arañaban y se clavaban en vano en la tensa piel de su garganta. Pero la cosa seguía deslizándose hacia fuera.

Resbaló sobre la raíz de la lengua de Margaret, y entonces Margaret tosió tres veces, tres toses violentas, como para aclararse la garganta, y cada nuevo tosido expulsaba aún más a aquella cosa. Era pegajosa, gelatinosa y estaba viva... era un gusano blanco, sin ojos, grueso como una manguera de jardín y salía arrastrándose del estómago de Margaret con resolución.

—Qué... coño... es eso —dijo Riley.

—No lo sé, no lo sé, no lo sé —repetía Abby en voz baja, al tiempo que retrocedía.

El gusano siguió saliendo, su cuerpo viscoso abandonó poco a poco el estómago de Margaret, resbaló sobre los labios temblorosos de la muchacha y se deslizó sobre su barbilla, donde se quedó inmóvil un instante y husmeó con su cabeza roma y ciega. Luego se volvió hacia el Frusen Glädjé, olvidado en la mesilla de noche, y su cuerpo —alargado, ondulado, blanco— volvió a arrastrarse sobre la mejilla de Margaret y recorrió otro centímetro y medio hasta llegar al envase. Exhausto después del viaje, se detuvo un instante. Margaret tomó aliento con fuerza por la nariz, sufrió un ataque de pánico, quiso chillar, pero no pudo. El pesado cuerpo del gusano le impedía mover las cuerdas vocales.

Fue entonces cuando Beau saltó sobre la cama, ladrando con furor. Como no hacía caso de nada salvo de su propia furia, trepó sobre el cuerpo de Margaret, le pisoteó el estómago hinchado, y Abby trató de agarrarlo por el collar. El perro ladraba y chasqueaba las mandíbulas sobre el rostro de la muchacha. Abby pensó que trataba de morderla y lo sujetó por el pelambre de la nuca.

—¡Beau! —chilló—. ¡No!

Pero cuando tiró hacia atrás de la cabeza de Beau, este tenía el extremo del gusano entre los dientes. Margaret emitió un chillido estrangulado, como un siseo. Beau le estaba sacando el gusano de la garganta. Abby le soltó el pelaje y el perro mordió varias veces con fuerza al gusano ante la misma cara de Margaret, pero era duro como la cecina y no logró seccionarlo. El gusano se retorcía hacia uno y otro lado, y su cuerpo seguía saliendo de la garganta de Margaret. Beau encontró un punto mejor para sujetarlo y empezó a tirar hacia atrás.

El gusano se enroscó en el hocico de Beau y se enrolló alrededor de su cara. El perro soltó un gruñido sordo y profundo y agitó la cabeza de un lado para otro, y el gusano siguió saliendo. Margaret sufrió arcadas. Pugnaba por tomar el aire que necesitaba. Abby y Riley estaban inmóviles frente a ella, incapaces de hacer nada, salvo mirar.

Beau llegó a la cabecera de la cama. Había sacado casi dos

metros de gusano de la boca de Margaret, empapados en saliva y cubiertos de jugos estomacales. Entonces saltó, sin soltar el gusano, y Margaret gimoteó con alarma y dolor. El perro aterrizó sobre el suelo de madera y siguió retrocediendo. Abby y Riley miraron con horror mientras el animal sacaba dos metros y medio de gusano, luego tres metros, luego cinco.

Por fin, cuando Beau ya llegaba a la puerta, el gusano se partió.

Sacaron unos diez kilos de tenias del estómago de Margaret. La más larga medía once metros. Su médico explicó que en ningún momento se le había ocurrido que su enfermedad pudiera deberse a las tenias. Le habían hecho pruebas de todas las enfermedades posibles, desde la leucemia hasta la anorexia, sin darse cuenta de que albergaba tenias. Las criaturas llevaban semanas quitándole la comida y reproduciéndose en sus vísceras, que se habían transformado en un nido repleto de *Taenia saginata*.

A Riley le habían quitado el permiso de conducir y por ello tuvo que ser Abby quien los llevara al hospital. En medio de la vorágine de padres, médicos, purgantes, asesores y enfermeras que se arremolinaban en torno a la habitación que Margaret ocupaba en el décimo piso, todo el mundo se olvidó de Abby. La muchacha se quedó en un rincón. Lo que significaba que aún estaba allí, junto con el señor y la señora Middleton, Riley y los otros tres hermanos de Margaret —Hoyt, Ashley y Saluda—, cuando el médico les contó lo que había ocurrido.

Margaret había tragado huevos de tenia. Un montón de huevos de tenia. Era un procedimiento para perder peso bastante habitual. En las últimas páginas de las revistas se encontraban anuncios que decían que se trataba de «un método rápido y natural para satisfacer tus necesidades de adelgazamiento». Bastaba con enviar un cheque o un giro postal a la empresa y te mandaban por correo un envase de plástico con los huevos. Eran como polvo de tiza. Si se mezclaban con agua, se conseguía una especie de batido espeso. Entonces había que beberlo.

En teoría, había que tomar uno de esos batidos y esperar un tiempo para que funcionara. Si Margaret había bebido más de uno, el resultado podía ser peligroso. Bastaba con tomarse dos para correr peligro de muerte.

Los médicos querían saber cuántos había consumido. Y de dónde había sacado la idea. ¿Sabía lo peligroso que era? ¿Sabía que podría haber muerto? Sin embargo, no pudieron preguntarle nada a Margaret, porque había estado sedada desde el mismo instante de su ingreso en el hospital. No habían encontrado otra manera de poner fin a sus alaridos.

Pero Abby sí sabía lo que había ocurrido.

TONIGHT SHE COMES[1]

Abby regresó a casa en coche, subiendo y bajando por los puentes, y se encerró en su habitación. Sacó la agenda que había escondido en el fondo del armario y pasó las páginas. Allí estaba todo. Citas del *Cantar de los cantares* («Como lirio entre los cardos es mi amada entre las doncellas. Como manzano entre los árboles silvestres...»). La firma del padre Morgan escrita repetidamente en largas columnas. A cada nueva línea, la falsificación mejoraba. Bosquejos hechos con rotuladores rojo y negro en los que aparecía una figura desnuda en lo alto de la torre del reloj, una muchacha con gusanos que le salían de la boca, perros que rodeaban a otra muchacha y la hacían pedazos.

Buscó en su escritorio, encontró la guía telefónica de la escuela y llamó al número del padre Morgan. El tono de llamada se repitió diez veces, once, doce. Por fin, un hombre respondió.

—¿Padre Morgan? —dijo Abby.

—¿Con quién hablo? —preguntó el hombre.

—Soy una de sus estudiantes —respondió Abby—. Tengo que hablar con él.

—No puede ponerse.

—Por favor —insistió Abby—. Dígale que soy Abby Rivers. Pregúntele si quiere hablar conmigo. Por favor, pregúntele.

1. Ella vendrá esta noche.

Oyó un golpe, como si la persona que había respondido dejara el teléfono sobre una mesa, y luego se hizo un largo silencio. Por fin, alguien cogió el auricular.

—Abby —dijo el padre Morgan, con voz de persona muy cansada—. Ya no imparto clases en Albemarle, pero puedo darte el número del capellán que me ha sustituido.

—Le ocurre algo a Gretchen —respondió Abby.

—Yo no puedo ayudarte con eso —dijo—. Lo siento, pero no puedo tener ningún contacto con los estudiantes.

—He conseguido su agenda —se adelantó a decirle Abby—. Gretchen había practicado para falsificar la firma de usted. Yo vi cómo le pasaba esas notas a Glee. Todo lo provocó ella.

El padre Morgan calló unos instantes y luego habló con una voz que reflejaba un agotamiento aún mayor.

—Lo siento, Abby —dijo—. Pero creo que será mejor que pase página.

—¡Es que esto tiene que acabar! —exclamó Abby—. Fue ella quien hizo que Margaret se bebiera huevos de tenia, y que Wallace Stoney se emborrachara, y falsificó aquellas notas para Glee. Todo está escrito en su agenda. Llevaba semanas planeándolo y, si usted no la detiene, hará otras cosas. Cosas que serán aún peores.

—Abby... —empezó a decir el padre Morgan.

—Por favor, créame —dijo Abby—. Tiene que dársela a alguien. Major pensaría que la he falsificado. Pero usted podría dársela a alguien que tenga autoridad.

—Espera un momento —respondió el padre Morgan—. No cuelgues.

Abby oyó crujido de tela, porque el padre Morgan sostenía el auricular contra el jersey mientras hablaba con alguien que estaba en la misma sala. Sus voces cobraron fuerza y terminaron por hablar más alto, estaban conversando, pero el sonido llegaba demasiado amortiguado como para que Abby pudiera entenderlos.

Cuando el padre Morgan volvió a hablar por teléfono, su voz parecía más potente.

—¿Todo eso aparece en la agenda de Gretchen Lang? —preguntó—. ¿Estás segura de que es suya?

Abby asintió con la cabeza, pero entonces se dio cuenta de que estaba hablando por teléfono.

—Sí —respondió.

—Tendría que verla —dijo el padre Morgan—. Y tus padres deberían estar presentes. ¿Tu madre se encuentra en casa?

—Regresará por la mañana —respondió Abby.

—De acuerdo —dijo el padre Morgan—. Iré a tu casa por la mañana y un amigo me acompañará. Él examinará la agenda, y, si lo que me has contado es cierto, tendrás que llamar a la escuela para avisarles de que vas a faltar, e iremos a la policía.

—¿A la policía? —respondió Abby, y no pudo evitar la sensación de que estaba a punto de traicionar a Gretchen. Tuvo que recordarse a sí misma que ya no eran amigas.

—Estamos hablando de graves delitos —le explicó el padre Morgan—. Las consecuencias van a ser graves.

Abby colgó el teléfono, pero no consiguió dormirse. Encendió el televisor, pero *Luz de luna* le pareció ruidosa, vulgar y predecible, por lo que terminó por apagar el aparato y poner *No Jacket Required*, y permitir que la voz suave y tranquilizadora de Phil Collins llenara la habitación. Abby estaba sentada sobre la cama y en el otro extremo de esta se hallaba la agenda. La muchacha se sentía exhausta, aliviada y temerosa, y sus venas se llenaron de adrenalina y luego se vaciaron de nuevo. Se colocó a Geoffrey la Jirafa y la Muñeca Repollo sobre el regazo, apoyó la cabeza contra la pared y se durmió.

En su sueño, ya no estaba sola. En su sueño, no había ocurrido nada que no se pudiera arreglar. En su sueño, todo volvía a ser como cuando ella y Gretchen habían ido en coche a Wadmalaw para practicar el esquí acuático con Margaret y Glee, y llevaban una caja de cervezas Busch en el maletero del Conejito, y la voz de George Michael sonaba en la radio, y el viento les revolvía el cabello y no sentían olor a United Colors of Benetton, y Abby volvía la cabeza y sonreía, y Gretchen le devolvía la sonrisa, pero tenía una cucaracha en la cara, en una de las mejillas, y cuando Gretchen abría la boca decía: «¡Hola! ¡Me llamo Mickey!», y Abby le decía que parara, y Gretchen lo repetía una y otra vez hasta que Abby abría los ojos y la luz de su cuarto seguía encendida, y el teléfono sonaba.

—¡Hola! ¡Me llamo Mickey! —gorjeaba—. ¡Hola! ¡Me llamo Mickey!

La muchacha miró en el reloj digital: 23.06. Agarró el auricular y fue como si se diera de bruces contra un estruendoso muro de estática.

—¿Abby? —dijo Gretchen por la línea de larga distancia.

—¡Gretchen! —gritó Abby—. Voy a solucionar esto. Mañana mismo. Voy a hacer que todo esto termine.

La estática se interrumpió y la línea telefónica se transformó en un inmenso abismo de negrura.

—No tendrías que haberlo hecho —replicó Gretchen, como si su voz surgiera del vacío—. No tendrías que haber hablado.

—Esto tiene que terminar —insistió Abby—. ¡Ella está haciendo daño a todo el mundo!

—Más te vale que cierres todas las ventanas y las puertas —dijo la voz de Gretchen al teléfono, como un eco—. Ella va a venir.

El tono de apremio que se reconocía en la voz mezclada con la estática alarmó a Abby, pero, aun así, la muchacha negó con la cabeza.

—No va a venir nadie —respondió.

—No lo entiendes... —empezó a decirle Gretchen.

—Estoy harta y asqueada de que todo el mundo me diga que no lo entiendo —chilló Abby al teléfono—. ¡Se acabó! ¡Punto final!

—Sí, se acabó —gimió Gretchen por la línea telefónica—. Es demasiado tarde.

La puerta de la habitación de Abby se abrió de pronto y Gretchen apareció en el umbral, con una bolsa de la compra, sonriente.

—Hola, Abby-Normal —dijo.

—Es demasiado tarde, es demasiado tarde, es demasiado tarde —repetía la voz en el teléfono.

—¿Ese fantasmilla todavía habla? —preguntó Gretchen.

Dejó junto a la puerta la bolsa de la compra de papel marrón y luego arrancó el auricular de la mano de Abby y lo colgó del brazo de Mickey, con un golpe que sonó a plástico, un golpe definitivo. Abby, por puro instinto, bajó de la cama y se puso en pie.

—A mí me da la impresión de que hablar solo trae mala suerte, ¿no te parece? —preguntó Gretchen.

Entonces le dio un puñetazo a Abby en el estómago.

Nunca nadie había golpeado a Abby y aquello la pilló por sorpresa. Todo el aire se le escapó de los pulmones, y se cayó de manos y rodillas sobre la alfombra. Gretchen le arreó una patada en el estómago y le hizo presión con la punta de la zapatilla en el plexo solar. La muchacha gimoteó. Gretchen le dio una nueva patada en el costado. Por puro reflejo, el cuerpo de Abby se enroscó.

Gretchen se agachó, agarró un mechón del cabello engominado de Abby y le levantó la cabeza de un tirón.

—Hace tiempo que te lo estabas buscando —dijo Gretchen—. Pues muy bien, ya cuentas con toda mi atención. ¿Te gusta? ¿Te lo pasas bien?

Abby lloraba. Gretchen le hundió aún más los dedos en los cabellos y se los retorció.

—No te metas en mis cosas —le decía—. Estás acabada.

Dio una última y furiosa sacudida a la cabeza de Abby, luego la hizo rebotar contra la alfombra y, a continuación, se puso en pie. Apoyó la suela del zapato en la mejilla de Abby y la aplastó contra el suelo.

—Quédate ahí —le decía—. Hazte la muerta. Como una perrita buena.

Entonces agarró la agenda, que aún estaba sobre la cama, y salió de la habitación de Abby. Se llevó también la bolsa de la compra. Se oyeron puertas que se abrían y cerraban en el pasillo, y algo se cayó en la sala de estar; al cabo de un minuto, Abby oyó que la puerta de la calle se cerraba.

Se puso en pie de un salto, corrió hacia la entrada y echó el cerrojo. Luego se marchó a su habitación, cerró de golpe y colocó la silla del escritorio bajo el picaporte. Se sentía tan mal que quería reírse. En las fotografías que decoraban su espejo, Gretchen le sonreía con hierros brillantes en los dientes, Gretchen se reía de ella, Gretchen le sacaba la lengua, y Abby miró al reloj y eran las 23.11, y faltaban ocho horas para que llegase el padre Morgan y no tenía la agenda. No tenía nada. No podría salvar a Margaret, no podría salvar a Glee, no podría detener a Gretchen, no podría salvarse a sí misma.

Miró por su habitación y le entraron ganas de chillar. ¿Cómo se le había ocurrido meterse en todo aquello? Estaba en una habitación juvenil, no en una habitación de adulta. Era la habitación de una niña.

Arrancó de la pared el póster de *E.T.* e hizo jirones la frágil ilustración de papel. Después agarró la lata de Coca-Cola de Tommy Cox y la arrojó al rincón. Quitó las fotos del espejo, desgarró el rostro de Gretchen y el suyo propio, maldijo mientras transformaba en confetis relucientes todos los años que habían compartido y los esparcía por el suelo. Sacó de un tirón el casete de *No Jacket Required* y la cinta magnética de color negro salió como una serpentina y, luego, fue desenrollando una tras otra las cintas que habían grabado: *Verano fantástico mix 88*, *Fiesta del cometa Halley en la playa*, *De Gretchen a Abby IV*.

No le bastó. Al ver sus propios peluches, sintió deseos de vomitar. Pertenecían a una cría estúpida. Sus uñas se transformaron en garras, las clavó en el rostro de Geoffrey la Jirafa y le arrancó sus ojos negros y brillantes; luego le rasgó la sutura del lomo y volvió del revés la piel del animal. Le retorció la cabeza a la Muñeca Repollo hasta arrancársela y con unas tijeras abrió de un corte el vientre del Perro Arrugas. Se sentía fatal, porque sabía que no estaba haciendo lo correcto, pero no logró contenerse. Estaba cansada de ser imbécil, estaba cansada de que

Gretchen se riera de ella, estaba cansada de que todo le saliera mal. Estaba tan cansada...

Cuando Abby despertó, la luz del día entraba a raudales por su ventana y acababa de interrumpirse un grito. La muchacha se incorporó de golpe, se quedó sentada en medio del desastre en el que se había convertido su habitación. El corazón le martilleaba, sentía picor en el cuero cabelludo. Había dormido más de la cuenta. La casa estaba en silencio. Abby escuchó, con la esperanza de que todo hubiera sido un mal sueño.

La mujer volvió a gritar. Era su madre.

Abby apartó la silla del escritorio y abrió la puerta de su habitación. Tres enormes agentes de policía aguardaban en el pasillo. La madre de Abby estaba en el otro extremo y lloraba. Una mujer policía la retenía.

—¿Mamá? —gritaba Abby—. ¿Qué ocurre?

—Tendrás que venir con nosotros —dijo el agente más alto.

—¿Por qué? —preguntó Abby.

—Tenemos que saber qué puedes contarnos sobre esto —respondió y le mostró una bolsa de papel de color marrón.

Era la bolsa de Gretchen. La que había traído la noche anterior.

—¿Qué es eso? —preguntó Abby.

—Tú nos lo dirás —respondió otro policía más bajo.

Antes de que pudieran detenerla, Abby agarró la bolsa y la rasgó. Un bulto se deslizó hasta el suelo y rebotó, haciendo un sonido como de carne deshuesada. Era de color grisáceo, como un gato despellejado. Tenía los ojos cerrados, la boca abierta y las manos hechas dos puñitos. Aterrizó sobre las puntas de los zapatos del policía más bajo. Este se cubrió la boca y la nariz, y se volvió.

Habían encontrado el feto desaparecido.

HARDEN MY HEART[1]

Tras arrestarla, identificarla, informarla de sus derechos, interrogarla, hacerle una revisión médica, someterla a una nueva entrevista con un empleado del Departamento de Justicia de Menores y citarla para una audiencia preliminar que se celebraría cuarenta y ocho horas más tarde, le dijeron a Abby que podía volver a casa y quedar bajo la vigilancia de sus padres, o pasar los dos días siguientes en el centro de detención de menores. El señor Rivers habría querido dejarla allí para darle una lección, pero la señora Rivers se negó a que su hija pasara la noche en la cárcel, así que se la llevó a casa.

Abby lo habría pasado mejor en el centro de detención. Su padre conducía y miraba al frente por el parabrisas, sin decir palabra. Su madre lloraba sin cesar. Cada vez que parecía que había terminado, empezaba a llorar de nuevo. Cuando llegaron a casa, la madre se fue al dormitorio y cerró la puerta de golpe. Abby la oía llorar desde fuera.

Su padre se sirvió una Pepsi Diet con hielo, se instaló en la mesa de la cocina y se quedó allí dando sorbos y mirando a la pared.

—¿Papá? —dijo Abby, al tiempo que se levantaba del sofá y se acercaba a él sin hacer ruido—. Tú sabes que no he sido yo,

1. Endeuréceme el corazón.

¿verdad? Tú sabes que yo no haría algo así. Alguien lo había puesto ahí para meterme en problemas. Me crees, ¿verdad?

Su padre se volvió y la contempló con un lento parpadeo.

—Yo ya no sé qué creer —respondió.

Abby lo dejó, se marchó a trompicones por el pasillo y se encerró en su habitación. Había olvidado los destrozos de antes y no estaba preparada para encontrarse con aquel desastre. Sintió un nudo en el estómago. Había pisado uno de los ojos negros de Geoffrey, que ella misma le había arrancado de la cara. Habría querido llorar. Ya ni siquiera tenía un pasado.

Le habían quitado las llaves del Conejito de la Suerte, pero no le parecía mal. Así no podrían echar las culpas a sus padres por lo que iba a ocurrir. No es que aquello significara mucho, pero al menos le procuraba cierto consuelo. Porque estaba a punto de partirles el corazón.

Se duchó y se maquilló. Le llevó una eternidad, porque su piel estaba hecha un guiñapo supurante. Cuando por fin hubo terminado, metió en la bolsa de deportes todo lo necesario para maquillarse, junto con una muda de ropa interior y calcetines, un sostén limpio, un suéter y otro par de pantalones. Luego encendió el televisor y se sentó sobre la cama. Contempló la puesta de sol por la ventana de atrás.

Habría querido poder hacerlo de otra manera, pero no le quedaban más opciones. Quizá, si hubiera sido más lista, se le habría ocurrido una solución mejor, pero en aquel momento no le venía nada más a la cabeza. Y tenía que hacer algo. Miró por la ventana de atrás y vio como la luz teñía las hierbas altas y las cortadoras de césped olvidadas, primero de oro, luego de naranja, después de lavanda y por fin de negro.

Abby escuchó por si alguien se movía en la casa. Al no oír a nadie, abrió la ventana y apartó la mosquitera. Algo le llamó la atención en el océano de despojos que cubría el suelo de su cuarto, una pieza de su pasado que había escapado a la destrucción: la lata de Coca-Cola que Tommy Cox le había dado cuando estaban en quinto. La recogió, se la metió en la bolsa de deportes y cerró la cremallera. Salió de la casa con sigilo.

Al llegar a la gasolinera de Kangaroo, llamó desde la cabina. Luego esperó dentro y fingió hojear revistas, hasta que la camioneta blanca se detuvo frente a los surtidores. Corrió afuera y dio un golpecito en la ventana del copiloto. El hermano Lemon abrió la puerta.

—¿Lo has traído? —preguntó la muchacha, al tiempo que entraba.

El hombre abrió la guantera y le enseñó una bolsa de plástico para sándwiches en la que llevaba unas cucharadas de polvo gris. Al lado había una bolsita idéntica.

—¿Por qué llevas dos bolsas? —preguntó Abby.

—Hay que llevar siempre una de refuerzo, por si acaso —respondió él—. Como los astronautas de la NASA.

—Vamos —dijo Abby—. Tenemos que ir por el semáforo de Coleman Boulevard.

Mientras el hombre arrancaba y entraban en el Old Village, Abby se desplomó en el asiento.

—¿Me has apuntado el número de la cabina de teléfono? —preguntó.

—Está pegado a la bolsita —respondió él.

Abrió la guantera y sacó las dos bolsas.

—No sé por qué no puedo aparcar allí mismo y esperarte —dijo el hombre.

—Porque en esa parte de la ciudad llaman a la policía siempre que ven un coche desconocido —respondió Abby—. Aparca allí.

Se celebraba una boda en el Alhambra Hall y había coches aparcados a lo largo de la calle. Abby se metió ambas bolsas en los bolsillos y salió de la camioneta. El hermano Lemon se alejó. Sus luces de freno brillaron en la esquina y luego desapareció.

Abby caminó junto a la hilera de automóviles en dirección a Pierates Cruze. Dentro del Alhambra, un grupo interpretaba una versión playera de *Don't Worry, Be Happy*, y el tío que silbaba no estaba nada mal. Abby dejó atrás el barullo en la penumbra y cruzó el parque por entre los robles en dirección al Cruze.

Al llegar a la casa de Gretchen, vio el Volvo de la señora Lang en el camino de entrada, pero no el Mercedes del señor Lang. La muchacha rogó que se hubieran marchado a casa de algún amigo para seguir el partido entre los equipos de las universidades de Clemson y Carolina, como hacía todo el mundo en el Old Village. El señor Lang se había graduado en Clemson, y Abby sabía que cuando se jugaba un partido tan importante los padres se reunían todos en algún lugar. Los hombres se emborrachaban mientras las mujeres mariposeaban por la cocina.

Abby anduvo con sigilo por el costado de la casa y se coló en el jardín de atrás. El piso de arriba estaba iluminado, pero el de abajo tenía las luces apagadas. Se veía luz en todo el segundo piso. Brillaba en todas las ventanas y arrojaba rectángulos grandes y luminosos sobre el jardín. En comparación, el puerto aparecía más oscuro.

Abby miró por las ventanas y trató de ver si había alguien en la casa, aparte de Gretchen. Un viento frío se le metió en la chaqueta y se puso a temblar. Se oyó un búho en la oscuridad. Al cabo de un rato, Abby se acercó a la puerta de entrada, contando con que las luces automáticas del jardín se encenderían en cualquier momento y la obligarían a arrojarse sobre la hierba.

No ocurrió nada y llegó a la puerta. Poco a poco tiró del picaporte y sintió que el cerrojo giraba y se abría con un clic. Empujó la puerta con todo el sigilo que le fue posible y, tras colarse dentro, cerró a sus espaldas.

Hacía frío, más frío que antes. Abby no entendía cómo alguien podía vivir en aquellas condiciones. Casi de inmediato se puso a temblar.

Se deslizó en la sala de estar a oscuras y siguió hacia la cocina, con la esperanza de encontrar una botella de Coca-Cola *light* en la nevera. Gretchen la bebía sin cesar y la idea de Abby consistía en vaciar el contenido de una de las bolsas en una botella de dos litros. Entonces, quizá Gretchen se tomaría la cantidad suficiente para perder el conocimiento. Y entonces, *qui-*

zás Abby podría sacarla de la casa antes de que los padres de Gretchen llegaran y se bebieran ellos mismos la Coca-Cola *light* drogada.

Era un plan horrible, pero no se le había ocurrido nada mejor.

Oyó un ladrido detrás de ella. Abby pegó un bote y los nervios se le pusieron de punta. Recortada contra la luz que provenía del pasillo, vio la silueta de Max, que miraba al interior de la sala de estar con los ojos clavados en Abby. Mientras la muchacha lo contemplaba, volvió a ladrar.

—Max —susurró—, soy yo.

Se puso de rodillas y le tendió una mano que temblaba de frío. Max ladeó la cabeza.

—Max —murmuró—, perrito bueno, perrito bueno, Max.

El perro ladró de nuevo, pero esta vez fue un ladrido con reservas. Más como un «¿Buf?».

Se oyeron pasos en el piso de arriba. Abby se quedó inmóvil.

—¿Max? —llamó Gretchen—. ¿Quién está ahí?

—Max —susurró Abby—, ven aquí, Max. Chsst...

Volvieron a oírse pisadas. Gretchen se acercaba a la escalera. Abby retrocedió, se retiró a la penumbra de la sala de estar, se metió entre el sofá y la pared, se agachó.

—¿Quién anda por ahí, Max? —preguntó Gretchen. Abby la oyó bajar por la escalera. Apretujó el cuerpo con más fuerza todavía contra el rincón. Si Gretchen no entraba en la sala de estar, no la vería. El collar de Max tintineó. El perro corrió hacia Abby, le metió el morro en toda la cara y le lamió los labios.

—Vete, Max —cuchicheó—. Vete, vete, vete.

El perro le metió el hocico en el pecho y siguió husmeando.

—Por favor, Max —susurró Abby—. Vete.

—¿Quién anda por ahí, Max? —dijo Gretchen, ya al pie de las escaleras.

Abby miró a Max a los ojos, lo agarró por la cabeza, contempló lo más hondo de los ojos del perro y canalizó todo lo que tenía en su interior para hacerle comprender que era importante que se marchara.

—Vete —le susurró al oído.

—Ven aquí, Max —gritó Gretchen. Max giró de pronto la cabeza, como si hasta entonces no la hubiera oído, y salió corriendo de la sala de estar—. Max, perrito bueno. Vente conmigo.

Se oyó como un chasquido, las medallas de identificación del perro entrechocaron y tintinearon, y a continuación Gretchen y Max subieron corriendo por las escaleras. Abby sintió que las rodillas le flaqueaban, pero al instante salió de su escondrijo y corrió hacia la cocina. La luz del fregadero estaba encendida. Abrió la nevera.

Todo estaba estropeado. La comida se había podrido hasta transformarse en una especie de papilla, o se había secado hasta quedar reducida a restos parduzcos. Lo único que seguía intacto eran seis botellas de dos litros de Coca-Cola *light*. Unas manos grasientas habían dejado huella en la primera. Abby estaba a punto de agarrarla cuando oyó que los pies desnudos de Gretchen volvían a bajar a toda velocidad por las escaleras. Cerró el frigorífico y se volvió. Dio tres largas zancadas y se metió por la puerta a oscuras de la sala del televisor, al mismo tiempo que Gretchen entraba en la cocina desde la sala de estar.

Al retroceder en la oscuridad, Abby tropezó con la otomana donde los Lang guardaban todas sus revistas y se cayó de espaldas. Haciendo fuerza con las piernas, logró bajarse a cámara lenta, sentarse sin armar estrépito y cazar al vuelo un ejemplar de *European Travel & Life* antes de que llegara al suelo. Inmóvil, con el cuerpo doblado hacia atrás, escuchó.

Gretchen abrió la nevera de la cocina y luego un pequeño armario. La máquina de hielo zumbó y Abby se escudó en aquel ruido para moverse. Se dejó caer poco a poco sobre la otomana de cuero mientras Gretchen terminaba de ponerse el hielo en el vaso. Se dirigió hacia la puerta con gran sigilo.

Gretchen estaba de pie frente a la encimera, de espaldas a Abby, vestida con pantalones cortos y camiseta de tirantes. Tenía sobre el mueble un vaso lleno de hielo y una botella de Coca-Cola *light*. Tomó un limón seco, arrugado, de una hilera de frutas podridas que estaban en el alféizar de la ventana, y luego abrió estrepitosamente un cajón y sacó un cuchillo de carnicero ancho y reluciente. Gretchen aguantó el limón seco sobre la encimera y empezó a cortarlo en rodajas, pero entonces levantó de pronto la cabeza y husmeó en el aire. Se volvió y miró hacia donde estaba Abby, luego se giró en la dirección contraria y contempló la sala de estar a oscuras.

—¿Quién anda por ahí? —preguntó—. Siento tu olor.

Con pasos silenciosos se dirigió a la sala de estar a oscuras, cuchillo de carnicero en mano, y desapareció. Al instante, Abby se acercó de puntillas al fregadero y sacó la bolsita de polvos que llevaba en la cintura. Vació todo su contenido en el vaso. Se suponía que habría suficiente para dos litros de Coca-Cola, pero a Abby le daba igual, tan solo se preocupó por meterlo ahí. Revolvió el polvo apelmazado con un dedo y el hielo tintineó suavemente contra el cristal.

—¿Abby?

Las pisadas se acercaban de nuevo con rapidez y Abby se dirigió hacia la sala del televisor.

—¿Estás aquí, Abby? —gritó Gretchen desde la misma sala del televisor.

Abby retrocedió a tal velocidad que estuvo a punto de resbalar sobre las suelas de los zapatos. Dio seis pasos rápidos y llegó a la sala de estar, todavía a oscuras. Oyó que Gretchen venía por la cocina, pisándole los talones. Abby siguió moviéndose, todo lo rápida y silenciosa que le fue posible, y llegó al vestíbulo en el mismo momento en el que Gretchen encendía la luz en la sala de estar.

Había estado muy cerca. Tal vez no lograra llegar a la puerta antes que Gretchen, pero tenía que salir, salir de aquella casa helada, alejarse de Gretchen. Agarró el picaporte. La puerta estaba cerrada. Necesitaba la llave para abrir el cerrojo. Abby se volvió para buscar en la mesa del vestíbulo.

Gretchen estaba en la puerta de la sala de estar, con el cuchillo de carnicero en una mano y el vaso de Coca-Cola *light* en la otra.

—Al final resulta que sí que eres lesbiana y estás colgada de mí, ¿eh? —dijo y tomó un sorbo.

Abby pensó en destrozar el cristal de la puerta y echar a correr, pero las piernas no le respondían.

—No puedo creerme que hayas sido tan idiota como para venir aquí. Sobre todo después de que te arrestaran —dijo Gretchen, suspirando—. Ven conmigo. Ya que has venido hasta aquí, te enseñaré algo guay.

Gretchen subió por la escalera, con pasos cansinos, hasta el primer piso. Abby tuvo un momento de vacilación y luego la siguió. Encontró a Gretchen en su habitación, de pie frente al armario, poniéndose un impermeable de color azul celeste.

—¿Qué haces? —preguntó Abby.

Gretchen tomó un largo trago de Coca-Cola *light* y dejó el vaso sobre el escritorio.

—Ahora lo verás —respondió.

Gretchen empuñó el enorme cuchillo de carnicero que se hallaba en la mesa. Su hoja reflejó la luz que iluminaba la habitación y arrojó destellos plateados por las paredes.

—Ven —dijo, y le hizo un gesto a Abby con el cuchillo—. No voy a hacerte daño.

Gretchen entró en el cuarto de baño. Abby sabía muy bien que entrar en un espacio reducido con una loca armada con un cuchillo era una estupidez, pero en aquel momento Gretchen no le parecía peligrosa. Abby se sentía como si hubiera interrumpido a Gretchen en medio de un proyecto para conseguir créditos adicionales en la escuela y su amiga quisiera terminarlo antes de empezar con otra cosa.

Abby entró en el baño. Gretchen la aguardaba, apoyada contra el lavabo, con el cuchillo sobre el tocador. Tenía en la mano la pistola negra que antes había estado en la mesilla de noche de sus padres.

Max, el perrito bueno, se encontraba en la ducha. Estaba atado al grifo por la correa y brincaba de un lado para otro; sus zarpas golpeaban la fibra de vidrio de la bañera. En cuanto vio a Abby se puso a menear la cola.

—¿Ves? —dijo Gretchen—, le caes bien.

Max sacó la lengua, y entonces el cubo de basura que se hallaba junto a la bañera captó su interés, metió la cabeza adentro y empezó a hurgar.

—Se me ha ocurrido esta idea porque le caes muy bien —dijo Gretchen—. Así que podríamos decir que tú tienes la culpa de lo que le va a pasar.

Gretchen se subió la capucha del impermeable y se puso al lado de la bañera.

—Max, perrito bueno —decía—. ¿Quién es el perrito bueno?

Gretchen agarró a Max por el collar y lo obligó a sacar la cabeza del cubo de basura. Max, el perrito bueno, trató de lamer la mano con que Gretchen sostenía la pistola. Entonces la muchacha le sujetó el mentón, lo obligó a levantar la cabeza y apoyó el cañón contra su garganta.

—No tienes ninguna necesidad de hacerle daño —dijo Abby—. No tienes ninguna necesidad de hacer nada de todo esto.

—Tú ya no sabes con quién estás hablando —respondió Gretchen.

Max gimoteó y pateó sobre la fibra de vidrio; trató de volver la cabeza para meterla de nuevo en la basura.

—Yo sí sé quién eres —dijo Abby.

Gretchen, sin vacilar, soltó a Max, se apartó de la bañera y propinó un revés a Abby. La pilló con la guardia baja y la muchacha giró hacia un lado, se golpeó contra la pared y cayó al suelo. Gretchen se puso a horcajadas sobre ella, la agarró por los cabellos y le tiró de la cabeza hacia atrás. Apoyó la pistola de frío metal bajo el mentón de Abby. Nadie la había apuntado con una pistola en toda su vida y sintió que las entrañas se le llenaban de hielo.

—Lección aprendida —dijo Gretchen—. No sueltes gilipolleces por la boca.

Entonces Gretchen se enderezó y pateó a Abby en el estómago. La boca de Abby se llenó de saliva. La muchacha vio con ojos enturbiados que Gretchen se plantaba al lado de la bañera y que las patas de Max, el perrito bueno, golpeaban estrepitosamente la hueca fibra de vidrio.

Abby, incapaz de recobrar el aliento, gateó hasta la habitación de Gretchen y se arrastró hasta la pared opuesta a la puerta. Un instante más tarde el aire se partió en dos y la abofeteó en ambos oídos. Un resplandor iluminó la habitación. En el silencio que se hizo entonces, el humo de la pistola y el hedor de la cordita escaparon por la puerta del baño. Aunque los oídos le zumbaran, Abby oyó que algo se movía, que algo golpeaba contra la bañera, y entonces Gretchen salió.

—Buf... —dijo—. Esto me ha dado sed.

Se bebió de un solo trago la Coca-Cola *light* que aún le quedaba. Dio un golpe con la nuez de la garganta al apurarla. Abby tenía los ojos clavados en ella. La mitad de la cara de Gretchen estaba ensangrentada y una de sus manos sostenía la pistola. La sangre le resbalaba por el impermeable y goteaba en el suelo. Gretchen terminó la bebida y dejó el vaso; luego se asomó por la puerta del baño y examinó su propia obra. Volvió a mirar a Abby, cuyos ojos se habían anegado de lágrimas.

—No llores, Abby —dijo Gretchen—. Los perros son como los coches. En el campo se venden por poco dinero.

La joven sonrió. Y en ese mismo instante, Abby supo que algo se había roto y que no se iba a reparar jamás.

—Y ahora te diré lo que vamos a hacer —explicó Gretchen—. Vamos a arrojar este chucho por encima de la cerca del Dr. Bennett, porque ya verás el drama que se va a organizar cuando Pony Lang descubra los restos de su querida mascota familiar en el jardín del vecino. No me extrañaría que se produjeran graves episodios de violencia gratuita. Lo digo porque ambos tienen armas de fuego.

Dejó la pistola sobre el escritorio y agarró el cuchillo.

—Pero este perro pesa mucho —prosiguió Gretchen—. Así que quiero que agarres este cuchillo y le cortes... no sé... la cabeza. No me mires así, Abby. Tanto tú como yo sabemos que lo harás. Siempre haces lo que te mandan, sobre todo si te lo mando yo.

Abby no tenía valor para encararse con lo que encontraría en el cuarto de baño: un bulto de pelo mojado, sin vida, en un lado de la bañera. Sintió pánico. Gretchen empuñó el cuchillo y se acercó a Abby. Se le dobló la rodilla y tuvo que sostenerse contra la pared. Se quedó allí unos instantes, con la espalda apoyada, respirando con fuerza, agarrándose al marco de la puerta con la mano. Se tambaleó de nuevo. Luego alzó la cabeza y arrojó una mirada de odio a Abby.

—Ah... —dijo—. Mala puta...

Entonces alguien desconectó a Gretchen y la muchacha se desplomó en el suelo y se quedó hecha un ovillo. Abby no se movió durante unos minutos, hasta que oyó la respiración profunda y regular que salía del cuerpo de Gretchen. Se acercó al teléfono que se encontraba en el dormitorio de los Lang y marcó un número.

—Date prisa —dijo Abby cuando Chris Lemon respondió—. Es el número ocho. La casa moderna.

Colgó y, teniendo buen cuidado de no mirar en el baño, arrastró a Gretchen, todavía con su impermeable ensangrentado, escaleras abajo sin preocuparse de que la cabeza de la muchacha rebotara con fuerza contra la alfombra en cada uno de los escalones. La dejó tirada en el suelo del pasillo y se dirigió a la sala de estar, donde agarró dos mantas del sofá. Le quitó el impermeable a Gretchen y la envolvió en las mantas.

A continuación, aguardó.

El reloj de salón hacía tictac a su lado. El sistema de aire acondicionado proyectaba un soplo suave por los conductos de ventilación. La casa estaba fría. La casa estaba en silencio.

Una luz entró por la ventana y Abby se incorporó de un salto. Oyó agitación y movimiento, y entonces una lechuza se posó sobre la rama de un roble y contempló a Abby como si hubiera sabido su nombre.

Los faros iluminaron el vestíbulo de la planta baja y luego se apagaron. Se oyó el golpe de la puerta de un coche y apareció el hermano Lemon. Abby abrió la puerta de la casa y lo hizo entrar.

—Santo cielo —exclamó—. ¿Qué le has hecho?

—La sangre no es suya —respondió Abby—. Ha matado al perro.

—¿Qué dices que ha hecho? —preguntó el hombre.

Abby pensó en Max, el perrito bueno, tan dulce y tan tonto, que metía la cabeza en todos los cubos de basura que encontraba, y estuvo a punto de llorar. Luego se clavó las uñas en la muñeca hasta que logró que la imagen se desvaneciera a fuerza de dolor.

—Déjalo —dijo Abby—. No perdamos más tiempo.

El hermano Lemon ató unas correas de nailon en torno a las mantas que cubrían a Gretchen para que la chica no pudiera moverse, y entre ambos la sacaron de la casa, la metieron en la parte de atrás de la camioneta y se marcharon. La lechuza no dejó de observarlos.

DON'T STOP 'TIL YOU GET ENOUGH[1]

—Prométeme que no sufrirá ningún daño —rogó Abby.

El hermano Lemon estaba en la sala de estar de la casa de playa de los Lang. Se recostó en una silla de mimbre de la que se había apropiado. Se quedó espatarrado, hizo crujir los nudillos y apoyó los codos sobre las rodillas.

—Dependerá de ella —respondió. Incluso cuando estaba sentado, se veía más alto que Abby—. El exorcismo es una lucha de voluntades entre el demonio y el exorcista. Yo soy un tío muy fuerte, pero voy a enfrentarme a las fuerzas de las tinieblas, así que no tenemos garantías. Tal como dijo Jesucristo en cierta ocasión: vamos a usar todos los medios necesarios.

El hermano Lemon calló unos instantes y echó una mirada por la sala en penumbra.

—¿Estás segura de que sus padres no tienen ninguna cámara de vídeo? Me encantaría que esto quedara registrado.

A lo largo de todo el camino, Abby se había imaginado luces azules parpadeando en silencio en el retrovisor. Algún policía apostado en la base del puente de Ben Sawyer los pararía por ir diez kilómetros por hora más rápido de lo permitido, y cuando les entregara el papel de la multa oiría a Gretchen forcejeando en la parte de atrás. ¿Y si sus padres habían empezado a buscarla? ¿Y

1. No pares hasta que hayas tenido suficiente.

si los Lang habían llegado a casa y habían llamado a la policía? Las entrañas de Abby estaban tan llenas de jugos gástricos que sus eructos habrían dejado marcas en el acero.

Su estómago se había retorcido sin cesar mientras atravesaban el puente corto que unía Sullivan's Island con Isle of Palms, iban hacia el norte por el Palm Boulevard y pararon frente a la casa vacía en la playa. ¿Cómo era posible que no los hubiera detenido nadie? ¿Por qué les permitían hacer todo aquello?

—Hemos llegado —había dicho el hermano Lemon, mientras frenaba la camioneta—. ¿Y ahora?

La casa de playa de los Lang se sostenía sobre pilotes. Un enrejado de madera encerraba el terreno sin pavimentar que hacía las veces de planta baja y un largo tramo de escaleras subía hasta el porche frontal del primer piso. Abby se había obligado a sí misma a levantarse del asiento, había recorrido el camino de entrada cubierto de conchas de ostras aplastadas, había descorrido el pestillo de las puertas que conducían al aparcamiento que se hallaba bajo la casa y las había abierto de par en par. El hermano Lemon apagó los faros y entró poco a poco con el vehículo hasta encontrarse bajo el edificio. Entonces los pilotes se tiñeron de rojo y apagó el motor. No habían oído más sonido que la voz de los grillos y el océano.

Mientras Abby buscaba la llave, que colgaba de un clavo tras la escalera, el hombre sacó de la camioneta el bulto de mantas en el que llevaban envuelta a Gretchen y cargó a hombros con ella. A continuación subió por la escalera.

Cuando ya estaban en la sala de estar, recobrando el resuello, el hermano Lemon llegó a la conclusión de que realizarían el exorcismo en el cuarto de los invitados, porque no tenía ventanas. Entraron en la habitación y encendieron la única lámpara, que colgaba del techo. Las paredes estaban revestidas con paneles de madera desnuda. Una vieja alfombra cubría las tablas de madera del suelo. No había más mobiliario que un sencillo somier de metal con un colchón y una cabecera de mimbre blanco muy ligera. En una de las esquinas había una cómoda de mimbre blanco a juego.

El hermano Lemon bajó las escaleras y volvió a subir, jadeante, cargado con sus dos fundas para tabla de surf y una nevera portátil. Lo dejó todo en la sala de estar. Entonces se dirigió al cuarto de los invitados, despojó a Gretchen de las mantas, la puso sobre la cama y sacó una amplia selección de correas de nailon negro y grilletes. Todas eran demasiado cortas.

—¿Estás seguro de que ya has hecho esto otras veces? —preguntó Abby.

—Pásame una sábana vieja —respondió el hombre.

Abby regresó del armario de la ropa de cama con dos sábanas. El hermano Lemon las hizo jirones y las usó para atar a Gretchen al somier por las muñecas y los tobillos. Dejó las manos cerca de los costados del cuerpo.

—Así esto no tendrá tanta pinta de peli porno —explicó.

Sin cerrar la puerta, ambos regresaron a la sala de estar y aguardaron a que Gretchen despertara. Se hallaban en Isle of Palms en pleno invierno, por lo que no había ningún turista en las casas de alquiler, tan solo la gente que vivía allí todo el año. Aun así, Abby conminó al hermano Lemon a apagar la luz del cuarto de los invitados y no le permitió que encendiera ninguna otra. Ambos se quedaron sentados en la penumbra y se dedicaron a repasar el plan.

—Sobre todo vamos a improvisar —dijo el hermano Lemon.

—¿Improvisar? —repitió Abby.

—Conocimiento, planes, estrategias... —respondió él—. Sirven de bien poco en un exorcismo de gran dificultad. Tendremos que subir al ring para pelear con el demonio, armados tan solo con la fe, el amor y el poder de Jesucristo. ¡Ah, qué diablos!, no sé cómo es posible que no te lo haya preguntado antes. Debes de estar bautizada, ¿verdad?

—Por supuesto —respondió Abby, que en realidad no lo tenía muy claro.

—Si un alma no bautizada participara en este duelo, correría un grave riesgo —explicó el hombre—. Voy a pronunciar oraciones de gran potencia y, si no estás resguardada al completo con la Armadura de Dios, tal vez no llegarías al final con el alma intacta.

No se esperaba que las casas de playa de Isle of Palms estuviesen ocupadas en invierno. Ninguna de ellas estaba aislada ni tenía calefacción. Hacía tanto frío que a Abby le dolían hasta las uñas. El viento silbaba por las grietas de los marcos de las ventanas y soplaba con fuerza contra las paredes.

—Quiero que sepas dónde vamos a meternos —decía el hermano Lemon—. Te necesitaré en la habitación como auxiliar, pero, como eres novatilla, tendrás que hacer lo que yo te diga. Haz exactamente lo que yo te diga, ni más ni menos. ¿Podrás?

Abby asintió.

—El exorcismo consta de cuatro fases —continuó él—. Pero no vamos a hacerlo a la católica, así que técnicamente hay que llamarlo expulsión de demonios. La primera fase es el fingimiento. El demonio que se esconde dentro de tu amiga querrá que nos rindamos. Querrá que dudemos de nosotros mismos. Así pues, fingirá que no está. Yo lo veo, pero tú no, así que en algún momento pensarás que me he vuelto loco. Pero tendrás que confiar en mí. Traigo algunos trucos en la manga, pero de todos modos esto me va a llevar cierto tiempo, ¿estamos?

Abby se sintió ridícula al repetir la palabra.

—Estamos.

—Una vez haya conseguido que el demonio revele su presencia —prosiguió el hermano Lemon—, pasaremos a la segunda fase. Se llama punto de ruptura. Es el momento en el que pueden empezar a pasar cosas algo raras. El demonio dejará de hacerse pasar por tu amiga y empezará a conversar directamente con nosotros. Ocurra lo que ocurra, no converses con el demonio, no interactúes con el demonio, no hables con el demonio. Tratará de engañarnos y apresarnos con sus trampas y señuelos. ¿Estamos?

—Estamos —respondió Abby.

—Entonces tendrá lugar la confrontación —prosiguió el

hermano Lemon—. Es como el punto de ruptura, pero mucho, mucho peor. Será un combate espiritual en toda regla. Los demonios gobiernan los poderes de las tinieblas, así que podrían pasar cosas muy potentes. Una vez mi padre vio como un vaso de agua se ponía a hervir. Haré todo lo que pueda por protegerte, pero tendrás que obedecer mis instrucciones sin dudar. ¿Estamos?

—Estamos —respondió Abby.

—Finalmente —explicó él—, tendrá lugar la expulsión. Será entonces cuando eche al demonio y lo haga salir del cuerpo de tu amiga. Cuando eso ocurra, tienes que estar preparada para todo. Podría tratar de entrar en uno de nosotros dos, podría adueñarse de la casa entera. Nadie sabe de qué será capaz, así que tendrás que tener nervios de acero. ¿Lo has entendido todo?

Abby asintió.

—¿Cuánto tiempo piensas que nos va a llevar? —preguntó. A pesar de la oscuridad, la muchacha distinguía el vaho de su propio aliento saliéndole de la boca.

El hermano Lemon se sopló en las manos y frotó las palmas entre sí.

—La expulsión de demonios puede durar desde quince minutos hasta, digamos, una hora —respondió—. Tal vez cuatro o cinco horas, pero eso ya sería más raro.

Abby pensó que no estaba mal. Quizás hasta pudieran llevar a Gretchen de vuelta a casa antes de que sus padres regresaran.

—¿Abby? —preguntó una voz en la penumbra—. ¿Dónde estoy?

El hermano Lemon y Abby se miraron, sus ojos brillaron en las sombras, y se pusieron en pie. El hombre buscó dentro de una de sus bolsas de deporte y sacó una copa deportiva. Se la metió en la parte de delante de los pantalones. Se dio cuenta de que Abby estaba mirando.

—Es el primer sitio donde tratan de golpear —explicó. Luego se compuso la vestimenta y agarró una Biblia muy gastada—. Vamos a realizar la obra del Señor —dijo, y se dirigió hacia el dormitorio. Caminaba con las piernas algo arqueadas.

Una vez dentro, encendió la lámpara del techo. La luz cegó a Abby por unos instantes, pero sus ojos se acostumbraron en seguida y vio que Gretchen se retorcía sobre la cama, apartaba el rostro de la luz, hacía fuerza contra los jirones de sábana que la sujetaban.

—Esto no tiene ninguna gracia —decía.

Abby cerró la puerta a sus espaldas. El hermano Lemon tomó posiciones al pie de la cama mientras Abby se quedaba junto a la puerta. Gretchen miró al hombre con atención.

—San Miguel Arcángel, defiéndenos en batalla —rezó este—. Sé nuestro amparo contra las maldades y asechanzas del diablo, que Dios le reprenda, es nuestra humilde súplica, y tú, príncipe de las huestes celestiales, por el poder de Dios, arroja al infierno a Satanás y a los demás espíritus malignos que rondan por el mundo buscando la ruina de las almas. Amén.

—¿Qué diablos es esto? —preguntó Gretchen. Se volvió hacia Abby con ojos desorbitados—. ¿Qué haces tú con este tío? Me dais miedo.

El hermano Lemon empezó a recitar el padrenuestro.

—Padre nuestro, que estás en los cielos, santificado sea tu nombre...

—¿Por qué me estáis haciendo esto? —preguntó Gretchen—. Quiero irme a casa. Por favor, mis padres harán lo que sea. Abby, ¿por qué haces esto?

—... el pan nuestro de cada día, dánosle hoy, y perdónanos nuestras deudas, así como nosotros perdonamos a nuestros deudores. Y no nos dejes caer en la tentación, porque tuyo es el reino, el poder y la gloria, por los siglos de los siglos. Amén.

Repitió la plegaria una segunda vez y luego, una tercera. Hacía tanto frío que Abby temblaba. Contempló a Gretchen, a la espera de que soltara humo o chillase o vomitara o algo de ese estilo. Pero Gretchen no hacía más que hablar.

—¿Estás enfadada conmigo, Abby? —preguntaba—. ¿Por eso me estás haciendo todo esto? Ya sé que últimamente estoy rara y lo siento de verdad. Tengo muchos problemas en casa. Las cosas están... muy mal. Creo que mis padres van a divorciarse y tú ya has visto cómo me trata mi madre. Pero eso no es excusa. He sido una mala amiga. Me he portado como una mala puta contigo, con Glee y con Margaret. Es que me enfadé mucho con ellas y creo que me pasé, pero tú ya sabes cómo son las cosas. La he cagado y me he portado mal contigo y lo sé. Lo siento de verdad. Pero tienes que dejarme salir. Mira lo que estáis haciendo, esto no está bien. Tú sabes que esto no está bien.

El hermano Lemon plantó ambas piernas en el suelo y se cuadró frente a la cama, como preparándose para una pelea a puñetazos.

—¡Yo te lo ordeno, espíritu impuro! —bramó—. A ti y a tus secuaces, que ahora atacáis a esta sierva de Dios, por los misterios de la encarnación, la pasión, la resurrección y la ascensión de Nuestro Señor Jesucristo, revélame tu nombre. ¡Dime tu nombre!

Gretchen seguía hablándole a Abby.

—Esto es una locura —decía—. No podéis tenerme atada de esta manera.

—¡Yo te lo ordeno, espíritu impuro! —repitió el hermano Lemon—. A ti y a tus secuaces, que ahora atacáis a esta sierva de Dios, por los misterios de la encarnación, la pasión, la resurrección y la ascensión de Nuestro Señor Jesucristo, revélame tu nombre. ¡Dime tu nombre!

—Por favor, Abby —dijo Gretchen—. Marchémonos de aquí. No le contaré a nadie lo que ha sucedido. Te lo prometo.

—¡Yo te lo ordeno, espíritu impuro! —empezó a decir por tercera vez el hermano Lemon, con voz todavía más potente—. ¡Revélame tu nombre!

Gretchen giró la cabeza sobre el colchón y lo miró.

Gretchen Lang —respondió—. Me llamo así, ¿vale? Podrías habérselo preguntado a Abby.

—Ese no es tu verdadero nombre —insistió el hermano Lemon—. ¡Una vez más, por el poder de mi Señor y Salvador, Jesucristo, te ordeno que me digas tu nombre!

—¡Pero si acabo de decírtelo! —respondió Gretchen.

—¡Tu nombre verdadero, demonio! —replicó el hombre.

Hubo un largo momento de silencio. Gretchen se echó a reír.

—Lo siento —dijo—. Es que acabo de darme cuenta de lo que queréis hacer. Os habéis puesto ahí los dos como si esto fuera *El exorcista* y me preguntáis mi nombre una y otra vez. Creéis que estoy poseída. ¡Ay, Dios mío! Estás como una cabra, Abby.

Siguió soltando risillas con los ojos cerrados, moviendo la cabeza de un lado para otro, sonriente.

—Demonio —dijo el hermano Lemon—, ¡te ordeno que me digas tu nombre!

—Andras —musitó Abby.

—¿Qué? —El hermano Lemon se volvió hacia ella sobresaltado.

—Andras —repitió Abby, azorada—. Se llama Andras. Tú mismo lo habías dicho.

Se hizo un largo silencio. La presión atmosférica descendió, y las paredes y el techo de la casa crujieron.

—¿Andrés? —preguntó Gretchen desde la cama, sin dejar de soltar risillas—. ¿No era el que tocaba con los Menudo, la banda latina esa?

—Vente para aquí —dijo el hermano Lemon. Entonces agarró a Abby y la sacó de la habitación. Cerró la puerta cuando los dos estuvieron fuera.

Ambos se quedaron de pie en la oscuridad y Abby sintió la furia que vibraba en el cuerpo del hombre. Entonces, este iluminó su propio rostro con una linterna de dinamo que llevaba sujeta en el llavero.

—¿Qué te he dicho? —preguntó—. ¿Qué es lo *único* que te he dicho que no hagas?

—Se ríe de nosotros —replicó Abby.

—Te he dicho: «No hables con el demonio». Te he dicho: «No interactúes con el demonio». ¿Y qué es lo primero que haces? No llevamos ni una hora con esto.

—Dura mucho —dijo Abby.

—Más de lo que había previsto —reconoció el hermano Lemon—. Pero tengo que demostrarle a ese demonio quién manda en este ring. Esto tiene una importancia vital. Tiene que entender que yo soy el puto amo. Si le obligo a revelar su nombre, lo someteré a mi voluntad. A eso se le llama enjaezar al demonio y es muy muy importante. Y ahora, si te permito volver a entrar, ¿me prometes que no dirás nada?

Abby asintió.

—Sí.

—Bien —respondió el hermano Lemon, y entonces habló con voz más afable—. Tan solo me esfuerzo por proteger tu alma inmortal.

Apagó la linterna y ambos entraron de nuevo en la habitación. Gretchen tenía los ojos clavados en la puerta.

—¿El exorcismo os está saliendo bien? —preguntó—. No querría echaros a perder esta cita romántica.

El hermano Lemon recobró su posición anterior al pie de la cama y Abby se quedó junto a la puerta.

—Te lo ordeno una vez más —empezó a decir el hombre—. Te lo ordeno, espíritu impuro...

—Te lo ordeno una vez más, te lo o-o-ordeno espí-pí-píritu impuro —repitió Gretchen, imitando la manera de hablar del cerdito Porky.

—A ti, seas quien seas, y a tus secuaces, que ahora atacáis a esta sierva de Dios —siguió diciendo él.

—A-a-a-a ti, s-s-seas quien seas, y-y-y a t-tus secuaces, qu-que ahora a-a-atacáis a es-esta sierva de Dios —siguió diciendo Gretchen a lo Porky.

Estaba cargándose el guion del hermano Lemon.

—Por los... esto... los misterios de la pasión y... hum... la pasión y la resurrección de Jesús, nuestro salvador —balbuceaba.

—Ehh, ¿qué hay de nuevo, viejo? —replicó Gretchen, imitando a la perfección a Bugs Bunny.

El hermano Lemon se quedó con el rostro tenso, la mandíbula prieta, las articulaciones rígidas. Entonces sacó una hoja de oración de su Biblia y la leyó, siguiendo las líneas con el dedo. Esta vez Gretchen repetía sus palabras, con un solo segundo de retraso respecto a él. En el siguiente intento, la muchacha habló con acento inglés. Logró desconcentrarlo también en el siguiente y en el otro y en el otro.

El exorcista rezó durante tanto rato, y forzó tanto la voz, que empezó a quedarse afónico. A Abby le flaqueaban las rodillas. Se le habían hinchado los pies. Apoyó la espalda en el marco de la puerta y empezó a desplazar el peso del cuerpo de un pie a otro, se estiró, se tocó los dedos de los pies, hizo crujir las rodillas. Los hombros le dolían. De vez en cuando, el hermano Lemon le dirigía una mirada de enfado, pero casi todo el tiempo estaba concentrado en leer lo escrito en su papel, una vez y otra y otra.

Al fin, salió furioso del cuarto. Abby se volvió para seguirlo.

—¡Espera! —masculló Gretchen. Hablaba como si tuviera la garganta irritada.

Abby se volvió. Gretchen la estaba mirando.

—Tengo miedo —le dijo Gretchen—. Tengo mucho mucho miedo. Ese tío está loco y ya llevo mucho tiempo aquí. Dile que no estoy poseída.

Abby miró su reloj. Eran más de las dos de la madrugada. Los padres de Gretchen estarían ya en casa. Habrían visto a Max en la ducha, se habrían dado cuenta de que su hija había desaparecido. La policía los estaría buscando.

—Venga, esto es una locura —susurró Gretchen—. Tienes que saber que esto es una locura. Hay gente que muere en historias como esta.

Abby miró por la puerta de la sala de estar, que seguía a oscuras, pero no vio al hermano Lemon.

—¿Le tienes miedo? —preguntó Gretchen—. ¿Te está obligando a hacer todo esto?

Abby se volvió de nuevo hacia Gretchen.

—Eres tú la que me da miedo —respondió.

Salió antes de que Gretchen pudiera decirle nada más y encontró al hermano Lemon en la cocina, revolviendo los armarios.

—¿Qué sucede? —preguntó.

—Lo que sucede —respondió él, con la voz constreñida— es que necesitamos una provocación para hacer salir al demonio. La situación está escalando, Abby. Estamos en DEFCON 3.

Agarró un bote de sal yodada marca Morton y lo agitó. Estaba casi lleno.

—¿A qué viene esto? —preguntó Abby.

—Pues que tendrás que unir las manos conmigo —dijo, al tiempo que dejaba el bote sobre la encimera— y rezar conmigo sobre esta sal. Padre nuestro, que estás en los cielos, santificado sea tu nombre...

Recitaron tres veces el padrenuestro sobre la sal y luego volvieron a entrar en la habitación. Gretchen se retorcía en la cama.

—Nunca he querido hacerte daño —decía—. Por favor, por favor, por favor, piensa en...

El hermano Lemon se llenó la mano de sal.

—En el nombre de Jesucristo, yo te expulso —proclamó—. Espíritu de discordia y división, te someto a la cruz.

Al tiempo que decía estas palabras, arrojó un puñado de sal a la cara de Gretchen. La muchacha se encogió y escupió. El hombre arrojó un nuevo puñado.

—En el nombre de Jesucristo, yo te expulso —repitió—. Espíritu de discordia y división, te someto a la cruz.

En esta ocasión lanzó la sal con tanta fuerza que dejó una marca en la mejilla derecha de Gretchen. Luego le arrojó todavía más. Gretchen tenía sal en la nariz, en la saliva que le ensuciaba el mentón y en los pliegues de la garganta. Tenía sal en los cabellos y se le acumulaba en las húmedas comisuras de los ojos.

—En el nombre de Jesucristo, yo te expulso —dijo una vez más el hermano Lemon—. Espíritu de discordia y división, te someto a la cruz.

Arrojó un nuevo puñado de sal sobre el rostro de Gretchen. La chica empezó a llorar. Entonces el hermano Lemon levantó el brazo otra vez para echarle más sal en la cara y Abby le puso la mano encima. El hombre se volvió.

—Le haces daño —susurró Abby—. No entiendo por qué le hacemos daño.

—Hay que mortificar la carne del endemoniado para hacer salir al demonio —replicó.

Arrojó el puñado de sal sobre el rostro de Gretchen mientras la muchacha se revolvía de un lado para otro, tratando de protegerse. Movió los labios y dijo algo, pero con voz tan tenue que Abby no la entendió.

—¿Tan listo eres? —gritó el hermano Lemon. Su rostro se hallaba a escasos centímetros del de Gretchen—. Si eres tan listo, ¿cómo es que estás atado a una cama, mientras que yo me yergo sobre ti?

Algo se quebró en el rostro de Gretchen y la muchacha se deshizo en lágrimas, expulsó saliva burbujeante, su cuerpo sufrió sacudidas, su rostro se llenó de manchas.

—¡Ahora sí que vamos bien! —gritó el hermano Lemon mientras le arrojaba un nuevo puñado de sal en el rostro—. ¡Dime tu nombre, di la verdad ante Dios, dime tu nombre, demonio! ¡Dime tu nombre!

Se oyó el sonido de un grifo que se abría, el siseo de líquido que se escapa, y el frontal de los pantalones cortos de Gretchen se oscureció. Un reguerillo de orina le salió de la entrepierna, le bajó por la pierna derecha y se acumuló junto a su rodilla. Su aroma salado inundó toda la fría habitación. Abby sintió vergüenza por ella.

—Déjala que vaya al baño —exclamó.

El hermano Lemon se volvió hacia ella.

—Ve a por una toalla y empápala con agua caliente —dijo.

Abby fue a la cocina y agarró un paño. Al abrir el grifo, las tuberías vibraron en las paredes y la espita escupió agua herrumbrosa, luego helada y, por fin, un chorrito tibio. Empapó el paño y se dispuso a entrar en la habitación.

El hermano Lemon había extendido ambas manos en alto sobre Gretchen y rezaba.

—Venga —le dijo a Abby—. Límpiala.

—¿Yo? —preguntó esta, como alelada.

—Tengo que evitar cualquier roce con el cuerpo de la endemoniada que pueda abrir la puerta de la lujuria —respondió el hombre.

Abby, nerviosa, se acercó a la cama y le frotó la pierna a Gretchen. El hermano Lemon encontró un cubo de plástico y Abby escurrió el paño en él. En un primer momento le dio asco tocar la orina de Gretchen. Luego empezó a ver a Gretchen no como una amiga, ni siquiera como una persona, sino como un objeto que había que limpiar, un coche que había que lavar, y la tarea le resultó más fácil.

—¿Abby? —sollozaba Gretchen—. ¿Por qué me tratas así?

En esta ocasión, Abby no supo qué responderle.

El hermano Lemon salió brevemente del cuarto, pero luego regresó a grandes zancadas y rozó a Abby al pasar. Se dirigió a la cabecera de la cama, se llenó las manos de sal y se inclinó sobre Gretchen, que se puso a forcejear.

—¡No! —chilló la joven—. No, apártate de mí. ¡Apártate de mí! ¡Abby! ¡ABBYYYY! ¡Socorro! ¡Socorroooo!

El hermano Lemon le arrojó un nuevo puñado de sal a la cara.

—Retrocede, Satanás —ordenó. Volvió a arrojarle sal—. No me tientes con vanidades.

Otro puñado de sal. El cuerpo de Gretchen temblaba en su impotencia.

—Lo que tú ofreces es el mal, Satanás —gritó el hombre.

Volvió a arrojar sal al rostro de Gretchen.

—Dime tu nombre, impío —siguió gritando con el cuello hinchado y tenso—. Di la verdad ante Dios. Dime tu nombre.

Gretchen había dejado de forcejear, tenía los ojos cerrados, respiraba con dificultad. El hermano Lemon hizo presión sobre el esternón, justo debajo de la garganta, y Gretchen estalló en hipos convulsivos, incapaz de respirar hondo.

—Andras.

Al principio, Abby no tuvo claro de dónde procedía la voz que susurraba aquel nombre, pero luego vio que los labios de Gretchen se movían al repetirlo.

—Andras —musitó—. Se llama Andras.

Gretchen abrió unos ojos enrojecidos y relucientes, y las lágrimas le resbalaron por las sienes.

—No —dijo una voz masculina, más profunda, a través de los labios de Gretchen—. ¡No llores, puerca!

—Abby —rogó Gretchen—. Sácamelo de aquí dentro. Sácamelo de dentro, por favor.

Dos personas pugnaban por hacerse visibles en el rostro de Gretchen.

—Ayúdame —decía la chica con voz ahogada—. Ayúdame, por favor.

El hermano Lemon se golpeó la palma de la mano con la Biblia.

—¡Vaya por dónde! —gritó—. ¡Esto sí que es un demonio!

I THINK WE'RE ALONE NOW[1]

La sala estaba a oscuras y el viento silbaba por las ventanas. Hacía crujir las paredes. Abby sentía que el frío se le había metido bajo la ropa y estaba con el cuerpo encogido. El hermano Lemon sacó de la nevera una bolsa que contenía una pechuga de pollo, se sentó en una silla y se la comió como si hubiera sido un polo.

—Lo siento de verdad —dijo, mientras sus gigantescas mandíbulas trituraban la carne—. Andras es la sexagésimo tercera entidad de la Clavícula Menor de Salomón, gran marqués del infierno y comandante de treinta legiones de demonios, conocido como el sembrador de discordia y heraldo de la ruina. Tengo que cargarme de proteínas.

La pared de atrás de la casa de playa de los Lang era todo ventanas, con vistas al océano Atlántico desde un porche cubierto. Apenas si se alcanzaban a divisar las olas grisáceas y embravecidas, coronadas de espumas blancas. Hacia la izquierda, al final de todo, una herida hendía el horizonte y una luz anaranjada sangraba por ella. Eran poco más de las cinco de la mañana.

—Llevamos toda la noche aquí —dijo Abby—. ¿Qué pasará si no lo consigues?

1. Creo que ahora estamos a solas.

—Escúchame, Abby —respondió el hombre—. Cuando acudiste a mí y me dijiste que un demonio del infierno había anidado en el alma de tu amiga, ¿acaso te dije que te habías vuelto loca? ¿Me burlé de ti? Pues no. Creí en ti. Ahora eres tú quien tiene que creer en mí.

—Pero ¿y si no lo consigues? —insistió Abby—. Ya te ha costado bastante obligarlo a que te dijera su nombre.

El hermano Lemon acercó la silla y se colocó frente a la muchacha.

—Todo exorcismo es un tormento —dijo—. ¿Tú sabes qué es lo que significa? Es una prueba para el exorcista, un juicio al que se somete su alma. ¿Tú sabes por qué no podemos decirle simplemente al demonio que se vaya? Después de todo, la poderosa diestra del Señor está de nuestro lado y a través de Dios todas las cosas son posibles. Nuestro Señor Jesucristo podría expulsar al demonio que posee a tu amiga con la misma facilidad con que hago esto —dijo y chasqueó sus gruesos dedos en el aire frío—. Pero los exorcismos nos ponen a prueba. ¿Cuán fuerte es tu fe? ¿Cuán profundas son tus creencias? El exorcista tiene que estar dispuesto a perderlo todo, toda su dignidad, toda su seguridad, todas sus ilusiones... todo se consume en el fuego del exorcismo y lo único que queda es el meollo de su ser. Es como levantar pesas... cuando estás a la mitad de una serie, te tiemblan los brazos y te transformas en una candela de sufrimiento que arde hasta consumirse. Ya no te queda nada más por entregar. Y en ese momento de desesperación gritas: «¡Señor! ¡No puedo!», y una voz surge de la oscuridad y dice: «Pero yo sí puedo». Es la voz callada, tenue, que se oye en la noche. Es el sonido de algo que es más grande que tú. Es Dios, que te habla. Y te dice: «No estás solo», y te envuelve con alas de águila y te eleva a las alturas. Pero antes tienes que quemar todo lo que no importa. Tienes que quemar los calentadores de piernas y los cristales New Age y Madonna y el aeróbic y los New Kids of the Block y el chico de la escuela que te gusta. Tienes que quemar a tus padres y a tus amigos y todo lo que hayas amado. Quemar tu seguridad personal y tu moralidad convencional. Y en cuanto todo eso haya desaparecido, cuando todo se consuma en el fuego y tan solo haya cenizas a tu alrededor, no te quedará más que una diminuta pepita, un minúsculo meollo de algo que es bueno, puro y verdadero. Y entonces recogerás ese guijarro y lo arrojarás a la fortaleza que ese demonio ha edificado en el alma de tu amiga, ese leviatán de odio, de miedo, de opresión. Arrojarás ese diminuto guijarro y golpearás ese muro, y hará plof... y no ocurrirá nada. Y entonces las dudas te atormentarán como en ningún otro momento de tu vida. Pero no dudes jamás de la verdad. No la subestimes nunca. Porque un segundo más tarde, si ciertamente has pasado a través del fuego, oirás las grietas que empiezan a extenderse, y esas paredes y esas puertas de hierro que parecían inexpugnables se vendrán abajo como un castillo de naipes, porque te habrás torturado a ti misma hasta dejar en pie tan solo la verdad. Eso era el guijarro, Abby. Ese es nuestro meollo. En esta vida son pocas las cosas verdaderas y nada puede con ellas. La verdad hiere a los ejércitos del enemigo como la espada de la justicia. Pero para llegar hasta ahí, para hallar la verdad, tenemos que pasar por la prueba, tenemos que someternos a este exorcismo. ¿Comprendes lo que te digo?

Se recostó en la silla y contempló a Abby.

—Pero —replicó la muchacha— ¿qué pasará si nos arrestan?

El hermano Lemon suspiró.

—Piensa en lo que te he dicho —respondió el hombre, al tiempo que se levantaba—. Y mientras tanto, haz lo que yo haga y di lo que yo te mande decir. ¿Serás capaz? ¿Tan solo un rato más? Hemos llegado hasta aquí.

Abby asintió. Se había implicado demasiado en aquello como para abandonar.

—Bien —dijo el hermano Lemon—. Ahora vamos a precipitar a ese demonio al infierno de donde salió.

Gretchen los contemplaba desde la cama, con granos de sal adheridos a los ojos y la boca, sal en los cabellos, sal en los oídos.

El hermano Lemon alzó un vaso de agua sobre el que había rezado en la sala de estar.

—¿Tienes sed? —le preguntó.

Gretchen sacó la lengua fuera y se la pasó por los labios agrietados. Le habían quedado cubiertos con una película gruesa y blanca. El hombre se arrodilló frente a la cabecera de la cama y sostuvo el vaso de modo que Gretchen pudiera tomar un sorbo. Tan pronto como la muchacha probó el agua, se echó hacia atrás, revolviéndose y aullando. El hermano Lemon le arrojó el agua a la cara.

—¡Agua bendita! —dijo, triunfante—. ¡Te ahogo en el sagrado amor de Dios!

Gretchen echó espumarajos por la boca y entrecerró los ojos hasta que solo se vio el blanco enrojecido.

—¡Entrañas, cabeza, corazón, ingle! —gritaba el hermano Lemon, al tiempo que presionaba con la Biblia contra cada una de las partes del cuerpo de Gretchen—. Mírame a la cara, mentiroso. No te escondas. ¡Mírame a la cara!

Un rumor profundo brotó de los labios de Gretchen, un sonido que nacía en el fondo de su estómago. La habitación se impregnó de un hedor terroso que Abby no logró identificar.

—Sal —jadeaba con voz débil—. Está entrando más hondo. Duele. Dueleeee...

Su voz desapareció en un siseo de dolor. El hermano Lemon olfateó el aire.

—Canela —dijo, sonriente, y se volvió hacia Abby—. ¿Lo hueles? Discernimiento olfativo. El olor no natural de una presencia sobrenatural.

—No queda mucho de mí —mascullaba Gretchen, al tiempo que su garganta se sacudía en espasmos—. Me ahogo... me está ahogando...

El hermano Lemon pasó a gran velocidad por el lado de Abby y salió del cuarto. Regresó al cabo de un instante con un embudo de plástico amarillo y una garrafa de cuatro litros de vinagre blanco destilado Heinz. Se valió de sus enormes manos para obligar a Gretchen a inclinar la cabeza hacia atrás y meterle el embudo entre los dientes. La muchacha soltó gemidos fuertes y airados.

—¡Sujétale las piernas! —gritó el hermano Lemon.

Con una mano, desenroscó el tapón de la garrafa. Se valió de los dientes para arrancar el precinto de papel blanco y lo escupió sobre la cama. Le dio la vuelta y arrojó una tercera parte del líquido por el embudo.

Gretchen se atragantó, sufrió arcadas, golpeó el colchón con los talones. El vaho del vinagre escocía los ojos de Abby. El hermano Lemon sacó el embudo y obligó a Gretchen a tener la boca cerrada.

—¡El cubo! —rugió, mientras Gretchen pateaba debajo de su cuerpo.

Abby agarró el cubo tirado en el suelo y se lo ofreció.

—¡Más cerca! —bramó el hombre—. ¡Debajo de los labios!

Abby llegó en el mismo instante en el que Christian soltaba las mandíbulas de Gretchen y la joven se llenaba de vómito la camisa. El hermano Lemon la obligó a girarse hacia un lado y Gretchen siguió vomitando un líquido amarillo desvaído. El hombre repitió todo el proceso cuando Abby ya estaba allí, sosteniendo el cubo. En esta ocasión, un grumo de vómito golpeó el fondo del cubo como si hubiera salido disparado a alta presión.

—Empuño la espada del espíritu de Dios —clamó el hermano Lemon, al tiempo que metía el embudo por la fuerza entre los dientes de Gretchen—. Te traspaso por la mitad y expulso todas tus mentiras.

—Se esconde —farfulló Gretchen—. Va hacia lo más hondo... ¿Piensas que esto me duele? —Entonces habló en voz más baja, con cuerdas vocales rasposas y enronquecidas—. Vais a condenar vuestras propias almas. Los dos. Estáis echando a perder vuestra propia salvación al torturar a esta cerda. ¿Qué pensáis que dirá vuestro Dios?

Gretchen echó bruscamente la cabeza hacia atrás y se mordió la lengua. Abrió los ojos, unos ojos sin enturbiar.

—No lo escuchéis —dijo—. Hacedlo. Sacadlo. Sacadlo de mí.

El hermano Lemon se puso en pie y se volvió hacia Abby.

—Quiero que vayas a la cocina —dijo—. Mira a ver si encuentras amoniaco bajo el fregadero. Ahora va a empezar la lucha de verdad.

Abby encontró una botella de amoniaco llena hasta la mitad, pero mintió y dijo que no había, por lo que el hermano Lemon tuvo que seguir usando el vinagre. La pelea duró varias horas. El papel de Abby se limitó a repetir: «Cristo, ten piedad de todos nosotros» cada vez que el hermano Lemon se lo indicaba, a vaciar el cubo a medida que Gretchen lo iba llenando con vómitos de bilis cada vez más desvaídos y escasos, y a sujetar las piernas de la muchacha. La temperatura corporal de todos ellos fue calentando el cuarto de los invitados hasta que lo transformó en una sauna y las gotas de condensación resbalaron por las paredes. Cuando por fin salieron para hacer una pausa, la luz del sol les ardió en los ojos.

Se sentaron en la sala y el hermano Lemon bebió agua de una garrafa de cuatro litros. Sorbió la mitad, se arrojó el resto sobre la cabeza y sacudió el cuerpo, salpicando en todas las direcciones.

—¡Brrr! —exclamó—. ¿Quieres un poco? Te ayudará a despertarte.

—Tiene que haber otra manera de hacer esto —respondió Abby.

—No sufras —le dijo el hermano Lemon—. Andras se cree el puto amo, pero dentro de pocos instantes sentirá la bota del Señor en el culo. Vete a llenar la bañera.

Abby sintió desazón.

—¿Por qué?

—Vamos a practicarle un bautismo de plena inmersión —respondió él y dejó de sonreír—. Cuanto más mortifiquemos sus carnes, mayor será la santificación de su espíritu, y más difícil le resultará al demonio esconderse.

Abby se imaginó al hermano Lemon hundiendo a Gretchen en la bañera, a Gretchen pateando y chillando, al hombre aplastándola contra el fondo de la bañera, las burbujas escapando de su boca.

—No —dijo—. Esto pasa de la raya.

El hermano Lemon la señaló con un dedo rechoncho.

—Ahora no te me acobardes —le espetó—. Ya la has oído. Quiere que se lo saquemos.

Abby negó con la cabeza.

—¿De qué habrá servido el exorcismo si muere?

El exorcista contempló a Abby unos instantes. Luego se marchó a la cocina, sacudiendo la cabeza.

—Lo haré yo solo —decía—. Quien sirve al Señor termina siempre en soledad.

Abby oyó un estruendo y, después, el sonido del agua en el fregadero. Luego todo quedó en silencio. Regresó al cuarto de los invitados. Olía a meado rancio y a vómito agrio. Gretchen había dejado de temblar y se le había puesto la carne de gallina. Su respiración era superficial. Se había quedado con el rostro irritado y húmedo, los labios abultados y magullados, agrietados y despellejados por el vinagre. Tenía sal en los cabellos, y los ojos hinchados y rosáceos. Levantó todo lo que pudo una mano atada e hizo un gesto para pedirle a Abby que se acercara.

Abby se arrodilló junto al colchón. Gretchen abrió un ojo inyectado en sangre.

—Déjale que lo haga —susurró.

—Te está matando —le respondió Abby.

Gretchen sacudió violentamente la cabeza.

—Tiene que salir de mí —dijo—. Amputadlo, quemadlo, ahogadlo. No puedo vivir así.

Abby tomó su mano. Estaba helada y rígida.

—Yo hablaré con él —dijo Abby—. Podríamos pensar alguna otra cosa. No quiero hacerte más daño.

—Andras me ha enseñado lo que hice —explicó Gretchen—. A ti, a Margaret. A Glee. Al padre Morgan. A Max...

Al decir este último nombre, su voz se quebró.

—No eras tú —dijo Abby.

—¡Sí era yo! —replicó Gretchen—. ¡Siempre he sido yo! Yo y esta... esta cosa que llevo dentro. Tengo que sacarla de aquí. Antes de que lo destruya todo.

En un lugar alejado de la casa, silbó una tetera.

—No permitiré que te haga daño —dijo Abby—. Aún podríamos encontrar otra solución.

La puerta se abrió y Abby se volvió. Vio que el hermano Lemon iba hacia la cama. En una mano llevaba la tetera humeante. En la otra, el embudo.

Entonces Abby comprendió que nadie iba a detenerlo. Ni padres, ni profesores, ni amigos, ni policías. Allí no había nadie que pudiera obligarlo a escuchar. Fue la sensación más terrorífica que había sentido en su vida. Abby había sacado de la jaula a un monstruo que no podía controlar.

—¿Estás a punto para seguir? —dijo el hermano Lemon, mientras entraba en el cuarto a grandes zancadas—. Ahora estamos en DEFCON 2. ¿Sabes lo que es eso?

Alzó la tetera sobre la cama. Echaba vapor por el pitorro. Gretchen, aterrada, miraba con ojos desorbitados. Entonces, apretó la mandíbula.

—Hazlo —dijo—. Sácamelo de aquí dentro... —Su voz se volvió rasposa y ronca una vez más—. Te desafío.

—Quítate de en medio, Abby —ordenó el hermano Lemon—. Siente ahora la Palabra de Dios que, cual martillo de justicia, te expulsa.

—¡Para! —chilló Abby. Se plantó entre el hombre y Gretchen, y abrió los brazos para proteger a su amiga del exorcista—. ¡Vas a matarla!

—¡No! —aulló Gretchen—. ¡Hazlo!

—Tengo que matar al demonio —dijo el hermano Lemon, al tiempo que daba un paso adelante.

Abby sintió que la tetera empezaba a arderle en el lado izquierdo de la cara y que iba a quemarla. Trató de agarrar el embudo.

—Mírala —rogó—. Mira lo que estás haciendo.

El hermano Lemon sostuvo el embudo en alto para que Abby no pudiera quitárselo. Las manos le temblaban.

—El Enemigo trata de humillarme —decía—. El Enemigo trata de empequeñecerme.

—Solo es una niña —replicó Abby, mientras retrocedía frente a él. Sus piernas chocaron por detrás con la cama y, sin querer, se sentó sobre el brazo de Gretchen—. ¡Esto que vas a hacer no tendrá remedio!

—Mortificaré su carne hasta que renuncie al demonio —gritó el hermano Lemon—. ¡No volveré a cagarla!

El hombre era como una pared de músculos que estrujaba a Abby contra Gretchen, se cernía sobre ella, le ocultaba la luz. Dio un empujón a Abby para apartarla a un lado y la muchacha resbaló de la cama y cayó de rodillas al suelo. El hermano Lemon metió el embudo por la fuerza entre los dientes de Gretchen, mientras esta sacudía la cabeza con agitación febril.

—¡Sí! ¡Sí! ¡Sssssí! —gimoteó, extática, mientras el embudo le entraba por la boca.

El hermano Lemon levantó el recipiente y empezó a echar agua. Abby se arrojó sobre él con los brazos por delante y, en un primer momento, no ocurrió nada, pero entonces tocó la tetera y se quemó las manos. El agua hirviendo se derramó sobre sus brazos y el hermano Lemon bramó y retrocedió. Él también se había quemado y abrió la mano; la tetera rebotó contra el suelo, rodó hasta una esquina y salpicó todo el suelo.

Gretchen chilló detrás de Abby, decepcionada, mientras el hombre se alzaba cuan largo era. Agarró a Abby por el cuello, con el rostro desfigurado por la ira. La muchacha ya no estaba asustada, sino aterrorizada.

—¿Cuándo vas a parar? —gritó ella—. ¿Cuando esté muerta?

El hermano Lemon se quedó inmóvil. Bajó los ojos hacia la muchacha que lloraba, que tenía los brazos lívidos a causa del agua hirviendo. Luego los volvió hacia la otra chica, atada a la cama, empapada, cubierta de sal y orina, echada sobre su propio vómito. Gretchen movía la cabeza de un lado para otro, sin fuerzas, y repetía:

—Matadme, matadme, matadme, matadme...

La luz del cuarto cambió. Los ojos del hermano Lemon se aclararon.

—Ya no lo veo —dijo—. No veo al demonio.

Se volvió y salió de la habitación. Abby lo siguió y lo encontró en la sala de estar, sentado en la gran silla de mimbre con la cabeza entre las manos.

—Había visto al demonio —decía, mirándose al regazo—. Juro que lo había visto.

—Aún podríamos buscar una solución para todo esto —le respondió Abby.

El hombre levantó los ojos hacia ella.

—¿Qué he hecho? —decía. Las lágrimas le resbalaban por el rostro.

Abby no sabía cómo consolarlo. El hermano Lemon agarró su Biblia y se puso de rodillas, rezó, se llevó el libro a los labios. Abby oía a Gretchen, en la habitación, repitiendo una y otra vez:

—Matadme, matadme, matadme.

Por fin, el Hermano Lemon levantó la mirada.

—Tengo que ir con papá —dijo. Luego lo repitió, más seguro de sí mismo—: Tengo que ir con papá.

Se puso en pie y empezó a buscar las llaves.

—¿Por qué? —preguntó Abby—. ¿Qué puede hacer él?

—Esto no es más que una prueba —respondió el hermano Lemon, como para convencerse a sí mismo—. Es una prueba a la que se ve sometida nuestra fe. Me siento sobrepasado, pero papá sabrá lo que tengo que hacer. Se enfrenta a menudo con demonios peores que este. Él lo arreglará todo. Él lo va a solucionar.

—No puedes abandonarme —dijo Abby.

El hermano Lemon agarró las llaves de la mesilla y se volvió hacia Abby. La muchacha se dio cuenta de que el hombre evitaba mirarla a los ojos y eso no le gustó.

—No te voy a abandonar —dijo este—. Iré en busca de papá y luego volveré, y entre los dos derrotaremos a esa criatura. Tú nos esperarás. Volveré en seguida. Te lo prometo.

Y entonces salió por la puerta y descendió ruidosamente por las escaleras de debajo de la casa. Abby oyó la puerta de un coche que se cerraba de golpe, un motor que arrancaba, y vio por la ventana de la fachada que el hermano Lemon daba marcha atrás hasta la calle, giraba con la camioneta y se iba.

Era la última hora de la tarde y empezaba a oscurecer. La casa estaba en silencio. Abby se dirigió al cuarto de los invitados para ver cómo estaba Gretchen. La encontró allí en la cama, inmóvil por completo. Se inclinó sobre ella para examinarla.

—Por favor... —gimoteó Gretchen—. Haz que esto se acabe...

—Ya verás como todo irá bien —le respondió Abby—. Ha ido en busca de alguien que podrá ayudarte.

—Haz que esto se acabe... haz que esto se acabe... haz que esto se acabe... —gemía Gretchen.

Abby trató de abrazarla y Gretchen, de pronto, estalló en carcajadas.

—Qué fácil es esto... —dijo con una sonrisa cruel, y Abby sintió una roca que bajaba poco a poco desde su pecho hasta sus entrañas—. ¿Pensabas que Gretchen aún estaría aquí? Hace tiempo que no está, y vosotros dos os ponéis ahí y entonáis oraciones pretenciosas a un Dios en el que ni siquiera creéis y... ¿qué? ¿Pensabais que la cabeza empezaría a darme vueltas? Tenéis una imaginación de niño. A duras penas he tenido que revelar una décima parte de mi majestad para librarme de ese payaso. Unas voces ridículas por ahí, un empujón por allá, un codazo, un meneo, y ahora nos hemos quedado solas tú y yo. Como era en un principio, así será en el final.

Gretchen sonrió a Abby y canturreó *I Think We're Alone Now* de Tommy James & The Shondells.

—«I think we are alone now —cantaba en voz baja, con sus ojos clavados en los de Abby—. There doesn't seems to be anyone aroun ound. I think we're alone now, the beating of our hearts is the only sou-ound...»[2]

2. «Creo que ahora estamos a solas. No se ve a nadie por aquí. Creo que ahora estamos a solas y solo se oye nuestro corazón.»

I WOULD DIE 4 U[1]

—Sabes muy bien lo que va a suceder —explicó Gretchen—. Mis padres ya me están buscando. ¿Puedes imaginarte el ataque de histeria que habrá sufrido mi madre al regresar a casa después del partido, con el cuerpo repleto de salsa de cangrejo y pollo frito, y darse cuenta de que su niñita perfecta no está? ¿De que la mascota familiar a la que tanto amaban ha muerto? ¿De que sus alfombras blancas y limpias están manchadas de sangre? Porque está claro que tendrán que cambiarlas. Llamarán a la policía y la primera persona de la que sospecharán será la chica esa... ¿Cómo se llamaba?

Abby se agachó y se cubrió las sienes con ambas manos. «Esta no es Gretchen —se decía a sí misma—. Gretchen está en otro lugar.»

—Esa chica... —prosiguió Gretchen—. Ya sabes, la que vendía droga. La que estuvieron a punto de expulsar. La que robó el bebé muerto del hospital para alguna orgía de sexo morboso. Ah, sí, Abigail Rivers. ¿Estará en su casa? ¡Ring-ring! Buenas noches, señora Rivers, ¿en algún momento de las últimas veinticuatro horas de su vida de chusma proletaria ha notado usted algo raro en su hija? ¿Ha desaparecido? Bueno, mire, ya sé que no somos más que el Departamento de Policía de Mount Plea-

1. Moriría por ti.

sant y no tenemos ni dos neuronas que podamos frotar la una contra la otra, pero esto podría ser una pista. Eh, ¿Cletus? ¿Tú crees que la loca esa con cara de pizza podría tener algo que ver con el secuestro y posible asesinato de esa muchacha agradable, dulce, honrada y que además, si se me permite decirlo, está buenísima? Bueno, Retus, yo pienso que merece la pena echar una ojeada.

Abby empezó a mecer el cuerpo adelante y atrás. «Esta no es Gretchen —se decía una y otra vez—. Esta no es Gretchen.»

—Van a venir a por ti —decía Gretchen, y ya no parecía que tuviera frío. De hecho, daba la impresión de estar muy a gusto—. Te encontrarán aquí y me verán atada a la cama. Te encerrarán en un centro. Tus padres se convertirán en las personas más odiadas de Charleston. Estás tan tarada que te convertirás en leyenda. La drogata de la Academia Albemarle que robaba cadáveres de bebés y secuestraba a sus amigas será recordada por siempre. Ni siquiera cuando te dejen salir, ni siquiera cuando seas vieja y estés arrugada y tengas treinta años... ni siquiera entonces podrás escapar de ti misma. Serás siempre la misma subnormal patética y rechazada por todo el mundo que ya eres hoy.

Abby se puso en pie de un salto y corrió hacia la sala de estar. Aquella criatura que se servía de la voz de Gretchen se le había metido en la cabeza como un gusano y le estrujaba el cerebro, hacía que le palpitara la sangre. Abby necesitaba tranquilidad. Se dirigió a la ventana de la fachada principal y contempló la calle que oscurecía. Un hombre con un impermeable rojo pasó por allí con su perro. Un avión dejaba una estela de condensación en el cielo violáceo. El tiempo pasaba. Por fin, las farolas de la calle se encendieron, y fue entonces cuando Gretchen tuvo que enfrentarse a la realidad: el exorcista no iba a volver. Se había quedado sola. En la habitación de al lado la aguardaba un demonio y nadie iba a ayudarla.

—Abby —gritó el Monstruo-Gretchen—. ¿Me oyes, Abby?

Abby apoyó la frente contra el cristal. Aquello no tenía solución. Lo había hecho todo al revés.

—¿Y si te suelto? —dijo, desesperada—. Te desato y nos marchamos. Acudiremos a un vecino y llamaremos a la policía, y tú me prometerás que les dirás que fuiste tú quien se llevó al bebé. Y luego nos iremos cada una por su camino y no volverás a saber nada de mí.

—Ah, ahora ya no es posible, Abby —respondió Andras—. ¿Y sabes por qué? Pues porque me has cabreado de verdad. Yo estoy atada a esta puta cama, pero eres tú la que está atrapada.

Abby negó con la cabeza. Habría querido que todo volviera a ser como antes de joderlo de aquella manera.

—Van a llegar pronto —siguió diciéndole Andras—. ¿Estás lista para marcharte muy muy lejos? Creo que ahora ya no se contentarán con enviarte a Southern Pines. Y cuando ya no estés, voy a divertirme mucho. Pienso que Margaret podría protagonizar la próxima tragedia adolescente. Acabo de empezar con Wallace Stoney. Quizá Nikki Bull podría ser la primera chica de la escuela que pille el sida.

Abby miraba la mesilla. Encima de un montón de números atrasados de *National Geographics* se encontraba la Biblia del hermano Lemon. La agarró. La chuleta aún estaba escondida entre sus páginas. La sacó.

Era el exorcismo. Todas las plegarias, todos los rituales, todos los ritos, todo estaba escrito allí, acompañado de instrucciones. Abby sacó las hojas y contempló aquellas inútiles plegarias y encantamientos. Ella misma iría a la cárcel, sabía que iría a la cárcel, pero Andras volvería a actuar una y otra vez. Aquello no iba a terminar.

—¿Sabes lo que pienso, Abby? —dijo Andras—. Pienso que ha llegado la hora de que Dereck White se harte de la manera como lo tratan esos jugadores de fútbol americano. Pienso que quizá sería hora de que fuese a la escuela con el rifle. ¿Te lo imaginas? Irá por el pasillo, de aula en aula, y por una vez en la vida nadie le podrá decir que se calle. En cuanto hayas desaparecido, me voy a divertir de verdad.

Andras había acabado con Margaret. Y con Glee. Y con Wallace Stoney. Y con el padre Morgan. Y no tardaría en acabar también con el hermano Lemon. ¿Cuándo terminaría aquello? ¿Hasta dónde llegaría aquel horror? Abby sabía que el sufrimiento sería infinito. Se extendería de una persona a otra y a otra y a otra, y continuaría hasta acabar con todos. Hasta que todo el mundo se sintiera como ella misma se sentía en aquel instante.

Tenía que detenerlo. No le importaba ya lo que pudiera ocurrirle. Tenía que detenerlo.

Abby apagó las luces de la sala de estar y examinó las puertas para asegurarse de que estuvieran cerradas. Fue a por un vaso de agua y entró en la habitación de los invitados con la Biblia del hermano Lemon y las instrucciones.

—San Miguel Arcángel, defiéndenos en batalla —leyó Abby en el papel—. Sé nuestro amparo contra las maldades y asechanzas del diablo, que Dios le reprenda, es nuestra humilde súplica. Amén.

El papel temblaba en sus manos, pero la muchacha se dijo a sí misma que era por culpa del frío. Abby estaba al pie de la cama y su voz sonaba demasiado fuerte, demasiado teatral, como si fingiera. Bajo la lámpara que colgaba del techo, todo aquello parecía chapucero y cutre.

—Padre nuestro que estás en los cielos, santificado sea tu nombre —rezó—. Venga a nosotros tu reino, hágase tu voluntad...

—¿Esto es en serio? —preguntó Andras, al tiempo que levantaba la cabeza de Gretchen—. ¿De verdad estás haciendo esto?

—... como también nosotros perdonamos a nuestros deudores. Y no nos dejes caer en la tentación...

—No funcionará —dijo Andras—. Un exorcista tiene que ser puro y honrado, y tú no lo has sido nunca. Eres engreída, Abby. Te crees que eres la única que trabaja duro, te crees que nadie sufre aparte de ti...

—... por los siglos de los siglos. Amén. —Abby respiró hondo—. Padre nuestro, que estás en los cielos, santificado sea tu nombre...

Recitó tres veces el padrenuestro.

—Pregúntatelo a ti misma, Abby —insistió Andras, hablando más fuerte que ella—. Si eres tan maravillosa, si de verdad te entregas a los demás, ¿cómo es que todas tus amigas son niñas ricas? Habías sido amiga de Lanie Ott y de Tradd Huger, pero no son ricas como Margaret, Glee y yo misma. Apuesto a que ni siquiera hablarías con tus padres si no te vieras obligada a vivir con ellos. No han hecho nada más que sacrificarse por ti y te avergüenzas de ellos. Piensas que son unos muertos de hambre.

Las manos de Abby temblaron con más fuerza que antes y la muchacha elevó la voz para ahogar la de Andras.

—¡Yo te lo ordeno, espíritu impuro! —dijo con voz trémula—. A ti y a tus secuaces, que ahora atacáis a esta sierva de Dios, ¡marchaos!

Andras se rio de ella.

—Una vez más, por el poder de mi Señor y Salvador Jesucristo, te ordeno que salgas de esta sierva de Dios.

—¿Sabes, Abby? —replicó Andras, con la voz de Gretchen—, esta es una de esas cosas que se estropean y luego no se pueden arreglar. Hay errores que son para siempre y tú has cometido uno. Bienvenida al resto de tu larga y solitaria vida.

Siguieron así durante una hora entera. Al cabo de un rato, Abby no recordaba ya cuánto tiempo llevaba en el cuarto. El cuerpo de Gretchen estaba exhausto, sus cabellos sudorosos y deslucidos, los jirones de la sábana le habían dejado las muñecas y los tobillos en carne viva, el colchón estaba frío y húmedo.

Abby empezaba a quedarse afónica, pero tomó otro sorbo de agua y siguió leyendo. El vaso estaba casi vacío, pero la muchacha tenía claro que no debía salir de la habitación.

—Vete, transgresor —leía Abby—. Vete, seductor, rebosante de mentiras y astucias, enemigo de la virtud, perseguidor del inocente. ¡Retrocede, monstruo, retrocede ante Cristo, en quien no hallaste ninguna de tus obras!

Andras resopló, sin apenas fuerzas.

—El poder de Cristo te obliga, demonio —dijo Abby—. Sal de esta sierva de Dios.

Andras fingió un ronquido.

—Yo te expulso —murmuró Abby—. Yo te expulso, espíritu impuro, junto con todos los poderes satánicos del enemigo, todos los espectros del infierno y todos tus funestos secuaces. En el nombre de Nuestro Señor Jesucristo, sal de esta hija de Dios y no vuelvas a ella.

Andras contempló el techo con ojos inexpresivos. Abby calló, y de pronto fue como si la aplastara el silencio. Estaba tan fatigada... todo aquello era tan ridículo...

—Yo te exp... —empezó a decir Abby, pero tenía la garganta tan seca que la voz se le quebró.

Se volvió hacia el tocador y el corazón le dio un vuelco. Se había dado cuenta de que el vaso aún estaba lleno hasta la mitad. Tomó un largo trago. Sabía dulce. Entonces se atragantó y escupió el agua en el suelo. El líquido que había en el vaso estaba turbio y amarillento, apestaba a azufre. Estaba bebiendo orina. Unos bichos pequeños con muchas patas nadaban en ella y subían a la superficie. Abby soltó el vaso, y este rebotó y rodó, y el meado caliente le mojó los pantalones.

—¿A ti quién te ha dicho que seguiríamos unas normas? —dijo Andras, riéndose sobre la cama—. ¿Qué te ha hecho pensar que cumpliría tus expectativas?

Gretchen bostezó y una cucaracha escapó de su boca, le acarició las fosas nasales con las antenas, correteó sobre su mejilla, sobre la sien y desapareció entre sus cabellos. Gretchen volvió a bostezar, abriendo la boca todavía más que antes, y esta vez una multitud de cucarachas salió de entre sus labios, y los insectos huyeron en varias direcciones. Algunas corrieron pared arriba, y de vez en cuando perdían el agarre y caían al suelo. Otras se metieron por debajo del colchón, y aún fueron más las que cubrieron el rostro y el cuerpo de Gretchen, se le metieron bajo la camiseta de tirantes, se colaron por las perneras de sus pantalones cortos.

Abby corrió a la cama y las echó a manotazos. Sacó los insectos del vientre, las caderas y el pecho de su amiga con toda la rapidez de la que fue capaz. Andras hizo que Gretchen sonriera y masticara. Trituraba las cucarachas con las mandíbulas y las reducía a un puré amarillo y cremoso que le rezumaba entre los dientes.

—¡Basta! —dijo Abby mientras le quitaba las cucarachas de las mejillas—. ¡Basta ya!

Entonces el ojo izquierdo de Gretchen se estremeció y un gusano de sangre salió retorciéndose del conducto lagrimal y se enroscó sobre el puente de la nariz. Los insectos cuchicheaban, parloteaban, se retorcían, crujían, siseaban, se aferraban a Abby, correteaban en torno a sus pies, se adherían a sus dedos y a las palmas de sus manos, le subían por los brazos y las piernas. La muchacha retrocedió violentamente, chilló y se golpeó con la espalda contra la pared.

Andras se echó a reír. Abby había salido a la carrera del cuarto de invitados chillando y farfullando, buscándose cucarachas en el pelo, arrancándoselas del cuerpo, escopeteada hacia el baño. Atravesó la puerta y encendió la luz, dispuesta a meterse de un salto en la ducha, pero entonces se miró en el espejo y se quedó helada.

No tenía ningún bicho. Todos habían desaparecido. Hasta buscó dentro de los pantalones y debajo de la camiseta, pero no encontró ni un solo insecto.

Regresó a la habitación, donde Andras la aguardaba. Allá tampoco había ningún bicho.

—¿Tú te crees que podrás hacer algo? —decía Andras—. No saldrás viva de esta.

Abby, sin vacilar, fue al tocador y agarró la Biblia y los papeles del hermano Lemon.

—Tú te llamas Andras —recitó Abby, siguiendo las notas—. Tienes una sonrisa como fuego y unos ojos como el trueno, y haces que los siervos maten a sus señores y que los niños maten a sus padres. Eres el devorador de las estrellas, el destructor del tiempo, la solución precipitada, el desgarro que jamás se podrá reparar, el que infunde la rabia de la perdición.

—Así que habías oído hablar de mí —respondió Andras—. ¿Y qué coño me importa?

—Tú eres uno de los más poderosos demonios del infierno —prosiguió Abby sin prestar atención a la interrupción—. Tú empiezas guerras y asesinas a millones. Tú eres la bomba, el misil MX, la nube en forma de hongo que cubre el mundo entero.

—¡Y tú una niñata imbécil! —gritó Andras.

—¡Y yo una niñata imbécil! —respondió Abby—. ¡Pero no me voy a detener, porque tú tienes a mi mejor amiga y he venido a por ella! ¿Me oyes? ¡He venido a por ella y tú no podrás hacer nada, porque no me voy a detener, no me detendré jamás, jamás me rendiré, porque quiero recuperar a mi amiga!

Mientras Abby gritaba, Andras emitió una carcajada que provenía de lo más hondo de Gretchen. La siguiente vez que Andras habló, utilizó simultáneamente dos idiomas. Uno de ellos era el alemán, el otro, mucho más antiguo.

> **Ich** *Ils* **werde** *viv dich malpirgi* **zu** *salman* **Tode** *de* **ficken** *Donasdogamatatastos* **wirst** *ds* **du** *Acroodzi* **sterben** *bvsd,* **und** *bliorax* **sterben** *balit* **und** *Ds* **sterben** *insi* **allein** *caosg* **schreien** *lusdan* **immer** *pvrgel* **und** *Micalzo* **in** *chis* **Angst** *Satan* **vor** *od* **Gott** *fafen* **ist** *Zacare* **tot** *ca* **Gott** *od* **sei** *zamran* **tot** *Odo* **ist** *cicle* **alles** *qaa! tot Zorge* **in dir meine schwarze Krallen** *Zir* **ziehen** *noco!* **das** *Hoath* **Herz** *Satan* **in** *Bvfd* **Stücke** *lonsh* **wie** *londoh* **faules** *babage* **Obst** *Chirlan!* **und** *A* **ich** *bvsd* **am** *de* **Fest** *vovim* **der** *Ar* **Schmerzen** *i* **aller** *homtoh* **gebrochenen** *od* **Stellen** *gohed!* **in** *Irgil* **dir** *chis* **alle** *ds* **Enttäuschungen** *paaox* **alles** *i* **Leben** *bvsd* **Sie** *De caosgo* **alle** *ds* **Leute,** *chis* **die** *od ip Vran* **Sie** *teloah* **verraten** *cacrg iad gnai loncho.*

Abby cayó de rodillas y se dio con las palmas de ambas manos en las sienes. Un fluido caliente le brotaba de los oídos. Entonces, el imposible sonido cesó y volvió a oír tan solo la voz de Gretchen, que gruñía de dolor, jadeaba y resoplaba.

—Ayúdame... ay, Dios mío, ayúdame, Abby, ayúdame...

Se oyeron chasquidos de cartílago, fuertes y carnosos, y las manos de Gretchen empezaron a alargarse. Abby agarró torpemente el papel y leyó con voz tan potente como pudo.

—Demonio —dijo, imponiéndose al crujido de nudillos—, te lo ordeno una vez más, te ordeno, espíritu impuro, que me digas la hora y el tiempo de tu partida...

Los brazos de Gretchen también se alargaron. Sus codos se dislocaron y después los hombros. Las rodillas se le desencajaron y las piernas empezaron a alargarse, los dedos de los pies se dislocaron uno tras otro.

—¡El poder de Cristo te obliga! —gritó Abby, que intentaba que su voz sonara fuerte—. ¡Sal de esta mujer! ¡Márchate!

Gretchen gimió como Max, el perrito bueno, y las palmas de las manos se alargaban sobre sus rodillas y los pies le colgaban de la cama. Se oyó un desgarro de cartílago y el cuello empezó a estirarse.

—La luz de Dios me envuelve —leyó Abby—. El amor de Dios me cubre. El poder de Dios me protege. La presencia de Dios vela por mí. Dondequiera que estoy, allí está Dios. Y todo es bueno. Y todo es bueno. Y todo es bueno.

—Haz que esto pare, Abby —gritaba Gretchen—. Basta... basta... basta...

Su cuello se estiró unos tres centímetros más. Abby albergaba la esperanza de que fuera una ilusión, igual que las cucarachas. Abby rezaba porque fuera una ilusión.

—¡Argh! —jadeó Gretchen, y sus cuerdas vocales quedaron rígidas.

Un viento gélido entró y sopló por toda la habitación. Apestaba a estiércol. La luz que colgaba del techo se oscureció hasta volverse marrón, luego se avivó como una bengala y parpadeó.

—Por el nombre y la autoridad de Nuestro Señor Jesucristo —gritó Abby contra el viento—, renuncio a todo el poder de las tinieblas que existe en el interior de Gretchen Lang. Ato a todos los espíritus malignos asignados a Gretchen Lang y te prohíbo actuar de ningún modo, Andras. ¡El poder de Cristo te obliga!

Gretchen chilló aún con más fuerza que antes. Y entonces su cuerpo se retrajo, sus miembros volvieron al lugar que les correspondía entre chasquidos de articulaciones y crujidos de cartílagos. El viento frío no paraba de soplar. Abby se valió de sus dos manos para sostener el papel en posición horizontal, a fin de poder leerlo.

—Yo te lo ordeno, espíritu impuro —leyó—. A ti y a tus secuaces, que ahora atacáis a esta sierva de Dios, por los misterios de la encarnación, la pasión, la resurrección y la ascensión de Nuestro Señor Jesucristo, que ceses en tu ataque contra esta hija de Dios y te marches.

Las paredes de la habitación desaparecieron, el viento sopló con mayor fuerza, y Abby y Gretchen se encontraron en un lugar que ya no era la casa en la playa. Estaban en un sitio lleno de antigüedad y muerte. En la lejanía, Abby distinguió a un hombre con la cabeza ardiendo, con el cráneo envuelto por completo por unas llamas que ardían sin consumirlo. Al otro lado de una puerta entreabierta, una figura la observaba, hambrienta de su cuerpo.

Entonces Gretchen empezó a farfullar, empezó a chillar.

—¡El poder de Cristo te obliga! —probó a decir Abby.

—¡Basta! —gritó Gretchen, para hacerse oír a pesar del viento—. No parará mientras tú no pares, Abby. ¡Por favor!

—¡El poder de Cristo te obliga, Andras! —gritó Abby—. ¡Sal de esta chica!

Los alaridos de Gretchen se interrumpieron, porque empezaron a salir de su boca unos dedos rematados por uñas mugrientas. La mano entera emergió de la boca de Gretchen, empapada en baba. Los labios de la muchacha pugnaban en vano por contener sus nudillos.

—Yo te lo ordeno, espíritu impuro —chilló Abby al viento—. ¡El poder de Cristo te obliga!

Gretchen tenía el rostro distendido. Una muñeca velluda empezó a salir después de la mano, y la siguió un grueso antebrazo. Gretchen levantó los hombros mientras aquel brazo peludo se abría paso hacia fuera, centímetro a centímetro, y sus labios se tensaron más y más. Las mandíbulas de Gretchen se habían abierto hasta el límite, pero el brazo seguía empujando.

—¡Deja a la chica! —chilló Abby—. ¡El poder de Cristo te obliga!

El brazo continuaba saliendo y la piel empezó a desgarrarse en torno a los labios de Gretchen. La muchacha sollozaba y sufría arcadas. El brazo había salido hasta llegar casi al hombro. Entonces se dobló, colocó la palma sobre el pecho de Gretchen, empezó a hacer fuerza para terminar de salir y desgarró el rostro de Gretchen por la mitad.

—¡No puedo! —gritó Abby, y sintió que toda la fuerza de sus piernas se esfumaba—. No puedo. Lo siento, Gretchen, no puedo... me rindo, me rindo, te lo prometo, me rindo.

Se cayó de culo, y en el mismo instante en el que tocó el suelo, el viento cesó, la luz dejó de parpadear y el brazo se ocultó de nuevo en el interior de Gretchen. Y Gretchen, afortunadamente, se quedó inmóvil por fin. Todo permanecía en silencio. La habitación volvía a ser habitación, de nuevo con las paredes desnudas, de nuevo con el suelo de madera, de nuevo con la cabecera de la cama y la cómoda hechas de mimbre, y Abby arrastró su cuerpo derrotado contra la pared y se dejó caer allí.

Derrotada.

Pasaron largo rato echadas de aquel modo. Gretchen respiraba con aliento áspero, Abby sacudía los hombros al ritmo de su llanto. Había fracasado. Había fracasado, y al cabo de poco rato vendrían a por ella y no hallaría otra oportunidad. Todo había terminado.

Algo más tarde sintió aliento en el oído izquierdo, muy cercano, húmedo y denso, y con él un susurro gutural que tan solo Abby podía oír. Era el sonido avariento del triunfo y la victoria, y las palabras le contaminaron el cerebro, le cubrieron la piel de suciedad y expulsaron sus propios pensamientos, hasta que su mente nadó en pus.

Unas manos invisibles la tocaron, recorrieron su cuerpo con afán de poseerlo, manos fuertes, huesudas, que le tiraban de los cabellos, que trataban de arrancarle las costras de la cara. Humillada, levantó la cabeza y vio el cuerpo inerme de Gretchen sobre la cama. Las manos invisibles también la acariciaban. Las ropas de Gretchen se agitaron, porque las manos le recorrían los pechos y se metían entre sus piernas, tiraban de sus pantaloncitos, y la respiración que Abby sentía en el oído se llenó de hambre.

Abby habría querido luchar, habría querido resistirse, pero el destello que moraba en su interior se había extinguido. Las dos muchachas pertenecían a Andras. Abby se rindió y permitió que aquellas manos hicieran lo que quisiesen. El susurro que sentía en su oído se llenó de una avidez aún mayor. Había fracasado. Abby ya no existía, tan solo un cuerpo pellizcado, estrujado, triturado y violado.

Fue entonces cuando empezaron a sonar los tambores en un lugar profundo de la cabeza de Abby. En un lugar muy muy profundo... tan profundo que al principio los obscenos susurros le impedían oírlos. Pero luego sí se oyeron, débilmente, y algo empezó a funcionar en su corazón. En el interior de su cráneo sonaban con fuerza un piano y una guitarra, y su corazón empezó a palpitar con el sonido de cientos de patines.

—... gentes libres... —susurró con labios agrietados.

Las voces sibilantes cobraron fuerza en sus oídos, furiosas y malvadas. Algo se deslizó entre sus labios. Las manos le estrujaron los pechos con tanta fuerza que le dejaron moretones.

—... andan por la calle... —murmuraba Abby—... y Stallone... se apunta a su baile...

Las voces callaron tan solo un instante y los tambores cobraron fuerza.

—... hemos pillado el ritmo —susurró Abby, y luego repitió con más fuerza—... hemos pillado el ritmo... hemos pillado el ritmo...

Las voces cesaron. El toqueteo de manos cesó, pero luego volvió a empezar aún con más saña, aún más doloroso que antes, retorciendo y castigando sus carnes.

Abby apoyó una mano en la pared, por encima de su cabeza, y empujó con todas sus fuerzas para levantarse del suelo. El planeta entero reposaba sobre sus hombros, un peso mayor que el de todo el universo le impedía ponerse en pie, y sintió que un hueso del hombro izquierdo se le partía. Pero aun así, se fue levantando hasta que pudo sostenerse, tambaleante, sobre sus propios pies. Y dentro de su cabeza las voces susurrantes desaparecían, ahogadas por cuatro palabras que se repetían una y otra vez, un mismo estribillo sin sentido:

«… we got the beat… we got the beat… we got the beat...»[2]

Dio un paso hacia la cama y entonces sopló un viento que la desgarró en jirones, y su hombro roto estalló de dolor. Abby inclinó la cabeza y siguió hacia la cama, primero un pie, luego el otro. Aquellas manos le retorcían y desgarraban las carnes, y una escarpia invisible la golpeaba entre los ojos, pero continuó adelante.

—Tommy Cox —decía Abby—, Tommy Cox, defiéndeme en batalla. Sé mi amparo contra las maldades y asechanzas del diablo. Que Tommy Cox y su santa lata de Coca-Cola te reprendan, Satán, y a ti y a todas tus obras. Rezo en su nombre.

Llegó al pie de la cama y el viento aulló, la obligó a retroceder con tanta violencia que tuvo que agarrarse a los jirones de sábana que sujetaban los pies de Gretchen y luchar por no soltarse. Bajó la mirada hacia el cuerpo quebrantado, desastrado, ensangrentado de Gretchen, y vio las manos invisibles que arañaban y ensuciaban a su amiga. Habló con voz fuerte y clara.

—¡Por el poder de Phil Collins, te reprendo! —dijo—. Por el poder de Phil Collins, que sabe que todo apunta a que no volverás a mí, en su nombre te ordeno que te apartes de esta sierva de Genesis.

El viento aulló y la casa retembló. La cómoda de mimbre voló contra la pared opuesta. Abby se agarró a los pies de Gretchen con una mano y siguió recitando.

—Por el poder de *El pájaro espino* —gritó—, por la sagrada

2. «hemos pillado el ritmo... hemos pillado el ritmo... hemos pillado el ritmo...»

fuerza de *Mi dulce Audrina* y *Forever*... te niego y te reprendo, Andras. Por el poder de los aparatos dentales perdidos y de Jamaica y de las trenzas africanas mal hechas, y de las luciérnagas y de Madonna, por todas estas cosas te reprendo.

La cabecera de mimbre salió volando, arrastrada por el viento, y chocó contra Abby. Rebotó contra la sien de la muchacha y luego se estrelló en la pared. La sangre brotó de la oreja herida. El viento aullaba con todas sus fuerzas.

—Por los misterios y el poder de Max, el perrito bueno, y de E.T. el extraterrible, y de Geraldine Ferraro, la primera vicepresidenta, por *The Eye of the Tiger* y el grito de amor del koala, por la pasión y la redención de Bad Mama Jama, que siempre tendrá el horno a punto para meter la cena. En el nombre de Glee y de Margaret y de Lanie Ott, te ordeno que te marches. Por el poder del Conejito de la Suerte y en nombre de las Go-Go's, te lo ordeno, ¡márchate de aquí!

El viento sacudía la habitación y las paredes traqueteaban, el suelo se tambaleaba, la cama vibraba. Gretchen yacía inerte, su cuerpo fláccido temblaba.

—Te quiero —gritó Abby contra la tempestad—. Te quiero, Gretchen Lang. Eres mi reflejo y mi sombra, y no te soltaré. ¡Estamos atadas por siempre jamás! Hasta que el cometa Halley regrese. ¡Te quiero con amor grande y te quiero con amor de lesbiana y ningún demonio es más grande que ese amor! Arrojo mi guijarro y su nombre es Gretchen Lang y en el nombre de nuestro amor, ¡VETE DE AQUÍ!

Todo se detuvo. El viento, la tempestad, las voces, las manos. Y entonces Gretchen se levantó, se sentó sobre la cama con la espalda erguida, abrió los ojos y gritó, con un grito que desde el día en que nació había guardado para aquel momento, un grito que arrastraba todo lo que le había hecho daño hasta aquel día, un grito tan estridente y tan fuerte que las paredes se abrieron y el techo se agrietó y llovieron escamas de pintura sobre Abby, que se aferraba a la cama. Un fluido repugnante brotó de la boca de Gretchen y unas lágrimas negras se derramaron de sus ojos.

Los teléfonos de toda Charleston empezaron a sonar y el grito de Gretchen se volvió insoportable. Abby sintió una tempestad de ideas malignas que corrían por su interior: hombres de ojos hundidos tras las alambradas, lámparas con piel humana por pantalla, el dolor que afloraba a los ojos de Max, el perrito bueno, porque no entendía lo que le ocurría, Gretchen tambaleándose desnuda al salir del búnker, la señora Lang pegando a su hija, el olor en el cuarto de Margaret, el silencio en la mesa a la hora de cenar, Glee chillando y arreando puntapiés cuando se la llevaban de la torre del reloj, hombres riéndose y cortándole la lengua a una mujer, extrayéndole el corazón, enterrándola viva en una tumba sin señalizar... y muchas otras cosas, y todas ellas le dolían tanto, y Abby percibió todo aquello en sí misma... y luego todo desapareció.

La habitación había quedado destrozada. Abby sentía punzadas en el hombro. Gretchen estaba echada sobre el colchón, cubierta de escamas de pintura del techo, con la cabeza vuelta hacia un lado, inmóvil. Entonces su pecho se hinchó y tomó aire, volvió a descender y emitió un suave ronquido. Abby se dio cuenta de que dormía.

Y de que había empezado a sonreír.

Abby retiró la mano de la base de la cama y salió a trompicones de la habitación, caminando con unas piernas que parecían hechas de madera. Se estremeció de dolor. La luz del sol inundaba la casa y el océano resplandecía a través de las ventanas. Habían pasado toda la noche allí. Abby oyó voces en la lejanía y se volvió hacia la entrada de la casa. El sonido de la puerta de un coche que se cerraba de golpe. Cojeó hasta la ventana.

Tres coches de policía habían aparcado en el jardín, junto con el Mercedes de la señora Lang, y todo el mundo estaba saliendo de los vehículos. Y entonces la señora Lang miró hacia arriba y vio a Abby y la señaló con el dedo. La policía corrió hacia la casa.

Abby regresó cojeando al cuarto de los invitados.

—¡Gretchen! —susurró—. ¡Gretchen! ¡Ya vienen!

Se arrodilló junto a la cama y cortó los jirones de sábana que sujetaban las muñecas de Gretchen, y Gretchen despertó. Vio a Abby y sonrió, y volvía a ser la misma Gretchen de siempre.

—¿Abby? —dijo.

Unos pies pisaban con fuerza las escaleras de madera exteriores y hacían que todo temblara.

—Gretchen —dijo Abby. Cortó el último nudo y rasgó las sábanas.

—Yo te oía —le dijo Gretchen—. Era lo único que oía y me estaba ahogando, y tú me has tendido la mano y me has rescatado.

Alguien arreó una patada en la puerta principal y entonces entraron en la casa. Sus zapatos resonaron contra el suelo, hicieron retemblar las paredes, se dirigieron a la habitación entre gritos.

—Te quiero —dijo Abby.

Y abrazó a Gretchen, y los brazos de Gretchen la rodearon a ella.

—¿Qué ha pasado con Max? —le susurró Gretchen al oído—. ¿Qué le hice a Max?

—No fuiste tú —dijo Abby—. Max sabe que no fuiste tú.

Y eso era lo que Abby estaba diciendo cuando unas manos la agarraron por la espalda y se la llevaron de un tirón. La levantaron en alto, dio patadas en el aire, y Gretchen se agarró a ella mientras pudo. Pero entonces los policías la obligaron a apartar los brazos, y Gretchen chilló y tendió ambas manos hacia Abby.

—¡Abby! —gritó, mientras su madre la abrazaba.

—Sacadla —dijo una voz de hombre. La casa playera de los Lang se había llenado de uniformes azules—. ¡Sacadla de aquí!

—¡Gretchen! —exclamó Abby, al tiempo que tendía el brazo hacia su amiga.

Sacaron a Abby de la habitación, arrastrándola de espaldas, y la policía se interpuso entre ellas dos. El señor y la señora Lang también estaban allí, y lo último que vio Abby fue a Gretchen tendiendo los brazos hacia ella por encima de los hombros de su madre. Y entonces la sacaron de la casa y bajaron las escaleras con todo el frío que hacía, y la arrojaron al asiento trasero de un coche patrulla. El motor arrancó y la casa de la playa desapareció a lo lejos.

Oyó un grito apagado:

—¡Abby!

Abby se volvió sobre el asiento y acercó la cara a la ventana trasera del coche; vio que Gretchen había logrado escapar. Bajaba corriendo por las escaleras de la entrada y cruzaba el jardín, y todo el mundo trataba de agarrarla, pero ella ya pisaba la calle con sus pies desnudos y sanguinolentos, con los pantalones cortos y la camiseta de tirantes sucia, su cara transformada en una masa de dolor, y gritó por última vez.

—¡Abby!

Abby apretó la ventana de atrás con la mano buena. El coche cobró velocidad, aceleró y se la llevó de allí, y ella perdió de vista a Gretchen. Ya no podía ver a su mejor amiga, su reflejo, su espejo, su sombra, ella misma.

—Gretchen —susurró Abby.

Gretchen había desaparecido.

FAST CAR[1]

Dijeron que el juicio se celebraría a puerta cerrada, pero para Abby fue lo mismo que si se hubiera llevado a cabo en pleno centro de Marion Square: un par de abogados que representaban a los Lang, dos agentes del Departamento de Policía de Carolina del Sur, el fiscal municipal y su asistente, dos alguaciles y un asesor psicológico especializado en satanismo y en crímenes de carácter ritual. La única persona que no se hallaba en la sala era Gretchen.

Abby se sentó en un banco duro de madera que olía a cera para muebles. Con el hombro dolorido, el brazo en cabestrillo y puntos en la oreja izquierda, escuchó mientras el juez destrozaba a sus padres. Eran incapaces, eran irresponsables, habrían tenido que sentir vergüenza de sí mismos. Y de hecho, no le faltaba razón. Para gran tristeza de Abby, su madre se había arreglado los cabellos como para ir a una fiesta, se mordía la mejilla y callaba, mientras que el padre se frotaba los muslos y los ojos le brillaban. Entonces hicieron entrar a los Lang y mandaron a Abby al pasillo en compañía de una agente del Departamento de Policía de Carolina del Sur. Pero la muchacha oyó casi todas las palabras que se gritaban dentro, a pesar de la puerta cerrada: el juez, los abogados, los Lang, pero en

1. Coche veloz.

ningún momento sus propios padres. Estos se quedaron sentados y aguantaron.

—Vaya follón se ha montado ahí dentro, ¿eh? —dijo la policía.

La audiencia especial para menores tuvo lugar una semana después de que encontraran a Gretchen y Abby en la casa de la playa. Abby habría querido escabullirse para ver a Gretchen y cerciorarse de que el exorcismo había funcionado, pero su padre había cerrado la ventana con clavos y la puerta con candado. Si la muchacha quería ir al baño, llamaba con una campana, y su madre dejaba la puerta del baño abierta y esperaba afuera.

Un investigador del Departamento de Policía de Carolina del Sur la visitó en su casa, tomó asiento en la sala de estar y le hizo preguntas: ¿Cómo habían ido hasta la casa en la playa? ¿De dónde había sacado el GHB? ¿Quién más estaba implicado? Fingía preocupación por ella, fingía que todo era por su propio bien, pero Abby recordaba lo que había ocurrido cuando había tratado de contarle la verdad a Major y al padre Morgan y a los Lang, y no dijo ni palabra. Después de media hora de silencio, el policía dejó de fingir buenas intenciones. Salió afuera con sus padres y, gritando lo suficiente para que Abby lo oyera, les contó que la joven echaría a perder su vida entera si no empezaba a cooperar.

«Demasiado tarde», pensó Abby.

Cuando por fin le permitieron entrar de nuevo en la sala de audiencias, Abby vio a sus padres contrariados. Pensó que el juez le permitiría decir algo, pero en seguida le quedó claro que nadie esperaba que dijese nada. Iban a tomar todas las decisiones sobre su vida y no le darían ninguna oportunidad de hablar.

El abogado de los Lang decía algo sobre un centro residencial para tratamiento de adolescentes problemáticos que se encontraba en Delaware, sobre una orden de alejamiento, comentaba los muchos años que Abby tendría que pasar encerrada. Entonces un hombre con pinta de contable entró y susurró algo al oído del juez. A continuación, el juez se retiró a su despacho para una breve reunión en la que participó todo el mundo salvo la familia Rivers. Abby se quedó sentada junto a sus padres, con el cuerpo helado y entumecido. La sala estaba vacía, salvo por ellos tres y un alguacil, a la espera de que todos los demás regresaran y la facturaran con destino al norte. El hombro le dolía y también el oído, y se alegraba de tener todavía alguna sensación.

El juez regresó y dijo que había alguien que tenía que hablar, y el abogado de los Lang parecía desesperado y arrojó el bloc de notas sobre la mesa con un gesto teatral. La madre de Gretchen lloraba y el señor Lang tenía la mandíbula prieta. Unos minutos más tarde las puertas del fondo se abrieron y tres policías hicieron entrar al exorcista. Este evitó mirar a los ojos a Abby. La muchacha pensó que aquello era el final. El hermano Lemon contaría a todo el mundo lo de Andras, que Abby había acudido a él y los planes que habían trazado, y los demás la tomarían por loca. Le llenarían el cuerpo de drogas. La mandarían a Southern Pines. Todo iba a ser mucho peor.

Y entonces el exorcista le salvó la vida.

Lo confesó todo. Dijo que Abby había ido a la casa en la playa para tratar de rescatar a Gretchen. Dijo que la había obligado a robar el feto para sus propios rituales satánicos. Dijo que había raptado a Gretchen. Que había matado de un tiro a Max. Que había comprado alcohol a menores. Que había coaccionado a Abby para que colaborara en todo. La muchacha se había hallado bajo su influencia. Él era un acólito de Satán. Había perdido todo control sobre sí mismo.

Todo el mundo, excepto la propia Abby, se puso a discutir frente al estrado del juez, y el juicio llegó a su fin. Tuvieron que mandar a alguien al piso de abajo para que buscara grilletes de la talla del exorcista.

Cuando Abby y sus padres llegaron a casa, se encontraron con que les habían roto los cristales de dos ventanas y habían escrito «Asesina de niños» en la puerta de entrada con espray. El nombre de Abby no había aparecido en los periódicos, pero todo el mundo sabía lo que había hecho. Una semana más tarde, su madre le dijo que se mudarían a Nueva Jersey. Allí se necesitaban cuidadoras. Su padre vendió el Conejito de la Suerte sin ni siquiera decirle a Abby que había puesto un anuncio en el periódico. Y luego desaparecieron de Charleston y fue como si nunca hubieran vivido allí.

Le buscaron un terapeuta en Nueva Jersey, pero Abby se negó a hablar con él. Sabía que cuanto más tiempo callara, más se preocuparían todos... pero ¿de qué le habría servido hablar? Nada de lo que dijera cambiaría nada de lo que había ocurrido. El día de Navidad comieron en la única mesa de un local de comida china para llevar y Abby pasó dormida toda la noche de Año Nuevo. Llegó enero. Era la primera vez que Abby veía nieve. Sus padres lograron alquilar un piso y vendieron la casa por menos dinero del que les había costado. Abby pensó en llamar a Gretchen. Quería saber si su vida volvía a ser normal, quería saber si estaba bien, quería saber si había salido algo bueno de todo aquello, pero le habían prohibido contactar con los Lang y por eso no hablaba con nadie. Cada nuevo día era igual que el anterior.

Febrero. Cuanto más tiempo pasaba sin hablar, más fácil le resultaba guardar silencio. Trató de escribirle una carta a Gretchen, pero a ella misma le sonaba superficial y falsa. Escribió una carta a Glee y otra a Margaret. Ambas regresaron con la nota «Devolver al remitente». Abby había ido a la biblioteca y había leído los periódicos de Charleston. Los cargos contra el exorcista no prosperaban porque nadie acudía a testificar. Glee y su familia se hallaban en paradero desconocido y los padres de Gretchen querían que todo aquello terminara. Christian estaba en la cárcel, pero en algún momento tendrían que decidir qué se hacía con él.

Los padres de Abby estaban deseosos de dejar atrás todo aquello. Habían matriculado a la muchacha en Cherry Hill West. Podría terminar el décimo curso en la escuela de verano y empezar la universidad en otoño.

—Sé que tienes la inteligencia necesaria para conseguirlo —le había dicho su madre cuando volvieron a casa.

Abby no le había contestado.

Tanto su padre como su madre tenían trabajo. Su padre había encontrado empleo en el Garden Center de un Wal-Mart y su madre se había incorporado a una residencia de ancianos. Todos los días iban a trabajar y Abby se quedaba en casa. Hablaron de mandarla con otro terapeuta, pero estaban tan atareados en sus propias vidas que no llegaron a hacerlo.

Todos los días, Abby hacía deberes para alcanzar el nivel requerido por la escuela de verano, pero no les dedicaba mucho tiempo. Había una vecina que se encargaba de impedir que saliera de la casa, así que sobre todo se dedicaba a mirar la televisión. Antes del mediodía echaban concursos como *Family Feud*, *La rueda de la fortuna* y *El precio justo*. Por la tarde se sumergía en seriales como *Todos mis hijos*, *Belleza y poder*, *Santa Bárbara* y *Another World*. Pero eran cada vez más las mañanas en las que pasaba de *El precio justo* y no salía de la cama hasta que empezaban los programas de la tarde.

Una mañana de marzo estaba tumbada en la cama, mirando al techo, sin ganas de pensar en nada, cuando afuera se oyó una bocina. Sonó una vez, luego dos y después una tercera. Abby no le hizo caso, pero el sonido no paraba, se le metía en el cerebro, biiiip, biiiiiiip, biiiiiiiiiiiip, no la dejaba en paz. Finalmente, se arrastró hasta la sala de estar y se arrodilló sobre el sofá para mirar por la ventana y ver quién diablos era. El corazón le dio un vuelco en el pecho.

El Volvo de la señora Lang estaba parado frente a la casa.

Densas volutas de humo salían de su tubo de escape goteante y el sol de la mañana se reflejaba en sus ventanas empañadas y las teñía de un fulgor dorado. Abby, como en trance, se puso la chaqueta y unas zapatillas deportivas y abrió la puerta de la calle, convencida de que el coche habría desaparecido.

Seguía allí. Caminó por la acera con los pies entumecidos. Cuanto más se acercaba, más real le resultaba. Oyó el motor en punto muerto. Distinguió una forma al volante. Sintió la manija helada en los dedos. Oyó el chasquido al abrirse la puerta. Un aire cálido escapó del vehículo y olía a hibisco y a rosa.

—¡Eh! —dijo Gretchen—. ¿Quieres que te lleve?

El cerebro de Abby era incapaz de encajar las piezas.

—Tú siempre me llevabas a todas partes —dijo Gretchen—. He pensado que ya es hora de que te devuelva el favor.

La puerta del edificio se abrió a espaldas de la muchacha.

—¿Abby? —La señora Momier, la vecina de al lado, la llamaba. Estaba de pie en el porche de la entrada, de brazos cruzados, con cara preocupada—. Se supone que no puedes salir.

—Venga —dijo Gretchen—. A mí ya me buscan en dos estados, por lo menos. Sube.

Abby se metió en el Volvo y cerró la puerta. La calefacción estaba muy alta, le secaba la piel de la cara y hacía que le quedara tirante. Gretchen pisó el acelerador y pasó del punto muerto a la primera marcha. El Volvo se estremeció y dio una sacudida, y cuando la muchacha enfiló hacia la calle y puso la segunda marcha, las rejillas de ventilación expulsaron olor a aceite de motor quemado.

—Te llamé, pero no permitían que te pusieras al teléfono —explicó Gretchen—. Escribí, pero no recibía respuesta. Ya no podía esperar más, así que he tomado en préstamo el coche de mi madre y aquí estoy.

Abby contempló a su amiga. El rostro de Gretchen estaba grasiento y le había salido un grano junto a la nariz. El cabello se le erizaba por detrás y el coche olía como si hubiera dormido en él. Pero tenía los ojos claros y el mentón firme. Giró el volante a la izquierda y salieron del aparcamiento del edificio.

—No sé de cuánto tiempo dispondremos —dijo Gretchen—. He llamado desde una cabina de la carretera para que supieran que estoy bien, pero seguro que estarán histéricos. Antes te he dicho que he tomado prestado el coche de mi madre, pero creo que técnicamente lo he robado.

Metió el coche en el aparcamiento de un Blockbuster Video y el Volvo se detuvo con una sacudida. Mientras se colocaban en una plaza libre, el motor se agitó en sus estertores de muerte. Gretchen tiró del freno de mano y luego se volvió hacia Abby.

—Había otro que vivía mi vida —le contó Gretchen—. Y lo único que podía hacer era mirar. Me veía a mí misma cuando emborrachaba a mis amigas y les contaba mentiras. Me acostaba con Wallace y envenenaba a Margaret, y apenas si recuerdo nada, aparte de imágenes sueltas.

Un empleado del Blockbuster, con la camisa de color azul y dorado brillante, pasó por su lado para abrir el videoclub y les echó una mirada de aburrimiento a través del parabrisas.

—Desperté sin tener ni idea de dónde estaba, ni de cómo había llegado hasta allí —continuó Gretchen—. Ni sabía cómo me había hecho las heridas y los moretones. Recuerdo tu cara y que la embadurné con algo. Recuerdo que te oí chillar y me sentí feliz, y recuerdo a Max, el perrito bueno.

La voz de Gretchen se quebró.

—Todo el invierno —dijo— después de lo de la casa en la playa... todo me dolía mucho y pensaba que aquello no iba a terminar jamás. Dentro de mí había algo que no andaba bien. Me sentía vacía y avergonzada, y sabía que me había roto de una manera que no se podría reparar jamás. Tenía que pulsar el botón de reinicio y empezar de nuevo. Así, un par de días antes de Navidad, me metí en el dormitorio de mis padres y me llevé la pistola de papá. Anduve con ella todo el día hasta que se puso caliente de tanto llevarla en el bolsillo y aprendí por mí misma a quitarle y ponerle el seguro, a abrirla, cargarla con balas y amartillarla. Y luego me pasé un rato muy largo sentada en mi cama, y al fin vi que no se me ocurría ninguna razón para no hacerlo, ¿sabes?

Abby no era capaz de mover ni un dedo. Un cliente se acercó al Blockbuster y metió unas cintas de vídeo en el buzón de devolución. Las cintas traquetearon en el conducto de bajada.

—Me metí el cañón en la boca —le explicó entonces Gretchen—. Sabía a veneno y tuve muchísimo miedo, y me vinieron ganas de mear. Había puesto el dedo en el gatillo y tenía muy clara la presión que tendría que ejercer para que se terminara el sufrimiento. Entonces me di cuenta de que tú te echarías la culpa, porque siempre te echas la culpa por todo, y vi que tendría que explicarte que si tiraba del gatillo sería porque no valgo una puta mierda, no por nada que hubieras hecho tú. Así que decidí escribirte una nota para decirte que tú no habías tenido la culpa. Luego la nota se transformó en carta, y en algún momento, entre la página quinta y la octava, llegué a la conclusión de que ya no quería suicidarme.

Gretchen agarró las manos de Abby. Sus propias manos estaban cálidas y sudorosas.

—Me has sacado del pozo una y otra vez, y no sé por qué —dijo Gretchen—. Pero todos los días me digo que mi vida debe de valer para algo, por todas las veces que me la has salvado. No podrán separarnos. No me importa lo que ocurra. No me has abandonado nunca cuando estaba mal. Te quiero, Abby. Eres mi mejor amiga, mi espejo, mi reflejo, eres yo misma, y tú eres todo lo que amo y todo lo que detesto, y no te abandonaré nunca.

Un coche de policía pasó a marcha lenta por detrás. Gretchen calló y estuvieron pendientes de él hasta que se hubo alejado.

—¿Recuerdas cuando estábamos en cuarto curso? —preguntó Abby. Las mismas palabras le resultaron incómodas al venirle a los labios—. ¿La fiesta de cumpleaños en Redwing Rollerway?

Gretchen necesitó unos instantes para acordarse.

—Mi madre me mandó que te regalara una Biblia —dijo.

—No vino nadie —prosiguió Abby—. Me sentí tan humillada... entonces apareciste en el último momento e impediste el desastre.

El policía pasó por segunda vez y en esta ocasión se paró detrás de ellas, con el motor en punto muerto.

—¿Qué sucedió en la casa de la playa? —preguntó Abby—. A mí me parece que todos mis recuerdos son correctos, pero todo el mundo me dice que me lo inventé. Tengo que saber si ocurrió de verdad o si todo fue una fantasía, igual que los unicornios.

Gretchen puso las manos sobre las mejillas de Abby y se acercó a su amiga hasta que las frentes se tocaron.

—Nada que ver con los unicornios —respondió Gretchen—. Tienes que contármelo todo. Porque tú eres la única persona que puede explicármelo sin que me vuelva loca. Tengo que saberlo todo.

Abby se puso a hablar. Aún estaba hablando cuando apareció un segundo coche de policía, y no dejó de hablar cuando las metieron a las dos en el asiento de atrás. Siguió hablando mientras esperaban a que su madre acudiese a la comisaría de policía, y aún hablaba cuando llegaron a casa.

Después de un rato de discusión, la madre de Abby llamó a los Lang, y el señor Lang compró un billete de avión para el día siguiente. Gretchen durmió en el cuarto de Abby y hablaron toda la noche.

Solo se callaron durante unos momentos, a la mañana siguiente, cuando el señor Lang llegó exhausto y les echó un sermón sobre todo lo que les habría hecho sufrir a las dos si hubiera dependido tan solo de él. El padre de Abby aguardó a que se quedara sin resuello y entonces dijo:

—Yo pienso que ya han sufrido bastante, Pony. ¿Por qué no lo dejamos aquí? Que las chicas se escriban. Que se llamen por teléfono si pagan la factura. ¿No ves que todo esto las está desgarrando por dentro?

Abby y Gretchen siguieron de charla en el camino hasta el aeropuerto, y luego Abby volvió a casa y le escribió una carta a Gretchen, y aquella noche, a las 23.06, sonó el teléfono. A partir de entonces se llamaron, se escribieron cartas y se mandaron cintas de casete con recopilaciones de las canciones que les gustaban, adornadas con trazos de rotulador plateado y dorado que ellas mismas hacían, o envueltas en papel de regalo, con mensajes grabados entre los temas. También se enviaban los anuarios de la escuela para que la otra los firmara, y rollos de papel higiénico con sellos en el envoltorio para ver si el servicio de correos los entregaba (sí, los entregó), y tarjetas de cumpleaños gigantes, *collages*, caramelos extravagantes, vaporizadores de espuma artificial Bartender's Friend, llaveros ridículos, tarjetas de condolencia Hallmark aunque no se hubiera muerto nadie, y Abby le enviaba a Gretchen una postal hortera cada vez que el equipo de voleibol de Cherry Hill West iba a jugar fuera de la localidad.

Estuvieron hablando durante años enteros.

AND SHE WAS[1]

El exorcista pasó ocho meses en la cárcel, pero al final nadie testificó contra él, así que tan solo pudieron inculparlo por varios cargos menores y le conmutaron la pena por el período que había pasado en preventiva. Salió de prisión y desapareció. Abby siempre había querido mandarle una carta. Empezó varias, pero nunca encontró una dirección a donde pudiera enviarlas. Al cabo de un tiempo, la vida siguió adelante, como siempre ocurre, y el otoño de 1988 empezó a quedar atrás.

Al principio tan solo se notó en pequeños detalles. Cierto día, Abby no contestó una llamada telefónica porque tenía que jugar fuera. En otra ocasión, Gretchen no respondió a una carta y tampoco pidió disculpas. Estuvieron atareadas con los exámenes de acceso a la universidad y después con las matrículas, y aunque ambas trataron de entrar en Georgetown, Gretchen no lo consiguió, y Abby terminó por ir a la George Washington.

Ya en la universidad, iban a las aulas de informática y se enviaban correos electrónicos, sentadas frente a los monitores CRT negros y verdes, tecleando las letras con dos dedos. Aún se escribían cartas de papel, pero empezaron a llamarse una vez por semana. Gretchen fue dama de honor de Abby en la mo-

1. Y ella fue.

desta boda que se celebró en el juzgado, pero a veces pasaba un mes entero y no se hablaban.

Y luego fueron dos meses.

Y después, tres.

Pasaron por épocas en las que se esforzaban por escribir más, pero al cabo de un tiempo lo dejaban. No ocurría nada malo entre ellas, simplemente era la vida. Los bailes, el pago del alquiler, los primeros empleos de verdad, los ligues, las rupturas, las peleas que parecían importantes, la colada, las promociones, las vacaciones, los zapatos que se compraban, las películas que veían, los almuerzos en fiambrera. Fue el trajín del día a día lo que hizo que las cosas importantes se difuminaran y que ambas terminaran por sentirse lejanas y empequeñecidas.

Abby regresó a Charleston en una única ocasión. El mismo año en el que encontró su primer trabajo de verdad, recibió la llamada que todo el mundo recibe dos veces a lo largo de su vida. Metió un vestido en la bolsa, fue en coche hasta Nueva Jersey y tomó asiento en la iglesia. Después acudió al cementerio y sintió el deseo de sentir algo, aparte de cansancio.

Habría querido pasar un par de días con su padre, pero la primera noche despertó de un sueño que no fue capaz de recordar y se dio cuenta de que tenía que ver con Charleston una vez más. Compró el billete antes de que su padre se hubiera levantado de la cama.

No comprendió por qué había ido hasta que estuvo en la recepción del hotel Omni (ahora conocido como Charleston Place) en el centro de la ciudad. Tuvo que hacer tan solo un par de llamadas telefónicas y presentarse con un coche alquilado ante la puerta de visitantes de Franke Home, una residencia para la tercera edad, y una chica simpática y alegre le dijo que en aquel momento estaba impartiendo una clase de taichí en el Centro de Wellness. Abby fue hasta allí y miró por la ventana. Aguardó a que el exorcista terminara de enseñar la pose de «rechazar al mono» a una habitación llena de octogenarios.

Después de la clase, Christian ayudó a sus ancianos estudiantes a levantar los huesos del suelo, y por fin se plantó frente a Abby por primera vez en más de diez años. Parecía el mismo, salvo en que lucía una barriguita de las duras y se cubría la cabeza con una gorra de béisbol para disimular la calvicie. Vestía unos pantalones holgados de Joey Buttafuoco y una camiseta de tirantes.

Abby se acercó y le tendió la mano.

—Hola, Chris —le dijo—. No sé si te acordarás de mí.

El hombre tendió la mano a su vez, por puro automatismo, pero era evidente que no la reconocía.

—¿He dado clase a tu padre o tu madre? —preguntó.

—Soy Abby Rivers —respondió la joven—. He venido a pedirte perdón por haberte arruinado la vida.

Por unos instantes se le vio confuso, y cuando Abby estaba a punto de darle explicaciones, recordó.

—Yo soy la... —empezó a decir.

—La chica del exorcismo —terminó de decir él.

Entonces ambos asintieron. Abby tenía asumido que el hombre se marcharía airado, que le pegaría gritos, que le soltaría la mano y desaparecería.

—Ven —dijo Chris—. Tengo una pausa hasta la clase de Aqua Dynamics de Bajo Impacto. Es a las cuatro. Vamos a tomarnos un batido.

Así fue como Abby terminó en un Tasti Bites and Blends. El exorcista se bebió un enorme zumo Green Dragon Juice con doble chupito de hierba de trigo y Abby se fue tomando a sorbitos un agua mineral.

—He venido a darte las gracias —explicó Abby—. Por lo que hiciste. Por la manera en que te presentaste. No sabes lo oportuno que fuiste. Estaban a punto de mandarme a Southern Pines.

—Tus padres no lo habrían permitido —respondió el hombre—. Además, era lo que había que hacer. ¿Cómo está tu amiga?

—¿Gretchen? —dijo Abby—. Está bien. Aquello... funcionó. No como yo había esperado, pero funcionó.

—¡Qué bien! —exclamó él.

El exorcista tomó un largo sorbo por la cañita.

—Pero no creo que te haga muy feliz —dijo Abby, para romper el silencio—. No va a la iglesia ni nada. En realidad, yo tampoco.

—¿A quién le importa dónde pases los domingos por la mañana? —respondió el hermano Lemon, y sonrió—. Al salir, traté de visitarte, pero me dijeron que te habías mudado a otra ciudad. Y después de todo lo que había sucedido, pensé que no sería buena idea escribirte. Pero volver a verte es como una bendición. Ver que has seguido adelante, que has crecido. ¿Dónde vives ahora?

—En Nueva York —respondió Abby.

—Mi mujer no se cansa nunca de los musicales de Broadway —explicó Chris—. Vimos *Phantom* cuando la montaron aquí y también *El rey león*. Solo vienen las compañías itinerantes, pero de todos modos son muy buenas. ¡Aún estoy esperando a que nos traigan *Mamma Mia!* ¿Tú la has visto?

—La música es estupenda —respondió Abby, sin tener muy claro qué hacía allí hablando sobre ABBA con Chris Lemon.

—Bueno —dijo el hombre—. ¡A ver si Barbara y yo vamos un día!

—Lo siento —dijo entonces Abby—. Siento que tuvieras que ir a la cárcel. Siento no haberte dado nunca las gracias.

El hermano Lemon la miró a los ojos un instante, luego bajó la cabeza, tomó un sorbo de zumo largo y triste y volvió a levantar el rostro.

—El volver a verte es como una bendición —explicó—, es que te debo una disculpa. Lamento lo que hice, lo que te dije, la manera como me comporté, las decisiones que tomé... lamento todo aquello. Pienso en cuando estábamos en aquella casa y en que perdí el control y le puse las manos encima a tu amiga. Me entrené durante dos años para quedar tercero en la competición Músculo Perfecto de Myrtle Beach y ni siquiera recuerdo cuál era la canción que sonó mientras posaba. Pero cierro los ojos y recuerdo con exactitud cómo me sentí cuando estaba en pie frente a aquella cama y arrojaba sal sobre aquella chica, como si yo hubiera sido una especie de tío duro, convencido de ser vehículo de la cólera de Dios. Los seis meses que pasé en la penitenciaría de Sheriff Al Cannon no fueron lo que podríamos llamar una fiesta, pero me sirvieron como expiación por haberme dejado poseer por los demonios del orgullo, la vanidad y la presunción. Y al verte ahora, aquí, conmigo, veo que hice lo que tenía que hacer.

—¿Cómo fue posible que ocurriera todo aquello? —preguntó Abby—. Yo soy una chica maja, a ti te gustan los musicales, Gretchen se encargaba del club de reciclaje de la escuela. ¿Cómo terminamos los tres en aquella habitación? ¿Cómo pudimos estar a punto de matarnos entre nosotros? ¿Cómo pudo ocurrir?

—La verdad es que no lo sé —respondió el hombre—. Pero lo que sí sé es que no podemos elegir nuestra vida. Tengo que dar la clase de Aqua Dynamics dentro de quince minutos. Déjame que te acompañe de vuelta hasta tu coche.

Montaron en su camioneta y por el camino Chris charló sobre banalidades relacionadas con Nueva York, y Abby le dio respuestas igualmente banales. Mientras se despedían en el aparcamiento de Franke Home, Abby hizo un último intento.

—¿No me odias? —preguntó—. Por haber ido a la cárcel por mi culpa.

—Si tú me perdonas, yo te perdono a ti —respondió el hombre.

—¿Y eso es todo? —insistió Abby—. Esto tiene un punto... decepcionante. Yo contaba con que me pegarías gritos, o algo así.

El hermano Lemon dio un paso hacia ella. Su sombra le tapó el sol.

—Abby —dijo—, no fue ninguna coincidencia que mis hermanos y yo actuáramos aquel día en tu escuela. No es ninguna coincidencia que tú y Gretchen os queráis. Y tampoco fue coincidencia que mi padre y yo eligiéramos aquel momento para presentarme ante el tribunal. El diablo es ruidoso, insolente y teatrero. ¿Y Dios? Dios es como un gorrión.

Guardaron silencio durante unos instantes bajo el sol de la primera tarde.

—Ahora vete a casa —le dijo el hermano Lemon—. Si mis alumnos se ahogan, me lo descontarán del sueldo. Nos veremos algún día en Nueva York.

Abby lo vio marcharse y, cuando se volvió, descubrió un VW Rabbit de color marrón aparcado al final de la hilera de coches. El corazón no le dio un vuelco, no gritó de emoción, tan solo le vino a la cabeza un pensamiento de lo más cotidiano:

—Habría que lavar al pobre Conejito de la Suerte.

Entonces la luz del sol se reflejó en el retrovisor de la puerta de un coche que se cerraba y resultó que después de todo no se trataba del Conejito de la Suerte. Era un Subaru cualquiera. Abby no le contó jamás a Gretchen aquella escapada.

Abby y Gretchen siguieron en contacto, pero a través de llamadas telefónicas y cartas, luego postales y correos de voz; finalmente correos electrónicos y «Me gusta» en Facebook. No hubo pelea, ni gran tragedia, tan solo cien mil momentos triviales que no compartieron. Cada uno de ellos las alejaba un centímetro, y los centímetros acabaron por transformarse en kilómetros.

Pero hubo momentos en los que se olvidaron de la lejanía. Cuando llamaron a Gretchen para decirle que su padre había sufrido un infarto y que volviera a casa. Cuando Abby tuvo una niña y la llamó Mary, como se había llamado su madre, y el padre de Abby y la propia Gretchen fueron las dos únicas personas en darse cuenta de que, fuera cual fuese la guerra que había enfrentado a madre e hija, había terminado en rendición. Cuando Gretchen montó su primera exposición en solitario. Cuando Glee reapareció en sus vidas y las cosas se complicaron durante un tiempo. Cuando Abby pidió el divorcio. Al ocurrir todas esas cosas, descubrieron que los centímetros podían ir sumando hasta transformarse en kilómetros, pero que a veces los kilómetros, después de todo, no pasaban de centímetros.

Tras divorciarse, Abby se encontró con que todo se desmoronaba a su alrededor, por mucho que se esforzara en impedirlo. Mary no quería dormir y le tiraba de los cabellos, y Abby no lograba frenarla, y en medio de aquel desbarajuste Gretchen se presentó a la puerta de su casa dos semanas antes de Navidades y se mudó a vivir con ella. No es que con eso se arreglaran todos los problemas, pero estaban juntas, y Abby pensó que es mejor compartir las desgracias, en vez de sufrirlas en solitario.

Por Nochebuena, después de que Mary llorara una vez más hasta dormirse de pura fatiga, Gretchen llenó de vino los vasos de agua y se sentaron las dos en la sala de estar. Se sentían exhaustas. Sabían que tenían que envolver los regalos de Mary, pero no les quedaban fuerzas suficientes para moverse.

—Espero que no te lo tomes como algo personal —dijo Gretchen al cabo de un rato—, pero no soporto a tu niña.

Abby estaba tan fatigada que ni siquiera volvió la cabeza.

—Si la asesino, ¿llamarás a la policía?

—He guardado algo para ti —respondió Gretchen.

Abby se quedó mirando las luces del árbol de Navidad mientras Gretchen entraba en la cocina y regresaba con una lata de Coca-Cola y dos vasos.

—La dejaste en la bolsa de deportes —le comentó Gretchen—. En la casa de la playa, hace tanto tiempo. Mis padres la tiraron, pero yo la saqué de la basura. Es la que te dio Tommy Cox, ¿verdad?

Abby clavó los ojos en la lata roja y blanca, empañada por la condensación, que reposaba sobre la mesilla... un objeto rescatado de un naufragio antiguo.

—¡No me lo puedo creer! —exclamó Abby—. ¿La has guardado hasta ahora?

—Feliz Navidad —respondió Gretchen, y la abrió.

Un vigoroso silbido escapó de la lata y Gretchen la vació en los dos vasos. Levantó el suyo para brindar.

—Por 1982 —dijo.

Abby agarró su vaso y los entrechocaron. Tomó un sorbo y quedó algo decepcionada. Había esperado que supiera a magia, pero tan solo sabía a Coca-Cola.

—A veces me pregunto por qué seguimos juntas —dijo Gretchen, contemplando el vaso—. ¿Tú no? Hemos pasado por épocas difíciles en las que hemos dejado de hablarnos, y yo siempre me pregunto por qué nos hemos esforzado siempre por recuperar el contacto.

Abby tomó un largo sorbo de su vaso. No quería decir nada, pero también había pensado lo mismo.

—Creo que, en mi caso —añadió Gretchen—, es por Max.

Aquella afirmación pilló a Abby con la guardia baja.

—¿El perro? —preguntó—. ¿Max, el perrito bueno?

—Todavía es lo que más me duele —explicó Gretchen—. ¿Verdad que es absurdo? No era más que un perro, y ni siquiera muy inteligente... y he estado con un hombre, estuve a punto de tener un niño, algunos amigos míos han muerto, y las pocas veces que me he encontrado con Margaret me ha dejado muy claro que no quiere saber nada de mí. Pero tengo sueños en los que aparece Max, y tú eres la única persona que sabe que no fui yo. Todos los demás piensan que maté a mi perro, incluso mis padres, y la única persona que sabe que no fui yo eres tú.

Abby se quedó pensativa durante unos instantes.

—Por eso no vuelvo a Charleston —dijo—. Todo el mundo me recuerda como la satanista que robó el feto de la Facultad de Medicina. No se lo conté a Devin, y no sé si se lo contaré alguna vez a Mary.

Guardaron silencio durante unos minutos y contemplaron las luces cambiantes del árbol de Navidad.

—El cometa Halley volverá a pasar dentro de cuarenta y seis años —le recordó Gretchen—. ¿Tú crees que aún seremos amigas?

Abby miró mientras las luces rojas se volvían verdes y luego amarillas y azules.

—Tendremos casi noventa años —respondió—. A saber cómo estaremos dentro de tanto tiempo.

Porque Abby, en su fuero interno, no quería responder de verdad. Quería a Gretchen, sí, pero ¿acaso había algo que durara por siempre? No existía nada que fuera lo bastante fuerte como para aguantar el paso del tiempo.

Pero Abby se equivocaba.

Cuando murió, a los ochenta y cuatro años, tan solo una persona le sostuvo la mano. Tan solo una persona le hizo compañía a diario. La misma que echó a Glee porque armaba demasiado barullo y obligó a Devin, el exmarido de Abby, a visitarla, aunque sintiera fobia por las enfermedades. Hubo una sola persona que le leyó en voz alta cuando ya no veía las páginas del libro, que le dio cucharadas de sopa de calabaza cuando ya estaba demasiado débil para comer sola, que le sostuvo el vaso con el zumo de manzana cuando ya no podía acercárselo a la boca y que le humedeció los labios con una esponja cuando fue incapaz de tragar. Tan solo una persona se quedó a su lado cuando la propia Mary se alteró demasiado y tuvo que salir de la habitación. Tan solo una persona estuvo con ella hasta el final.

Abby Rivers y Gretchen Lang se tuvieron mutuamente como mejores amigas, a veces más cercanas, a veces más distanciadas, durante setenta y cinco años. Y son pocos los que pueden contar algo parecido. No eran perfectas. No siempre se llevaron bien. A veces la fastidiaron. A veces se comportaron como cretinas. Se pelearon, dejaron de hablarse, se reconciliaron, se volvieron locas la una a la otra, y no llegaron a ver juntas el cometa Halley.

Pero lo intentaron.